병와가곡집과 18세기의 가집

저자약력

▎허 영 진

1973년 서울 출생
대진대 국어국문학과 학사
한양대 대학원 국어국문학과 석사
고려대 대학원 국어국문학과 박사

현재 대진대 한국어문학부에 출강 중이며, 주요 논문으로
「가집을 통해 살펴본 시조의 문학적 해석」, 「조선후기 가
집 연구의 시각과 해명 과제」 등이 있다.

hyj386@hanmail.net

병와가곡집과 18세기의 가집

초 판 인 쇄	2015년 12월 24일
초 판 발 행	2015년 12월 30일
저　　　자	허 영 진
발 행 인	윤 석 현
발 행 처	도서출판 박문사
책 임 편 집	최인노·김선은·최현아
등 록 번 호	제2009-11호
우 편 주 소	서울시 도봉구 우이천로 353 성주빌딩 3층
대 표 전 화	02) 992 / 3253
전　　　송	02) 991 / 1285
홈 페 이 지	http://www.jncbms.co.kr
전 자 우 편	bakmunsa@hanmail.net

ⓒ 허영진, 2015. Printed in KOREA

ISBN 978-89-98468-84-2 93810   정가 21,000원

병와가곡집과 18세기의 가집

허 영 진 저

박문사

오늘날은 특별히 노력하지 않아도 몇 번의 마우스 클릭이나, 간단한 버튼 조작으로 자신이 원하는 노래를 쉽게 따라 부를 수 있는 시대이다. 하지만 1980년대 후반까지만 하더라도 좋아하는 가수의 노래를 제대로 부르려면 최소 두 가지 이상의 노력이 필요했다. 우선은 노래를 처음부터 끝까지 들으면서 노랫말을 받아 적는 인내심과 집중력이 필요했다. 새로 사온 카세트 테이프가 늘어지는 것도 모른 채 모든 노랫말을 '기록(記錄)'하려면 대단히 수고로운 과정이 요구되었다. 그다음은 받아쓰기한 노랫말을 암기하는 시간을 오랫동안 가져야 했다. 머릿속에 '기억(記憶)'된 노랫말이 떠오르지 않으면, 노래 부르기는 포기할 수밖에 없기 때문에 암기력은 필수였다.

다행히 인터넷과 노래방이 급속히 보급된 1990년대 초반 이후부터는 더 이상 노랫말을 기록하지 않아도 되었고, 기억을 되살려서 노래를 불러야 한다는 부담감도 완전히 사라졌다. 그렇게 잊혀 갔던 노래에 관한 '기록'과 '기억'을 다시금 떠올리게 된 결정적 계기는 고려대학교 대학원 박사과정에 진학하여 조선 후기의 가집(歌集)을 공부하면서부터이다. 가집은 글자 그대로 가곡의 노랫말을 모아 놓은 책으로서, 조선 시대의 사람들도 우리처럼 노래를 '기록'하고 '기억'했다는 사실이 놀랍게 느껴졌다. 비록 가곡과 시조의 구

분조차 못하던 때였지만, 이 노래가 바로 조선 시대의 정가(正歌)로서 양반뿐만 아니라 가객(歌客)들이 불렀다고 하니 점차 호기심이 커져 본격적으로 가집을 연구하게 되었다.

이 책은 그동안 연구한 조선 후기 가집 가운데에서 18세기의 가곡 문화를 보여 준 4종을 간추려서 엮은 것이다. 솔직히 18세기의 가곡과 가집사를 해명하는데 4종의 가집은 너무 적어 보이는 반면, 이 책에서의 비문과 오탈자는 그 수효를 짐작할 수 없는 수준이라서 부끄러움이 앞선다. 그러나 지금보다 진일보한 연구 성과를 차곡차곡 쌓기 위한 중간 점검 차원에서 감히 용기 내어 출간하게 되었다.

이 책에서는 18세기의 가집 중『병와가곡집』,『고금명작가』,『고금가곡』,『동가선』에 관한 연구 결과를 편의상 두 부분으로 나누어 구성하였다. 제1부는『병와가곡집』의 편찬 양상과 가집사적 특질을 정밀 분석하고, 18세기 전반~19세기 전반의 주요 가집과의 대비를 통해서 가집사적 위상을 모색해 본 것이다.『병와가곡집』은 현전 최다수의 작품이 수록된 조선 후기의 가집인지라 검증할 것이 많아서 이 책에서 차지하는 비중이 높다.

제2부에서는 그동안 상대적으로 주목 받지 못했던『고금명작가』,『고금가곡』,『동가선』을 다루었다. 먼저『고금명작가』는 명실상부하게 예로부터 지금까지 이름난 훌륭한 노랫말을 각각의 내용에 유의하여 수록한 가집이라는 사실을 밝혔다. 그리고『고금가곡』과『동가선』은 희귀하게도 문학 텍스트로서의 가곡, 즉 노랫말의 주

제에 남다른 관심을 보여 준 가집으로서 어떠한 의도로 편찬되었고, 어떻게 후대의 가집으로 전승되었는가를 살펴보았다. 더불어 가집의 서명, 편찬자, 소장처 등과 같이 대중 일반에게 공개된 내용 가운데에서 몇몇 잘못된 정보를 바로잡기도 했다.

이 책의 출간은 조선 후기 가집 및 가곡 연구의 완결을 선언(宣言)하는 것이 결코 아니다. 이제 겨우 그 시작을 세상에 공개적으로 선서(宣誓)하는 것일 뿐이다. 다소 부담스럽게 느껴지기도 하지만, 앞으로의 새로운 출발을 위한 굳건한 다짐이 필요하기에 과감히 출간하는 것이다. 그동안 하늘과 같이 넓은 은혜를 베풀어 주신 분들께 보답하는 의미에서 감사의 마음은 책머리에 표하고자 한다. 글솜씨가 부족하여 누가 되지 않을까 걱정되지만, 언제나 그렇듯이 너그럽게 이해해 주시리라 믿는다.

이형대 선생님은 박사학위 과정에 입학한 직후부터 조언을 아끼지 않으셨을 뿐만 아니라, 최종 심사를 무사히 마칠 수 있게 배려해 주신 지도 교수님으로서 큰 도움을 주었다. 학위논문의 심사 과정에서 신경숙·정우봉·이상원·최귀묵 선생님의 억만금과도 바꿀 수 없는 충고는 지금도 잊을 수 없다. 특히 신경숙 선생님과 이상원 선생님은 가집의 세계가 무엇인지 몸소 보여 주시면서, 항상 신선한 자극과 노하우를 나누어 주셨다. 김흥규 선생님과 권순회 선생님은 가집 연구를 위한 기초 자료를 제공해 주신 한편, 연구자로서의 태도가 어떠해야 하는지를 알려 주셨다. 김용찬 선생님의 노작 덕분에 훨씬 수월하게 공부할 수 있었다. 사표(師表)로 받들고 있는

정흥모 선생님은 학부 시절부터 지금까지 교육자로서, 연구자로서, 자연인으로서의 모범을 보여 주심에 감사 드린다.

학위 과정 내내 묵묵히 지켜봐 주고, 용기를 북돋워 준 사랑하는 나의 가족, 아내 경희와 아버지·어머니, 장인·장모님께 깊이 감사 드린다. 끝으로 흔쾌히 출간에 응해 주신 박문사의 윤석현 사장님과 권석동 이사님 그리고 편집부에 감사의 마음을 전한다.

2015년 12월 이른 아침
의정부에서 허영진

| 차례 |

병와가곡집과 18세기의 가집

제1부

『병와가곡집』의 편찬 양상과 가집사적 특질

병와가곡집과 18세기의 가집

서론

1. 연구 목적 및 대상

이 글에서는 18세기 후반의 가집으로 알려진 『병와가곡집(瓶窩歌曲集)』의 편찬 양상을 구체화하고, 가집사적(歌集史的) 맥락(脈絡)에서 그 특질을 드러내고자 한다.

『병와가곡집』은 '삼대가집'이라고 일컫는 김천택의 『청구영언(1728)』, 김수장의 『해동가요(1769)』, 박효관·안민영의 『가곡원류(1876)』와 더불어 조선후기의 가집사[1]를 상징하고 있다. 가집사라는 거시적 관점에서 볼 때, 『병와가곡집』의 위상은 확고부동한 것

---

1 조선후기의 가집 및 가집사 연구에 관한 선구적 업적으로 심재완(1972), 『시조의 문헌적 연구』(세종문화사)가 단연 돋보이고, 최근의 대표적인 연구 성과로 신경숙(1994)의 『19세기 가집의 전개』(계명문화사)와 김용찬(1999)의 『18세기의 시조문학과 예술사적 위상』(월인) 등이 있다.

으로서 '삼대가집'에 상응하는 문헌적 가치와 특성을 지니고 있다.

널리 알려진 바와 같이 가집은 가곡창 또는 시조창으로 부르던 창사(唱詞)이자, 완독(玩讀)의 대상이던 노랫말이 수록된 문헌[2]이다. 가집의 문면 곳곳에서는 예로부터 애창된 가곡의 노랫말과 악곡, 작품의 창작자, 그리고 가창자 등에 관한 기록을 확인해 볼 수 있다. 가곡은 우리의 전통음악 장르 중 하나로 음악적 실연(實演) 방식의 차이에 의해 시조와의 구분이 요구될 때 사용하는 호칭이다. 2010년 11월 케냐의 나이로비에서 열린 UNESCO 주최의 제5차 〈인류무형유산 정부간위원회 회의〉에서는 가곡을 대목장, 매사냥과 함께 '세계무형유산'으로 등재하였다.

요컨대 가집은 우리의 전통문화이자 '세계무형유산'인 가곡이 수록된 유형 자산이고, 문헌화한 가곡의 역사가 바로 가집사라고 말할 수 있겠다. 그 가운데에서 『청구영언』은 현존 최초의 가집으로 18세기 전반의 가곡을, 『해동가요』는 18세기 중·후반의 가곡을, 『가곡원류』는 19세기 후반의 가곡을 보여 준 것[3]으로 인식되고 있다. 『병와가곡집』의 편찬은 18세기 후반~19세기 전반에 이루어진 바, 『해동가요』로부터 『가곡원류』까지의 가집사적 맥락을 파악할 때 결코 간과할 수 없는 중요 국면인 만큼 집중 조명해 볼만하다.

18세기 중반~19세기 중반은 『병와가곡집』의 편찬 시점과 머지 않아 보이는 때로 가곡 문화의 변화, 발전상이 현저하여 조선 후기

---

2 가집은 '시조집(時調集)' 또는 '시가집(詩歌集)'으로 불리기도 한다. 그러나 '시조집'은 시조창(時調唱) 사설(辭說)의 모음으로 오인될 수 있고, '시가집'은 가곡과 시조를 비롯하여 국문시가 전반을 아우르는 것이기 때문에 문헌으로서의 본 바탕을 중시하여 가집이라고 부른다.

3 신경숙(1994), 위의 책, 6쪽.

의 가집사를 양분하는 변곡점이 된다. 하지만 그동안 연구가 부진하여 『병와가곡집』의 경우만 하더라도 상대적으로 적은 관심을 받았고, 그 실상과 위상에 걸맞지 않게 충분히 주목받지 못했다.

『병와가곡집』은 1,109수의 작품이 수록된 가집으로서 18세기 후반의 가곡 및 가집사의 전개 양상을 잘 보여 주고 있다. 지금까지 파악된 조선 후기 가집의 문헌 정보[4]에 의하면 1,000수 이상의 작품을 싣고 있는 것은 『병와가곡집』이 유일하다.[5] 『병와가곡집』에는 오늘날 가곡 문화의 전형을 완성한 것으로 이해되는 『(국악원본) 가곡원류』보다 253수가 더 실렸는데, 이것은 『(진본) 청구영언』의 수록 작품 수에 비해 약 1.9배에 해당하는 수치이다. 그리고 『병와가곡집』의 작품 수록 방식은 당대 가곡의 연창(演唱)을 전제한 체재를 기반으로 삼았기에 『(진본) 청구영언』이나 『(국악원본) 가곡원류』와는 또 다른 18세기 후반의 가곡 문화를 반영하고 있다.

일찍이 최다수의 작품이 질서정연하게 실린 『병와가곡집』은 가집 및 고시조 연구자들로부터 주목을 받았다. 비록 '삼대가집'에 대

---

4 문헌 정보는 신경숙·이상원·권순회·김용찬·박규홍·이형대 저(2012), 『고시조 문헌 해제』(고려대학교 민족문화연구원)에 일목요연하게 밝혀져 있어서 이 글을 구상하고 논거를 갖추는데 큰 도움을 받았음을 미리 밝혀 둔다. 『고시조 문헌 해제』는 고려대학교 국어국문학과 김흥규 교수의 고시조DB연구팀에서 1990년대부터 수집, 정리한 고시조 관련 문헌 219종의 문헌 정보와 상세 해제를 수록한 연구 자료집이다.

5 가곡의 '가창'이나 '가창 문화'를 기반으로 편찬된 것이 아닌, 가곡의 '연구'를 목적으로 20세기 중반 이후 출판된 각종 사전류(박을수 편, 『한국시조대사전 (1997)』 5675수; 김흥규 외 편, 『고시조 대전(2012)』 5563수; 심재완 편, 『(교본) 역대시조전서(1972)』 3335수)와 견주어 보더라도 『병와가곡집』의 작품 수록 규모가 결코 작아 보이지 않는다. 『고시조 문헌 해제(2012)』에 소개된 19세기 후반~20세기 중반의 가집 중에서는 함화진이 편찬한 『증보 가곡원류(1943)』에 현전 최다수인 1,356수가 실렸다.

한 관심 수준에 이르지는 못하지만, 『병와가곡집』 관련 연구 논문과 자료집이 꾸준히 제출되어 왔다. 또한 상대적으로 문헌 자료로서의 접근성과 활용도가 낮은 대부분의 필사본 가집과는 달리 영인·교주본 및 주해서의 출간도 잇따라서 『병와가곡집』의 전모가 연구자들에게 널리 공개되었다.[6]

그 가운데에서 김용찬의 교주본은 『병와가곡집』의 수록 작품과 작가에 대한 상세한 주석과 함께 가집의 성격과 문학사적 위상에 관한 통찰력이 돋보이는 노작이다. 최근 국립국악원에서 발행한 『주해 악학습령』은 병와가(瓶窩家)의 11세손이 원본을 영인하고 해

---

6 대표적인 논문으로 심재완(1959), 「병와가곡집에 대하여 ─ 시조 문헌의 신자료」, 『국어국문학』20, 국어국문학회; 심재완(1972), 『시조의 문헌적 연구』, 세종문화사; 황충기(1982), 「악학습령고」, 『국어국문학』87, 국어국문학회; 황충기(1992), 「정조·순조대의 평민시조 : 『악학십령』과 육당본 「청구영언」을 중심으로」, 『시조학논총』8, 한국시조학회; 김용찬(1995), 「『병와가곡집』의 형성년대에 대한 검토」, 『한국학연구』7, 고려대학교 한국학연구소; 황충기(1996), 「삼대가집과《병와가곡집》 대비 고찰 ─ 「가지풍도형용」과 작품의 배열에 대하여」, 『해동가요』에 관한 연구」, 국학자료원(『국어국문학』70, 국어국문학회, 1976); 육민수(2013), 「18세기 가집 편찬의 두 가지 문제에 대한 탐색 : 『병와가곡집』편찬 시기와 『청진』의 위상을 중심으로」, 『어문연구』41, 한국어문교육연구회; 김태웅(2013), 「18세기 후반~19세기 초중반 가집의 전개 양상 연구 : 『병와가곡집』, 서울대본 『악부』, 『흥비부』를 중심으로」, 성균관대학교 박사학위논문; 이상원(2014), 「『병와가곡집』의 악곡 편제와 가곡사적 위상 ─ 삭대엽과 낙희조를 중심으로」, 『고시가연구』33, 한국고시가문학회 등이 있다.
　　가집에 대한 주해는 이형상(1988), 「영남문집해제 : 병와집」(『민족문화연구소 자료총서』4권, 영남대학교 민족문화연구소); 김용찬(2001), 「〈병와가곡집〉의 성격과 문학사적 위치」, 『교주 병와가곡집』, 월인; 김용찬(2012), 「병와가곡집」, 『고시조 문헌 해제, 고려대학교 민족문화연구원; 이정옥(2013), 「『악학습령』 해제」, 『주해 악학습령』, 국립국악원에서 이루어졌다.
　　영인본 및 주해서로 이형상, 김동준 편저(1978), 『악학습령』, 동국대학교 한국학연구소; 한국정신문화연구원 편(1982), 『병와가곡집』(『병와전서』9); 김용찬(2001), 『교주 병와가곡집』, 월인; 이형상·이학의 편저, 이상규·이정옥 주해(2013), 『주해 악학습령』, 국립국악원이 있다.

제를 덧붙인 것으로써『병와가곡집』에 대한 연구가 국어국문학 전공 이외의 여러 인접 학문 영역으로까지 확장될 수 있는 단초를 마련한 것으로 평가된다.

하지만 아직은 가집 텍스트로서의 구체적 실상이 잘 드러나지 않았고, 가집사적 맥락에서의 연구는 미진한 상황이다.『병와가곡집』은 몇몇 개별 가집론(歌集論)에서 비교 대상으로 언급되었으나, 그 자체가 연구 대상 또는 연구 목적으로서 부각되지 못했다. 더욱 중요한 문제는 그동안 축적된 연구 성과에도 불구하고, 근본적인 의문점과 몇 가지 오해가 상존하고 있다는 것이다.『병와가곡집』이 합당한 평가를 받으려면 그동안의 의문점을 해소하고, 오해를 불식시키기 위한 실증적 연구가 수반되어야 한다.

이미 밝혀진 것처럼『병와가곡집』이 편찬된 18세기 후반은 가집사적으로 비교적 이른 시기에 해당한다. 그런데 최초의 가집인『(진본) 청구영언』의 편찬 이후, 불과 몇 십 년이 지나지 않아 "1,109수에 이르는 방대한 양의 작품을 수합하여『병와가곡집』을 편찬했을까?"라는 의문점에 대한 천착은 이루어지지 않았다. 이러한 의문점은 곧『병와가곡집』의 편찬 의도를 포함하여 가집 전반에 관한 문제 제기에 해당하므로 앞으로 좀 더 심도 깊게 논의해 볼만하다.

뿐만 아니라 아직까지는 18세기 후반~19세기 전반의 가집사적 맥락에서『병와가곡집』의 정체성을 구체적으로 밝혀내지 못한 듯하다.『병와가곡집』이 놀라울 정도로 많은 작품이 실린 가집이라는 특이성은 이미 수차례 지적된 바가 있으나, 편찬 양상에 대한 정확한 이해를 바탕으로 다른 가집과의 상관성이 밝혀지지 않아서 가집사적 특질과 위상에 대한 궁금증이 더해 가고 있다.

이와 같은 궁극적인 의문점이나 궁금증이 해소될 때 비로소 『병와가곡집』에 대한 올바른 이해가 가능하리라 본다. 따라서 앞으로의 연구는 지금까지 제기된 근본적인 의문점을 해소하고, 오해를 불식시키기 위해 가집의 편찬 양상을 정밀 검토하는 한편, 그 결과를 합리적으로 해석하여 18세기 후반~19세기 전반 가집사의 전개라는 맥락 속에서 『병와가곡집』의 정체성을 구명하는 데 주력해야 할 것이라고 생각한다.

2. 연구사 검토와 연구 범위

1) 『병와가곡집』의 연구사적 쟁점

이 글의 기조와 논제를 명확히 제시하고자 중요 쟁점을 중심으로 연구사를 검토해 보기로 한다. 그동안의 연구 과정에서 몇몇 오해의 소지가 있었으므로 기존의 연구 성과에 대한 재검토가 절실하다.

그런데 『병와가곡집』에 대한 연구사적 쟁점의 상당 부분은 "가집의 서명은 무엇인가?"라는 의문으로부터 기인하고 있다. 오늘날의 『병와가곡집』에서 원제가 보이지 않기 때문에 가집의 서명에 관한 이견이 분분하다. 지금까지 확인한 바에 따르면 가집의 서명은 '『여중락(與衆樂)』→『병와가곡집(瓶窩歌曲集)』→『악학습령(樂學

拾零)』' 순으로 파악되어 왔다.[7] 유일본으로 현전하는 가집에 상이
한 서명이 여럿 존재한다는 것은 매우 이례적인 현상으로써 또 다
른 의구심마저 갖게 한다.

『여중락』은 최초로『병와가곡집』을 발굴·소개한 손완섭이 부여
한 명칭[8]으로 지금은 결락(缺落)된 마지막 장에서 보이는 "與衆樂"
이라는 세 글자에서 착안한 것이다. 그렇지만 마지막 장에 쓰인 글
자는 후대인의 가필로 추정되고, "여중락" 외에도 그 주변에는 판
독이 불가능한 7~10개의 글자가 더 있기 때문에『여중락』은 가집
의 본래 서명이 될 수 없다고 본다.

『병와가곡집』은 본 가집에 대한 본격적인 연구를 진행한 심재완
이래로 강전섭, 황충기, 김용찬 등에 의해서 지지를 받았다. 이것은
"병와 이형상(李衡祥 : 1653년~1733년)의 가문에서 발견된 가곡창
본 가집"이라는 뜻이고, 편의상 '병가'로 약칭하였다. 그러나 지금
은 본래의 의도와 달리 소장처를 편찬자로 오인한 결과, 마치 "병
와 이형상이 편찬한 가곡집"인 듯 잘못 읽혀지기도 한다.[9]

---

7 가집의 서명을 비롯해 그동안의 연구사적 논란은 김용찬(2001), 앞의 책, 11~21
  쪽에 자세히 소개되어 있다.
8 손완섭(1956), 〈고시조의 새자료 ― 가곡집〈여중락을 발견〉〉, 《영남일보》, 1956.
  9.12.
9 이와 유사한 것으로『고금가곡』의 편찬자에 관한 오독(誤讀) 사례가 있다. 흔히
  『고금가곡』의 편찬자는 송계연월옹이라고 하는데, 이것은 호칭으로서 사용될
  수 없는 부적절한 이름이다. 송계연월옹은『고금가곡』의 일부 이본(도남본, 가
  람본)의 권두에 쓰인 여섯 글자("一壑松桂一里")와 권말의 소나무를 소재로 한
  일련의 작품에 착안한 것이다. 하지만 최선본(最先本)으로 추정되는 아사미 린
  따로본(淺見伊太郞本)에 찍힌 세 개의 한장인(閑章印) 중에서 한 구절("一壑松桂
  一里")이 확인되고, 또 다른 이본인 남창본에서는 이 여섯 글자가 생략하고 있다.
  또 "연월(煙月)"이라는 두 글자는 가집의 전사자 가운데 한 사람인 마에마 교사
  쿠(前間恭作)의 자서(自序)에서 최초로 보인 것이라서『고금가곡』의 원문과는

『악학습령』은 병와 이형상의 유품을 정리하다가 우연히 발견한 자저 목록에 쓰인 "樂學拾零"이라는 글자에서 착안한 서명으로 김동준 이후 권영철, 김학성, 이정옥이 주장하였다. 주장의 근거가 된 병와의 유품은 『악학편고(1712)』라는 음악이론서로 고려~조선시대의 속악과 악학이론을 정리해 놓은 것인데, 정작 『악학습령』은 아직까지도 발견되지 않고 있다. 그런데도 연구자들은 『악학습령』은 『악학편고』에서 누락 부분을 보충[습유(拾遺)]한 일종의 보유편이었으리라 판단하고, 가집의 서명으로 『병와가곡집』을 대신하여 『악학습령』을 사용해야 한다고 주장하고 있다.

하지만 이러한 주장은 객관적 근거가 부족한 예상으로써 "악학습령"은 글자 상으로만 존재할 뿐, 그것이 곧 지금의 『병와가곡집』을 지칭한 것은 아니라는 근본적인 문제점이 있다. 더군다나 예악서인 『악학편고』가 우리말 노랫말의 모음, 즉 가집의 편찬을 직접적으로 추동할 수 있었을지 여전히 의문시 되는 가운데, 그 실물마저 현전하지 않기 때문에 더 이상의 확대 해석은 바람직해 보이지 않는다.

어쩌면 "가집의 서명은 무엇인가?"라는 문제는 그다지 중요치 않을 수도 있다. 가집의 실질은 서명의 존재 여부와 무관하게 현전하고, 앞으로의 연구에 의해서 또 다른 서명으로 불려질 수도 있기 때문이다. 그러나 최종 결론에 이르기 전까지는 최대한 객관적인

아무 상관이 없다. 실재하던 문구에서 선택된 2자("송계")와 후대인의 가필("연월")이 더해진 후, '노옹'이라는 존칭어가 덧붙여져 지금의 호칭에 이르게 된 것이다. 허영진(2004), 「남창본 『고금가곡집』의 실증적 재조명」, 『국제어문』31(국제어문학회), 116~138쪽 참고.

시각에서 신중하게 판단해야할 듯하다. 왜냐하면 서명은 단지 개
별 가집 사이의 구별을 위한 칭호일 뿐 아니라, 가집의 정체성을 구
명하는 데 지대한 영향을 주기 때문이다. 그동안의 논란이 합리적
인 판단에 기초한 것이었는지, 개별 연구자의 학문적 기대치의 반
영에 의해서였는지, 아니면 모호한 작명 때문이었는지 재검증해
볼 필요가 있다.

　이와 같은 문제 제기가 누구에 의해서건 언제든지 가능하고, 현
전 『병와가곡집』에 대한 그동안의 오해와 불필요한 논란의 종식을
위해서는 이미 김용찬이 제시한 바와 같이 "병와의 가문에서 소장
해 온 가곡창본 가집"이라는 의미에서 '병와가(瓶窩家) 소장(所藏)
가곡집(歌曲集)'으로 지칭하는 것이 가장 객관적인 판단일 듯하
다.[10] 소장처를 병기하면 '병와 이형상 소작'이라는 뉘앙스도 과감
히 떨쳐 버릴 수 있게 된다. 그렇지만 편찬자에 대한 논란이 여전히
남아있고, 소장처를 병기하면 오히려 혼란상을 더욱 가중시키는
부작용이 예상되기도 한다. 따라서 이 글에서는 오늘날 학술계의
보편적인 관습에 의거하여 '『병와가곡집』'이라고 표기하고, 필요
시에 국한하여 '병가'라고 약칭하겠다.

　가집의 서명에 대한 인식의 혼란상은 "편찬자는 누구인가?"라는
문제로 자연스레 귀결되어 '이형상 편찬설', '이형상 이후의 개장
설', '병와가 소유설'에 이르는 연구사적 쟁점이 부각되었다. 이 가
운데에서 우선, '이형상 편찬설'은 『병와가곡집』 편찬의 최대 상한

10　최근 출간된 『주해 악학습령』(국립국악원, 2013) 권두의 문헌 해제(이정옥, 「『악
　　학습령』해제」, 13~15쪽)에서도 "병와의 가문에서 소장한 가곡집"이라는 뜻이
　　가집의 서명에 포함되어야 가장 무난하다고 보았다.

선을 18세기 전반 이전으로까지 소급하여 "이형상 소작"으로 본 것
이다. 그러나 지금의 『병와가곡집』에는 이형상 사후인 18세기 후
반~19세기 전반의 작품이 여럿 수록되었다는 결정적 사실로 인해
부정된다. 지금의 『병와가곡집』에는 조명리(1697~1756), 이정보
(1693~1766)의 작품이 다수 수록되었으므로 도저히 이형상은 편찬
자가 될 수 없다는 것이다.[11]

가집의 문면에서 보이는 필체의 교환에 주목하여 '이형상 이후
의 개장설'이 대두되기도 했다. 이것은 지금의 『병와가곡집』에서
최소 3인 이상의 필체가 보인다는 사실에서 착안한 견해이다. 요약
하면 이형상 수고본(手稿本)을 후손이 개장했다는 것인데, 최근의
연구에 따르면 개장의 주인공은 이형상의 6대손인 운관(雲觀) 이학
의(李鶴儀 : 1809~1874)[12]라고 한다. 이학의가 여러 사람의 필력을
동원하여 다수의 작품을 추록한 것이고, 가집에서 몇 차례 보이는
오기와 일관성이 부족한 몇몇 기록은 개장한 흔적이라고 간주되
었다.

후대의 개장이 사실로 판명된다면 이형상 수고본을 새로 꾸민
것이므로 '『운관가곡집』'이라는 또 다른 서명으로 불려도 전혀 어
색하지 않을 것이다. 하지만 문제는 초고본(草稿本)이 부재하므로
개장의 정도를 가늠해 볼 수 없고, 초고본과 개장본(改裝本) 또는
전사본(轉寫本)은 엄밀히 구분되어야할 사안이며, 필체 감식은 해

---

11 또 다른 근거로 가집의 수록 작가인 '김기성(金箕性)'은 '김두성(金斗性)'의 개명
(改名)으로써 그가 개명한 시점이 1790년(정조 14)부터였다는 것, 병와의 한글
서체와 지금 가집에서의 서체가 달라 보인다는 사실 등이 있다. 따라서 현전 가
집은 편찬자 불명(不明)의 가집으로 여겨진다.

12 이정옥(2013), 앞의 글, 28~29쪽.

당 분야의 전문가에게도 지난한 문제이기에 섣불리 판단할 수 없다는 것에 있다. 물론 오기와 일관성 없는 기록이 간혹 보이지만, 가집 전체로 볼 때 단순 실수에 불과하여 개장의 흔적으로 여겨지지 않는다.

이와 같은 문제와 한계로 인해 편찬자에 대한 논의는 잠시 유보하고, 편찬자 미상의 가집을 병와 이형상의 가문에서 소장해 왔다고 본 것이 '병와가 소유설'이다. 즉 지금까지의 여러 가지 논란에도 불구하고 『병와가곡집』은 편찬자 미상의 18세기 후반의 가집이고, 『병와가곡집』을 이형상의 가문에서 소장해 왔다는 사실을 분명히 밝힌 것이다. 편찬자나 편찬 배경에 관한 구체적 언급은 보이지 않지만, 『병와가곡집』의 존재 양상을 객관적인 시각으로 이해한 결과였다고 생각된다.

가집의 서명에 대한 혼란상과 편찬자에 대한 이설(異說)은 가집의 편찬 시점에 관한 또 다른 논란을 낳기도 했다. 그런데 가집에서 영조대(1694~1776)의 작가가 보이고, '정조(1776~1800)'라는 시호가 나타나지 않은 사실을 감안할 때 일단은 편찬 시점의 최대 하한선은 1800년으로 파악하고 연구를 진행하기로 한다.[13]

다소간의 혼란에도 불구하고 그간의 연구는 『병와가곡집』의 전모를 파악하는 데 큰 기여를 한 것으로 생각된다. 수많은 우여곡절에도 불구하고 병와의 가문에서 오래도록 소장해 온 가곡집이 존

---

13 노랫말의 변이 양상에 착안하여 가집의 편찬계열을 파악한 양희찬, 「시조집의 편찬계열 연구」(고려대학교 박사학위논문, 1993)에서는 가집의 편찬 연대를 순조(1800~1834) 재위 연도까지로 늦추어야 한다고 주장하였다. 가집의 편찬자, 편찬 시점을 포함하여 문헌으로서의 실상에 관한 상론은 이 책의 후속 장에서 제시한다.

재한다는 것, 그리고 이곳에 이형상 사후인 18세기 후반 무렵까지의 가곡이 수록되었다는 사실만으로도 『병와가곡집』의 문헌적 가치는 충분해 보인다.

최근 들어서는 『병와가곡집』의 구체적인 실상을 천착한 연구 성과가 제출되고 있다. 앞선 연구가 『병와가곡집』의 편찬 배경을 밝혀본 것이었다면, 최근의 연구에서는 『병와가곡집』을 세밀하게 분석하고자 한 연구 자세가 돋보인다.

먼저 김학성[14]과 김용찬[15]은 『병와가곡집』에서만 보이는 '낙희조(樂戱調)'의 정체성에 관해 각기 다른 해석을 내놓았다. 김학성은 '낙희조'가 "낙시조의 고조(古調='낙희지곡(樂戱之曲)')", 즉 '소용(騷聳)' 이전에 사설시조를 얹어 부르던 오래된 악곡명으로서 『(진본) 청구영언』 이후의 가집에서 '낙시조'로 정착했다고 보았다. 반면 김용찬은 낙희조가 '낙시조(樂時調)' 또는 '낙시조(落時調)'의 이칭으로 『해동가요』의 낙시조(樂時調)와 편락시조(編樂時調)가 합쳐진 것이라고 주장하였다.

하지만 낙희조가 사설시조의 오랜 전통을 설명해 준다는 견해는 해석의 과잉으로 보인다. 사설시조의 연원이 곧 낙희조였다는 것인데, 명쾌한 설명이 부재하여 혼란만 가중시키고 있다. 일반적으로 낙희조와 낙시조는 가곡의 악곡명 가운데 하나로 파악되고, 사설시조는 흔히 평시조와 대칭을 이루는 명칭으로 사용하고 있다. 낙희조와 낙시조는 오랫동안 가곡창의 악곡명으로, 사설시조는 시

---

14 김학성(1995), 「시조사의 전개와 낙시조」, 『시조학논총』11, 한국시조학회, 88쪽.
15 김용찬(1999), 앞의 책, 269~278쪽.

조창의 악곡명으로 인식된 사실을 간과할 수만은 없다. 최근 이상원이『(장서각본) 청구영언』과『(김씨본) 시여』를 검토하여 낙희조가 곧 낙시조의 이칭이었음을 입증[16]해 보였기에 낙희조의 정체성에 관한 해묵은 논란은 일단락될 듯하다.

그리고 김태웅[17]과 이상원[18]은『병와가곡집』에서만 보이는 독특한 악곡명인 삭대엽(數大葉)의 음악적 특징을 밝혀냈다. 김태웅은『병와가곡집』〈삭대엽〉 소재 작품이 후대의 가집에서 어떻게 분화되었는가를 살펴본 결과, 삭대엽은 18세기 후반의 음악적 변화상이 반영된 유동적 악곡명이라 판단하였다. 18세기 후반 이후의 특정 악곡명으로 확정되기 직전의 과도기적 양상을 보여준 악곡명이 바로 삭대엽이라는 것이다.

이상원은 19세기 전반의 가집과의 대비를 통해 삭대엽은 율당삭대엽(栗糖數大葉)일 가능성이 높다고 보았다.『병와가곡집』의 〈삭대엽〉에 실렸던 작품 중에서 절반이 다른 가집에서 율당삭대엽으로 수렴되었다는 것과 그렇지 않은 나머지 작품도 우조와 계면조를 넘나들며 불린 악곡에 배속되었다는 사실이 중요 근거가 된다. 요약하면 삭대엽은 당대의 음악사적 변화상을 반영한 유동적 악곡명으로, 18세기 후반에 잠시 보이다가 후대의 다른 가집에서 율당삭대엽이라는 새로운 악곡명으로 불렸다는 것이다.

---

16 이상원(2014),「『병와가곡집』의 악곡 편제와 가곡사적 위상 ─ 삭대엽과 낙희조를 중심으로」,『고시가연구』33, 한국고시가문학회.

17 김태웅(2013),「18세기 후반~19세기 초중반 가집의 전개 양상 연구:『병와가곡집』, 서울대본『악부』,『흥비부』를 중심으로」, 성균관대학교 박사학위논문.

18 이상원(2014), 앞의 논문, 242~249쪽.

2) 연구 범위

『병와가곡집』은 개인의 창작 작품을 위주로 구성된 개인 가집[19]이 아니라, 여러 곳에서 오랫동안 많은 사람들이 부른 작품을 모아 놓은 것이다. 개인 가집은 편찬 동기나 편찬자의 개성이 비교적 잘 나타나는데 반해, 『병와가곡집』처럼 여러 사람의 많은 작품을 수집한 가집은 상당히 모호해 보이기까지 한다. 게다가 관련 기록마저 부재할 경우, 가집의 해명을 위한 객관적 근거를 시급히 마련해야 하는 수고로움이 잇따르게 된다. 가시적으로 확인되는 객관적 근거의 부재는 비가시적인 부분이 실재하고 있음을 연구자 스스로가 증명해 보임으로써 그 실상을 드러낼 수 있다고 본다.

마찬가지로 『병와가곡집』의 문헌적 특성과 가집사적 특질에 관한 구명도 실증적 연구에 의해서 밝혀질 수밖에 없고, 해당 문헌에 대한 정밀한 분석과 합리적인 판단은 연구의 필요충분조건이 된다. 따라서 이 글에서는 『병와가곡집』의 편찬 양상이 보여 준 의미에 관한 종합적 이해를 위해서 그 실상을 정밀 분석하여 문헌적 특성을 파악하고, 동시기의 가집과의 상호 비교를 통해 가집사적 특질 및 위상에 관해서 논의해 보고자 한다.

이 글에서는 『병와가곡집』과의 비교 대상으로 18세기 중·후반의 『(진본) 청구영언』, 『(주씨본) 해동가요』와 18세기 후반~19세기 전반의 『(가람본) 청구영언』, 『(김씨본) 시여』, 『(서울대본) 악부』를 선정하여 집중 분석해 볼 것이다.

---

19 19세기 중반 이세보의 『풍아』(1862), 조황의 『삼죽사류』(1871), 안민영의 『금옥총부』(1885)가 대표적인 개인 가집에 해당한다.

□ 18세기 전반 ~18세기 중반	:	『진본(珍本) 청구영언(靑丘永言)』, 『주씨본(周氏本) 해동가요(海東歌謠)』및 해동가요 계열
□ 18세기 후반 ~19세기 전반	:	『가람본(嘉藍本) 청구영언(靑丘永言)』,『김씨본(金氏本) 시여(詩餘)』,『(서울대본) 악부(樂府)』

비교 대상은 그동안의 연구를 통해 편찬 시기와 편찬자가 알려진 가집 가운데에서 『병와가곡집』과의 상관성이 어느 정도 입증된 것으로 제한하고자 한다. 이렇듯 비교 대상을 선별한 이유는 가집의 자료적 신뢰성 여부로 인해 불필요한 논란이 발생해서 안 되고, 문헌 자료로서의 활용도가 너무 낮은 것은 논의 범위를 축소할 가능성이 있으며, 또 지나치게 많은 비교 대상은 오히려 이 글의 논점을 흐릿하게 할 수 있기 때문이다.

따라서 가집의 편찬 시점이 추정 수준에서 잠정적으로 파악된 것, 아직은 미상으로 남겨진 경우는 논외로 하되 상호 비교나 보완이 필요할 때는 언제든지 적극 검토, 활용함으로써 자료 선별에 따른 문제점이 발생하지 않도록 주의하고자 한다.[20] 문헌실증적 연구 관점을 견지하는 이 글은 다음과 같은 논의 과정으로 진행된다.

제 II 장은 『병와가곡집』에 대한 본격적인 분석에 앞서 전체적인 면모에 관한 이해를 돕고자 문헌 정보와 수록 내용을 중심으로 편제를 개관해 본 것이다. 문헌 정보와 수록 내용은 기존의 연구 성과를 종합, 판단한 결과로서 『병와가곡집』에 관한 합리적 분석을 도

---

20 『(국악원본) 가곡원류』,『(연민본) 청구영언』,『(육당본) 청구영언』,『가보』,『고금가곡』,『동가선』,『동국가사』,『영언류초』,『홍비부』 등

모하고, 앞으로의 논의 방향을 개진하는 데 중요한 역할을 하리라
본다.

제Ⅲ장에서는 『병와가곡집』의 편찬 양상을 정밀 분석하여 문헌
적 특성을 밝혀볼 것이다. 먼저 제1절에서는 음악과 관련된 여러
가지 글이 보이는 '권수(卷首)'와 실제 작가와 작품이 수록된 본문
으로 나누어 『병와가곡집』의 구성 및 체재를 검토한다.

'권수'는 『병와가곡집』편찬의 의미를 밝혀주는 중요 정보를 지
녔음에도 불구하고, 그동안 많은 관심을 받지 못하여 그 실상이 온
전히 드러나지 않았다. '권수'는 금보(琴譜)와 관련된 〈전·중반부〉
와 작가 명단[목록(目錄)]을 제시한 〈중·후반부〉로 구성되어 있다.
금보의 편제와 유사한 구성은 다른 가집에서 흔히 찾아보기 힘든
면모로서 『병와가곡집』편찬의 가집사적 의미를 파악하기 위해서
반드시 검토해 볼 필요가 있다.

〈전·중반부〉는 금보로부터 많은 영향을 받은 것으로 알려졌는데,
실제 구성은 금보의 일반적인 편제와 달라 보이므로 관련 자료를
꼼꼼히 검토하여 구성 원리를 파악해 보겠다. 〈중·후반부〉에서 보
이는 목록은 본문에 수록된 작품의 작가 명단으로 『(주씨본) 해동
가요』와의 유사성이 감지된다. 목록을 싣고 있는 가집이 흔치 않다
는 사실 외에도 삼국시대~선초의 작가 이름이 보인다는 점에서 상
당히 독특해 보인다.

본문에서는 『병와가곡집』의 편찬 양상을 좀 더 구체적으로 가늠
해 볼 수 있을 것이다. 이 부분에서는 체재와 악곡, 작품과 작가에
대한 분석이 요구되는 바, 악곡적 질서와 작품의 수록 양상을 동시

에 살펴서 『병와가곡집』의 문헌적 특성을 실증해 보이고자 한다.

제2절에서는 『병와가곡집』 소재 작가와 작품의 수록 양상을 『(진본) 청구영언』, 『(주씨본) 해동가요』와 대비(對比)하여 18세기 후반 새로운 가집으로서의 면모를 드러내 보인다. 수록 작가와 작품을 면밀히 살펴서 『병와가곡집』이 18세기 전·중반의 가집과 무엇이 얼마나 같고, 어떻게 다른지를 구체적으로 논의해 본다. 장시간 동안의 복잡하고도 수고로운 연구 과정이 예견되지만, 『병와가곡집』의 실상을 온전히 이해하기 위한 정밀 분석이 불가피하다. 그리고 이러한 연구에 의해 그동안 『병와가곡집』의 본질적인 의문점으로 남겨져 있던, 예컨대 『(진본) 청구영언』, 『(주씨본) 해동가요』보다 어떻게 다수의 작가와 작품을 수록할 수 있었고, 수록 작품의 출전은 무엇이었으며, 무슨 특징을 지니게 되었는지에 대한 궁금증이 다소나마 해소될 수 있으리라 기대한다.

제3절에서는 체재의 구성, 수록 작가와 악곡, 작품에 대한 분석 결과를 종합하여 『병와가곡집』의 문헌적 특징 및 가치를 제시할 것이다. 비록 잠정적인 추정 수준의 결론으로 보일 수도 있겠으나, 그동안의 연구사적 쟁점과 논란으로 인해 오히려 혼란스럽게 파악된 『병와가곡집』의 문헌적 특성을 부각시켜 보고자 한다.

제IV장은 18세기 후반~19세기 전반 가집사의 맥락에서 『병와가곡집』의 특질을 파악해 본 것이다. 18세기 후반~19세기 전반의 가집 가운데에서 『(김씨본) 시여』, 『(가람본) 청구영언』, 『(서울대본) 악부』를 『병와가곡집』과의 비교 대상으로 선정하여 집중 분석한 후, 그 의미를 가집사적 맥락에서 파악해 본다. 이 부분에서는 '작품의 악곡', '수록 작품', '작품의 작가'에 초점을 맞춰 논의를 진행하여 『병와가곡집』의 특질을 드러내고자 한다.

제1절에서는 『병와가곡집』의 '작품의 악곡'에 대한 해석과 인식의 변화상을 살펴볼 것이다. 18세기 후반은 새로운 악곡과 변주곡(變奏曲)이 다수 출현한 시기로 『병와가곡집』에서는 기존의 악곡에 대한 재해석과 새로운 악곡에 관한 해석이 동시에 보인다. 그런데 이러한 양상은 동시대의 다른 가집에서도 보이므로 상호 대비를 통해 개별 가집으로서 『병와가곡집』의 특질을 파악하고자 한다.

제2절에서는 '수록 작품'의 전승과 전개 과정을 동시기의 악곡에 대한 해석과 인식의 측면에서 다루어 본다. 이것은 작품의 전승과 전개 과정은 노랫말과 해당 악곡이 어우러진 결과였다는 사실로부터 착안한 관점이다. 먼저 동시기 가집과의 작품 공출 현황을 파악한 후, 작품 수록의 전통이 어떻게 이어져 왔는가를 살펴볼 것이다. 그다음은 새로운 수록 양상을 중심으로 기존과 다른 18세기 후반 가곡의 전개 과정에 관해서 논의할 것이다.

제3절에서는 수록 '작품의 작가'에 대한 판단 결과를 동시기의 가집과 대비함으로써 『병와가곡집』의 인식 수준과 관심사를 확인해 본다. 『병와가곡집』은 '작품의 작가'에 대한 보편적 인식을 다른 가집과 공유하는 한편, 확연히 구분되는 차별성을 지니고 있다. 이러한 상반된 인식은 『병와가곡집』의 특질로서 주목해 볼만하다.

제Ⅴ장에서는 앞서 살펴본 『병와가곡집』의 문헌적 특성과 가집사적 특질에 관한 논의 결과를 종합하여 가집사적 위상을 정립해 본다. 『병와가곡집』은 최다수의 작품을 수록한 가집이라는 사실이 부각된 결과, 문헌적으로서의 가치는 오히려 반감된 듯한 인상을 지니고 있다. 다소 뒤늦었지만 『병와가곡집』의 가집사적 위상에 걸맞은 평가를 위한 학문적 모색이 진행되어어야할 것이다.

제VI장은 결론으로서 이 글에서의 연구 목적과 결과를 일목요연하게 정리한 후, 연구사적인 성찰을 통해 앞으로의 과제를 전망해 본다.

병와가곡집과 18세기의 가집

『병와가곡집』의 편제 개관

　『병와가곡집』은 18세기 후반에 편찬된 필사본 가곡창 가집이다. 1956년 최초 발굴·소개된 이후, 더 이상의 이본이 발견되지 않아 단권 1책의 유일본이 현전하고 있다. 개인 소장본 가집으로서 이형상 수고본 『선후천(先後天)』3책, 편지글, 임금이 내린 교지 등의 고문서 및 여러 유품들과 함께 '병와유고(瓶窩遺稿)'라는 총칭으로 1979년 2월 보물 제652-1호[1]에 지정·등록되었다. 『병와가곡집』의 일반 공개를 목적으로 한 영인본의 출간(동국대학교 한국학연구소 편, 『악학습령』·한국정신문화연구원 편, 『병와전서』·국립국악원 편, 『주해 악학습령』)이 모두 3회였고, 김용찬에 의해서 교주(『교주 병와가곡집』)가 이루어졌다.

1　문화재청 문화유산정보(http://www.cha.go.kr/korea/heritage/search/).

제Ⅱ장에서는 문헌 정보와 수록 내용을 중심으로 편제를 개관하여『병와가곡집』의 존재 방식에 관한 이해를 도모하고자 한다. 아래에 제시한『병와가곡집』의 문헌 정보([표 Ⅱ-1])는 그동안의 연구 성과에 의해 밝혀진 사실을 종합², 판단한 결과로 이 글의 목적을 감안하여 중요 서지사항을 위주로 정리해 본 것이다.

자료 유형	古書(歌集)
서명/저자명/소장사항	未詳/[編著者 未詳]; [寫者 未詳]/李秀哲
판사항	筆寫本(轉寫本)
발행사항	[韓國]: [刊寫者 未詳], 正祖 연간(1776~1800) 刊, [朝鮮後期 寫] 추정
형태사항	單券 1册: 총 107장, 22×23cm
기록내용	卷首-본문(총 13개 악곡, 총 1109수)

[표 Ⅱ-1]『병와가곡집』의 문헌 정보

『병와가곡집』은 "병와 이형상의 가문에서 소장해 온 가곡집"이다. 경상북도 영천시 소재 병와공파종회(瓶窩公派宗會)의 이수철(李秀哲)이 소장하고 있던 표지가 없는 고서를 탐문 조사한 심재완이 '병와가곡집'이라고 부른 이후부터 오늘날까지 서명으로서 통용되고 있다. 가집의 마지막 장에 쓰인 잡문 중 일부분인 '여중락(與衆樂)'과 이형상의 유품 가운데에서 보이는 '악학습령'이라는 이름은 『병와가곡집』의 이칭이다.

『병와가곡집』은 편찬자 미상의 필사본 가집으로 다수의 필력이

2 심재완(1972), 10~12쪽; 김용찬(2012), 71~75쪽; 김용찬(2001), 9~28쪽; 이정옥(2013) 11~31쪽 참고.

더해져 18세기 후반 무렵에 최종 완성되었다. 하지만 지금도 소장처를 편찬자로 오인하고 『병와가곡집』을 이형상(1653~1733) 수고본인 듯 간주하여 불필요한 오해와 논란이 상존하게 되었다. 『병와가곡집』은 분명 이형상의 유품을 정리하다가 우연히 발견한 문헌이지만, 이형상 편찬설을 입증하는 실증적 근거가 찾아지지 않은만큼 당분간은 본래의 의도대로 가집의 소장처라는 뜻을 분명히 밝혀 두는 것이 필요해 보인다.

이형상 편찬설에 의하면 『병와가곡집』의 편찬 연대는 18세기 초반으로서 가집사의 시초에 해당하는 『(진본) 청구영언』과 동시대이거나, 오히려 몇 년 이상을 앞서는 것이 된다. 주지하듯 가집사적으로 18세기 전반은 수세기 동안 진행된 가곡의 인멸을 안타까워한 나머지 후대로의 유전[3]을 위한 시대적 사명감이 절실하게 느껴지던 때이다. 이러한 이유로 인해 『(진본) 청구영언』의 편찬자인 김천택도 작품을 널리 구하기 위해 노력하는 한편, 가집 편찬의 당위성과 의미를 권두와 권말의 서발에 적시해 놓았다.

하지만 『병와가곡집』은 놀라울 정도로 최다수의 작품이 실렸음에도 불구하고, 가집의 편찬 배경에 대한 언급을 그 어디에서도 찾아볼 수 없다. 『병와가곡집』의 작품 수록 규모나 체재 구성이 『(진본) 청구영언』못지 않은데도 가집사적 의의를 굳이 도외시할 이유가 있었으리라 생각되지 않는다. 그렇다면 이형상 편찬설은 근거가 희박한 가설에 불과하므로 『병와가곡집』과의 관계도 다시금 되돌아볼 때라고 생각한다.

---

3 김천택, 『(진본) 청구영언』: "伯涵乃能識此於數百載之下, 得之於亂昧湮沒之餘, 欲以表章而傳之, 使作者有知於泉壤, 其必以伯涵爲朝暮之子雲矣."

그리고 『병와가곡집』의 편찬 양상을 천착한 결과에서도 오히려 이형상 이후의 가곡 문화가 두드러져 보인다. 수록 작품과 작가 및 악곡의 상당수는 18세기 중·후반 이후의 것으로 확인된다. 일관성 없이 착종된 기록이 간헐적으로 보여서 당혹감이 느껴지기도 한다. 심지어 필체의 교환이 나타나기도 하여 어느 특정인의 단독 편찬이라기보다는 몇몇 후대인에 의해 증보가 이루어졌다고 보는 것이 타당하다. 특히 1,109수에 이르는 방대한 수록 작품 수는 『병와가곡집』이 특정 개인의 산물이 아니라는 것, 곧 후대인들에 의해 지속적인 보완이 이루어진 개수본(改修本)이라는 사실을 잘 보여주고 있다.

『병와가곡집』의 편찬 연대는 정조 재위 연간으로 추정된다. 좀더 구체적인 추정을 위해 각종 금보 및 해동가요 계열 가집과의 상관성, 수록 작가의 활동기와 작품의 창작 시점 등을 참고하면 『(주씨본) 해동가요』가 편찬된 1776년~1800년 사이에 편찬되었을 가능성이 높아 보인다. 즉 18세기 전반 이후 약 반세기 동안 몇몇 후대인들에 의한 증보 과정을 거쳐 지금의 『병와가곡집』이 완성된 것이다.

『병와가곡집』은 필사본 가집으로 최소 3종 이상의 필체가 보인다.[4] 이것은 가집의 필사가 결코 쉽지 않았음을 알려 주는데, 필체

---

4 『병와가곡집』에서 필체의 교환은 모두 8차례 이루어진 것으로 파악된다. 필체의 교환이 빈번한 탓인지 착오와 오기도 간혹 보인다. 대표적 사례로 '권수'의 「목록(目錄)」에서 보인 작가명이 본문에서의 작가명과 완벽하게 일치하지 않는다는 사실이 있다. 또 작가 소개를 잘못한 경우('이현보(李賢輔)'를 '김일손(金馹孫)' 또는 '김종직(金宗直)'으로, '김삼현(金三賢)'을 '삼연(三淵) 김창흡(金昌翕)'으로, '황진이(黃眞伊)'를 '진이(眞伊)'나 '황진(黃眞)'으로 표기)도 있다. 「목록」의 일부 작가(윤두서, 조명리, 김춘택)는 자호(字號)가 기록되지 못한 채 공란으

의 주인공과 교환 시점에 관해서는 논란의 여지가 있다. 그런데 지금의 『병와가곡집』은 초고본이나 개수본보다는 후대의 전사본이 아닐까 생각된다.

초고본이라면 『병와가곡집』은 3인 이상이 공편한 것이거나, 편찬자의 지휘·감독 아래 3인 이상의 필사자가 참여한 가집이 된다. 하지만 이와 같은 두 가지 편찬 방식은 그 어느 것도 가집사적 선례를 찾아보기 어렵기 때문에 가설적 수준을 넘어서지 못한다. 개수본은 초고본을 몇 차례에 걸쳐 증보한 것이다. 이것 역시 실증적 근거가 부재하여 현재로서는 섣불리 예단할 수 없다는 한계가 있다.

지금의 『병와가곡집』은 편제의 일관성이 줄곧 유지되고 있을 뿐 아니라, 증보 과정을 나타내는 특별한 징후나 구분의 표식이 포착되지 않는다. 가집의 체재는 가곡 연창의 순서를 잘 반영했고, 삽입이나 추록과 같은 표기상의 특이점이 보이지 않는다. 개장의 흔적으로 지목된 바 있는 필체의 교환은 장정(裝幀)한 근거가 될 수 없다.

그렇다면 지금의 『병와가곡집』은 초고본이나 이미 완성된 개수본을 전사한 것으로 추정해 볼 수 있다. 요컨대 『병와가곡집』은 초고본 이후로 축적된 가곡 문화가 후대인들의 증보 과정을 통해 종합, 반영된 개수본을 몇몇 사람이 최종적으로 필사한 18세기 후반의 전사본이 된다.

『병와가곡집』은 단권 1책으로 가로, 세로의 길이(22×23cm)가 비슷하여 정사각형에 가까워 보인다. 전체가 모두 107장으로 이루어졌는데 '권수'가 8장이고, 본문이 99장이다.[5] '권수'와 본문은 모두

로 처리되기도 했다. 김용찬(2001), 앞의 책, 17~21쪽.

일정한 간격을 유지하며 쓰인 것으로 확인된다. 대체적으로 각 장
은 13~15행이고, 매 행은 25자 내외로 구성되어 있다. [표 Ⅱ-2]는
수록 내용을 중심으로 『병와가곡집』의 '권수'와 본문을 개관한 것
이다.

권수	… ㉮ [낙장(落張)] 가곡 악곡명 / ㉯ 〈영산회상(靈山會像)〉 곡명 / ㉰ 〈보허사(步虛詞)〉 노랫말 / ㉱ 〈여민락(與民樂)〉 노랫말 / ㉲ '낙시조(樂時調)' / ㉳ '오음도(五音圖)' / ㉴ '음절도(音節圖)' / ㉵ 거문고 및 가곡 관련 악론(樂論) / ㉶ 작가 '목록(目錄)'
본문	초중대엽(初中大葉)　　　　　　7수(#1~7) 이중대엽(二中大葉)　　　　　　5수(#8~12) 삼중대엽(三中大葉)　　　　　　5수(#13~17) 북전(北殿)　　　　　　　　　　4수(#18~21) 이북전(二北殿)　　　　　　　　1수(#22) 초삭대엽(初數大葉)　　　　　　11수(#23~33) 이삭대엽(二數大葉)　　　　　　763수(#34~796) 삼삭대엽(三數大葉)　　　　　　32수(#797~828) 삭대엽(數大葉)　　　　　　　　18수(#829~846) 소용(騷聳)　　　　　　　　　　5수(#847~851) 만횡(蔓橫)　　　　　　　　　　114수(#852~965) 낙희조(樂戲調)　　　　　　　　104수(#966~1069) 편삭대엽(編數大葉)　　　　　　40수(#1070~1109)

[표 Ⅱ-2] 『병와가곡집』의 수록 내용

『병와가곡집』은 가집의 외장(外裝)이라고 할 수 있는 '권수(卷
首)'와 작품이 수록된 '본문'으로 구성되어 있다. '권수'에는 다른
가집에서 보이지 않던 여러 가지 기록을 제시해 놓았고, 본문에서

---

5 '권수'라는 말은 실제 『병와가곡집』의 해당 부분("錄之卷首")에서 차용한 것이
　나, '본문'은 논의상 구분의 필요에 의해 이 글에서 임의적으로 일컫는 명칭이다.

는 작가의 이름이 병기(倂記)된 1,109수의 작품이 악곡별로 질서정
연하게 수록되어 있다.

'권수'의 중반부까지는 가곡 연창에 거문고 반주가 동반된다는
사실을 실증하는 각종 기록(㉮~㉯)이 있어서 금보와의 연관성이 상
당히 높아 보인다. 이 부분에서는 가곡 연창과 관련된 음악적 이해
를 보여 주는 기록이 두드러져 보인다. 그리고 여러 가지 작품, 즉
노랫말에 대한 관심도 적지 않았음이 확인된다. 특히 기악곡인 「영
산회상」과 「보허사」, 향악곡인 「여민락」의 노랫말은 다른 가집에
서 흔히 볼 수 없어서 『병와가곡집』의 개성을 잘 나타내고 있다.

'권수'의 중·후반부에는 목록(㉰)을 제시하고 있다. 목록은 작품
의 작가에 대한 이력을 기록해 놓은 것인데, '권수' 지면의 상당 부
분을 차지하고 있다. 이것은 작품의 작가에 대한 고증이 이루어진
것이자, 작가적 관심도를 반영한 결과로 추측된다.

바로 이어지는 본문에는 조선 후기의 가집 가운데에서 최다수인
1,109수의 작품이 총 13개의 악곡에 배속되었다. 악곡은 우·계면조
로 나누어지지 않아서 19세기 전반 이후의 가집과 명확히 구분된
다. 작품의 수록 방식은 "악곡 → 풍도 형용 → 작가 → 작품" 순으
로 해당 악곡과 풍도 형용을 먼저 제시한 후, 그 옆에다가 작가의
이름과 작품을 수록해 놓았다.

『병와가곡집』의 체재는 『(진본) 청구영언』, 『(주씨본) 해동가요』
와 흡사해 보이는데, 중대엽계 악곡에 다수의 작품이 실려 있어서
이채롭게 느껴진다. 또 13개의 수록 악곡 중에서 삭대엽과 낙희조
는 다른 가집에서 찾아볼 수 없는 낯선 악곡명이다. 악곡의 풍도 형
용을 온전히 밝히지 않은 것도 몇 개가 있고, 다른 가집에서 보이지

[그림 Ⅱ-3] '권수'의 첫 장

않는 새로운 내용이 추가되기도 하여 악곡에 대한 해석을 달리하기도 했다.

본문의 모든 작품은 장 구분이 없이 줄글 형식으로 쓰였는데, 다른 작품과의 구분을 의식하여 매번 각 작품의 첫 글자는 올려 썼다. 전체 수록 작품 중에서 평시조가 890수(80.25%)이고, 사설시조 219수(19.74%)이다. 평시조와 사설시조는 악곡별 구분과 무관하게 『병와가곡집』 전편을 통해 교차 수록되어 있다.

'권수'의 목록에서는 175명의 작가명이 보였는데, 실제 본문에서는 169명의 작가가 확인된다. 작가명은 작품의 바로 윗부분(#1~365번 작품, 797~828번 작품)이나, 아랫부분(#364~796번 작품, 829~1109번 작품)에서 보인다. 본문에 수록된 1,109수 가운데에서 작가명을 병기한, 즉 유명씨 작품은 모두 578수(52.1%)인 것으로 파악된다. 종합하면 『병와가곡집』은 169명의 작가가 남긴 유명씨 작품 578수와 무명씨 작품 531수가 수록된 가집이다.

문헌 정보와 수록 내용을 파악했으나 『병와가곡집』의 가집사적 위상 정립을 위한 해명 과제는 여전히 남아 있다. 가장 근본적으로 "『병와가곡집』은 누가, 왜, 어떻게 편찬할 수 있었을까?"라는 의문점이 해소되지 않았다. 이렇게 된 원인은 『병와가곡집』의 편찬 배경을 알려 주는 기록이 부재하여 그 실상을 확연히 드러내

지 못했기 때문이다. 이러한 문제의식을 견지하며 제III장에서는
『병와가곡집』의 편찬 양상에 관한 정밀 분석을 통해 문헌적 특성
을 구체화하고, 아울러 편찬 배경 및 가집사적 의의에 대해서 고
찰해 보겠다.

병와가곡집과 18세기의 가집

『병와가곡집』의 편찬 양상

제Ⅲ장에서는 『병와가곡집』은 편찬 양상을 '권수'와 본문으로 나누어 살펴보고, 그 의미를 중심으로 문헌적 특성에 대해서 논의한다. '권수'와 본문은 『병와가곡집』을 구성하는 양대 요소로서 문헌적 특성을 파악하기 위한 우선 검토 대상이다. 『병와가곡집』의 편찬 양상에 유의하여 '권수'의 구성 방식을 상세히 분석한 후, 본문에 수록된 작가와 작품에 대한 천착을 통해 문헌적 특성을 나타내도록 하겠다.

1. 『병와가곡집』의 구성 및 체재

『병와가곡집』은 가곡의 노랫말과 작가, 악곡을 모아 놓았을 뿐 아니라 여러 가지 관련 기록을 본문에 앞서 자리한 '권수'에 제시해 놓았다. 하지만 『병와가곡집』의 편찬에 관한 직접적인 언급이 보이지 않아서 그동안 많은 주목을 받지 못했다. 그리고 그 의미가 실재보다 과소평가되거나, 본문과 별무상관한 것으로 간주되기도 했다.

'권수'는 일종의 서두로서 본문과 더불어 『병와가곡집』의 문헌적 특성을 잘 나타내고 있다. 이것은 다른 가집에서 찾아볼 수 없던 새로운 구성 방식으로 『병와가곡집』의 편찬 양상을 좀 더 구체화하는 데 기여할 수 있으리라 본다.

1) 악곡과 노랫말의 조화 : '권수'

'권수'는 기록 내용과 지면상의 비중을 감안하여 〈전·중반부(=㉮~㉯)〉와 〈중·후반부(=㉴)〉로 양분하여 살펴볼 수 있다([표 Ⅲ-1]). 이 두 부분이 '권수'의 절반씩을 차지하고 있는데 〈전·중반부〉는 가곡의 실연 및 거문고 연주와 관련된 음악 이론을 기록해 놓은 것이고, 〈중·후반부〉는 수록 작품의 작가 목록이다.

㉮ 가곡 악곡명(······ ― [평조(平調) 삭대엽(數大葉)] ― 우조(羽調) 삭대엽(數大葉) ― 평계(平界) 삭대엽(數大葉) ― 우계(羽界) 삭대엽(數大葉) ― 평계(平界) 북전(北殿) ― 우계(羽界) 북전(北殿)
㉯ 〈영산회상〉 곡명("羽界 靈山會像 自靈山會像 至打量曲 無章數 靈山甲彈 俗稱 靈山곱노리 ······")
㉰ 〈보허사〉 노랫말("羽調 步虛詞 八篇 / ㉰—1 中還入 俗稱 中도드[리] ······")

㉣ 〈여민락〉 노랫말('與民樂 十章')
㉤ 낙시조('樂時調')
㉥ 오음도('五音圖')
㉦ 음절도('音節圖')
㉧ 거문고 및 가곡 관련 악론("琴長三尺六寸……")
㉨ 작가 명단('目錄')

[표 Ⅲ-1] 『병와가곡집』 '권수'의 구성

(1) 〈전·중반부〉

'권수'에서는 『병와가곡집』의 편찬 기반을 밝혀 주는 몇 가지 단서가 찾아진다. 가장 두드러진 특징은 지금의 '권수'가 『양금신보 (洋琴新譜 : 1610)』를 비롯하여 각종 금보의 편제[1]와 여러 가지 기록을 차용하여 마치 음악서의 권두부처럼 보인다는 것이다.

그러나 구성 방식의 유사성에도 불구하고 '권수'에서의 기술 내용이 소략하여 『병와가곡집』의 편찬과 무슨 관련이 있고, 어떠한 기능을 하였는지 선뜻 파악되지 않는다. 따라서 다소 번거롭더라도 '권수'의 구성 방식과 그 내용에 관한 실증적 검토가 선행될 때, 비로소 『병와가곡집』의 편찬 양상이 보여 준 의미를 파악할 수 있을 것이므로 〈전·중반부〉부터 차근차근 살펴보겠다.

---

1 국립국악원 편, 『한국음악학자료총서』의 영인본과 '권수'를 대비하였다. 이 책에서 인용, 비교한 금보와 악서의 출처는 『한국음악학자료총서』와 디지털 한글박물관 사이트(http://www.hangeulmuseum.org/)이다.

㉮는 거문고 연주에 소용된 가곡의 악곡명을 제시한 부분이다. 낙장이 있고 '평조 삭대엽' 이하 "羽調 數大葉 ― 平界 數大葉 ― 羽界 數大葉 ― 平界 北殿 ― 羽界 北殿"이라는 기록이 보인다. 하지만 해당 악곡의 성격이나 연주법에 관한 구체적인 설명은 보이지 않는다.

㉮ …… ― [평조(平調) 삭대엽(數大葉)] ― 우조(羽調) 삭대엽(數大葉) ― 평계(平界) 삭대엽(數大葉) ― 우계(羽界) 삭대엽(數大葉) ― 평계(平界) 북전(北殿) ― 우계(羽界) 북전(北殿)

이와 같이 '삭대엽'이 '북전'보다 앞서고, '평조'가 보이는 것은 대부분의 가집에서 흔히 볼 수 있는 것이 아니라서 낯설게 느껴진다. 가집에서 가곡의 악곡명을 제시하는 것은 당연시 되지만, 이렇듯 독특한 수록 방식은 『병와가곡집』이 가집 이외의 또 다른 문헌과도 연관성을 지니고 있다는 추측을 가능하게 한다.

이 부분을 『병와가곡집』의 편찬을 전후로 존재한 여러 금보와 비교해 본 결과, 『어은보(漁隱譜)』와의 연관성이 가장 두드러져 보인다는 사실이 확인된다. 『어은보』는 일명 『창랑보(滄浪譜)』라고도 하는데, 어은 김성기(金聖器 : 1649~1724)의 가락을 모아놓은 금보이다. 김성기는 상의원(尙衣院) 소속 궁인 출신의 거문고 명인이다. 『(진본) 청구영언』의 '여항육인(閭巷六人)'에는 가창자로, 『(주씨본) 해동가요』의 「작가제씨(作家諸氏)」에서는 작가로 소개된 인물이다.

『어은보』의 편찬 연대는 1719~1799년 사이로 추정되므로 『병와

가곡집』의 편찬 시점과 거의 동시기로 간주해도 무방하다. 『어은
보』²의 편제 구성은 다음과 같다.

> 時調 羽調 調音(2曲) ― 時調 羽調 初數大葉 第一(2曲) ― 界面調 調
> 音 ― 界面調 短歌 ― '漁隱譜' 平調 北殿 俗稱 後庭花 金聖起 ― 平調
> 中大葉(3曲), ― <u>平調 數大葉</u> 短歌也(3曲) ― <u>平界面調 北殿</u> ― 平界 中
> 大葉(第一~第三) ― <u>平界 數大葉(第一~第四)</u> ―羽調 後庭花 世稱 北殿
> ― 羽調 中大葉 第一(3曲) ― <u>羽調 數大葉(2曲)</u> ― 羽調 樂時調 此平羽
> 界也 ― 羽調 從心曲 無歌時所彈 大葉之類 ― <u>羽界面調 北殿</u> ― 羽界
> 中大葉(2曲) ― <u>羽界 數大葉(3曲)</u> … 下略 …

　비록 수록 악곡의 규모나 제시 순서는 다르지만, 지금의 『병와가
곡집』 '권수'에서 확인되는 악곡명과 악조명이 『어은보』에서도 보
인다. 『어은보』의 악곡 중 일부(삭대엽·중대엽)는 '권수'의 악곡명
과 일치하고, 악조명(['평조']·'우조·평조계면조·우조계면조')도
동일해 보인다. 심지어 악조명의 표기법까지 똑같아서 『어은보』
와 『병와가곡집』 '권수'의 연관성이 매우 높다는 사실을 알 수 있
다. 평계는 평조 계면조, 우계는 우조 계면조의 줄임말로 다른 금보
에서는 잘 보이지 않던 『어은보』만의 독특한 표기법이다.³
　현재의 '권수'는 낙장이 있어 삭대엽과 북전만이 확인될 뿐이나,
『어은보』의 편제를 참고해 보면 일실된 부분을 유추해 볼 수 있다.

<hr/>

2 『어은보』(『한국음악학자료총서』17, 은하출판사, 1985)
3 악조, 악조명의 역사적 변천 과정은 송방송(1984), 앞의 책, 478~483쪽 참고.

우선 낙장에는 중대엽을 기록해 두었으리라 예상된다. 중대엽은 『병와가곡집』의 본문에서도 상당한 비중을 차지하고 있는 악곡인 만큼 삭대엽에 앞서 기록해 두었을 가능성이 높다. 다양한 방식으로 연주된 삭대엽과 북전이 현재의 '권수'에서도 보이므로 낙장된 부분에 중대엽이 자리하고 있었을 것이다.

반면 중대엽과 삭대엽에 비해 상대적으로 고조(古調)로 여겨지는 만대엽은 기록되지 않았던 듯하다. 만대엽은 『어은보』에서도 보이지 않는다. '권수'의 중반부와 『어은보』의 첫머리에서 보이는 "時調"라는 기록을 보건대, 만대엽은 본래부터 기록되지 않았을 가능성이 높다.

만대엽은 가곡의 모체로 알려진 악곡으로 16세기 후반~18세기 중반의 금보⁴에서 보인다. 하지만 18세기 중·후반 무렵부터는 대부분의 금보에서도 자취를 감추게 되고, 삭대엽을 위주로 구성된 대부분의 가집에서도 만대엽은 실리지 않는다. 따라서 『병와가곡집』에서도 굳이 '권수'에다가 만대엽을 수록할 필요가 없었던 것이다.

㈏는 "羽界 靈山會像부터 羽界 打量曲까지"로 영산회상의 곡명과 그 변주곡명이 해당 악보 없이["無章數"] 제시되어 있다. 「영산회상」은 조선 후기의 풍류방에서 연주되던 대표적인 기악곡으로 『금보신증가령(1680)』에 최초 수록된 이후 여러 금보에 기보되어 전한다.

영산회상의 원곡은 「상령산」으로 "靈山會相佛菩薩"의 7자(字)를

---

4 『금합자보(1572)』, 『양금신보(1610)』, 『현금동문류기(1620)』, 『대악후보(1759)』 등

노래로 부르던 성악곡이었는데, 점차 기악곡화화여 19세기 후반에
이르러서는 오늘날과 같은 형식을 갖추게 되었다고 한다.[5]

      ⑭ 羽界 靈山會像 自靈山會像 至打量曲 無章數

        : 靈山甲彈 俗稱 靈山곱노리 ─ 靈山還入 俗稱 靈山도드리 ─ 靈山

        除指 俗稱 靈山가락더리 ─ 大絃還入 俗稱 大絃도드리 ─ 羽界 打

        量曲

    오늘날 영산회상은 9곡[6]으로 정착되었는데, 18세기 후반 『병와
가곡집』의 '권수'에서도 몇 곡이 보인다. 이 부분에서는 18세기의
금보인 『어은보』, 『한금신보(韓琴新譜 : 1724)』와의 연관성이 주목
된다.[7]

    영산갑탄은 『어은보』에서 최초로 출현하는 영산회상의 첫 번째
변주곡명으로 현행 중령산(中靈山)에 해당한다. 갑탄은 "높이 탄
다"는 뜻으로 18세기 전반 기악곡의 변주 양상이 반영된 곡명이
다.[8] 『어은보』의 편찬자로 알려진 김성기는 평소 거문고와 퉁소뿐
만 아니라 비파 연주에도 능통했는데, 생애 말년에 영산곡을 변조
한 소리("靈山變徵之音")로 많은 사람들을 감동시켰다는 유명한 일

---

5 영산회상의 발전 과정과 변주에 관한 설명은 송방송(1984), 『한국음악통사』, 일
   조각, 429~435쪽 참고.

6 '상령산(上靈山), 중령산(中靈山), 세령산(細靈山), 가락덜이, 삼현환입[三絃還入
   =도드리], 하현환입[下絃還入=도드리], 염불환입[念佛還入=도드리], 타령(打
   令), 군악(軍樂)'

7 송방송(1984), 앞의 책, 436~438쪽.

8 서인화(1998), 「『어은보』 영산회상과 영산회상갑탄의 4대강과 8대강」, 『한국음
   악사학보』20, 한국음악사학회, 179~208쪽.

화를 남겼다.[9]

'영산변징지음(靈山變徵之音)'은 영산(회상)갑탄이었으리라 추측되고, 영산(회상)환입과 영산(회상)제지도 『한금신보』에 수록된 영산회상의 변주곡이다. 대현 환입은 보허자 미환입을 변주한 곡[10]으로 『어은보』의 대환입에 해당하는 곡명이다. 그런데 '권수'에서는 영산제지(俗稱 靈山가락더리)와 우계 타량곡 사이에서 보인다([표 Ⅲ-2 : ㉯]).

『어은보』	'권수'
㉠ 가곡의 악조·악곡	㉮ 가곡의 악조·악곡
㉡ 우조 보허사 8편(=別曲 一旨~ 八旨 本還入, 小還入, 大還入)	㉯ 영산회상(=영산갑탄, 영산환입, 영산제지, 大絃 還入, 우계 타량곡)
㉢ 영산회상(영산회상 갑탄)	㉰ 우조 보허사 8편 / 환입(도드리) 형식
㉣ 우조 여민락 7장	㉱ 여민락 10장

[표 Ⅲ-2] 「영산회상」과 「보허사」의 수록 양상

가곡, 우조 보허사, 영산회상, 여민락 악곡(㉠~㉣)의 순으로 이루어진 『어은보』의 편제와 『병와가곡집』 '권수'의 구성 방식(㉮~㉱)은 전체적으로 상당히 유사해 보인다. 그러나 『어은보』에서는 가곡 이후에 우조 보허사가 위치하나, '권수'에서는 가곡 바로 다음에

---

9 정래교, 『완암집』권4 : "余自幼少時 習聞金琴師名 嘗於知舊家遇之 鬢髮皓白 肩高骨棱 口嗚嗚不絶咳聲 然 强使操琵琶 爲靈山變徵之音 座客無不悲惋隕涕 雖老且死而手爪之妙 能感人如此 其盛壯時 可知也"

10 '도드리'·'밑도드리'·'수연장지곡(壽延長之曲)'이라고도 한다.

영산회상이 자리하고 있다는 차이점이 있다.

위([표 Ⅲ-2])의 수록 양상이 보여 주듯이 지금의 '권수'는 『어은
보』의 우조 보허사와 영산회상의 순서만 바꾸어 놓은 것이다. 그러
므로 '권수'의 대현 환입[大還入]도 『어은보』와 동일 위치(ⓛ)인 ㉴
우조 보허사에 수록되어야 했으나, ㉵에 실려서 영산회상의 변주
곡인 듯 보이게 되었다.

㉵는 '羽調 步虛詞 八篇'의 노랫말을 제시한 부분이다. 보허사는
궁중의 연향에서 성악곡으로 불리던 보허자(步虛子)가 기악곡화한
것이다. 대부분의 금보[11]에서는 노랫말을 생략한 채 해당 악곡만 싣
고 있다. 『대악후보』는 "步虛子 指入"이라는 기록 아래 미전사와 미
후사의 악곡이, 『금합자보(琴合字譜 : 1572)』는 미전사와 미후사의
일부[환두(換頭)]가 실려 있다. 『현금신증가령』에도 미전사와 미후
사가 모두 실렸다고 하는데, 현재는 낙장이라 더 이상의 확인이 불
가능하다. 『유예지(1800년 추정)』에서는 보허자를 대신하여 보허
사라는 악곡명이 보인다. 『속악원보』에는 보허자의 관보(管譜)와
현보(絃譜)가 동시에 수록되어 있다. 『낭옹신보』와 『한금신보』는
'권수'에서와 같이 '八篇'[12]이라고 적시했으나, 노랫말은 싣지 않았
기에 "보허자의 여덟 개 곡을 싣는다"는 뜻으로 읽혀진다.

금보와의 연관성을 감안하면 이 부분에서는 보허사의 악곡이 실

---

11 『대악후보(大樂後譜)』, 『금합자보(琴合字譜)』, 『현금신증가령(玄琴新證假
令)(=[新增琴譜])』, 『유예지(遊藝志)』, 『한금신보(韓琴新譜)』, 『낭옹신보(浪翁新
譜)』, 『속악원보(俗樂源譜)』 등

12 『낭옹신보』(국립국악원 편, 『한국음악학자료총서』, 은하출판사, 1984, 217~219쪽)

렸어야 한다. 하지만 예상과는 다르게 보허사의 노랫말이 보인다. 이것은 『병와가곡집』이 금보 이외의 기록을 참고하였다는 사실, 즉 가집의 편찬 과정에 광범위한 취재가 개재된 결과라고 할 수 있다.

보허사 노랫말은 이미 고려 때부터 존재하였는데, 조선 초까지 전해지다가 당악곡(唐樂曲)의 향악화(鄕樂化)가 이루어져 기악곡 위주가 되자 악곡만 남고 노랫말은 기록되지 않는다.[13] 그래서 대부분의 금보에서는 보허사의 노랫말을 찾아볼 수 없다. 현재 '권수'는 훼손된 부분이 많아서 잘 보이지 않는데, 『고려사』와 『악장가사』의 기록을 참고하여 본래의 모습을 가늠해 볼 수 있다([표 Ⅲ-3]).[14]

『고려사』 步虛子令[15] 碧烟籠曉詞	『(봉좌문고본) 속악가사-상』[16] 步虛子	'권수'㉺ 羽調 步虛詞 八篇 別曲[17]
碧烟籠曉海波閑 江上數峯寒佩環 **聲裏異香飄落人** 閒弄絳節五雲端	碧烟籠曉海波閑 江上數峯寒佩環 聲裏異香飄落人 間弄絳節五雲端	碧烟籠曉海波閑 江上數峯**環珮寒** **聲裡**[異香飄落人] 間弄終節五雲端
	尾	
宛然共指嘉禾瑞 **開**一笑破朱顔 九重嶢闕 望中三 祝高天萬萬載 對南山	宛然共指嘉禾瑞 微一笑破朱顔 九重嶢闕望中三 祝堯天萬萬載對南山	宛然共指嘉禾瑞 **開脣**一笑破朱顔 九重曉闕望中三 **祝**天**萬載**對南山

[표 Ⅲ-3] 「보허사」의 노랫말 비교

---

13 보허자의 역사적 변천은 송방송(1984), 앞의 책, 435~441쪽 참고.

14 김용찬의 『교주 병와가곡집』에서 『속악원보(1892)』의 기록을 토대로 보허사 노랫말을 제시한 이후 최근의 『주해 악학습령』에서도 동일 문헌을 바탕으로 훼손된 부분을 판독해 내었다. 그러나 『속악원보』는 『병와가곡집』보다 후대의 금보인데다가 아직까지도 자료적 신뢰성이 의심을 받고 있는 상황이므로 '권수'와 함께 다루는 것은 부적절해 보인다.

『고려사』의 「보허자령」과 『속악가사』의 「보허사」에 비해서, '권수'의 「보허사」는 배자(排字) 간격이 일정하다. 기존 문헌에서의 기록과는 다르게 '권수'의 「보허사」에서는 몇몇 글자의 출입이 있고, 기록 위치가 바뀌어서 7자 8구의 형식을 갖추고 있다.

현재로서는 '권수'의 「보허사」가 『고려사』와 『속악가사』로부터 직접적인 영향을 받았다고 단언할 수 없다. 하지만 이 두 문헌은 충분히 구득이 가능한 출판물로서 후대로의 전승과 유통이 비교적 수월했으리라 여겨진다. 그렇기 때문에 '권수'와의 연관성을 전면 배제할 수 없고, 참고문헌으로 판명되지 않더라도 해당 작품의 원전이라는 사실은 부인할 수 없다고 본다.

㉱-1은 환입[도드리] 형식을 제시한 부분으로 "中還入 俗稱 中도드리, 小還入 俗稱 小도드리, 除指 俗稱 가락더리"가 보인다.

---

15 『고려사』권71, 지제(志第)25, 낙(樂)2 당악(唐樂), 〈오양선(五羊仙)〉

16 『(봉좌문고본) 속악가사-상」, 「보허자」(김명준(2004), 『악장가사 주해』, 도서출판 다운샘, 96~97쪽 및 원전 영인본 14쪽에서 재인용)

17 「보허사」가 실린 최고(最古)의 문헌인 『고려사』에 실린 해당 노랫말의 우리말 번역은 동아대학교 석당학술원(2011) 저, 『(국역) 고려사』(경인문화사)에 다음과 같이 제시되어 있다.

　　푸른 안개가 새벽을 가두는데 바다의 물결은 고요하고,
　　강가의 몇 개의 산봉우리는 쓸쓸하네.
　　패환 소리 속에 기이한 향기가 인간 세상에 날아서 떨어지네.
　　멈춘 사신은 오색 구름 끝에 있네.

　　완연히 잘 익은 벼의 상서로움을 함께 가리키며
　　한 번 웃으니 붉은 얼굴이 펴지네.
　　아홉 겹 높다란 궁궐을 바라보면서 높은 하늘에 세 차례 축수하네.
　　만만 년에 이르러 남산과 맞서소서.

	中還入 俗稱 中도드[리]
㉲-1 환입[도드리] 형식	小還入 俗稱 小도드리
	除指 俗稱 가락더리

이 부분에서는 18세기 전반~19세기 전반의 금보에 수록된 보허자의 파생곡명이 확인된다. 환입(還入) 형식이란 악곡의 앞부분을 뒤에서 반복하는 것으로 보허자에서 독립한 악곡이라고 한다. 제지는 『한금신보』에서 보이는데 우조가락도드리의 전신일 듯하고, 소환입은 『삼죽금보』에 실린 세환입의 이칭이다. 중환입도 파생곡명의 하나인 본환입으로 예상되지만, 현재로서는 정확한 의미를 알 수 없다.[18]

『병와가곡집』의 편찬과 관련하여 '권수'에 당악곡의 노랫말과 후대의 파생곡이 동시에 수록되었다는 사실은 두 가지 측면에서 주목해 볼만하다. 먼저 『병와가곡집』에서는 다른 문헌에서 쉽사리 찾아지지 않는 보허자의 전개 과정이 보인다는 것이다. 지금은 잘 부르지 않는 과거의 노랫말이 후대의 파생곡과 공존하고 있는 특이 사례로서 '권수'를 재조명해 볼 필요가 있다. 그다음으로 주목해 볼 것은 『병와가곡집』은 당대의 음악적 변화상이 적극 반영된 가집이라는 사실이다. 가곡의 연창과 관련하여 보허사의 파생곡이 '권수'에 수록된 것은 별다른 거부감 없이 새로운 음악 형식을 수용한 당대인의 인식이라는 관점에서 좀 더 적극적인 해명이

---

18 미환입(尾還入), 웃도드리[세환입(細還入)], 양청도드리[양청환입(兩淸還入)], 우조가락도드리[우조가락환입(羽調加樂還入)]는 보허자 환입의 파생곡명이다. 송방송(1984), 앞의 책, 436~447쪽.

요구된다.

㉱에서는 여민락(與民樂) 십장(十章)의 한문가사가 보인다. 여민
락 10장은 조선왕조의 창업을 노래한 「용비어천가(龍飛御天歌 :
1445)」의 1장, 2~4장, 125장을 10장으로 나누어 관현 반주에 얹어
부른 것이다.[19] 여민락과 함께 봉래의(鳳來儀)에서 연주된 「치화평
(致和平)」, 「취풍형(醉豊亨)」의 노랫말은 국한문으로 병기된 「용비
어천가」의 가사이다. 현재 이 부분은 1/4정도 훼손된 상태라서 판
독하기가 어려운데, 기존의 관련 문헌을 참고하여 본래의 모습을
추정할 수 있다.[20]

현전 여민락은 총 4종으로 관현 반주에 얹어 부른 것 이외에도
행악(行樂)으로 쓰인 여민락 만(慢)과 여민락 령(領), 여민락 령의
변조인 해령(解令)이 있다.[21] 여민락의 악곡은 『세종실록』의 「악
보」, 『금합자보』, 『어은보』, 『한금신보』 등에 전하고 있다. 그렇지
만 대부분의 금보에서는 한문가사를 싣지 않았으므로 「용비어천
가」를 참고해 볼 만하다([표 Ⅲ-4]).

19 『세종실록』, 「악보」, 〈여민락보〉 : "歌辭用龍飛御天謌之詩 首章以下四章及卒章"
20 이 부분에 대한 판독은 기존의 연구[김용찬(2001), 『교주 병와가곡집』, 월인, 79
쪽; 국립국악원 편(2013), 『주해 악학습령』, 36~37쪽]에서 이루어졌는데 『교주
병와가곡집』은 해당 출전에 대한 언급 없이 원문만을 제시한 반면, 『주해 악학
습령』에서는 이형상의 『악학편고』를 참고하여 원문을 복원하고 우리말로 번역
해 놓았다.
21 장사훈(1999), 『(최신) 국악총론』, 세광음악출판사, 273~275쪽.

「용비어천가」[22]			'권수' ㉣ 與民樂 十章
海東六龍飛, 莫非天所扶, 古聖同符.	首章	第一 海東章	[海東六龍飛 莫非天所扶 古聖同符].
根深之木, 風亦不扤, 有灼其華, 有蕡其實.	二章	第二 根深章	[根深之木 風亦不扤 有灼其華 有蕡其實].
源遠之水, 旱亦不竭, 流斯爲川, 于海必達.		第三 源遠章	[源遠之木 旱亦不竭 流斯爲川 于海必達].
昔周大王, 于豳斯依, 于豳斯依, 肇造丕基.	三章	第四 昔周章	昔周天王 于幽斯依 [于幽斯依 肇造丕基].
今我始祖, 慶興是宅, 肇開鴻業.		第五 今我章	今我始祖 慶興是[宅 處興始宅 肇開鴻業].
狄人與處, 狄人于侵, 岐山之遷, 實維天心.	四章	第六 狄人章	狄人與處 狄人于侵 [岐山之遷 實維天心].
野人與處, 野人不禮, 德源之徙, 實是天啓.		第七 野人章	野人與處 野人[不禮 德源之徙 實維天啓].
千世黙定, 漢水陽, 累仁開國, 卜年無疆.	卒章	第八 千世章	千世黙定 漢水之陽 [累仁開國 卜年無疆].
子子孫孫, 聖神雖繼, 敬天勤民, 酒益永世.		第九 子子章	子子孫孫 聖神雖繼 敬天[勤民 酒益永世].
嗚呼! 嗣王監此, 洛表遊畋, 皇祖其恃.		第十 嗚呼章	嗚呼 嗣王監此 洛表遊畋 皇祖其恃].

[표 Ⅲ-4] 「용비어천가」와 '권수'의 여민락 10장

　　지금의 여민락은 순수 기악곡으로 인식된다. 그러나 최초의 여민락은 관현 반주를 동반한 성악곡이었다고 한다.[23] 여민락은 『세

---

22 『세종실록』, 「악보」, 「용비어천가」

23 여민락의 역사적 전개 과정은 장사훈(1999), 앞의 책, 275~276쪽 참고.

종실록』의 「악보」에 악곡이 실리고, 동보(同譜)에 수록된 「용비어천가」의 한문가사를 노랫말로 삼는다. 하지만 세종대 이후 어느 시점부터는 여민락 노래가 아니라 여민락 곡으로 인식된다.

여민락에 대한 인식의 변화는 한문가사의 부전과 연주법의 개수가 이루어진 『금합자보(1572)』에서부터 확인된다. 성악곡에서 기악곡으로의 변화를 예고하듯 『금합자보』에는 전체 10장의 악곡이 모두 실렸으나, 한문가사에 대한 언급이 전혀 없다. 본격적인 변화상은 18세기 이후의 금보에서 나타난다. 『한금신보』에는 우조(羽調) 제1장과 제2장만이 수록되었고, 『어은보』에서도 여민락 7장만이 실려서 연주 범위의 축소를 보여 준다. 『속악원보』는 당악곡 여민락만의 악보와 향악곡 여민락의 관보와 현보를 함께 수록해 놓았다. 요컨대 여민락 10장은 성악곡의 기악곡화, 연주 범위의 축소, 악기별 악보를 보여 준다는 이유에서 음악사적으로 매우 중요시 된다.

그런데 '권수'의 여민락 10장에서는 악곡에 대한 설명이 부재하고, 오직 노랫말만이 보인다. 이미 여민락 10장의 관현악보는 물론 현악악보와 관악악보까지 확인되는데도 악곡은 싣지 않고, 오로지 한문가사만 수록했다는 것은 무슨 의미일까? '권수'가 『어은보』를 비롯해 당대의 여러 금보와 연관성을 지닌 만큼 여민락 곡을 인지하지 못했을 리가 없다. 그렇다고 단지 한문가사를 안다는 이유로 인해 당대의 중요 악곡을 배제한 채, 그 노랫말만을 기록해 두었을까?

이것은 분명 ㉯의 영산회상, ㉰의 보허사의 경우와 마찬가지로 '성악곡의 기악곡화'라는 당대 음악사의 보편적 흐름과 상반된 면모로서 작품의 노랫말에 대한 관심을 보여 준다고 이해된다. 즉 『병

와가곡집』은 여민락 10장의 노랫말을 싣고 있는 현전 유일의 가집
으로서 작품을 바라보는 두 가지 시선, 작품의 악곡 못지 않게 작품
의 노랫말에 관한 기록에도 상당한 주의를 기울인 듯하다.

㉱에는 "樂時調"라고 굵게 쓰인 세 개의 글자와 부기로 여겨지
는 작은 글씨가 보인다. 현재 낙시조가 자리하고 있는 곳은 금보
의 편제 구성 상 거문고 조현법(調絃法)을 소개하는 부분에 해당
한다. 『금합자보』[24]에서도 거문고 산형(散形)을 그려 놓은 금도(琴
圖)에서 낙시조(樂時調)가 보인다. 따라서 '권수'의 낙시조는 가곡
창 악곡, 즉 성악곡이 아니라 기악곡과 관련된 용어라고 파악된다.
가곡의 악곡명을, 그것도 단 한 곡만을 독립시켜서 굳이 이 부분에
다 기록해 놓을 이유가 없다고 본다.

이와 관련하여 이 부분에서 가장 눈에 띄는 것은 "낙시조" 하단
에 작은 글씨로 쓰인 "不見於譜中 無乃謄本見漏耶 抑或作於譜成之後
而未得入載耶"라는 짧은 글일 것이다. 이 글은 낙시조가 "『병와가곡
집』에서 볼 수 없다[不見於譜中]"는 것으로 성악보다는 기악과 관
련된 용어였으리라는 추정을 뒷받침한다. 이 글은 금보에서는 낙
시조의 악곡을 싣는다는 것, 가집에서는 낙시조의 노랫말이 수록
된다는 사실을 간파한 판단 결과로 보인다.

㉲는 평조와 계면조의 다섯 가지 소리[25]인 궁·상·각·치·우의 성

---

24 『금합자보』: "樂時調 平調五調內徵調"

25 백대웅(2007), 「'오음 약보'가 생긴 원인과 그 문헌 연구」, 『국악용어 해설집』, 보
고사, 311~312쪽.

형(聲形)을 그림으로 나타낸 오음도(五音圖)이다. 오음은 『양금신보』를 비롯하여 다수의 금보에 기보되었는데, 그 가운데에서 오음도를 싣고 있는 대표적인 금보로 『금합자보』, 『한금신보』, 『어은보』 등이 있다. 몇몇 가집에서도 오음에 관한 기록을 볼 수 있으나[26], 〈오음도〉가 제시된 경우는 『병와가곡집』이 유일한 것으로 파악된다.

『병와가곡집』에 〈오음도〉가 수록될 수 있었던 것은 금보를 참고한 결과로 『금합자보』, 『한금신보』의 권두에 기록된 〈궁상각치우(宮商角徵羽) 출성도(出聲圖)〉, 〈오음(五音) 성출(聲出)〉이 '권수'의 〈오음도〉와 상당히 흡사하다([표 Ⅲ-5]).

금합자보	〈궁상각치우 출성도〉		어은보	〈오음 성출〉	병와 가곡집	🅑〈오음도〉
	宮聲	圓厚而音上 故其聲形上至 而聲體俱圓		宮聲	圓厚而音上 和平沈厚雄洪		宮聲	和平沈厚雄洪 圓厚而音上
	商聲	輕淸而音上 故其聲形上至 而聲體俱方		商聲	輕淸而音上 鏘鏘鳴玉		商聲	鏘鏘鳴玉 輕淸而音上
	角聲	極高而音上 故其聲形上至 而聲體俱又		角聲	極高而音上 長而哽咽 又極高		角聲	長而哽咽 極高而音上

---

26 『(주씨본) 해동가요』의 〈각조체격(各調體格)〉, 『(박씨본) 시가』의 〈가사법(歌詞法)〉, 『동국가사』·『(하합본) 가곡원류』의 〈오음론(五音論)〉 등에서 보인다.

금합자보	〈궁상각치우 출성도〉	어은보	〈오음 성출〉	병와 가곡집	㉟〈오음도〉
羽聲	輕濁而音下 故其聲形下至 而聲體俱方	徵聲	重濁而音下 抑揚口戲口戲 有歎息義	徵聲	抑揚戲戲 有歎息義 重濁而音下
徵聲	重濁而音下 故其聲形下至 而體尾俱圓	羽聲	輕濁而音下 嘤嘤透澈	羽聲	嘤嘤透徹 輕濁而音下

[표 Ⅲ-5] 금보와 가집의 〈오음도〉

오음의 제시 순서와 성형을 보건대 『병와가곡집』의 〈오음도〉는 『어은보』의 선례를 따른 것으로 생각된다. 『병와가곡집』과 『어은보』는 "궁 → 상 → 각 → 우 → 치(『금합자보』)"에서 "궁 → 상 → 각 → 치 → 우" 순으로의 변화상이 공통적으로 발견된다.

오음의 성형은 대체적으로 엇비슷한데, 『병와가곡집』에서는 좀 더 단순한 모양새를 지향한 듯하다. 그 가운데에서 각성(角聲)의 변형이 가장 두드러져 보이고, 『금합자보』에 비해서 『어은보』와 『병와가곡집』의 삼각뿔 형상이 상당히 유사하게 느껴진다. 상성(商聲), 우성(羽聲)의 성형도 『어은보』와 『병와가곡집』이 비슷해 보인다.

오음에 관한 해설은 부분적으로 차이가 느껴지나, 단지 문장 구조가 다르다는 것일 뿐 그 이상의 유의미한 차이점은 없다. 예컨대 오음 가운데에서 궁성의 경우를 보면,

『금합자보』		『어은보』		『병와가곡집』	
宮聲	둥글고 두터워서 소리가 높으므로 그 소리의 형상은 하늘에 이르고 소리의 격은 둥근 것이다.	宮聲	둥글고 두터우며 소리가 높다 조화롭고 평안하며 침착하고 중후하며 웅장하고 크다.	宮聲	조화롭고 평안하며 침착하고 중후하며 웅장하고 크다 둥글고 두터우며 소리가 높다.
	圓厚而音上　故其聲形上至 而聲體俱圓		圓厚而音上　和平沈厚雄洪		和平沈厚雄洪　圓厚而音上

[표 Ⅲ-6] 금보와 가집에서의 '宮聲'

라고 하여 "圓厚而音上 和平沈厚雄洪" → "和平沈厚雄洪 圓厚而音上" 과 같이 문장 구조가 다르다. 문장 구조의 차이는 그밖의 소리에서 도 볼 수 있다. 그러나 문장 구조의 변화에도 불구하고 의미상 차이가 없으므로 동일한 해설이라고 간주해도 무방하다. 따라서 『병와가곡집』 '권수'의 〈오음도〉와 『어은보』는 일치한다고 볼 수 있겠고, 『금합자보』보다는 한층 더 간결하게 해설한 것으로 여겨진다.

해설 내용면에서도 '권수'와 『어은보』는 『금합자보』와 구분된다. 〈오음도〉와 〈오음 성출〉은 오음의 뜻, 즉 다섯 소리의 느낌을 잘 살려서 표현한 것으로 오음의 첫 음이자 그 중심에 놓인 궁성의 특색을 가늠해 볼 수 있다. 그러나 『금합자보』의 〈궁상각치우 출성도〉는 소리의 느낌뿐만 아니라, 성형의 원리까지 함께 제시해 놓았다. 즉 원인과 결과라는 관계로서 소리의 뜻과 모양을 설명하고자 했던 것이다.

18세기 전반의 『한금신보』에서도 오음도를 볼 수 있다([그림 Ⅲ -7]). 『한금신보』의 〈오음속현도(五音屬絃圖)〉의 성형은 『금합자보』,

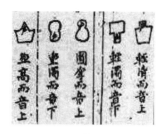

[그림 Ⅲ-7] 『한금신보』의 〈오음속현도〉

『어은보』보다는 훨씬 단조로운데 "상성 → 우성 → 궁성 → 치성→ 각성"의 순으로 기록된 오음과 그 해설이 보인다.

〈오음속현도〉는 오음의 제시 순서가 『금합자보』 등과 다르다는 사실을 알 수 있는데, 이것은 성형의 유형에 주목한 결과로 이해된다. 소리의 뜻보다는 비슷한 모양새의 소리끼리, 곧 '방형(商聲, 羽聲) → 원형(宮聲, 徵聲) → 삼각뿔형(角聲)' 순으로 제시하다 보니 『금합자보』, 『어은보』와는 또 다른 오음도가 이루어진 것이다. 오음의 바로 밑에는 간략한 해설이 보인다.

오음의 기보 방식을 보건대 『병와가곡집』의 〈오음도〉는 『한금신보』와는 명확히 구분되고, 『금합자보』보다는 『어은보』와의 연관성이 높다고 여겨진다.

㉘는 〈음절도〉를 언급한 부분인데 해당 도보가 존재하지 않는다. 오직 "音節圖"라는 세 개의 글자가 보일 뿐인데, 그 아래에 조금 작은 글씨로 쓰인 "此圖未得全譜 故略述聞見耳 (重出)"이라는 기록이 보인다.

'권수'에 도보가 없는 것은 〈음절도〉가 수록된 문헌을 얻어보지 못했다는 기록으로 인해서 충분히 납득이 되지만, "듣고 본 것을 간단히 기술했을 따름[略述聞見耳]"이라는 첨언과는 달리 정작 아무 것도 기술되어 있지 않아서 적잖이 당혹스럽다.

음절도는 금보에서도 잘 찾아지지 않아서 무엇을 기록하고자 했는지 불분명하나, 추측컨대 음의 높이[음률(音律)]를 나타내는 기보 방식[27]의 하나였으리라고 생각된다. 앞서 〈오음도〉, 즉 오음의 소리 모양새가 수록된 만큼 이 부분에서는 소리의 높낮이를 나타내는 십이율(十二律)[28]에 대한 도보가 자리했을 가능성이 있다.

㉕는 거문고 및 가곡 관련 악론을 제시한 부분으로 『병와가곡집』의 편찬 배경을 시사해 주는 몇 가지 중요한 언급을 포함하고 있다. 이러한 언급은 김천택이 홍만종의 글을 차용하여 〈만횡청류서〉, 유·무명씨 작품의 발문을 마련한 것[29]과 흡사해 보인다.

이 부분은 앞의 〈음절도〉와는 지면을 달리하고 있는데 그동안의 독해 과정에서 상당수의 글자가 결락([ ]) 처리되거나, 원문의 출처가 불분명하여 그 의미를 정확하게 파악할 수 없었다. 그런데 이 부분을 다각도로 분석해 본 결과, 『양금신보』의 〈금아부(琴雅部)〉와 〈현금향부(玄琴鄕部)〉, 그리고 『시전집주(詩傳集註)』에 전하던 글이 착종(錯綜)되어 있다는 사실이 확인된다.

『양금신보』와 『시전집주』의 글을 '권수'에 직접 인용해 놓은 것인지, 아니면 또 다른 문헌 혹은 구전 자료를 참고한 결과였는지 현재로서는 알 수 없다. 다만 이 부분에 제시된 글의 상당 부분이 이미 다른 문헌에서도 수록되었다는 점, 또 이 글은 『병와가곡집』의

---

27 김해숙·백대웅·최태현 공저(1995), 『전통 음악 개론』, 도서출판 어울림, 63~67쪽.

28 12율은 ① 황종, ② 대려, ③ 태주, ④ 협종, ⑤ 고선, ⑥ 중려, ⑦ 유빈, ⑧ 임종, ⑨ 이칙, ⑩ 남려, ⑪ 무역, ⑫ 응종으로 한 옥타브 안에 음에 높낮이에 따라 차례로 배열된 12개의 반음을 의미한다. 송방송(1984), 앞의 책, 277~282쪽.

29 김용찬(1999), 앞의 책, 46~54쪽.

편찬에 앞서 존재한 원전이나 선이해가 전제된 차용에 해당한다는 사실은 충분히 입증된다.

해당 원문의 출처에 유의할 경우, 이 부분은 상단부(㉰-1)와 하단부(㉰-2)로 나누어진다. 상단부는 『양금신보』의 〈금아부〉와 〈현금향부〉를 축약한 듯([표 Ⅲ-8] 참고)하고, 하단부는 『시전집주』에 실렸던 글을 발췌한 것([표 Ⅲ-9]으로 보인다. 이러한 양상은 김천택이 『(진본) 청구영언』의 편찬 논리를 『순오지』나 신흠의 글을 통해 표현했던 것처럼 『병와가곡집』의 편찬 및 '권수'의 제시 목적을 나타내고자 기존의 문헌 기록을 차용한 결과로 이해된다.

우선 '권수'의 기록을 『양금신보』와 비교해 본 결과, 축약이 상당히 많이 이루어졌다는 사실을 알 수 있다. 『양금신보』[30]는 목판본으로 인쇄되었기 때문에 유통, 전파가 용이하여 오늘날까지도 그 원형을 잘 보존하고 있는 금보로 평가된다. 『양금신보』로부터 많은 영향을 받은 후대의 금보에서는 〈금아부〉와 〈현금향부〉의 전체 또는 일부 내용을 전재하여 기록으로서의 일치도가 상당히 높다. 하지만 '권수'에서는 『양금신보』와의 일치도가 낮고, 중요 내용을 위주로 축약해 놓았다.

---

30 최선아(2014), 「16~17세기 한양사족의 금보 편찬과 음악적 소통」, 『한국시가연구』36, 한국시가학회.

		『양금신보』		『병와가곡집』'권수' ㉮-1
琴雅部	Ⓐ	樂記云, 伏羲作琴, 神農削桐爲琴. 琴者禁也. 禁之於邪, 以正其心也. 琴者樂之統也, 故君子所當御也.	ⓐ	琴長三尺六寸.(象三百六十日) 棵十三.(象十二月及潤月) 上圓下方.(象尊卑) 絃有五.(象五行, 又有文武二絃) 前稱龍脣, 後稱鳳尾. 第一 文絃.(羽) 第二 遊絃.(商) 第三 大絃.(宮) 第四棵 上清.(角) 第五棵 下清.(徵) 第六 武絃, 有三穴.(象天地人三才)
	Ⓑ	琴長三尺六分, (象期之日也) 腰廣四寸(象四時也), 前廣後挾(象尊卑也) 上圓下方.(象天地也) 絃有五.(象五行也) 徽十有三(象十二律也. 餘一閏也) 大絃(爲君), 小絃(爲臣)	ⓑ	琴者禁也. 禁之於邪, 以正其心, 君子所當愛也.
	Ⓒ	文王武王各加一絃, 是謂七絃.	ⓒ	太昊伏羲氏, 始削桐爲琴, 設五絃, 文武王各加一絃, 仍名文武絃.
玄琴鄉部	Ⓓ	初晋人, 以七絃琴送高句麗, 麗人不知鼓之之法, 時第二相王山岳改 而其法制兼製曲以奏之. 於是玄鶴來舞, 遂名曰玄鶴琴. 後但云玄琴.	ⓓ	高麗時, 自晋朝, 送七絃琴, 無人解者. 第相王山岳, 改易其制, 減一小絃, 作六絃琴, 彈之, 玄鶴來舞, 謂之玄琴.
	Ⓔ	又有玉寶高者, 入智理山, 學琴五十年, 傳續命得, 續命得傳貴金, 貴金亦入智理山不出. 王恐琴道不傳 以伊湌允興爲南原守, 俾傳其業. 允興遺長清安清詣山中學之. 傳其所秘漂風等三曲, 安清傳其子, 克宗所製音曲, 有平調羽調,	ⓔ	琴譜, 有文王羑里操, 箕子操, 孔子猗蘭操, 伯牙高山流水曲, 嵇康步[ ]

『양금신보』		『병와가곡집』 '권수' ㉯-1	
Ⓕ	高麗毅宗朝郎中, 鄭敍謫東萊, 召命久不至, 敍乃撫琴作歌詞悽惋, 後人名其曲曰 鄭瓜亭. 時用大葉, 慢中數皆出於, 鄭瓜亭三機曲中(瓜亭 鄭敍自號)	ⓕ	本朝梁德壽作琴譜, 稱梁琴新譜, 謂之古調. 本朝金成器作琴譜, 稱漁隱遺譜, 謂之時調.(麗朝鄭瓜亭敍譜, 與漁隱遺譜同)

[표 Ⅲ-8] 『양금신보』와 '권수' 대교

상단부(㉯-1)는 『양금신보』의 「금아부」(ⓐ~ⓒ), 「현금향부」(ⓓ~ⓕ)와 비교해 볼 수 있다. 「금아부」는 총 3개의 단락으로 구성되었는데, '권수'에서의 기록과 차이가 있다.

'권수'를 〈금아부〉의 기록과 비교해 보면 ⓐ와 ⓑ의 위치가 다르다는 사실을 알 수 있다. ⓐ는 거문고의 외형 및 소리에 대한 상징적 표현으로 〈금아부〉의 Ⓑ에 해당한다. 거문고의 뜻을 풀이한 ⓑ는 〈금아부〉의 Ⓐ에서 볼 수 있다. 요컨대 『양금신보』의 'Ⓐ → Ⓑ'가 '권수'에서는 'ⓑ → ⓐ' 순으로 바뀌었다.

'권수'의 ⓒ는 Ⓒ의 내용을 일부 보완해 넣은 것이다. ⓓ와 ⓔ는 거문고의 역사에 대한 글로 〈현금향부〉의 기록(Ⓓ, Ⓔ)을 대폭 축소하여 수록한 것이다.

ⓕ는 『양금신보』에서 보이지 않는 글로서 가곡의 악곡에 대한 평가와 그 연원을 밝힌 것이다. 이것은 『병와가곡집』에서만 볼 수 있는 글로서 세 가지 측면에서 중요한 의미를 지닌다. 첫째, 고금의 가곡 악곡에 관한 당대인의 인식을 살필 수 있다. 양덕수의 『양금신보』는 고조(古調)이고, 본조 김성기의 『어은(유)보』는 시조(時調)라고 하여 옛날 곡과 신곡의 구분이 가능할 정도로 가곡의 악곡이

발전해 왔다는 사실을 알려 준다. '시조'라는 표현[31]은 일종의 평어로써 『어은보』의 첫 장에서 보이는 "時調附"처럼 옛날 곡과는 다른 요즘의 가곡 악곡을 뜻한다.

둘째는 "『어은(유)보』가 고려 때 정과정 서의 악보와 같다"고 하여 정서 악보의 실존 가능성을 언급한 것이다. 『어은(유)보』와 같은 금보가 이미 고려 때부터 존재했고, 더불어 가곡의 악곡이 오랜 역사를 지닌다는 함의로 인해 가곡의 역사 및 형성에 관한 시사점을 제공해 주었다고 판단된다.

그리고 마지막으로 『병와가곡집』의 편찬에 『양금신보』와 『어은보』가 많은 영향을 주었다는 사실이다. 이러한 사실은 그동안 충분히 예측이 가능했음에도 불구하고 '권수'에 대한 실증적 분석이 미진하여 부각되지 못했다. 실제 확인해 본 결과, 두 금보와의 연관성이 예상보다 훨씬 높다는 사실을 알 수 있다.

하단부(⑭-2)에서는 거문고 악론(樂論)을 개진했는데, 『소학집주』[32]로부터 전해지던 기록을 가감하여 수용한 흔적이 포착된다 [표 Ⅲ-9].

---

31 '시조(時調)'라는 명칭은 신광수(1712~1775)의 문집인 『석북집(石北集)』권10, 「관서악부(關西樂府)」15("初唱聞皆說太眞 至今如恨馬嵬塵 一般時調排長短 來自長安李世春")에서도 보인다.

32 김성원 교열(1978), 『(원본) 소학집주』, 명문당, 23~24쪽.

『小學集註』「立敎」第一		『병와가곡집』 '권수' ㉔-2
	Ⓐ	三禮圖, 曰琴本五絃. 曰宮商角徵羽. 文武王增二, 曰少宮少商. [ ] 最淸也.
命夔曰 命汝典樂, 敎胄宙子, 直而溫, 寬而栗, 剛而無虐, 簡而無傲. 詩言志, 歌永言, 聲依永, 律和聲. 八音克諧, 無相奪倫, 神人以和.	Ⓑ	舜命夔曰 命汝典樂, 敎胄子, 直而溫, 寬而慄, [剛而毋虐] 簡而無傲. 詩言志, 歌永言, 聲依永, 律和聲. 八音克諧, 無相奪倫, 神人以和.
夔舜臣, 名胄, 長也. 胄子謂, 自天子至卿大夫之適子也. 栗莊敬也. 無虐無傲, 二無字與毋同聲, 五聲宮商角徵羽也. 律十二律, 黃鐘(大簇轇姑洗鮮㽔如追反賓夷則無射亦陽律也) 大呂, 夾鐘, 中呂, 林鐘, 南呂, 應鐘, 陰律也. 八音, 金石絲竹匏土革木也. 蔡氏曰, 凡人直者, 必不足於溫故, 欲其溫寬者, 必不足於栗故, 欲其栗所以慮其偏而輔翼之也. 剛者必至於虐, 故欲其無虐, 簡者必至於傲, 故欲其無傲, 所以防其過而戒禁之也. 敎胄子者, 欲其如此, 而其所以敎之之具則又專在於樂. 盖樂可以養人中和之德, 而救其氣質之偏也. 心之所之, 謂之志. 心有所之, 必形於言, 故曰詩言志. 旣形於言, 必有長短之節, 故曰歌永言. 旣有長短, 則必有高下淸濁之殊, 故曰聲依永. 旣有長短淸濁, 則又必以十二律和之. 乃能成文而不亂, 所謂律和聲也. 人聲旣和, 乃以其聲, 被之八音而爲樂, 則無不諧協, 而不相侵亂失其倫次, 可以奏之朝廷, 薦之郊廟, 而神人以和矣. 聖人作樂, 以養情性, 育人材, 事神祗, 和上下. 其體用功效, 廣大深切, 乃如此, 今皆不復見矣. 可勝嘆哉!	Ⓒ	夔舜臣, 名胄. [ ] 聲五音也. 律十二律. 黃鍾, 大呂, 太簇, 夾鐘, 姑洗, 仲呂, 蕤賓, 林鐘, 夷則, 南呂, 無射, 應鐘. [ ] 盖樂可以養人中和之德, 而救其氣質之偏也. 心之所之, 謂之志. 心有所之, 必形於言, 故曰詩言志. 旣形於言, 必有長短之節, 故曰歌永言. 旣有長短, 則必有高下淸濁之殊, 故曰聲依永. 旣有長短淸濁, 則又必以十二律和之, 乃能成文而不亂, 所謂律和聲也. 人聲旣和, 乃以其聲, 被之八音而爲樂, 則無不諧協, 而不相侵亂失其倫次, 可以奏之朝廷, 薫之郊廟, 而神人以和矣. 聖人作樂, 以養情性, 育人材, 事神祗, 和上下. 其體用廣大, 功效深切, 乃如此. 今皆不復見矣, 可勝歎哉. 可勝歎哉.

『小學集註』「立敎」第一		『병와가곡집』 '권수' ㉮-2
	ⓓ	歌與樂, 一也. 治歌曲者, 不可不知琴. 故琴譜所載及平日聞知者, 錄之卷首, 而至於舜命夔之辭, 乃詩歌樂三者之本也. 是用歌者, 先曉其大意云.

[표 Ⅲ-9] 『소학집주』와 '권수'의 비교

'권수'에서 판독되지 않는 부분이 있으나, ⓑ와 ⓒ는 『소학집주』
의 기록을 차용한 것이 분명해 보인다.[33] ⓒ가 ⓑ에 대한 주석이라

---

33 이 부분의 번역은 이정옥(2013), 앞의 글, 39~40쪽을 따른다.
　ⓐ 삼례도에 "거문고는 본래 다섯 줄로 궁·상·각·치·우라고 하였고, 문왕과 무
　　왕이 두 줄을 더하여 소궁, 소상이라고 하니 [ ] 소리가 청아하였다."
　ⓑ 순이 기에게 명하여 말하기를 "너를 전악에 명하니 천자의 아들과 공경대부
　　의 적자를 맡아 가르치되 강직하면서도 온화하게 하고 너그러우면서도 위엄
　　을 잃지 않게 하고 [굳세면서도 거칠지 않게 하고], 간략하면서도 너그러우면
　　서도 위엄을 잃지 않게 하라. 시란 마음속에 있는 뜻을 말하는 것이고, 노래란
　　말을 길게 뽑아 읊조리는 것이며, 소리란 길게 뽑아 억양을 붙이는 것이고, 음
　　률이란 소리가 조화를 이룬 상태인 것이다. 팔음이 조화를 이루어 서로 음계
　　를 빼앗지 않게 하면 신과 사람도 이로써 조화를 이룰 것이다.
　ⓒ 기는 순의 신하로 [ ] 소리에는 5음이 있고, 율은 12율이 있는데 황종, 대려,
　　태주, 협종, 고선, 중려, 유빈, 임종, 이칙, 남려, 무역, 응종이다. [ ] 대개 음악
　　은 사람들의 중화의 덕을 길러서 그 기질의 편벽됨을 구제할 수 있다. 마음이
　　가는 것을 일컬어 지라고 한다. 마음이 가는 바가 있으면 반드시 말에 나타나
　　므로 시는 뜻을 말한 것이라 하였고, 이미 말에 나타나면 반드시 장단의 절이
　　있으므로 가는 말을 길게 읊조리는 것이라 하였고, 이미 장단의 절이 있으면
　　반드시 고하와 청탁의 차이가 있으므로 성은 길게 읊조림을 따르는 것이라
　　하였고, 이미 장단과 청탁이 있으면 또한 반드시 12율로 조화하여야 이에 문
　　을 이루어 어지럽지 않으니 이른바 율은 소리를 조화한다는 것이다. 사람의
　　소리가 이미 화하였으면 이에 그 소리를 팔음에 입혀서 음악을 만들면 화합
　　하지 않음이 없어 서로 침해하거나 어지러워 그 차례를 잃지 않아 조정에서
　　도 연주하고 교제와 묘제에도 올려 신과 사람이 화합할 수 있다. 성인이 음악
　　을 만들어 성정을 함양하고 인재를 육성하며 귀신을 섬기고 상화를 화평하
　　게 하여 그 체용과 공효의 광대하고 심절함이 마침내 이와 같았는데, 지금은
　　모두 다시 볼 수 없으니 이루 다 탄식할 수 있겠는가? 이루 다 탄식할 수 있겠
　　는가?"

서 작은 글씨로 조밀하게 기록된 것까지도 '권수'와 『소학집주』가 일치한다. Ⓐ는 정현(鄭玄: 127~200)의 『삼례도(三禮圖)』[34]에서 보이는데, 거문고 관련 기록이기 때문에 『소학집주』의 글보다 앞서 제시한 듯하다.

이 글은 다소 장황해 보이기도 하지만, 금보는 물론이거니와 어느 가집에서도 흔히 볼 수 없는 것이라서 매우 독특한 표현으로 여겨진다. 즉 이 부분은 기존 문헌의 글을 축약, 가감한 것으로 가곡 및 관련 음악 이론에 관한 인식을 보여 준다. 글쓴이는 문면에 드러나 있지 않으나, 기록의 목적이 명확하게 파악되기 때문에 편찬자와의 연관성이 높다고 판단된다.

특히 '권수'의 가장 하단에 자리한 Ⓓ는 편찬자의 자서(自序)가 아닐까 추측되고 있다. 비록 짧은 글이지만, 『병와가곡집』에 관한 이해를 돕는 중요 핵심으로 여겨진다.

> 노래와 음악은 하나이다. 가곡을 익히려는 사람은 반드시 거문고를 알아야 한다. 그래서 거문고 악보에 수록된 것과 평일에 들은 것을 권수에 기록하였다. 순이 기에게 명한 지극한 말씀은 시와 가와 악, 세 가지 근본이니 노래를 부르는 사람은 먼저 그 대의를 깨달아야 할 것이다.

이 글은 가곡에 대한 이해 수준을 보여 주고 있다. "노래와 음악은 하나"라는 것은 가곡이 노랫말과 악곡으로 이루어졌다는 뜻이

---

34 "三禮圖, 琴本五絃, 曰宮, 商, 角, 徵, 羽. 文王增二, 曰少宮, 少商絃. 蔡伯喈復增二絃, 故有九絃者. 二絃大, 次三絃小, 次四絃尤小, 最淸也."

다. "반드시 거문고를 알아야 한다"는 주장은 가곡의 연창에 거문고 반주가 수반된다는 사실을 나타낸 것이다. 이것은 가곡의 본질에 관한 당대의 보편적 인식과 가곡의 연행 현장이 어떠하였는가를 보여 준 글이다.

그다음은 기존 금보에서의 기록과 평소 들어서 알고 있던 것을 '권수'에 실었다는 말이다. 즉 '권수'를 포함하여 『병와가곡집』의 편찬은 기존의 금보와 자신의 견문에 의해 이루어졌다는 것이다. 여기서 기존의 금보는 『어은보』를 비롯하여 '권수'의 구성에 많은 영향을 준 문헌이고, 견문은 가곡에 대한 직·간접적인 경험을 총망라했음을 뜻한다. 그렇다면 이 글은 『병와가곡집』의 편찬이 가곡 관련 이론과 실제 연행 현장을 종합한 결과물이었음을 보여 준 것이라고 이해된다.

마지막 글은 가곡의 본질이 시(詩)이자 노래이고, 음악(音樂)이라는 사실을 재차 강조한 것이다. 이것 또한 가곡이 거문고 연주에 맞춰서 부르던 성악곡이자 시, 가, 악이 어우러지는 전통예술로서의 대의를 파악한 결과이기에 '권수'의 제시 목적과 일맥상통한다.

(2) 〈중·후반부〉

『병와가곡집』의 이해를 위해 '권수'에서 반드시 검토해야할 또하나의 중요 부분은 바로 〈중·후반부〉의 「목록(目錄)」(㉑)이다. 「목록」은 '권수' 전체 분량의 절반 이상을 차지하고 있는데, 금보의 편제 구성에 착안한 것으로 생각된다. 『어은보』와 같은 금보에도 권두와 본문에 실린 악곡명을 모아 놓은 별도의 「목록」이 존재한다.

그러나 「목록」의 제시 목적이나 실제 활용면에서는 차이가 있다. 금보에서의 「목록」은 대부분 실용적인 목적, 즉 연주에 소용되는 악곡명을 찾아보기 위해서 마련해 놓은 것이다. 「목록」에 제시된 악곡명마다 해당 면수까지 표기하여 어느 악곡이 몇 면에 있는지를 알려 주기 때문에 거문고 연주자는 자신이 연주하고자 하는 곡을 손쉽게 찾아볼 수 있다.

금보의 「목록」이 거문고 연주의 편의와 실용성에 초점을 맞춘데 비해, 『병와가곡집』 '권수'의 「목록」은 문헌으로서의 면모를 온전히 갖추기 위해 마련된 것이다. '권수'의 「목록」은 본문에 수록된 작품의 작가에 대한 소개이다. 모두 175명의 작가가 보이는데, 이름 바로 옆에다가 자호(字號)와 주요 이력을 부기해 놓았다. 그러나 해당 면수는 표시하지 않아서 어느 작가의 작품이 어디에 수록되었는지 알 수 없다. 또한 일부 기록은 사실과 다르게 기술되기도 했고, 누락된 부분도 발견할 수 있다.

작가 소개를 위해 '권수'에서 적지 않은 지면을 할애했다는 사실은 『병와가곡집』이 작품의 작가에 대한 관심이 지대했음을 나타낸 것이다. 「목록」의 기술 방식이나 '권수'에서의 비중을 감안할 때, 단순히 형식적 차원에서 작가의 명단을 제시한 것으로 보이지 않는다. 단순히 다수의 작품을 수록했기 때문에 소개해야할 작가의 수가 많아진 것이라고 본다면, '권수'의 「목록」은 더 이상의 의미 부여가 불필요하다. 하지만 역으로 최대한 다수의 작가를 찾고자 했고, 그 결과로 인하여 1,109수가 실리게 되었다면 또 다른 해석이 가능할 수 있다. 부연하자면 그동안 다수의 작품에 초점을 맞춰 『병와가곡집』을 해석했으나, 이제부터는 작가 중심의 가집으로도 읽혀질 수도 있다고 본다.

작가 소개는 『(진본) 청구영언』에서도 이루어진 바 있으나, 『병와가곡집』처럼 별도의 장을 마련한 최초의 사례는 『(주씨본) 해동가요』에서 찾아볼 수 있다. 『(주씨본) 해동가요』 권두의 「작가제씨(作家諸氏)」가 바로 그것이다. 『(주씨본) 해동가요』 권두의 「작가제씨」는 『병와가곡집』 '권수'의 「목록」과 상당히 유사하여 좋은 비교가 된다.

『병와가곡집』은 『(진본) 청구영언』과 다수의 작품을 공유하지만, 작가적 측면에서는 『(주씨본) 해동가요』와의 연관성이 높다. 『병와가곡집』과의 공출작품 수는 『(진본) 청구영언』이 『(주씨본) 해동가요』보다 많으나, 공통적으로 수록된 작가의 수는 『(주씨본) 해동가요』가 『(진본) 청구영언』보다 더 많은 것으로 확인된다.

『병와가곡집』 '권수'의 「목록」에서는 175명, 『(주씨본) 해동가요』의 「작가제씨」는 101명의 작가명이 보인다. 두 가집에 공통적으로 수록된 작가는 총 93명으로 『(주씨본) 해동가요』의 「작가제씨」에서 소개된 대부분의 작가가 『병와가곡집』의 「목록」에서도 다시 볼 수 있다.

	『병와가곡집』 「목록」: 175명	『(주씨본) 해동가요』 「작가제씨」: 101명
공통 수록 작가	姜栢年, 具仁垕, 求之, 具志禎, 權韠, 金光煜, 金尙憲, 金聖器, 金壽長, 金裕器, 金堉, 金宗瑞, 金昌業, 金玄成, 金塼, 南九萬, 郎原君, 多福, 梅花, 孟思誠, 朴仁老, 朴泰輔, 朴彭年, 徐敬德, 徐益, 成三問, 成宗, 小栢舟, 笑春風, 宋純, 宋時烈, 松伊, 宋寅, 肅宗大王, 申靖夏, 申欽, 王邦衍, 兪崇, 柳自新, 儒川君, 柳赫然, 尹斗緖, 尹善道, 尹淳, 尹游, 李貴鎭, 李德馨, 李穡, 李舜臣, 李安訥, 李陽元, 李彦迪, 李浣, 李珥, 李在, 李廷龜, 李鼎輔, 李廷燮, 李濟臣, 李仲集, 李澤, 李恒福, 李賢輔, 李滉, 李後白, 李渼, 林悌, 林晋, 積城君, 鄭斗卿, 鄭夢周, 鄭澈, 鄭太和, 趙明履, 曹植, 趙存性, 曹漢英, 趙顯命, 朱義植, 蔡裕後, 太宗, 寒雨, 許橿, 許珽, 洪瑞鳳, 洪暹, 紅粧, 洪迪, 黃眞, 孝宗, 金盛最, 金天澤	
작가 수	총 93명	
단독 수록 작가	康江月, 桂娘, 桂蟾, 高敬文, 郭輿, 權德重, 金光洙, 金宏弼, 金箕性, 金尙得, 金尙容, 金時習, 金友奎, 金應河, 金馹孫, 金長生, 金宗直, 金重說, 金振泰, 金昌翕, 金春澤, 金兒錫, 金黙壽, 奇大升, 吉再, 南怡, 文守彬, 朴啓賢, 朴道淳, 朴文郁, 朴師尙, 朴闇, 朴俊漢, 朴瀍瑞, 白光勳, 卞季良, 徐甄, 鮮于浹, 薛聰, 成守琛, 成汝完, 成運, 成渾, 松臺春, 梁應鼎, 玉伊, 禹倬, 元天錫, 柳誠源, 庾世信, 兪應孚, 乙巴素, 李塏, 李德涵, 李明漢, 李元翼, 李兆年, 李存吾, 李之蘭, 李華鎭, 麟坪大君, 林慶業, 張晩, 張鵬翼, 張維, 鄭述, 鄭道傳, 鄭蘊, 鄭忠信, 趙光祖, 趙緯韓, 曹允亨, 趙應賢, 趙載浩, 趙浚, 趙憲, 鐵伊, 崔瑩, 崔冲, 河緯地, 韓濩, 洪翼漢, 黃喜	金三賢, 金應鼎, 朴明賢, 朴英, 肅宗, 漁父, 張炫, 趙纘韓[35]
작가 수	총 82명	총 8명

[표 Ⅲ-10] 「목록」과 「작가제씨」의 작가 수록 현황

수록 작가의 면모가 유사할 뿐 아니라, 작가를 소개하는 방식도
비슷하다. 「목록」과 「작가제씨」에서는 이름을 먼저 밝힌 후, 바로
옆에다가 자호와 간단한 약력을 덧붙이는 방식으로 작가 소개를
하고 있다. 하지만 소개 내용이 다르거나, 「작가제씨」에서 볼 수 없
는 몇 가지 특징적 국면이 「목록」에서 찾아지기도 한다.

무엇보다도 삼국시대 작가의 출현은 『병와가곡집』이 지닌 특징
적 국면이라고 지적할 수 있겠다. 『(주씨본) 해동가요』의 「작가제
씨」에는 삼국시대의 인물이 단 한 명도 실리지 않았다. 그러나 「목
록」에서는 고구려의 을파소, 신라의 최충과 설총이 작가로 소개되
고 있다. 삼국시대의 작가는 「목록」의 조선 초 태조(太祖)~단종조
(端宗朝)의 어제(御製)와 문묘배향(文廟配享)의 사이에 자리하고 있
다. 려말, 선초의 인물로까지 확대하면, 소개한 작가의 수는 더욱더
큰 차이가 나타난다. 「작가제씨」에는 4명이 보이는데, 「목록」에서
는 그 4배 수인 16명으로 늘어나 있다.

그다음으로 「작가제씨」에서 보이지 않던 작가명이 「목록」에서
확인된다는 사실이다. 「목록」에는 「작가제씨」와 공통 수록된 93명
외에도 82명의 작가가 더 추가되었다. 「목록」에 추가된 작가의 면
모를 살펴본 결과, 조선 전·후기의 인물과 가창자 및 기녀 작가의
증가세가 두드러진다.

「작가제씨」와 공통 수록된 작가 중에서 조선 전기의 인물은 7명

---

35 김삼현은 여항육인의 한 사람이다. 김천택과 비슷한 시기에 활동한 가창자로 주의
식의 사위이다. 김응정은 양응정(楊應鼎)의 오기로 추정된다. 박명현은 조선 중기
의 무인으로 박계현(朴啓賢)으로 기록되기도 한다. 조찬한(1572~1631)은 이안눌
과 교유한 인물로 조위한(趙緯韓)과 혼동되기도 한다. 숙종은 조선의 19대 왕
(1674~1720년 재위)이다. 장현은 인조조의 역관으로 2수의 작품을 남긴 인물이다.

이었는데, 「목록」에서는 10명이 추가되었다. 조선 후기의 인물은 27명에서 31명이 늘어나 총 58명인 것으로 확인된다. 결과적으로 「목록」은 「작가제씨」에 비해 조선 전기의 작가가 142.8%, 조선 후기의 작가가 114.8%의 증가세를 나타내고 있다.

작가층에서도 적지 않은 변화상을 나타내고 있다. 「작가제씨」에서 6명이던 가창자가 「목록」에는 12명으로, 기녀는 9명에서 16명으로 늘어나 있다. 이 가운데에서 몇 명은 다른 가집에서 전혀 찾아볼 수 없는 인물이라서 이채로워 보인다. 가창자로 추정되는 박준한과 박도순, 기녀인 철이와 옥이는 「목록」에서만 확인된다. 박준한은 『병와가곡집』에만 1수가 수록된 작가이고, 박도순은 「목록」에서만 이름을 보인다. 철이와 옥이는 「목록」에서 이름이 보일 뿐, 해당 작품은 본문에 수록되지 않았다.

분명 「목록」에서 그 이름이 확인된 작가인데도, 본문에는 수록되지 않는 경우도 있어서 기록의 정확성과 일관성이 다소 부족해 보이기도 한다. 최영, 채유후, 장유, 조준, 정도전, 성여완, 변계량, 황희, 박도순은 「목록」에 이름은 물론이거니와 자호 및 간략한 이력까지 제시되어 있다. 그러나 본문에서는 해당 작가의 작품이 수록되지 않았다. 반대로 박명원, 장현의 작품은 본문에 실렸는데, '권수'의 「목록」에서는 이름조차 보이지 않는다.

오기인 듯 강백년은 「목록」에서 '姜栢年'으로, 본문에서는 '姜百年'으로 달리 표기되기도 했다. 「목록」의 '文廟配享'이라는 기록은 본문에서 보이지 않는다. 「목록」의 '孝宗大王', '太宗大王', '肅宗大王'이라는 기록은 본문에서 '孝廟御製', '太宗御製', '肅廟御製'로 표기를 달리하고 있다. 이와 같은 차이는 개수본을 전사하는 과정에

서 발생한 실수로 여겨진다. 실수가 잦은 것은 다수의 작품과 기록
을 여러 사람이 돌아가며 필사했기 때문이다. 즉 필사 범위가 서로
다르고, 교체가 수시로 이루어졌기 때문에 실수가 끝내 발견되지
않아서 현재의 상태에 이른 것이다.

지금의『병와가곡집』이 편찬자의 수고본이었다면, 이렇게 잦은 실
수는 용납되지 않았을 것이다. 초고본을 개수하다가 초래된 실수라면
굳이 수고스럽게 고쳐 쓴 의미가 퇴색된다. 따라서 현전『병와가곡집』
은 의도치 않은 실수마저 남겨진 후대의 전사본이라고 생각된다.

또 다른 특징으로「작가제씨」에서 보이지 않던 새로운 작가와 관
련 기록이「목록」에서 자주 발견된다는 사실이 있다.「목록」과「작
가제씨」에 공통 수록된 작가 중에서 소개 내용까지 일치하는 작가
는 9명[36]에 불과하다. 대부분의 경우,「목록」에서의 기록이「작가제
씨」보다 상세한 편이라서『병와가곡집』이『(주씨본) 해동가요』에
비해서 좀 더 구체적으로 작가 소개를 하고자 했음을 알 수 있다.

　具仁垕 ： 字○○, 號○○. 仁祖朝右相.【작가제씨】
　　　　： 字仲載, 號柳浦. 綾城人, 孝宗右相, 諡忠武公.【목록】

　趙顯命 ： 字○○, 號○○. 肅廟朝注書, 今朝左相.【작가제씨】
　　　　： 字稚晦, 號歸鹿. 英宗朝領相, 諡忠孝.【목록】

---

36 이안눌, 이중집, 이후백, 적성군, 조명리, 태종, 허강, 홍장, 효종이 해당한다. 그
　러나 이중집, 적성군, 태종, 허강, 홍장, 효종은 작가의 신분을 나타낸 것 외에는
　아무런 기록이 보이지 않는다는 점에서 동일하다고 본 것이다. 따라서 실제로는
　이안눌, 이후백, 조명리에 대한 기록만이 일치된다고 파악함이 온당하다.

李陽元 : 字○○, 號鷺渚. 明宗朝官至領議政.【작가제씨】

  : <u>字伯春, 號鷺渚.</u> 宣祖朝領相, 光國功臣, <u>諡文憲公.</u>【목록】

　구인후, 조현명, 이양원에 대한 소개가 「작가제씨」와 「목록」에서
동시에 이루어졌다. 이 세 사람은 『(주씨본) 해동가요』와 『병와가
곡집』에서만 수록된 작가인데, 「작가제씨」에서 누락된 자호는 「목
록」에서 찾아볼 수 있다.

　그리고 김육, 김성최, 송순, 윤두서에 관해서 「목록」은 「작가제
씨」에는 없던 작가의 출신지와 시호를 추가해 놓았다. 이 네 사람
도 『(주씨본) 해동가요』와 『병와가곡집』에서만 수록된 작가이다.

金堉 　: 字○○, 號潛谷. 孝廟朝右議政. 【작가제씨】

  : <u>字伯厚, 号潛谷.</u> 清風. 行三南大同法. 孝宗朝領相.

    <u>諡文貞公.</u> 【목록】

金盛最 : 字○○, 號○○. 肅廟朝牧使. 【작가제씨】

  : <u>字最良, 號杏谷. 安東人.</u> 肅宗朝蔭官牧使.【목록】

宋純 　: 字○○, 號俛仰亭. 中宗朝官至判中樞府事.【작가제씨】

  : <u>字守初, 號俛仰亭. 永平人.</u> 中宗朝判中樞. <u>諡靖肅.</u>【목록】

尹斗緒 : 字○○, 號○○. 肅廟朝進士. 【작가제씨】

  : <u>字孝彦,</u> 號○○. <u>海南人.</u> 肅宗朝叅判. 【목록】

「목록」에서 작가의 자호, 출신지, 주요 관직, 시호를 기록할 때는 『(진본) 청구영언』의 기재 방식을 따른 것으로 생각된다. 그렇다고 해서 「목록」이 『(진본) 청구영언』과 『(주씨본) 해동가요』를 전사했다고 볼 수는 없다. 「목록」에 소개된 작가의 상당수는 『(진본) 청구영언』에 수록되지 않았을 뿐 아니라, 수록 작가라 할지라도 기록 내용이 일치하지 않는다. 또 「작가제씨」에 기록되지 못한 작가에 대한 소개가 「목록」에서 이루어지기도 했다.

「목록」은 전체적인 구성면에서 「작가제씨」를, 세부 기록 방식은 『(진본) 청구영언』의 선례를 참고한 듯한데, 이것은 작가적 관심을 반영한 결과였다고 판단된다. 작가적 관심이 없었더라면 기존과 차별화된 현재의 「목록」은 결코 완성되지 못했을 것이다. 「목록」에서는 작가 소개를 하되 미비점은 보완하고, 새로운 사실을 추가함으로써 기존의 선례를 답습하지 않았다.

2) 가곡에 대한 인식의 변화 : 본문

(1) 체재 및 수록 악곡

『(진본) 청구영언』이 편찬된 18세기 전반 이래로 대부분의 가집에서는 악곡과 작품이라는 두 가지의 기준에 의해서 체재를 구성해 왔다. 체재 구성의 1차 기준은 악곡별 분류였고, 해당 악곡에 상응하는 노랫말이 2차 기준인 작가의 생애 및 작품의 창작 연대를 감안하여 수록되었다.

『병와가곡집』도 이 두 가지 기준에 의해 가집의 체재를 구성했는데, 당대의 음악적 변화상이 반영된 만큼 『(진본) 청구영언』, 『(주씨본) 해동가요』와는 또 다른 면모를 나타내고 있다[표 Ⅲ-11].

	『(진본) 청구영언』	『(주씨본) 해동가요』	『병와가곡집』
체재	1. 初中大葉 #1 1수(0.17%)	1. 初中大葉 #1 1수(0.17%)	1. 初中大葉 #1~7 7수(0.63%)
	2. 二中大葉 #2 1수(0.17%)	2. 二中大葉 #2 1수(0.17%)	2. 二中大葉 #8~12 5수(0.45%)
	3. 三中大葉 #3 1수(0.17%)	3. 三中大葉 #3 1수(0.17%)	3. 三中大葉 #13~17 5수(0.45%)
	4. 北殿 #4 1수(0.17%)	4. 北殿 #4 1수(0.17%)	4. 北殿 #18~21 4수(0.36%)
	5. 二北殿 #5 1수(0.17%)	5. 二北殿 #5 1수(0.17%)	5. 二北殿 #22 1수(0.09%)
	6. 初數大葉 #6 1수(0.17%)	6. 初數大葉 #6 1수(0.17%)	6. 初數大葉 #23~33 11수(0.99%)
	7. 二數大葉[37] #7~397 391수(67.41%)	7. 二數大葉 #7~568 562수(98.94%)	7. 二數大葉 #34~796 763수(68.8%)
	8. 三數大葉 #398~452 55수(9.48%)	… [不全] … (無名氏) 三數大葉 樂時調 編樂時調 搔聳 編搔聳 蔓橫 編數大葉	8. 三數大葉 #797~828 32수(2.88%)
	9. 樂時調 #453~462 10수(1.72%)		9. 數大葉 #829~846 18수(1.62%)
	10. 將進酒辭 #463 1수(0.17%)		10. 騷聳 #847~851 5수(0.45%)
	11. 孟嘗君歌 #464 1수(0.17%)		11. 蔓橫 #852~965 114수(10.27%)
	12. 蔓橫淸類 #465~580 116수(20%)		12. 樂戲調 #966~1069 104수(9.37%)
			13. 編數大葉 #1070~1109 40수(3.60%)

[표 Ⅲ-11] 『(진본) 청구영언』, 『(주씨본) 해동가요』, 『병와가곡집』의 체재 비교

『병와가곡집』의 〈초중대엽〉 이하 〈이삭대엽〉까지의 구성 방식은 『(진본) 청구영언』, 『(주씨본) 해동가요』와 일치한다. 당대의 인기 악곡이었던 이삭대엽에 최다수가 실렸다는 것도 공통적인 특징이다. 이것은 18세기 전·후반의 가집에서 흔히 볼 수 있던 일반적인 구성 방식으로 『병와가곡집』이 기존의 가곡 문화와 가집사의 전통을 계승하고 있다는 사실을 보여 준 것이라고 이해된다.

그러나 다른 한편으로는 새로운 악곡명이 보이기 시작했고, 수록 작품의 수와 수록 비율이 달라졌다는 사실을 알 수 있다. 악곡의 세분화가 이루어져 새로운 악곡명이 추가되었고, 악곡에 배속된 작품 수에서도 증감이 나타난다. 그리고 삭대엽과 낙희조는 『병와가곡집』에서만 찾아지는 특이한 악곡명으로 전통의 계승과 함께 새로운 변화, 발전상을 동시에 보여 주고 있다.

가. 악곡의 '풍도(風度)'와 '형용(形容)'

풍도와 형용은 악곡의 분위기나 미감을 나타낸 것으로 소리에 대한 감상 평어라고 볼 수 있다. 『병와가곡집』에도 풍도와 형용에 관한 기록이 보인다. 풍도와 형용은 가집의 권두에 자리하고 있는 경우가 많으나, 『병와가곡집』에서는 '권수'가 아니라 본문에서 보인다. 본문은 작품과 작가가 수록된 부분으로서 악곡을 먼저 제시한 후, 바로 아래에다가 4자 1, 2행으로 풍도와 형용에 대한 설명을 기재하였다.

---

37 여말 6수(#7~12), 본조 203수(#13~215), 열성어제 15수(#216~230), 여항육인 85수(#201~285), 규수삼인 5수(#286~290), 년대흠고 3수(#291~293), 무명씨 104수(#294~397)

풍도와 형용의 수록 위치가 일반적인 경우와 다르고, 그 내용도 다른 가집과 차별화된 듯하여 『(주씨본) 해동가요』, 『(가람본) 청구영(詠)언(1852)』과 비교해 볼만하다. 『병와가곡집』과 두 가집의 비교([표 Ⅲ-12])에 의해서 풍도와 형용에 관한 18세기 후반의 인식이 어떠하였는지 알 수 있을 것이다.

『병와가곡집』	『(주씨본) 해동가요』	『(가람본) 청구詠言』
[ ]	歌之風度形容 十四條目	歌之風度形容 十四條目
1. 初中大葉 平原廣野 行雲流水 白雲行過 溪水洋洋 徘徊一唱 有三歎之味	1. 初中大葉 風度 南薰五絃 形容 行雲流水	1. 初中大葉 南薰五絃 行雲流水
2. 二中大葉 海濶孤帆 平川挾灘 青山流水 流水高低 王孫臺卽 舞劍洛市	2. 二中大葉 海闊孤帆 平川挾灘	2. 二中大葉 海濶孤帆 平川挾灘
3. 三中大葉 項羽躍馬 高山放石 草裡驚蛇 雲間散電 巖頭走馬	3. 三中大葉 項羽躍馬 高山放石	3. 三中大葉 項羽躍馬 高山放石
4. 北殿 雁叫天 草裡驚蛇 睡罷紗窓 打起鶯兒 鳳凰出群 低昂回互 有變風之態	4. 後庭花 雁叫霜天 草裡驚蛇	4. 初後庭花 鴈叫霜天 草裡驚蛇
5. 二北殿	5. 二後庭花 空閨少婦 哀冤悽愴	5. 二後庭花 空閨怨婦 哀怨悽悵
6. 初數大葉 長袖善舞 綠柳春風 鳳凰樂日 宛轉涕鶯 有軒氣之意	6. 初數大葉 長袖善舞 細柳春風	6. 初數大葉 長袖善舞 綠柳春風
7. 二數大葉 行壇設法 雨順風調 鳳舞龍池	7. 二數大葉 杏壇說法 雨順風調	7. 二數大葉 杏壇講禮 雨順風調

『병와가곡집』	『(주씨본) 해동가요』	『(가람본) 청구詠언』
8. 三數大葉 轅門出將 舞刀提賊 龍虎相爭	8. 三數大葉 轅門出將 舞刀提賊	8 三數大葉 轅門出將 舞刀提戟
9. 數大葉 雲端走龍	9. 樂時調 堯風湯日 花爛春城	9. 樂時調 堯風湯日 花爛春城
	10. 編樂時調 春秋風雨 楚漢乾坤	10. 編樂時調 春秋風雨 楚漢乾坤
10. 騷聳 暴風驟雨 飛燕橫行 兩將交戰 用戟如神	11. 搔聳 暴風驟雨 飛燕橫行	11. 騷聳 暴風驟雨 燕子橫飛
	12. 編搔聳 猛將交戰 用戟如神	12. 編騷聳 猛將交戰 用戟如神
11. 蔓橫 舌戰群儒 變態浮雲	13. 蔓橫 舌戰群儒 變態風雲	13. 蔓數大葉 舌戰羣儒 變態風雲
12. 樂戲調 堯風湯日 花爛春城 春秋風雨 楚漢乾坤 樂樂春風		
13. 編數大葉 大軍驅來 鼓角齊鳴	14. 編數大葉 大軍驅來 鼓角齊鳴	14. 編數大葉 大軍驅來 鼓角齊鳴

[표 Ⅲ-12] 풍도와 형용에 관한 기록

전체적으로『병와가곡집』과 두 가집이 흡사해 보이는데, 몇 가지 차이점 또한 찾아진다. 우선, 풍도와 형용을 표현한 악곡 수가 『병와가곡집』이 13개이고, 두 가집에서는 모두 14개인 것으로 파악된다.

이것은 〈편락시조〉와 〈편소용〉의 유무에 의한 차이로, 즉 수록 악곡이 상이하였기 때문에 발생한 것이다. 수록 악곡이 다르다는 것은 음악적 변화상이 가집에 반영된 결과로『병와가곡집』에는 〈편락시조〉와 〈편소용〉은 보이지 않는 반면, 두 가집에 실리지 않은 〈삭대엽〉과 〈낙희조〉에 관한 기록이 보인다.

〈삭대엽〉과 〈낙희조〉는 『병와가곡집』에서만 보이는 악곡명이다. 그 가운데에서 〈낙희조〉의 풍도와 형용은 두 가집에 실린 악곡, 곧 〈낙시조〉와 〈편락시조〉의 기록이 합쳐진 것이다. 〈편락시조〉라는 악곡명은 『병와가곡집』에서 보이지 않지만, 그것의 풍도와 형용은 〈낙희조〉에 대한 감상으로 치환되어 있다. 〈편소용〉도 악곡명은 실리지 않으나, 〈소용〉의 일부인 듯 제시되었다.

하지만 〈삭대엽〉에 관한 풍도와 형용은 찾아지지 않는다. 『(주씨본) 해동가요』와 『(가람본) 청구영(詠)언』의 〈이후정화〉에 해당하는 〈이북전〉에 관한 풍도와 형용도 생략되었다. 이렇듯 풍도와 형용이 기록되지 못한 악곡이 몇 개가 있지만, 『병와가곡집』은 『(주씨본) 해동가요』와 『(가람본) 청구영(詠)언』에서 보이지 않는 기록이 추가되어 더욱 구체적으로 기술한 듯 여겨진다. 아무 기록이 없는 〈이북전〉과 동일 내용이 기록된 〈만횡〉을 제외한 나머지 악곡 대부분에서 추가 기록이 발견된다.

나. 수록 악곡

『병와가곡집』의 본문에는 1,109수의 작품이 모두 13개의 악곡에 배속되어 있다. 본문에서는 '권수'의 기록과는 달리 평조, 우조, 계면조의 구분 없이 악곡에 의해서 작품을 분류하고 있다. 지금부터는 본문의 차례에 따라 『병와가곡집』의 수록 악곡이 지닌 의미를 밝혀보고자 한다.

① 〈중대엽〉 : 초·이·삼

『병와가곡집』의 〈중대엽(中大葉)〉조에는 모두 17수가 실려 있다.

중대엽은 만대엽(蔓大葉)과 더불어 이미 18세기 중반 무렵부터 잘 불리지 않던 악곡이다. '만'은 느리고 가락이 적고, '삭'은 템포가 빠르고 가락이 많은 것이다. '만'대엽과 '삭'대엽의 사이에 '중'대엽이 놓인다. 18세기 중반 이후의 인기 악곡은 단연 삭대엽 계열이다. 삭대엽 계열 중에서는 이삭대엽이 대표곡으로 손꼽힌다.

대부분의 가집에서는 〈중대엽〉에 1, 2수가 수록되었을 뿐이다. 그런데 18세기 후반의 『병와가곡집』에서는 단순 소개나 형식적 차원이 아니라 필요에 의해서 〈중대엽〉을 전면에 제시하고, 『(진본) 청구영언』이나 『(주씨본) 해동가요』에 수록되지 않은 작품을 다수 싣고 있다.

『병와가곡집』 〈중대엽〉 소재 작품 중에서 『(진본) 청구영언』에 실리지 않은 작품이 6수이고, 『(주씨본) 해동가요』에서 보이지 않은 작품이 4수인 것으로 파악된다. 이러한 작품은 두 가집의 〈중대엽〉에 배속되지 않았을 뿐 아니라, 어느 악곡에도 실리지 못한 것들이다[표 Ⅲ-13-가].

『병와가곡집』		『(진본) 청구영언』		『(주씨본) 해동가요』	
연번	악곡	연번	악곡	연번	악곡
1	初中大葉	×	미수록	×	미수록
2		416	三數大葉	×	
3		392	二數大葉	×	
4		159		160	二數大葉
5		×	미수록	272	二數大葉
6		×		×	미수록
7		299	二數大葉	×	

『병와가곡집』		『(진본) 청구영언』		『(주씨본) 해동가요』	
연번	악곡	연번	악곡	연번	악곡
8	二中大葉	×	미수록	×	미수록
9		2	二中大葉	2	二中大葉
10		1	初中大葉	1	初中大葉
11		×	미수록	×	미수록
12		×		×	
13	三中大葉	19	二數大葉	36	二數大葉
14		3	三中大葉	3	三中大葉
15		×	미수록	×	미수록
16		312	二數大葉	×	
17		×	미수록	346	二數大葉

[표 Ⅲ-13-가] 〈중대엽〉 수록 작품 현황

『(진본) 청구영언』, 『(주씨본) 해동가요』에 비해 『병와가곡집』의
〈중대엽〉에 다수의 작품이 수록된 것은 18세기 중반까지 이삭대엽
으로 부르던 작품과 미수록 작품을 〈중대엽〉에 배속해 놓았기 때문
이다.

부연하면 『병와가곡집』에는 이삭대엽에 얹어 부르던 작품을 상
대적으로 느린 악곡인 초·중·삼중대엽으로 불러야 한다고 본 것이
다. 더불어 기존의 두 가집에 실리지 않았던 작품이 『병와가곡집』
에 수록되기 시작하면서 〈중대엽〉에 새롭게 배속되었다는 사실을
알 수 있다. 이것은 〈중대엽〉과 해당 작품에 대한 재해석이 동시에
이루어진 18세기 후반의 가곡 문화가 『병와가곡집』의 편찬에 반영
된 결과라고 생각된다.

하지만 이와 같은 양상으로 인해 오히려 "18세기 후반의 가집에
서 17세기의 인기 악곡이었던, 당대인의 시각에서 봤을 때는 '고조'

인 〈중대엽〉에 왜, 다수의 작품을 수록했을까?" 또 "『병와가곡집』의
〈중대엽〉은 어떻게 인식되는가?"라는 의구심이 더욱 증폭되기도
한다. 따라서 논의 범위를 18세기 중반~19세기 전반의 가집으로까
지 확대([표 Ⅲ-14])하여 『병와가곡집』〈중대엽〉에 관한 이해의 심
화를 모색해 본다.

	18세기 중반		18세기 후반	
	歌調別覽 / (朴氏本)詩歌	解我愁	東歌選	(洪氏本) 靑丘永言
초중대엽	2수	1수	2수	2수
이중대엽	2수	1수	4수	1수
삼중대엽	2수	1수	×	1수
	18세기 후반~19세기 전반			
	(서울大本) 樂府	(嘉藍本) 靑丘永言	(金氏本) 詩餘	東國歌辭
초중대엽	3수	1수	2수	3수
이중대엽	2수	1수	1수	1수
삼중대엽	1수	1수	×	1수

[표 Ⅲ-14] 18세기 중반~19세기 전반 가집의 〈중대엽〉 소재 작품 현황

18세기 중반~19세기 전반의 가집 가운데에서 『병와가곡집』보다
〈중대엽〉에 더 많은 작품을 싣고 있는 것은 확인되지 않는다. 대부
분의 가집에서 2수 내외의 작품이 〈중대엽〉에 실렸을 따름이다. 18
세기 후반 이후의 몇몇 가집에서 3~4수가 보이지만, 전체적으로 볼
때 유의미한 수준의 증감은 이루어지지 않았다. 심지어 우조와 계
면조의 구분, 남·여창의 교환으로 인해 작품 수의 증가세가 뚜렷한

후대의 가집[38]과 비교하더라도 『병와가곡집』 〈중대엽〉의 작품 수
록 양상은 상당히 특이해 보인다.

　다소 복잡해 보이지만 좀 더 정밀한 분석을 위해 『병와가곡집』
〈중대엽〉 소재 작품의 수록 현황을 동시대의 가집과 비교해 본 결
과[표 Ⅲ-13-나], 악곡의 배속이나 작품의 수록 양상이 다양하다는
사실을 알 수 있다. 이것은 『병와가곡집』에서 보인 악곡과 작품이
동시대의 다른 가집에서 재현되지 않았다는 뜻으로 18세기 중
반~19세기 전반의 가집사가 상당히 다채롭게 전개되었다는 사실
을 보여 준다고 이해된다.

악곡	Ⓐ 초중대엽							Ⓑ 이중대엽					Ⓒ 삼중대엽				
	#1	2	3	4	5	6	7	8	9	10	11	12	13	14	15	16	17
*가별	•	•	•	**10	•	•	•	13	12	9	•	•	17	16	•	•	•
해아	•	•	•	•	•	•	•	•	17	•	•	•	19	•	•	•	•
동가	•	•	2	1	•	•	•	4	•	•	•	•	5	•	•	6	•
청홍	•	•	2	1	•	•	•	3	•	•	•	•	4	•	•	•	•
악서	267	266	2	1	60	268	•	4	5	3	•	•	•	6	361	295	•
청詠	424	481	•	151	425	504	316	319	2	1	•	•	94	3	•	328	•

38　19세기 후반 『(국악원본) 가곡원류』의 〈중대엽〉에 11수의 작품(남창 우조 초중
　　대엽 3수 - 장대엽 1수 - 삼중대엽 2수, 계면조 초중대엽 1수 - 이중대엽 1수 - 삼
　　중대엽 1수 / 여창 우조 중대엽 1수, 계면조 이중대엽 1수)이 수록되었다. 〈중대
　　엽〉에 최다수가 수록된 것은 20세기 전반 신구서림에서 간행한 『정선조선가곡
　　(1914)』으로 30수(우됴 초중대엽 4수 - 이중뒤엽 17수 - 숨중뒤엽 4수, 계면 초중
　　대엽 2수 - 이중뒤엽 1수 - 숨중뒤엽 2수))가 실려 있다.

악곡	ⓐ 초중대엽							ⓑ 이중대엽					ⓒ 삼중대엽				
	#1	2	3	4	5	6	7	8	9	10	11	12	13	14	15	16	17
시김	1	·	·	·	213	2	·	3	·	·	·	·	·	·	·	·	·
동국	·	3	1	2	·	·	·	4	·	·	·	·	5	·	·	·	·

* 약호(略號) : 가조(=『가조별람』), 해아(=『해아수』), 동가(=『동가선』), 청
홍(=『(홍씨본) 청구영언』), 악서(=『(서울대본) 악부』), 청영(詠)(=
『(가람본) 청구영(詠)언』), 시김(=『(김씨본) 시여』), 동국(=『동국가사』)
** 표 안의 숫자는 해당 가집의 작품 연번으로 『가조별람』의 초중대엽에
실린 #10번 작품은 『병와가곡집』〈초중대엽〉소재의 #4번 작품과 동일
하다는 뜻임.

[표 Ⅲ-13-나] 『병와가곡집』〈중대엽〉 소재 작품의 수록 현황

동시대의 가집 중에서 『(홍씨본) 청구영언』, 『동국가사』는 『병와
가곡집』의 악곡 배속과 대체적으로 동일하게 작품을 수록하고 있
다. 수록되지 않은 작품도 상당수이나, 수록 작품일 경우에는 어김
없이 〈중대엽〉에서 보인다. 『병와가곡집』의 〈중대엽〉에 실린 17수
중에서 13수는 『(홍씨본) 청구영언』에 수록되지 않았지만, 수록된
4수(#1~4)는 〈중대엽〉에서 볼 수 있다.

『동국가사』에는 5수(#1~5)가 동일 악곡에 수록되었지만, 12수
는 가집 내에서 보이지 않는다. 『(홍씨본) 청구영언』, 『동국가사』
는 『병와가곡집』의 〈중대엽〉에 수록된 작품의 수효에 훨씬 못 미치
나, 작품의 악곡적 배속은 일치한 것으로 판단된다.

반면 〈중대엽〉에 작품을 배속하는 방식이 『병와가곡집』과 사뭇
다른 가집도 있다. 『(서울대본) 악부』는 『병와가곡집』의 〈중대엽〉
에 실린 17수 중에서 12수를 공통 수록하고 있다. 12수 중에서 5수

는 〈중대엽〉에서 보인다. 그러나 나머지 7수는 다른 악곡에 배속[39]되었다. 대체적으로 〈중대엽〉에서 〈삭대엽〉으로, 〈이중대엽〉이 〈초중대엽〉으로 바뀌어 있다.

『(가람본) 청구영(詠)언』도 총 12수의 공통 수록 작품이 있는데, 이 중에서 무려 10수가 다른 악곡에 배속[40]되어 있다. 〈중대엽〉에 실린 것은 겨우 2수에 불과하다. 이것은 느림에서 빠름으로의 변화라고 볼 수 있다. 동일 작품이더라도 느린 중대엽에서 빠른 삭대엽으로, 덜 느린 이중대엽에서 가장 느린 초중대엽으로 불렀다는 것이다.

한편 『동가선』, 『(김씨본) 시여』, 『가조별람』, 『해아수』에서는 『병와가곡집』의 〈중대엽〉 소재 작품의 상당수가 보이지 않는다. 해당 악곡은 물론이거니와 다른 악곡으로도 불리지 않아서 해당 작품이 수록조차 되지 못한 경우가 자주 보인다.

『병와가곡집』 〈중대엽〉 소재 17수 가운데에서 12수는 『동가선』에 수록되지 못했다. 겨우 5수가 실렸는데 단 1수[41]만이 악곡 배속이 다르고, 나머지 4수는 일치한다. 『(김씨본) 시여』에는 4수가 실렸을 따름이다. 이 가운데에서 3수가 〈중대엽〉에 배속되었고, 1수는 〈이삭대엽〉[42]에서 보인다. 『가조별람』은 〈중대엽〉에 5수가, 〈초중대엽〉

---

39 『병와가곡집』: Ⓐ '초중대엽' #1, 2, 5, 6/ Ⓑ '이중대엽' #10/ Ⓒ '삼중대엽' #5, 16 ↔『(서울대본) 악부』: Ⓐ '이삭대엽' #267, 266, 60, 268/ Ⓑ '초중대엽' #3/ Ⓒ '이삭대엽' # 361, 295

40 『병와가곡집』: Ⓐ '초중대엽' #1, 2, 4, 5, 6, 7/ Ⓑ '이중대엽' #8, 10/ Ⓒ '삼중대엽' #16 ↔『(가람본) 청구영언』: Ⓐ '이삭대엽' #424, '삼삭대엽' #481, '이삭대엽' #151, 425, '삼삭대엽' #504, '이삭대엽' #316/ Ⓑ '이삭대엽' #319, '초중대엽' #1/ Ⓒ '이삭대엽' #328

41 『병와가곡집』: Ⓒ '삼중대엽' #16 ↔『동가선』: Ⓒ '이중대엽' #6

42 『병와가곡집』: Ⓐ '초중대엽' #5 ↔『(김씨본) 시여』: Ⓐ '이삭대엽' #213

에 1수[43]씩 수록되었다. 『해아수』는 15수가 수록되지 않아서 단 2수만이 확인될 따름이다. 그런데 그 중 1수[44]마저도 다른 악곡에 배속되었다.

동시대의 여러 가집과 견주어 본 결과, 『병와가곡집』에 비해 '느림'에서 '빠름'으로의 변화상이 느껴지고, 〈중대엽〉의 작품 수록 방식 및 규모면에서 큰 차이가 있다는 사실이 확인된다. 그렇다면 『병와가곡집』은 어떻게 해서 동시기의 가집과 다른 방식으로 〈중대엽〉을 구성할 수 있었을까?

병와가곡집		양금신보	낭옹신보	(연대소장) 금보	금보고
연번	악곡명	악곡명	악곡명	악곡명	악곡명
#2[45]	初中大葉	×	×	中大葉 平調	中大葉 平調 第一
#4[46]		×	中大葉 第一	×	×
#7[47]		×	平調 界面 中大葉 第一	中大葉 平調 界面調 第一	×

---

43 『병와가곡집』: ⑧ '이중대엽' #10 ↔ 『가조별람』: 圈 '초중대엽' #9

44 『병와가곡집』: ⑧ '이중대엽' #10 ↔ 『해아수』: 圈 '초중대엽' #17

45 #2 "잘 식는 나라 들고 식 둘은 도다 온다/ 외나모 다리로 홀노 가는 져 션식야/ 네 졀이 언마나 흐관듸 遠鐘聲이 들이느니."

46 #4 "黃河水 붉다더니 聖人이 나시도다/ 草野 群賢이 다 이러 나[단 말가]/ 어즈버 江山 風月을 눌을 주고 니거니."

47 #7 "어지 굼든 마리 흐마 오늘 다 늙거다/ 鏡裡 衰容이 이 어인 늘그니오/ 님겨셔 뉜다 하셔든 내 내로다 흐리라."

병와가곡집		양금신보	낭옹신보	(연대소장) 금보	금보고
연번	악곡명	악곡명	악곡명	악곡명	악곡명
#8[48]	二中大葉	×	界面 中大葉 第二	×	×
#10[49]		(平調) 中大葉	×	×	×
#13[50]	三中大葉	×	平調 界面 中大葉 第三	中大葉 平調 界面調 第三	×
#14[51]		中大葉 平調 第三 樂時調	中大葉 第三	×	×
#16[52]		×	×	中大葉 羽調 第一	中大葉 羽調 第一

[표 Ⅲ-15] 『병와가곡집』과 금보의 〈중대엽〉 비교

『병와가곡집』의 〈중대엽〉은 18세기 중반 이전의 금보[53] 또는 금보에 반영된 당대의 가락으로부터 영향을 받은 것으로 추정된다.

---

48 #8 "碧海 渴流後에 모ᄅᆡ 모혀 셤이 되어/ 無情 芳草은 ᄒᆡ마다 푸르러ᄂᆞᆫᄃᆡ/ 엇더타 우리의 王孫는 歸不歸 하ᄂᆞ니."

49 #10 "오ᄂᆞᆯ이 오ᄂᆞᆯ이쇼셔 每日의 오ᄂᆞᆯ이쇼셔/ 져므러지도 새지도 마르시고/ ᄆᆡ양에 晝夜長常에 오ᄂᆞᆯ이 오ᄂᆞᆯ이쇼셔."

50 #13 "三冬에 뵈옷 닙고 岩穴에 눈 비 마자/ 구름 ᄭᅵᆫ 볏뉘도 ᄶᅬᆫ 적이 업건마ᄂᆞᆫ/ 西山에 ᄒᆡ 지다 ᄒᆞ니 눈물계워 ᄒᆞ노라."

51 #14 "부헙고 섬ᄶᅥ을 손 西楚覇王 項籍이라/ 긔ᄯᅩᆼ 天下야 어드나 못 어드나/ 千里馬 絕代佳人을 누를 주고 니거이."

52 #16 "靑凉山 六六峯을 아ᄂᆞ니 나와 白鷗/ 白鷗야 獻辭ᄒᆞ랴 못 미들 ᄉᆞᆫ 桃花ㅣ로다/ 桃花야 ᄯᅥ나지 마로렴 漁舟子 알가 ᄒᆞ노라".

53 이에 대해서 권순회(2006), 「가곡 연창 방식에서 중대엽 한바탕의 가능성」, 『민족문화연구』44(고려대학교 민족문화연구원); 신경숙(2008-A), 「중대엽·만대엽과 대가」, 『시조학논총』29(한국시조학회); 신경숙(2008-B), 「가곡 연창방식에서의 '중대엽·만대엽과 대가'」, 『민족문화연구』49(고려대학교 민족문화연구원)를 참고해 볼만하다.

『병와가곡집』과 금보의 작품 수록 양상[54]을 살펴본 결과([표 Ⅲ -15])에 따르면, 『병와가곡집』〈중대엽〉 소재 17수 중에서 8수가 『양금신보(1610)』,『낭옹신보(1788년 추정)』,『(연대소장) 금보(18 세기 초반)』,『금보고』 등에 실린 노랫말과 일치하고 있다.

금보 중에서는 특히 『낭옹신보』와의 연관성이 주목된다. 『낭옹 신보』는 김성기 사후에 그의 아들과 제자가 엮은 금보이다. '권수' 에서 보인 『어은(유)보』[55]와 『낭옹신보』 모두 김성기의 가락을 엮 은 금보이다. 그렇다면 결국 『어은(유)보』와 엇비슷한 시기에 편찬 된 『낭옹신보』 또한 '古調'보다는 '時調'에 가까울 듯하고, 당대의 음악에 해당하는 작품이 금보와 가집에 동시에 수록된 것으로 이 해된다.

『병와가곡집』의 〈중대엽〉에서는 동시대의 다른 가집과 구분되는 악곡적 판단과 해당 작품에 대한 독자적 해석이 돋보인다. 이와 같 은 독특한 구성 방식은 18세기 후반의 다양한 가곡 문화를 실증하 는 사례로 여겨진다.

② 〈북전(北殿)·이북전(二北殿)〉

'북전'은 '후정화(後庭花)' 또는 '후전(後殿=뒤뎐)'으로 부르던 고 려시대의 향악곡(鄕樂曲)이다. 조선 전기까지 활발히 연주되다가

---

54 국립국악원 편, 『한국음악학자료총서』(영인본)를 종합적으로 검토한 후, 김영 운(2002)의 논문(「16~17세기 고전시가와 음악 : 현전 고악보 수록 악곡을 중심 으로」(한국시가학회 편, 『시가사와 예술사의 관련 양상』Ⅱ, 보고사, 101~132 쪽)]을 참고하여 수록 양상을 재구성하였다.

55 "本朝梁德壽作琴譜, 稱梁琴新譜, 謂之古調. 本朝金成器作琴譜, 稱漁隱遺譜, 謂之 時調."

새로운 성악곡인 만대엽의 출현 이후부터 잘 불리지 않아서 조선 중기 이후에는 이미 고조로 인식된 악곡이다.[56]

북전은 『금합자보(1572)』에서 〈평조 북전〉과 〈우조 북전〉으로 나누어진 이래로 여러 금보에 실렸는데, 평조·우조·평조계면조·우조계면조의 4조로 연주되다가 영조 이후부터는 우조계면조 위주가 되었다.[57] 『병와가곡집』이 많은 영향을 받은 김성기의 『어은보』에서도 악조별로 〈북전〉을 나누어 놓았다.[58] 이득윤(1553~1630)의 『현금동문유기』의 〈북전〉에는 악보를 전한 인물 또는 악곡이나 악보의 특성에 따라 다섯 곡 ― 〈박근 북전〉, 〈허사종 북전〉, 〈외북전[北典]〉, 〈북전 1강(腔)〉, 〈평조 북전〉 ― 의 연주법을 싣고 있다.[59]

하지만 금보는 거문고 연주를 위한 것이라서 다른 악곡과 마찬가지로 〈북전〉의 노랫말, 즉 작품은 싣지 않았다. 노랫말의 모음집[가집(歌集)]에서조차도 〈북전〉에는 1, 2수의 작품을 싣고 있을 따름이다. 다수의 금보에 채보된 음악적 형식이 대동소이하고, 가집에서의 작품 수록 양상이 흡사한 것은 '북전'에 대한 당대인들의 관심도가 그다지 높지 않았음을 반증한 결과라고 이해된다.

이와 같이 '북전'은 이미 옛날 악곡으로 인식되어 잘 불리지 않았

---

56 조선전기의 향악곡과 북전의 역사는 송방송(1984), 『한국음악통사』, 일조각, 282~326쪽; 성호경(1983), 「고려시가「후전진작(북전)」의 복원을 위한 모색」, 『국어국문학』90, 국어국문학회, 215~218쪽 참고.

57 신현남(2010), 「『양금신보』의 사료적 가치」, 『국악과 교육』29, 한국국악교육학회, 116~117쪽.

58 '漁隱譜' 平調 北殿 俗稱 後庭花 金聖起 … 平界面調 北殿 … 羽調 後庭花 世稱 北殿 … 羽界面調 北殿

59 이다경(2011), 「『현금동문유기』 소재 〈북전〉 연구」, 『한국악기학』8, 한국퉁소연구회, 101~130쪽.

고, 해당 작품의 수효 또한 미미해 보인다. 그러나 18세기 중반~19세기 전반의 가집과 비교한 결과[표 Ⅲ-16], 몇 가지 특이점을 발견할 수 있다.

첫 번째로 가집사에서 〈북전〉과 〈이북전〉의 구분에 관한 보편적 기준이나 수록 원칙은 존재하지 않았다는 것이다. 일반적으로 금보에서는 악조를 중심으로 '북전'을 구분하고 있다. 그러나 가집에서는 악조의 구분 없이 〈북전〉과 〈이북전〉으로 나누어 놓았다. 북전의 앞뒤에 놓인 중대엽과 삭대엽이 "초 → 이 → 삼" 순의 발전 경로를 보여 준다는 사실을 감안하면 "초·이·삼북전"의 형성 가능성도 충분히 예상해 볼 수 있다.

하지만 조선 중기 무렵부터 잘 불려지지 않은 탓에 악조의 구분 없이 오직 〈북전〉과 〈이북전〉만이 존재하게 되었고, 개별 가집에서의 수록 양상도 천차만별이어서 일관된 흐름은 포착되지 않는다.

	18세기 중반				18세기 후반
	(진본) 청구영언	(주씨본) 해동가요	歌調別覽 / (朴氏本)詩歌	解我愁	東歌選
북전	1수	1수	1수	1수	1수
이북전	1수	1수	1수	·	·
	18세기 후반~19세기 전반				
	(洪氏本) 靑丘永言	(서울大本) 樂府	(嘉藍本) 靑丘永言	(金氏本) 詩餘	東國歌辭
북전	1수	2수	1수	2수	·
이북전	1수	·	1수	·	·

[표 Ⅲ-16] 〈북전·이북전〉의 작품 수록 현황

『병와가곡집』과 마찬가지로 〈북전〉과 〈이북전〉을 모두 갖춘 가집으로 『(진본) 청구영언』, 『(주씨본) 해동가요』, 『가조별람(『(박씨본) 시가』)』, 『(홍씨본) 청구영언』, 『(가람본) 청구영언』이 있다. 하지만 『해아수』, 『동가선』, 『(서울대본) 악부』, 『(김씨본) 시여』에서는 〈이북전〉이 보이지 않는다. 19세기 전반의 『동국가사』는 〈북전〉과 〈이북전〉이 모두 실리지 않았다.

〈북전〉

　#18 누은들 잠이 오며 기드린들 님이 오랴

　　이직 누어신들 어늬 줌이 흐마 오리

　　출흐리 안즌 고듸셔 긴 밤이나 싀오리라.

【청진 ×, 해주 #4, 가별 #19, 시가 #11, 해아 ×】【동가 7#, 청홍 #5, 악서 #7, 청영 ×, 시김 #4, 동국 ×】『(연대소장) 금보』〈북전(평조)〉

　#19 흐리누거 괴오시든 어누거 좃니옵싀

　　견치 견치에 벗님의 견츠로셔

　　雪綿子 가싀로온 듯시 벙그러져 노옵싀.

【청진 #4, 해주 ×, 가별 ×, 시가 ×, 해아 #20】【동가 ×, 청홍 ×, 악서 ×, 청영 #4, 시김 ×, 동국 ×】『양금신보』〈북전〉

〈이북전〉

　#22 아쟈 늬 黃毛試筆 먹을 무쳐 窓 밧긔 지거고

　　이직 도라가면 어들 법 잇것마는

　　아모나 어더 가져셔 그려 보면 알이라.

【청진 #5, 해주 #5, 가별 ×, 시가 ×, 해아 ×】【동가 ×, 청흥 #6, 악서 ×, 청영 #5, 시김 ×, 동국 ×】

두 번째는 『병와가곡집』이 북전의 수용 경로에 대한 시사점을 제공해 준다는 것이다. 『병와가곡집』은 〈북전〉에 4수, 〈이북전〉에 1수가 실렸는데, 그 가운데에서 #18, 19번 작품과 #22번 작품은 다른 가집에서도 동일 악곡에 수록된 것이다.

이 가운데에서 #18, 19번 작품은 17세기 전반~18세기 전반의 금보에도 수록된 것이다. 노랫말은 금보에서 흔히 볼 수 없는데 #18번 작품은 『(연대소장) 금보』의 〈북전(평조)〉에, #19번 작품이 『양금신보』[60]의 〈북전〉에 수록되어 있다. 요컨대 이 두 작품은 『양금신보』와 『(연대소장) 금보』에서 〈북전〉으로 부른다고 인식된 이후, 지속적으로 전승되어 『병와가곡집』과 19세기 중반의 가집에서도 동일한 악곡에 배속된 것이다.

---

60 양덕수가 편찬한 『양금신보(광해군2: 1610)』는 18세기 금객(琴客)인 김성기의 시조(時調)와 구분되는 고조(古調) 가락으로 인식된다. 민찬(民撰) 악보로는 드물게 판본(板本) 형태로 출판한 거문고 악보로서 현재도 여러 곳에 소장(이겸노·전주시립박물관·강목년 소장본)되어 있다. 그 필사본으로 서울대 가람 문고·『(전북 고창본) 현학금보』 소장본이 있고, 그 이본(『(윤용진 소장) 금보』·『(동국대 소장) 금보』·『(박기환 소장) 금보』의 전반부는 『양금신보』를 그대로 전사한 것이고, 『(이수삼산재본) 금보』·『(경북대 소장) 금보』·『남훈유보』·『증보 고금보』·『인수금보』·『운몽금보』의 일부와 『(연세대 소장) 금보』의 후반부도 역시 『양금신보』를 베낀 것임)도 비교적 풍부하게 남아 있다고 한다. 김영운(2002), 「16~17세기 고전시가와 음악—현전 고악보 수록 악곡을 중심으로」(한국시가학회 편, 『시가사와 예술사의 관련 양상』Ⅱ, 보고사), 119쪽 참고.

〈북전〉

#20 綠駬 霜蹄은 櫪上에셔 늙고 龍泉 雪鍔은 匣裡에 운다

丈夫ㅣ 되여 나셔 爲國功勳 못ㅎ고셔

귀 밋틱 白髮이 훗늘이니 그를 슬허 ㅎ노라.

【청진 #264 이삭대엽 閭巷, 해주 ×, 가별 ×, 시가 ×, 해아 ×】【동가 ×, 청홍 ×, 악서 #417 삼삭대엽, 청영 ×, 시김 #245 이삭대엽 傍流, 동국 ×】

#21 秦淮에 빅을 미고 酒家로 도라드니

隔江 商女는 亡國恨을 모로고셔

밤중만 寒水에 月籠홀 직 後庭花ㄹㅣ ㅎ더라.

【청진 ×, 해주 ×, 가별 ×, 시가 ×, 해아 ×】【동가 #78 이삭대엽, 청홍 ×, 악서 #365 이삭대엽×, 청영 #446 이삭대엽, 시김 #382 이삭대엽, 동국 ×】

세 번째는 『병와가곡집』의 차별화된 작품 수록 양상이다. 〈북전〉 소재 #20번, 21번 작품은 금보에는 실리지 않은 것으로 대부분의 다른 가집에서는 〈이삭대엽〉에서 보인다.

#20번 작품은 『(진본) 청구영언』의 〈이삭대엽〉에 최초 수록된 이후, 18세기 후반 이후 〈이삭·삼삭대엽〉에 배속된다. #21번 작품은 18세기 중반의 가집에는 실리지 않았고, 18세기 후반 이후 가집에서 〈이삭대엽〉으로 배속된다.

〈북전〉과 〈이북전〉의 작품 수록 양상을 보건대 『병와가곡집』은 동시기의 다른 가집과는 상이한 인식 양상을 보여 주었다고 생각된다.

금보에서 북전의 연주는 "괘만 바꾸어 변조시키면 조가 다른 세 곡을 얻을 수 있다"[61]는 것처럼 〈북전〉은 하나 이상으로서 〈이북전〉을 독립 시켜 놓았고, 해당 작품도 여타의 금보나 가집에 실린 것과 동일 작품 을 싣거나, 아니면 전혀 다른 작품으로 대체한 것으로 파악된다.

③ 〈초(初)·이(二)·삼삭대엽(三數大葉)〉

『병와가곡집』의 전체 작품 중에서 806수(72.6%)가 〈초·이·삼삭 대엽〉에 집중적으로 수록되어 있다. 수록 작품을 중심으로 『병와가 곡집』을 『(진본) 청구영언』, 『(주씨본) 해동가요』와 비교해 보면, 〈초삭대엽〉의 비중이 크게 증가했음을 알 수 있다. 『(진본) 청구영 언』, 『(주씨본) 해동가요』의 〈초삭대엽〉에는 1수씩 실렸는데, 『병와 가곡집』에서는 11수가 보인다.

반면 〈삼삭대엽〉에서의 작품 수록 비율은 오히려 대폭 감소한 것 으로 파악된다. 『병와가곡집』의 〈삼삭대엽〉에는 32수(2.88%)가 수 록되어, 수록 작품 수와 그 비율이 『(진본) 청구영언』에 훨씬 미치 지 못한다. 『(진본) 청구영언』은 『병와가곡집』보다 총 수록 작품 수 가 52.2% 수준에 불과하나, 〈삼삭대엽〉의 수록 비율은 320% 이상이 증가한 9.48%를 나타내고 있다. 『(주씨본) 해동가요』는 〈이삭대엽〉 까지 수록된 가집이라서 『병와가곡집』과의 직접 비교가 불가하다.

『병와가곡집』은 18세기 전·중반의 가집에 비해 〈초·삼삭대엽〉의 수록 비율이 달라졌을 뿐 아니라, 수록 양상 또한 상이해 보인다. [표 Ⅲ-17]은 〈초삭대엽〉의 작품 수록 양상을 조사한 결과이다.

---

61 양덕수, 『양금신보』 〈北殿〉 : "平調界面調 羽調界面調 羽調 等 北殿 易楪而已"

『병와가곡집』		『(진본) 청구영언』		『(주씨본) 해동가요』	
연번	악곡	연번	악곡	연번	악곡
23		217	이삭대엽	10	이삭대엽
24		287	이삭대엽	133	이삭대엽
25		6	初數大葉	6	初數大葉
26		425	삼삭대엽	127	이삭대엽
27		357	이삭대엽	×	
28	初數大葉	452	삼삭대엽	×	
29		×		×	
30		×	미수록	×	미수록
31		×		×	
32		339	이삭대엽	×	
33		×	미수록	×	

[표 Ⅲ-17] 〈초삭대엽〉 수록 작품 현황

　3종의 가집에 모두 수록된 작품은 4수이나, 그 가운데에서 단 1수[62]만이 〈초삭대엽〉에 동시에 실렸을 따름이다. 나머지 3수는 〈이·삼삭대엽〉 소재 작품인 것으로 파악된다. 또한 『병와가곡집』 〈초삭대엽〉 소재 11수 중에서 5수는 『(진본) 청구영언』에 실리지 못했고, 8수는 『(주씨본) 해동가요』에서 전혀 찾아볼 수 없다. 요컨대 공통 수록된 작품 수도 매우 적었거니와, 그 수록 양상에서도 현저한 차이가 느껴진다는 것이다.

　이와 같이 상이한 수록 양상은 18세기 전·중반과 다른 18세기 후반의 가곡을 보여 준 것으로 『병와가곡집』의 편찬 양상이 기존의 가집과 확연히 구분된다는 사실을 알려 준다. 이와 관련하여 작품

---

62 #25 "어뎌 닉 일이여 그릴 줄를 모로던가/ 이시라 ᄒᆞ더면 가랴마ᄂᆞᆫ 제 구틱야/ 보닉고 그리ᄂᆞᆫ 情은 나도 몰나 ᄒᆞ노라."

의 수록 비율이 대폭 감소한 것으로 파악된 〈삼삭대엽〉의 수록 양
상에서는 더욱더 큰 변화상이 감지된다.

　『병와가곡집』〈삼삭대엽〉 소재 32수 중에서 『(진본) 청구영언』과
공통 수록된 작품은 모두 10수이다. 그런데 그 중 8수가 〈삼삭대엽〉
소재 작품이고, 2수는 〈이삭대엽〉에서 보인다. 나머지 22수는 『(진
본) 청구영언』에 수록되지 않았다([표 Ⅲ-18]).

『병와가곡집』		『(진본) 청구영언』		『(주씨본) 해동가요』	
연번	악곡	연번	악곡	연번	악곡
797	三數大葉	216	이삭대엽	7	이삭대엽
798		229		275	
799 ⋮ 805		×	미수록		미수록
806		422	三數大葉		
807		438			
808		435			
809		421			
810		×	미수록	×	
811		404	三數大葉		
812		436			
813 ⋮ 824		×	미수록		
825		407	三數大葉		
826		×	미수록		
827		427	三數大葉		
828		×	미수록		

[표 Ⅲ-18] 〈삼삭대엽〉 수록 작품 현황

『(진본) 청구영언』은 『병와가곡집』에 비해 전체 수록 작품 수가 적지만, 〈삼삭대엽〉의 수록 비율은 『병와가곡집』보다 3배 이상인 것으로 파악된다. 그렇다면 『병와가곡집』은 『(진본) 청구영언』으로부터 직·간접적인 영향을 받았을 터, 어느 정도의 유사성이 느껴지리라 추측되기 마련이다.

그러나 실제 〈삼삭대엽〉의 작품 수록 현황을 보건대, 『병와가곡집』은 『(진본) 청구영언』과의 연관성이 매우 낮아 보인다. 『(진본) 청구영언』 〈삼삭대엽〉 소재 55수 중에서 8수(14.5%)만이 『병와가곡집』의 〈삼삭대엽〉에서 보일 뿐이다. 전체 55수 중에서는 18수(32.7%)[63]는 『병와가곡집』의 그 어느 악곡에도 실리지 않은 미수록 작품이고, 그밖의 29수(52.7%)는 다른 악곡에 배속[64]되어 있다. 이것 또한 악곡과 작품에 대한 인식의 변화상을 보여 준 사례로 18세기 전반 이후 〈삼삭대엽〉의 수록 비율이 점차 줄어 들고, 해당 작품도 다른 것으로 대체되었다는 것을 뜻한다.

한편 『병와가곡집』의 〈이삭대엽〉에는 763수(68.8%)나 되는 작품이 실려서, 얼핏 보기에는 상당수가 수록된 듯하다. 하지만 전체적인 수록 비율은 『(진본) 청구영언』의 67.4%와 큰 차이가 없다.

대체로 『병와가곡집』도 삭대엽 계열의 악곡에 대한 선호도가 높았다는 것, 그 중에서도 특히 〈이삭대엽〉에 최다수의 작품이 실렸다는 사실은 대부분의 다른 가집에서 흔히 볼 수 있는 보편적 양상

---

63 『(진본) 청구영언』 〈삼삭대엽〉: #398, 399, 406, 408~410, 412~414, 420, 428~430, 439, 441, 442, 445, 446번 작품

64 『병와가곡집』 〈초중대엽〉 1수(#2)/ 〈초삭대엽〉 2수(#26, 28)/ 〈이삭대엽〉 24수 (#41, 45, 65, 67, 94, 98, 103, 178, 516, 568, 622, 627~633, 659, 706, 710, 716, 726)/ 〈소용〉 1수(#850)/ 〈낙희조〉 1수(#989)

이라고 여겨진다. 하지만 구체적으로 악곡과 작품의 수록 양상 및 그 비율을 고찰해 본 결과, 18세기 전·중반의 가집과 상이한 양상을 보여서 『병와가곡집』은 18세기 후반 가곡 문화의 변화상을 반영한 가집이라는 사실을 확증할 수 있다.

④ 〈삭대엽(數大葉)〉

『병와가곡집』의 여러 악곡 중에서 연구자들의 이목을 집중시켰던 대표적 악곡으로 삭대엽이 있다. 삭대엽은 『병와가곡집』과 『해아수(1761)』에서만 보이는 악곡명으로 초삭·이삭·삼삭대엽 등의 악곡에서 착안한 통칭이었으리라 추정되고 있다.

그러나 삭대엽은 오직 두 개의 가집에서 보이고, 이외의 다른 가집에서는 찾아지지 않기에 악곡으로서의 소용은 적었던 듯하다. 『병와가곡집』의 〈삭대엽〉에는 총 18수가 수록되었는데, 그 중에서 10수는 『(진본) 청구영언』과 『(주씨본) 해동가요』에 전혀 수록되지 않은 것이다. 이것은 그동안 잘 부르지 않던 노랫말을 새롭고도 낯선 악곡에 얹어 불렀다는 뜻으로 해석된다.

『병와가곡집』	『(진본) 청구영언』	『(주씨본) 해동가요』
#829	미수록	미수록
830		#167 이삭대엽
831	#329 이삭대엽 無名氏	미수록
832	331 이삭대엽 無名氏	
833	330 이삭대엽 無名氏	
834	332 이삭대엽 無名氏	

『병와가곡집』	『(진본) 청구영언』	『(주씨본) 해동가요』
835	미수록	미수록
836		
837		
838		
839		
840	#495 만횡청류	
841	미수록	
842		
843	#316 이삭대엽 無名氏	
844	208 이삭대엽 本朝	#224 이삭대엽
845	미수록	미수록
846		

[표 Ⅲ-19] 〈삭대엽〉의 작품 수록 현황

『병와가곡집』의 〈삭대엽〉은 그동안 이삭대엽으로 불렀던 작품을 위주로 구성되었다. [표 Ⅲ-19]에서 확인되는 바와 같이 〈삭대엽〉 소재 작품 중 8수가 18세기 중반까지 〈이삭대엽〉에 배속되었다는 사실을 알 수 있다. 그런데 『병와가곡집』은 이미 〈초·이·삼삭대엽〉을 순차적으로 제시했으므로 장삭(章數)의 구분 없이 351수의 작품을 〈삭대엽〉에 싣고 있는 『해아수(1761)』와는 또 다른 이유에서 별도의 독자 악곡으로서 삭대엽을 마련해 둔 것 같다.

『해아수』는 초·이·삼삭대엽을 통칭하여 삭대엽이라고 간주한 듯하며, 『병와가곡집』의 삭대엽은 초·이·삼삭대엽과 구별되는 변주곡으로서 아직은 뚜렷한 명칭을 얻지 못한 곡들을 편의적으로 지칭한 것이다. 후대의 율당삭대엽이 바로 삭대엽에 해당한다.[65]

⑤ 〈소용(騷聳)〉

〈소용〉 소재 작품 수의 증가도 주목해 볼만하다. 소용은 삼삭대엽에서 파생된 변주곡[66]으로 『(주씨본) 해동가요』의 '고금창가제씨'에서 숙종조의 명가(名歌)으로 소개된 박후웅(朴後雄)이 창안한 것이다. 소용은 조림(調林), 엇락(旕樂), 편락(編樂) 등과 함께 19세기 전반의 주요 악곡으로 손꼽히고 있는데, '소용(搔聳)'으로 표기하기도 한다.

소용은 『(박씨본) 해동가요』에서 최초로 보인 이후, 『(일석본) 해동가요』에서는 독립된 악곡으로 출현하는데[67] 『병와가곡집』의 〈소용〉에는 5수가 수록되어 있다([표 Ⅲ-20]). 수록 작품 수는 5수에 불과하지만, 새로운 악곡의 출현이라는 관점에서 적극적인 해명이 필요할 듯하다.

『병와가곡집』		『(진본) 청구영언』		『(주씨본) 해동가요』	
연번	악곡	연번	악곡	연번	악곡
847	소용	×	미수록	×	미수록
848					
849					
850		433	삼삭대엽		
851		×	미수록		

[표 Ⅲ-20] 〈소용〉 수록 작품 현황

---

65 이상원(2014), 앞의 논문, 242~249쪽.

66 송방송(1984), 앞의 책, 422쪽.

67 김용찬(1999), 앞의 책, 163~164쪽.

18세기 후반은 소용이 독립 악곡으로 제자리를 찾아가던 때이다. 소용도 삭대엽과 마찬가지로 18세기 후반의 새로운, 낯선 악곡이라서 당대의 인기 악곡인 삭대엽 계열에 비해서 상대적으로 선호도가 낮았으리라 짐작된다. 소용이 독립 악곡으로 출현한 시점은 18세기 중·후반으로 아직은 널리 불리지 않았기 때문에 〈소용〉 소재 작품 수가 적을 수밖에 없었다고 본다.

그리고 『(진본) 청구영언』과 『(주씨본) 해동가요』를 통틀어서 오직 1수만이 『병와가곡집』 〈소용〉 소재 작품으로 분류된 것은 악곡과 노랫말이 어떠한 상관 관계를 갖는지 다시금 생각하게 한다. 『병와가곡집』의 〈소용〉에서 보이는 작품은 소용이라는 새로운 악곡에 걸맞은 것이라고 판단, 선택된 것들이다. 더군다나 『(진본) 청구영언』과 『(주씨본) 해동가요』에 실리지 않은 작품이 『병와가곡집』에 수록되었다는 것에서 그 과정이 어떠했는지는 어렴풋하게나마 짐작해 볼 수 있다.

소용과 같은 새로운 악곡에 무슨 작품, 곧 어떤 노랫말을 얹어 불러야할지를 판단하는 것은 결코 쉬운 일이 아니다. 가장 좋은 '하나'의 소리를 찾아가는 과정은 수많은 시행착오와 수고로움의 연속이다. 『병와가곡집』이 편찬된 18세기 후반은 노래에 대한 '하나'의 최고 해석이 이루어진 때[68]로 악곡과 노랫말의 조화를 추구하던 당대의 가집사적 흐름과 무관치 않아 보인다.

⑥ 〈만횡(蔓橫)〉

만횡은 엇롱(旕弄=言弄)과 동일한 악곡으로 일명 만삭대엽(蔓數

---

68 신경숙(2011), 앞의 책, 179~185쪽.

大葉)이라고도 부른다. 혹칭 반죽이[반지기(半只其)]라고 한다. 『삼
죽금보』의 주석에 따르면 만횡은 "초장은 곧 계면 삼삭대엽의 초장
이고, 다만 절조(節調)는 농(弄)이 된다. 2장 이하는 즉 농"이다.[69]
일반적으로 가곡창에서는 '계면 삼삭대엽 후에는 만횡을 부른다'[70]
고 본다.

『병와가곡집』 소재 〈만횡〉에서는 모두 114수(10.2%)의 작품이
보인다. 수록 작품 수로는 〈이삭대엽〉 다음으로 많은 작품이 〈만횡〉
에 수록되었는데, 『(진본) 청구영언』 〈만횡청류〉[71]의 경우도 마찬가
지인 것으로 확인된다. 〈만횡〉에 수록된 114수 중에서 절반에 약간
못미치는 53수[72]는 『(진본) 청구영언』의 〈만횡청류〉에 실린 작품이
라서 두 가집의 상관성을 잘 보여 주고 있다. 『(진본) 청구영언』의
〈만횡청류〉에는 『병와가곡집』의 〈만횡〉보다 2수가 더 많은 총 116
수가 수록되어 있다. 하지만 〈만횡청류〉 소재 작품 중 절반 이상은
『병와가곡집』의 〈만횡〉에 실리지 않았고, 〈만횡〉 소재 작품 중 몇몇
이 『(주씨본) 해동가요』의 〈이삭대엽〉[73]에 수록된 사실은 악곡에 관
한 인식의 차이를 보여 준 것이다.

〈만횡〉 소재 작품의 수록 비율도 『(진본) 청구영언』의 〈만횡청류〉

---

69 장사훈(1985), 앞의 책, 439쪽.

70 신경숙(1994), 앞의 책, 62쪽.

71 18세기 전반까지 만횡청류는 독립된 악곡명이 아니라, "특정 악곡[만횡(蔓橫)]
　　의 소리[淸]를 모아 놓은 부류[類]"로 이해된 듯 그 서문(〈蔓橫淸類序〉)이 『(진본)
　　청구영언』에 수록되어 있다.

72 『(진본) 청구영언』 〈만횡청류〉: #465~470, 473, 475~477, 483, 484, 487, 490~493,
　　496~498, 500~503, 510~513, 515, 521~523, 526, 528, 529, 536, 544, 546~548, 551,
　　554, 555~559, 561~563, 565, 573, 576번 작품

73 『(주씨본) 해동가요』 〈이삭대엽〉: #383, 386~388, 390, 393, 536번 작품

보다 약 절반 수준으로 감소(20% → 10.27%)되어 있다. 이러한 양상이 나타난 것은 가곡 악곡의 변주곡이 잇따라 출현하고, 음악적 변화상이 자연스럽게 반영된 결과였기에 수록 작품의 비율 감소가 불가피해 보인다.

⑦ 〈낙희조(樂戱調)〉와 〈편삭대엽(編數大葉)〉

『병와가곡집』본문의 후반부에 자리하는 〈낙희조〉와 〈편삭대엽〉에서도 비교적 다수의 작품이 보인다. 〈낙희조〉에 104수, 〈편삭대엽〉에 40수가 실렸는데, 낙희조와 편삭대엽은 18세기 후반 가곡의 변주 과정을 보여 주는 악곡명이다.

음악사적으로 18세기 전반과 후반의 가곡사를 구분 짓는 기준은 삭대엽의 변주곡인 농·낙·편의 출현 여부이다. 삭대엽의 변주곡은 18세기 후반 『유예지』에서 농엽(弄葉)·우락(羽樂)과 계락(界樂)·편삭대엽(編數大葉)의 명칭으로 나타난다.[74] 농엽은 후대의 두거(頭擧)에 해당하는 이삭대엽의 변주곡이다. 두거는 초장부터 높은 소리로 들어내는 자진한입[삭대엽(數大葉)]이라는 뜻으로 이삭대엽의 또 다른 변주곡인 '평거', '중거'와 유사 악곡이다. 평거는 평평하게 들어내는 자진한입이고, 중거는 중간을 들어내는 자진한입이다.[75]

우락과 계락은 우조(羽調) 낙(樂), 계면조(界面調) 낙(樂)으로 해석되는 악곡명이다. 이 두 가지는 모두 낙시조에서 파생한 악곡으로 알려져 있다.[76] 『병와가곡집』의 낙희조는 거문고 연주법으로서

---

74 송방송(1984), 앞의 책, 419~420쪽.
75 장사훈(1986), 『시조음악론』, 서울대학교출판부, 27~29쪽.
76 신경숙(1994), 앞의 책, 46쪽.

"낮은 조[=평조(平調)]"가 아니라, 가곡의 악곡명인 '낙시조'의 이칭이다.[77] 『(주씨본) 해동가요』, 『(가람본) 청구영(詠)언』의 풍도와 형용에서도 확인되는 바와 같이 낙희조는 '낙시조'와 '편락시조'가 합쳐진 악곡명으로 노랫말[78]로도 실재하고 있다.

편삭대엽도 삭대엽의 변주곡명이다. 기존의 삭대엽을 새로 짜서 [편(編)] 변주시킨 악곡이라는 의미[79]로 악곡의 세분화와 더불어 18세기 후반 가곡 문화가 보여 준 특색으로 여겨진다. 『병와가곡집』의 〈편삭대엽〉 소재 작품 중에서 일부는 청구영언 계열 가집의 〈만횡청류〉에서 보이고, 그 나머지는 다양한 악곡으로 불려졌다는 사실이 확인된다.

(2) '본문' 수록 노랫말

『병와가곡집』도 다른 대부분의 가집과 마찬가지로 이미 불리고 있던 노랫말과 새로운 노랫말을 동시에 수록하고 있다. 즉 기존의 노랫말을 재수록하거나 또 다른, 새로운 작품을 수합함으로써 악곡에 얹어 부르는 노랫말을 마련하였다. 노랫말의 전승 방식에 유의하여 『병와가곡집』 소재 작품의 수록 양상을 다른 가집과 비교

---

77 이상원(2014), 앞의 책, 242~249쪽.
78 〈編數大葉〉#1092 "노리 굿치 조코 조흔 거슬 벗님니야 아돗던가/ 春花柳 夏淸風과 秋月明 冬雪景에 弼雲 昭格 蕩春臺와 南北 漢江 絶勝處에 酒肴 爛慢ᄒ듸 조은 벗 가즌 笙笛 알릿쫀온 아모가이 第一 名唱드리 추례로 안자 엇거러 불너 니니 中大葉 數大葉은 堯舜 禹湯 文武 굿고 後庭花 樂戱調는 漢唐宋이 되여 잇고 騷聳이 編樂은 戰國이 되여 이셔 刀槍 劍術이 各自 騰揚ᄒ야 管絃聲에 어릴엿다/ 功名과 富貴도 늬 몰늬라 男兒의 豪氣를 나는 됴하 ᄒ노라."
79 송방송(1984), 앞의 책, 420쪽.

해 본 결과, 기출작품(旣出作品)과 신출작품(新出作品)으로 나누어 살펴볼 필요성이 느껴진다.

기출작품은 기존의 다른 가집에서 볼 수 있던 노랫말이 『병와가곡집』에 다시 수록[재수록(再收錄)]된 것으로 동일 악곡에다가 동일한 노랫말이 다시 수록되었다는 의미를 지닌다. 이것은 악곡에 대한 고려가 생략된 채, 오직 노랫말로서의 작품이 여러 가집에 두루두루 실려 있는 공출작품[공통 수록 작품]과 구분된다.

노랫말의 재수록 사유는 다양하므로 단정할 수 없으나, 대체적으로 가집의 편찬 배경과 깊은 관련이 있다고 생각된다. 대부분의 기출작품은 원전을 저본으로 삼는 후대의 가집이나 동일 계열의 가집들에서 흔히 볼 수 있고, 시기적으로 서로 근접해 있던 당대의 여러 연행 공간에서 자주 불러왔다.

신출작품은 "새롭게 출현한 작품"이라는 뜻으로 새로운 작품[新作]뿐만 아니라, 오랫동안 기록되지 못하다가 비로소 『병와가곡집』에 실리게 된 기존 작품[구작(舊作)]까지 포괄한다. 일반적으로 새로운 가집에서조차도 창작 작품[신작(新作)]보다는 기존 작품의 재수록이 압도적인 양상으로 나타나고, 각각의 기존 작품은 모든 가집이 아니라 특정 가집에서만 보일 수밖에 없게 된다.

가. 기출작품

기출작품과 신출작품은 가집의 편찬 배경을 나타내는 중요 근거로 작품의 전승 경로에 의해 지금의 가집이 기존의 가집과 어느 정도의 동질성을 지니고, 다른 가집과 얼마나 구별되는가를 살펴볼 수 있게 한다. 기출작품은 어느 특정한 후대(後代)의 가집이 전대

(前代)의 무슨 가집으로부터 얼마나 많은 영향을 받아서 몇몇 작품을 전재(轉載) 또는 전사(傳寫)했다거나, 작품의 전승 여부를 떠나 당대의 가곡 문화를 전반적으로 폭넓게 반영한 결과로 이해된다.

기출작품은 이미『(진본) 청구영언』,『(주씨본) 해동가요』,『청구가요』 등에 수록되었던 것으로『병와가곡집』의 편찬 배경에 대한 추정을 가능하게 한다. 실제 확인해 본 결과,『병와가곡집』에서는 모두 678수(61.63%)의 기출작품이 보인다([표 Ⅲ-21]).

	#37~39	51, 52	55~58	62~64	72, 73	79, 80	88, 89
진본 청구영언	218~220	7, 8	9~12	15, 16, 295	27, 28	27, 28	35, 36
주씨본 해동가요	11, 13, 14	15, 16	17~20	23~25	38, 39	38, 39	46, 47
	107, 108	112~121	123, 124	129~131	134~136	138~140	142~147
진본 청구영언	·	·	41, 42	46~48	51~53	58~60	65~70
주씨본 해동가요	55, 56	78~87	57, 58	·	·	·	60~62
	148~161	210~213	214, 215	224~234	235~239	243, 244	246, 247
진본 청구영언	72~76, 78~84, 87, 88	112~115	166, 167	116~119, 121~127	129~133	134, 135	136, 137
주씨본 해동가요	63~65, 68~72, 75, 76	128~131	219, 220	99~106	·	110, 111	·
	248, 249	254~260	261~263	268, 269	310~311	314, 315	324, 325
진본 청구영언	141, 142	147~153	155, 156, 158	169, 170	·	·	13, 14
주씨본 해동가요	·	151~155	157~159	·	197, 198	202, 203	21, 22

	326~328	330~335	339~341	342~344	345~347	365~368	373~376
진본 청구영언	·	·	235~237	·	209~211	·	96~99
주씨본 해동가요	236~238	245~250	285, 286	303~305	254~256	·	263~266
청구가요	·	·	·	·	·	12~14	·

	377~380	381~387	402, 403	404, 405	408~410	421, 422	430, 431
진본 청구영언	·	224~228, 230, 231	·	·	·	·	·
주씨본 해동가요	·	·	310, 311	306, 307	313~315	373, 374	·
청구가요	45~48	·	·	·	·	·	58, 59

	455, 456	464~468	503~505	530, 531	534~538	540, 541	591~593
진본 청구영언	·	·	249~251	·	188~190, 198	·	306~308
주씨본 해동가요	·	·	289, 291, 292	228, 229	233~235	134, 135	
청구가요	55, 56	60~64	·	·	·	·	·

	610, 611	878, 879	885, 886	890, 891	894~896	923, 924	928, 929
진본 청구영언	346, 347	469, 470	476, 477	491, 492	496~498	546, 547	558, 559
주씨본 해동가요	·	·	·	·	·	·	·

	930~932	973~975	983, 984
진본 청구영언	561~563	517~519	524, 525
주씨본 해동가요	·	·	·

[표 Ⅲ-21] 『병와가곡집』 소재 기출작품 비교

뿐만 아니라 678수의 기출작품 가운데에서 207수(30.5%)는 『(진본) 청구영언』, 『(주씨본) 해동가요』, 『청구가요』의 작품 수록 순서와도 일치하고 있다. 207수의 작품이 『병와가곡집』에 재수록된 것이고, 그것은 모두 기존과 동일한 악곡에 배속되었는데, 심지어 수록 순서까지 일치한다는 사실은 단지 우연의 일치로 보기 어려우므로 저본이 된 특정 가집을 전재한 것이라고 판단된다.

기존 가집으로부터 전재한 207수의 작품이 『병와가곡집』 전편에 걸쳐 총 59회나 확인된다. 이것은 곧 『병와가곡집』에서의 악곡에 관한 인식과 일치하면서 해당 작품까지 동일한 사례가 총 59회이고, 이때의 작품은 모두 207수였다는 뜻으로 『(진본) 청구영언』, 『(주씨본) 해동가요』, 『청구가요』와의 밀접한 연관성을 나타낸 것이다. 대체적으로 『병와가곡집』의 전·후반은 『(진본) 청구영언』을, 중반은 『(주씨본) 해동가요』와 『청구가요』에서 작품을 전재하였다.

『병와가곡집』의 기출작품 중에서 『(진본) 청구영언』과 공통 수록된 작품[공출작품(共出作品)]은 모두 462수이다. 『(진본) 청구영언』에 실린 580수 중에서 462수(79.6%)가 『병와가곡집』에 재수록되었는데, 이 가운데에서 159수는 전재한 것으로 추단한다. 즉 『병와가곡집』의 수록 작품 중에서 159수는 해당 악곡 및 수록 순서까지도 『(진본) 청구영언』과 일치하고 있다는 것이다.

총 568수가 수록된 『(주씨본) 해동가요』의 작품 중에서 64.6%에 해당하는 367수가 『병와가곡집』에 재수록된 것이고, 전재한 작품은 모두 133수이다. 또한 『청구가요』에는 모두 80수가 수록되었는데, 이 가운데에서 35수(43.7%)는 『병와가곡집』에서 또 다시 볼 수 있다. 『병와가곡집』에 수록된 35수 중 16수는 『청구가요』에서 전재한 작품이다([표 Ⅲ-24 : 수록 작품의 전승 유형별 분류]).

공통 수록된 작품의 수효에 초점을 맞추면,『병와가곡집』은『(진본) 청구영언』과의 상관성이 매우 많아 보인다.『(진본) 청구영언』과『(주씨본) 해동가요』는 전체 작품의 수록 규모면에서 큰 차이가 없지만,『병와가곡집』과의 공출작품 수효면에서는 거의 100수 정도의 차이가 있다.『병와가곡집』을 일독할 때,『(진본) 청구영언』이 자주 연상되는 것은 바로 다수의 공출작품이 수록되었기 때문이다.

하지만 기출작품의 전재 비율과 수록 규모를 감안하면 상대적으로『(주씨본) 해동가요』,『청구가요』와의 연관성이 두드러져 보인다.『병와가곡집』과 공통 수록이 확인된 작품 중에서『(진본) 청구영언』에서 전재한 것은 27.4%(159수),『(주씨본) 해동가요』는 36.2%(133수),『청구가요』에서는 45.7%(16수)인 것으로 파악된다. 다시 말해서『병와가곡집』에서 작품을 수록할 때, 전재가 차지한 비중은『청구가요』→『(주씨본) 해동가요』→『(진본) 청구영언』 순으로 높게 나타난다.

기출작품의 전승 및 수록 양상을 보건대,『병와가곡집』은 전대의 가집으로부터 직접적인 영향을 많이 받았다는 것이 사실로 입증된다.『병와가곡집』은『(진본) 청구영언』에 실렸던 작품 중에서 상당수를 재수록하는 한편,『(주씨본) 해동가요』·『청구가요』에서는 거의 전재하다시피 작품을 싣고자 하여 결과적으로 기출작품의 수록 비율이 높아지게 되었다.

〈초중대엽〉 #2~5 〈이중대엽〉 9~10 〈삼중대엽〉 13~14 〈북전〉 18~20 〈이북전〉 22, 〈초삭대엽〉 23~27, 34, 〈이삭대엽〉 35~37, 38~39, 50~59, 62~65, 69~73, 75~77, 79~98, 102~103, 108~132, 134~161, 176~179,

183~188, 191~194, 196~205, 208~219, 224~246, 248~264, 266~270,

272~276, 281, 282, 293~295, 303~305, 307~320, 322~356, 358~363,

367, 368, 372~377, 380~390, 397~400, 402~405, 407~423, 427, 428,

430~433, 438~440, 455, 456, 458~461, 463~484, 487~493, 501~509,

514~516, 523, 524, 526~544, 553~559, 563~596, 599~619, 621~633,

791 ~ 〈삼삭대엽〉~ 798, 806~809, 811, 812, 〈삭대엽〉 830~834, 〈소

용〉850, 〈만횡〉 856, 858, 859, 878~891, 895~900, 913~936, 948~949,

951~953 〈낙희조〉 966~968, 973~976, 978~986, 988~989, 1000, 1001,

1003~1007, 1012, 1013, 1018, 1019, 1025~1027, 1037~1039, 1041~1044,

1049~1054, 1065~1068 〈편삭대엽〉 1070~1085, 1087~1089, 1091~1096,

1106, 1107

『병와가곡집』에서 기출작품은 최소 2수 이상이 짝을 이루어 연속적으로 수록되었다. 기출작품의 연속 수록은 총 79회인 것으로 파악된다. 이것은 기출작품이라는 사실을 의식한 의도적 배치라고 볼 수 있다. 오늘날에도 기출작품만을 구분해 내는 것은 쉽지 않은 일이다. 작품의 출현 시점이 분명하고, 전승 경로가 명확히 파악되어야 기출작품을 선별할 수 있다. 기출작품의 연속 수록은 기존의 작품 및 다른 가집을 적극 수용했다는 사실을 보여 주는데, 그 이후에도 지속되어 후대의 다른 가집에서도 찾아볼 수 있게 되었다.

하지만 몇몇 기출작품은 『병와가곡집』에서 처음으로 보인 이후, 더 이상의 전승이 확인되지 않아서 오히려 더욱 주목해 볼만하다. 18세기 중반 이후 『병와가곡집』에 재수록된 작품으로서 그 이외의 가집에서는 전혀 찾아볼 수 없게 된 작품은 모두 30수[80]이다. 전체

작품 수나 수록 비율 면에서 매우 적어 보이나, 가집의 편찬 배경에 자리한 노랫말의 전승 경로라는 새로운 문제를 제기해 준다.

그렇다면 왜, 전대의 가집에 실렸던 작품이 『병와가곡집』에서만 보이고, 후대의 여러 가집에는 수록되지 않았을까? 작품의 부전 원인을 예상해 보자면 첫째, 원인 모를 이유로 작품의 전승이 자연스럽게 중단되었을 수 있다. 작품의 전승이 일시에 중단된 탓에 동시대는 물론, 후대의 여러 가집에 실리지 않게 된 것이다. 하지만 한, 두 가집도 아니고 거의 모든 가집에 실리지 않게 된 이유로서는 타당성이 부족해 보인다.

둘째, 작품에 대한 선호도가 달라져서 더 이상 불리지 않았을 수 있다. 전승의 중단 원인을 작품 그 자체에서 찾아야할 터, 주제나 표현 방식을 포함하여 다각적인 분석이 요구된다. 그러나 개별 작품에 대한 인식은 각양각색이었을 것이고, 30수나 되는 작품을 수록하지 않은 까닭을 논리적으로 설명해 줄 방법론이 마땅치 않다.

셋째, 가집의 편찬 배경이 천차만별이라서 기출작품의 누락은 일상다반사였을 것이다. 가곡의 연행 공간이 다양하였기 때문에 모든 작품을 공유하면서 그 전부를 기록한다는 것은 현실적으로 불가능한 일이다. 이것은 가집이 당대의 가곡 문화를 반영한 것이라는 전제에 바탕한 추론이다. 당대의 연행 공간에 대한 실증이 이루어지지 않은 상황에서의 추론인지라 구체성은 부족하지만, 현재로서는 원론적인 수준이나마 전승의 중단 원인은 연행 공간에서 찾아야할 듯하다.

---

80 #17, 233, 247, 278, 299, 302, 378, 379, 434, 435, 437, 441, 442, 443, 444, 446, 448, 449, 450, 451, 452, 453, 454, 462, 485, 894, 912, 969, 1040

나. 신출작품

이전 시대의 가집에서 보이지 않다가 『병와가곡집』이 편찬된 18세기 후반을 전·후로 비로소 나타나기 시작한 것을 신출작품이라고 한다. 『병와가곡집』에만 단독 수록된 작품, 이미 존재했으나 18세기 중반까지 기록되지 않다가 18세기 후반을 기점으로 '보이기 시작'한 것이라면 신출작품으로 간주한다. 그리고 기존의 가집에 수록되었으나 노랫말의 표현이나 구성면에서의 유의미한 변화가 감지되는 것, 즉 이형작품(異形作品)도 신출작품으로 본다.

『병와가곡집』에는 431수(38.86%)의 신출작품이 수록되어 있다.[81] 신출작품은 18세기 전·중반의 가집에서 보이지 않지만, 『병와가곡집』과 동시대의 다른 가집에서는 중복 수록될 수 있다는 점에서 18세기 후반의 가곡 문화를 보여 주는 중요 지표가 된다.

다음의 표([표 Ⅲ-22])는 신출작품과 기출작품의 수록 양상을 악곡별로 살펴본 것으로 새로운 노랫말과 악곡의 조합이 어떠했는가를 잘 나타내고 있다.

『병와가곡집』	기출작품	신출작품	단독 수록 작품
1. 초중대엽 #1~7	5수	2수	0수
2. 이중대엽 #8~12	2수	2수	1수
3. 삼중대엽 #13~17	4수	1수	0수
4. 북전 #18~21	3수	1수	0수

---

81 김용찬은 『(진본) 청구영언』과 해동가요 계열의 가집에 수록되지 않고, 『병와가곡집』에 처음으로 등장하는 작품에 대한 주제별 분류를 시행하였다. 김용찬, 앞의 책(2001)

『병와가곡집』	기출작품	신출작품	단독 수록 작품
5. 이북전 #22	1수	0수	0수
6. 초삭대엽 #23~33	7수	4수	0수
7. 이삭대엽 #34~796	486수	204수	73수
8. 삼삭대엽 #797~828	10수	22수	0수
9. 삭대엽 #829~846	8수	9수	1수
10. 소용 #847~851	1수	4수	0수
11. 만횡 #852~965	63수	44수	7수
12. 낙희조 #966~1069	59수	44수	1수
13. 편삭대엽 #1070~1109	29수	10수	1수
총 1109수	678수	347수	84수

[표 Ⅲ-22] 전승 유형별 작품 분류

『병와가곡집』 소재 악곡 중에서 신출작품의 증가세가 두드러진 것으로 〈이중대엽〉, 〈이·삼삭대엽〉, 〈삭대엽〉, 〈소용〉, 〈만횡〉, 〈낙희조〉가 있다. 전체적으로 〈이중대엽〉의 수록 작품 수가 늘어나게 된 것은 기출작품뿐 아니라 신출작품이 추가되었기 때문이다. 당대의 인기곡 계열인 〈이·삼삭대엽〉에도 204수의 신출작품이 수록되었다. 〈소용〉, 〈만횡〉, 〈낙희조〉에서는 기출작품보다 신출작품을 더 많이 수록하고자 한 듯하다. 〈소용〉 소재 신출작품의 수는 기출작품의 수를 상회하고, 〈만횡〉과 〈낙희조〉에서 신출작품의 수록 비율도 비교적 높다.

그런데 신출작품 중에서 84수는 전·후대의 다른 가집에서 전혀 찾아볼 수 없는 『병와가곡집』만의 단독 수록 작품[82]이다. 단독 수

---

82 #12, 60, 66, 162, 163, 165, 166, 167, 169, 170, 171, 172, 173, 174, 175, 180, 182, 220, 284, 298, 300, 366, 369, 370, 371, 425, 429, 457, 518, 519, 520, 521, 545, 546, 561,

록 작품을 통해 다른 가집과 차별화된 『병와가곡집』의 개성을 파
악해 볼 수 있을 것이다. 단독 수록 작품은 가집과 편찬자의 정체성
에 관한 직접적인 정보를 제공해 주기도 하고, 간접적이나마 가집
의 형성 배경에 관한 추정 근거가 되기도 한다.

단독 수록 작품은 〈초·삼중대엽〉, 〈북전·이북전〉, 〈초· 삼삭대엽〉,
〈소용〉에서는 전혀 보이지 않는데 〈이삭대엽〉에 최다수인 73수가
수록되었다. 단독 수록 작품은 새로운 노랫말이므로 그 당대의 인
기곡인 〈이삭대엽〉에 얹어부르는 것이 자연스러워 보이고, 가장 용
이한 조합이었으리라 생각된다.

단형작품과 장형작품의 교차 수록도 『병와가곡집』 전편을 통해
확인된다([표 Ⅲ-23]). 『병와가곡집』에서는 작품 유형, 즉 평시조
(='단형시조')와 사설시조(='장형시조')의 구분에 의해 작품을 수
록하고 있다.

#연번	작품 유형	#연번	작품 유형	#연번	작품 유형	#연번	작품 유형
1~29	●	30	○	31~756	●	757	○
758~825	●	826	○	827~839	●	840	○
841~846	●	847~849	○	850	●	851, 852	○
853	●	854	○	855	●	856	○
857	●	858~902	○	903~905	●	906~946	○
947	●	948~965	○	966~968	●	969~988	○

581, 655, 661, 663, 665, 675, 685, 697, 707, 708, 711, 717, 725, 737, 738, 740, 741,
744, 748, 749, 750, 751, 752, 753, 754, 755, 756, 757, 758, 759, 760, 765, 766, 768,
769, 771, 774, 776, 778, 837, 860, 862, 866, 867, 873, 877, 892, 1045, 1102

#연번	작품 유형	#연번	작품 유형	#연번	작품 유형	#연번	작품 유형
989, 990	●	991	○	992	●	993	○
994	●	995, 996	○	997	●	998, 999	○
1000~1007	●	1008~1012	○	1013~1014	●	1015	○
1016	●	1017	○	1018~1023	●	1024	○
1025~1028	●	1029~1035	○	1036	●	1037~1055	○
1056	●	1057, 1058	○	1059, 1060	●	1061, 1062	○
1063	●	1064~1068	○	1069	●	1070~1085	○
1086	●	1087~1094	○	1095	●	1096~1097	○
1098	●	1099~1107	●	1108	●	1109	○

●: 단형 / ○: 장형

[표 Ⅲ-23] 작품 유형별 분류

『병와가곡집』 소재 총 1,109수의 작품 중에서 단형이 890수(80.25%), 장형이 219수(19.74%)로서 노랫말이 비교적 짧고 간단한 것은 〈초중대엽〉~〈삭대엽〉에, 상대적으로 길고 복잡한 것은 〈소용〉~〈편삭대엽〉에 자리하고 있다.

　작품 유형에 따른 분류는 #847번 작품이 수록된 〈소용〉을 기점으로 확연히 나뉘어진다. #847번 작품 이전까지는 단형을 위주로 작품을 수록하고 있다. 여러 단형작품 사이사이에다가 1~2수의 장형작품을 끼워 넣은 듯한 양상이다. #1번~29번까지는 〈초삭대엽〉에 해당하는 부분으로 오직 단형작품만이 보이고, 이후 〈삼삭대엽〉까지는 4차례에 걸쳐 단·장형의 교차 수록이 나타난다. 반면 〈소용〉 이후부터는 단·장형의 교차가 본격적으로 나타나면서 주로 장형작품을 수록하고 있다. 이 부분에서는 장형작품이 연속 수록된 가운데 단형작품은 몇 수 밖에 보이지 않는다.

즉 〈소용〉 이전까지는 특정 악곡에 특정 유형의 작품이 집중 수록되어 일관성이 느껴지는데, 그 이하 부분에서는 특정 악곡 내에서조차 단·장형작품이 수시로 교차하고 있다. 이것은 작품 유형에 의한 구분으로서 가집에서 작품을 수록하는 또 하나의 방식이라고 볼 수 있다. 그동안 가집에서의 작품 수록은 악곡별 구분, 작가의 존재 유무에 의한 구분, 작가의 신분 또는 활동기에 의한 구분 방식에 주목을 받았는데, 『병와가곡집』에서는 작품 유형에 의한 구분 의식이 일정 부분 개입된 양상을 볼 수 있다.

2. 『병와가곡집』의 수록 작가와 작품
: 『(진본) 청구영언』, 『(주씨본) 해동가요』와의 대비

『병와가곡집』의 편찬 양상이 지닌 함의에 관한 좀 더 폭넓은 이해를 위해 수록 작품의 전승 경로를 중심으로 18세기 전·중반의 대표적 가집인 『(진본) 청구영언』, 『(주씨본) 해동가요』와 비교해 본다.

『병와가곡집』은 1,109수에 이르는 방대한 작품을 수록한 18세기 후반의 가집이다. 가집사의 전개가 18세기 중반부터 비로소 본격화했다는 사실로 보건대, 18세기 후반에 이루어진 『병와가곡집』의 편찬은 매우 독특한 것이라서 생경한 인상마저 준다. 하지만 『병와가곡집』의 편찬 양상을 일람하다 보면 낯설음 못지 않게 익숙함도 자주 느껴진다.

새로운 가집에서 익숙한 느낌이 드는 것은 『병와가곡집』뿐만 아니라 대부분의 가집에서 나타나는 일반적인 현상으로 가집의 문헌적 특성으로부터 기인한다. 몇몇 개인의 창작 가집을 제외한 거의 모든 가집은 다수에 의해서 과거로부터 그 당대까지 널리 누리고 지녀 온 가곡의 역사에 대한 일종의 보고이다. 가집의 문헌적 특성으로서 개성과 보편성은 동시에 존재하는 것이고, 이 두 가지가 어떻게 구현되었는가에 따라 그 느낌이 달라지게 된다.

『병와가곡집』이 익숙하게 느껴지는 것은 가집의 보편적 특성이 반영되어 수록 작품 중 상당수가 이미 널리 알려진, 즉 기출작품이었기 때문이다. 가집의 전체적인 규모가 대단한 만큼 기출작품의 수록 비율도 높아져서 더욱 자주 보이게 되었다. 『병와가곡집』 소재 1,109수 가운데에서 680수가 『(진본) 청구영언』, 『(주씨본) 해동가요』(『청구가요』 포함)에 이미 수록된 작품, 곧 기출작품이다([표 Ⅲ-24]).

	(진본) 청구영언	(주씨본) 해동가요	(진본) 청구영언 & (주씨본) 해동가요	청구가요	단독 수록 작품
공통 수록 작품	278수	183수	184수	35수	429수
전체 작품	총 1,109수				
수록 비율	25.0%	16.5%	16.5%	3.1%	38.6%

[표 Ⅲ-24] 수록 작품의 전승 유형별 분류

『(진본) 청구영언』의 278수, 『(주씨본) 해동가요』의 183수, 『(진본) 청구영언』과 『(주씨본) 해동가요』 모두에 공통 수록된 184수, 그리고 『청구가요』의 35수에 이르기까지 총 680수(61.3%)가 『병와가곡집』에 공통 수록된 기출작품이다. 이렇듯 다수의 기출작품이 실려서 낯설음보다는 익숙함이 더욱 강하게 느껴지고, 기존 가집과의 차별성과 개성이 부족한 가집으로 보이기까지 한다.

하지만 관점을 바꾸어 보면 429수(38.6%)는 『병와가곡집』에 새롭게 수록된, 곧 단독 수록 작품[83]이라는 사실이 주목된다. 기출작품에 비해서 상대적으로 적어 보이나, 그렇다고 해서 간과할 만한 수준은 아니다. 18세기 후반 이후로 500수 내외의 작품을 수록한 가집의 편찬이 활발했음을 보건대, 『병와가곡집』의 단독 수록 작품의 수효는 적지 않아 보인다.

이것은 『병와가곡집』의 편찬자가 기출작품의 수효를 제외하고도 새로운 가집을 충분히 엮을 만큼 다수의 작품을 평소에 듣고 보았다는 사실을 시사한다. 그렇다면 편찬자가 기존의 가집에서 볼 수 없었지만, 평소에 즐겨 듣고 보다가 『병와가곡집』에 단독으로 수록한 새로운 작품은 무엇이고, 429수나 되는 새로운 작품을 어떻게 수록할 수 있었을까?

1) 작가층의 확대와 고증(考證)

(1) 새로운 작가층의 작품

『병와가곡집』에는 18세기 전·중반의 가집에서 볼 수 없던 429수

---

83 개별 가집 사이의 관계와 상대성이 전제된 '단독'을 뜻할 뿐, 절대적으로 '유일무이'하다는 것은 아니다. 단독 수록 작품은 [표 Ⅲ-24]에서 보이는 『(진본) 청구영언』 등과 비교해 본 결과, 『병와가곡집』에서만 찾아볼 수 있는 작품이다는 제한적 의미를 지닌다. 비교 대상, 기준, 관계의 변화에 의해 단독 수록 작품의 실제 양상은 변화된다.

가 단독 수록되었는데, 작가층의 확대 과정에 관하여 알려진 바가 거의 없다. 작가층의 확대가 이루어지면서 새로운 작품이 추가되었을 터, 기존의 가집에서와는 또 다른 면모가 예상된다.

[표 III-25]는 『병와가곡집』에서 비로소 보이기 시작한 새로운 작품의 작가층을 가늠해 보고자 『(진본) 청구영언』, 『(주씨본) 해동가요』와 비교해 본 것이다. 새로운 작품에는 유명씨 작품뿐만 아니라 무명씨 작품도 당연히 포함된다. 하지만 무명씨 작품의 경우, 작가층을 알 수 없다는 근본적인 한계로 인해 부득이 논외로 한다.

	『(진본) 청구영언』	『(주씨본) 해동가요』	『병와가곡집』	
인원	총 57명	총 97명	총 169명	(이삭대엽) 532수 총 160명
생몰년 / 활동기	조선중기 36명 (63.1%)	조선중기 57명 (58.7%)	조선중기 78명 (46.1%)	조선중기 75명 (46.8%)
	조선후기 10명 (17.5%)	조선후기 24명 (24.7%)	조선후기 48명 (28.4%)	조선후기 46명 (28.7%)
	조선전기 6명 (10.5%)	조선전기 8명 (8.2%)	조선전기 17명 (10.%)	조선전기 16명 (10%)
	려말~선초 3명 (5.2%)	미상 5명 (5.1%)	려말~선초 12명 (7.1%)	려말~선초 10명 (6.2%)
	미상 2명 (3.5%)	려말~선초 3명 (3%)	미상 9명 (5.3%)	미상 8명 (5%)
			삼국~려초 5명 (2.9%)	삼국, 려초 5명 (3.1%)

	『(진본) 청구영언』	『(주씨본) 해동가요』	『병와가곡집』	
신 분 / 이 력	문인 35명 (61.4%)	문인 59명 (60.8%)	문인 101명 (59.7%)	문인 98명 (61.2%)
	왕가 7명 (12.2%)	왕가 11명 (11.3%)	<u>가창자 17명</u> <u>(10.%)</u>	가창자 16명 (10%)
	가창자 5명 (8.7%)	기녀 9명 (9.2%)	<u>기녀 15명</u> <u>(8.8%)</u>	기녀 15명 (9.3%)
	무인 4명 (7.0%)	무인 7명 (7.2%)	무인 13명 (7.6%)	무인 11명 (6.8%)
	기녀 3명 (5.2%)	가창자 6명 (6.1%)	<u>왕가 11명</u> <u>(6.5%)</u>	왕가 9명 (5.6%)
	미상 2명 (3.5%)	미상 3명 (3.0%)	미상 8명 (4.7%)	미상 7명 (4.3%)
	역관 1명 (1.7%)	화가, 역관 2명 (2.0%)	승려, 화가, 역관 등 4명 (2.3%)	승려, 화가, 역관 등 4명 (2.5%)

[표 Ⅲ-25] 유명씨 작품의 작가층

작가층이 파악된 유명씨 작품에 국한하여 검토한 결과, 『병와가곡집』에서는 기존의 가집에서 볼 수 없던 새로운 인물들의 작품이 많이 보인다. 『(진본) 청구영언』에 57명, 『(주씨본) 해동가요』에서 97명이 보였는데, 『병와가곡집』에는 이 두 개의 가집에서 보인 작가의 수를 모두 합한 것보다 많은 총 169명의 작가가 수록되어 있다.

『병와가곡집』에서 새로운 작가층의 증가가 이루어진 이유는 첫째, 가집사의 보편적 흐름에 관한 당대의 공통된 인식에서 찾아질수 있다. 전체적으로 18세기 중반 이후부터 조선 중기 작가의 작품수록 비율은 지속적으로 감소 — '63.1%(『청진』) → 58.7%(『해주』)

127

→ 46.1%(『병가』)' ― 하고, 조선 후기 작가의 작품 수록 비율은 점차 증가 ― '17.5%(『청진』) → 24.7%(『해주』) → 28.4%(『병가』)' ― 한다는 특징이 포착된다. 가집사적으로 조선 중기 작가의 작품 수록 비율은 점차 줄어든 대신, 조선 후기 작가의 작품이 증가세를 보인다는 것은 주지의 사실로서 이해되고 있다.

『병와가곡집』에서도 『(진본) 청구영언』에 수록된 조선 중기 작가의 작품을 대신하여 18세기 후반의 작품이 자주 보인다. 작가층의 증가세를 보건대 『병와가곡집』에 새롭게 수록된 작품의 대부분은 조선 후기의 것으로 파악된다. 『병와가곡집』과 거의 동시기에 편찬된 『(김씨본) 시여』에서도 조선 전·중기 작가의 작품 수록 비율이 감소한 것으로 파악되어 18세기 후반 이후부터는 가집이 편찬된 당대의 작가가 남겨 놓은 작품을 더욱 선호했음을 알 수 있다.

둘째는 기존에 볼 수 없던 새로운 인물, 특히 삼국~려말 작가의 작품과 려말~선초 작가의 작품이 다수 보인다는 것이다. 삼국시대 작가의 출현은 가집사적으로 『병와가곡집』에서 본격화한 것으로 본다. 이것은 기존의 다른 가집과 차별화된 『병와가곡집』의 독특한 면모로서 상당히 이채롭게 느껴진다. 그러나 아직은 삼국시대 작가의 출현 동인에 관한 명쾌한 설명이 이루어지지 않았다.

그런데 『병와가곡집』 전편에서 노정된 편찬 의도나 방식을 감안하면 삼국시대 작가의 출현은 충분히 예상이 가능해 보인다. '권수'의 구성이 시사하는 바와 같이 『병와가곡집』의 편찬은 '고조'와 '시조'에 대한 분명한 인식과 당대의 악론에 대한 이해를 바탕으로 이루어진 바, 음악사적 측면에서 가곡의 연원을 그 당시보다 훨씬 이전 시기로 소급하여 삼국시대 작가의 출현이라는 다소 파격적인 제안을 할 수 있었으리라 본다.

오랫동안 구전되던 가곡의 노랫말이 문헌 기록으로 남겨지게 된 것은 18세기 전반 『(진본) 청구영언』의 편찬에서 비롯되었다. 하지만 가곡 연창에 동반된 악곡의 연주법은 이미 17세기 전반의 금보에서부터 흔히 보이고, 해당 노랫말도 몇 편이 수록되어 있다. 가곡을 얹어 부르는 거문고라는 악기와 그 연주법의 연원은 그보다 앞선 시대로까지 거슬러 올라간다.

세조 때의 관찬 악보인 『대악후보』에도 고려의 향악곡인 「후전진작(북전/후정화)」의 악보가 전하여 가곡의 악곡인 북전과의 관계가 주목되고, 『병와가곡집』 '권수'의 "麗朝鄭瓜亭敍譜, 與漁隱遺譜同"이라는 글은 조선 초 궁중 정재에서 연주된 정서의 「삼진작(三眞勺=정과정곡)」을 떠올리게 한다. 정서의 노래에서 차사("아으")는 균여의 〈보현시원가〉의 것과 동일한 계통, 즉 차사사뇌격이라는 동일 형식으로 파악[84]되어 고려 음악의 연원이 신라의 향가에서 찾아질 수 있는 단초가 되기도 한다.

이렇듯 고려 말엽의 악곡이 조선 후기에도 활발히 연주되고 있다는 사실, 또 그 곡에 얹어 부르는 노랫말이 이미 금보에 존재한다는 것, 그리고 1000여 수 이상 수합된 작품의 창작과 전승은 결코 단기간에 이루어질 수 없었으리라는 판단에 의해 삼국~선초의 작가를 『병와가곡집』의 전면에 내세울 수 있었다고 본다.[85]

---

84 송방송(1984), 앞의 책, 176~177쪽.

85 가곡의 악곡과 작품[노랫말]에 대한 연구가 '시조의 발생과 기원'에 관한 의문점을 해소하는데 상당한 기여할 수 있으리라 생각한다. 이와 관련한 논의는 후속 연구를 통해 제시할 것이다.

셋째는 그동안 주목 받지 못하던 인물에 대한 관심의 증대이다. 작가의 신분과 이력을 기준으로 볼 때, 가창자와 기녀의 것으로 알려진 작품 수의 증가가 눈에 띈다. 특히 기녀 작품의 수가 대폭 늘어나서 15명이나 보인다.[86] 반면 왕가 인물의 작품 수록 비율은 감소하였다. 이러한 변화상은 『병와가곡집』이 18세기 후반 가곡 문화와 가곡창의 실연 결과를 반영하여 편찬되었을 가능성을 시사한다.

새로운 작가층이 확대되었을 뿐 아니라, 수록 작가의 배열 순서에서도 파격을 이룬 듯하다. 일반적으로 대부분의 가집에서는 작가의 신분을 기준으로 작품의 수록 순서가 정해진다. 제일 먼저 왕의 작품을 싣고, 이어서 왕족의 작품이 자리하게 된다. 그후부터 사대부의 작품이 실리고, 그다음에 중인층의 작품을 차례차례 수록하는 식이다.

그러나 『병와가곡집』은 신분별로 차등을 두지 않고 작품을 수록하고 있다. 본문의 앞 부분인 〈초삭대엽〉의 #23번 작품('孝廟御製') 바로 다음에 기녀인 진이(眞伊)의 작품(#24, 25)이 자리하고 있고, 〈삼삭대엽〉에서도 #797번 작품('太宗御製') 이후에 주의식의 작품(#798)이 보인다. 신분제의 질서가 굳건히 지켜지고 있던 사회상과는 무관하게 『병와가곡집』에서는 신분별 차등이 없이 왕과 기녀, 왕과 가객이 한자리에 공존하듯 작품을 싣고 있다.

아울러 유명씨 작품과 무명씨 작품이 가집 전편에 혼재되었다는 것도 다른 가집에서 볼 수 없는 『병와가곡집』의 특징적 국면이다. 이것은 작가의 유무에 상관없이 비교적 자유롭게 작품을 수록했다

---

86 황진, 소춘풍, 소백주, 송대춘, 강강월, 옥이, 철이, 송이, 한우, 홍장, 다복, 구지, 매화, 계랑, 계섬

는 사실로 이해된다. 수록 작가층이 확대 과정이『병와가곡집』의 본문에 자연스럽게 반영된 결과로 〈삭대엽〉에서는 무명씨 작품 (#829) → 윤선도의 작품(#830) → 무명씨 작품(#831~843) → 김육 의 작품(#844) → 무명씨(#845, 846) 순으로 무명씨 작품과 유명씨 작품이 교차하고 있다.[87]

(2) 작품의 작가에 대한 고증

『병와가곡집』은 작가 고증의 문제, 곧 다수의 작가를 수록하면 서도 기록의 정확성에도 상당한 주의를 기울이고 있다.『(주씨본) 해동가요』의「작가제씨」를 차용하여 '권수'에 175명의 작가 목록 과 간단한 소개를 제시하는 한편, 본문에서는 작가적 신뢰도에 유 의하면서 작품을 선별 수록해 놓았다.

『병와가곡집』은『(주씨본) 해동가요』에 다작이 실렸던 이정보, 김천택, 주의식, 윤선도 등의 작품을 선별 수록한 사실이 확인된다. 이정보의 작품이『병와가곡집』에 수록된 것은 해동가요 계열의 가 집으로부터 영향을 받았기 때문이다. 해동가요 계열의 가집으로 파악된 것 중에서 특히『(주씨본) 해동가요』와의 상관성이 높아서 작가 고증에 관한 인식을 엿볼 수 있다.

『병와가곡집』의 경우,『(주씨본) 해동가요』에서 보인 다작 작가 의 작품을 수록하되 신빙성이 부족하다고 여겨진 작품은 과감히 배제한 듯하다. 취사의 기준은 작품 전승 경로의 보편성 여부이다.

---

87 〈만횡〉, 〈낙희조〉, 〈편삭대엽〉에도 무명씨 작품과 유명씨 작품을 교차 수록하고 있다.

보편적으로 여러 가집에 실렸던 작품은 수록했으나, 『(주씨본) 해동가요』를 포함하여 오직 해동가요 계열의 가집에서 보인 것은 배제하였다.[88] 즉 해동가요 계열을 제외한 최소 다른 하나 이상의 다른 가집에 수록된 작품만을 선별적으로 수록했다는 것이다.

이것은 『병와가곡집』이 무작위로 수집된 작품을 전부 수록한 것이 아니라, 작가 고증에 관한 일관된 인식을 바탕으로 작품을 선별 수록했다는 사실을 보여 준다. 작가 고증에 관한 일관된 인식에 이르지 못했을 때는 아예 무명씨 작품으로 처리하거나, 그 나름의 판단에 따라 다른 작가의 작품인 것으로 바꾸어 놓기도 했다.[89]

대표적인 다작 작가이자 가집의 편찬자로 알려진 김수장과 김천택의 작품을 취사선택한 기준도 마찬가지였다. 김수장의 경우는 오직 『(주씨본) 해동가요』에만 실렸다는 이유로 인해 무려 69수나 되는 작품이 수록되지 못했다.[90] 김천택의 경우도 『(진본) 청구영언』에 수록된 작품 중에서 26수가 해동가요 계열의 가집에서만 보

---

88 『(주씨본) 해동가요』의 #313~394번까지가 이정보의 작품 모음이다. 그런데 다른 가집에서는 볼 수 없고 해동가요 계열, 특히 『(주씨본) 해동가요』에만 실린 30수의 작품(#316, 318, 320, 322, 324, 327, 330, 333, 334, 339, 342, 344, 347, 349, 350, 352, 355, 358, 360, 362, 363, 364, 366, 368, 372, 377, 378, 379, 382, 384)은 『병와가곡집』에서 보이지 않는다.

89 『(주씨본) 해동가요』의 #345, 346, 348번 작품은 이정보의 것으로 표기했는데, 『병와가곡집』에서는 무명씨로 작품으로 파악했다. 또 『(주씨본) 해동가요』의 #338번 작품은 성수침(成守琛)의 작품으로 바뀌었다.

90 『(주씨본) 해동가요』의 #452, 453, 456, 458, 461, 464, 465, 466, 467, 468, 470, 471, 474, 478, 480, 481, 482, 484, 485, 487, 491, 492, 494, 497, 498, 500, 501, 502, 503, 504, 505, 506, 507, 509, 510, 511, 512, 513, 514, 519, 520, 522, 524, 525, 526, 527, 530, 531, 533, 539, 540, 541, 542, 543, 544, 545, 549, 551, 552, 555, 556, 558, 561, 562, 563, 564, 565, 566, 567번 작품은 배제되었다. 단, 예외적으로 #476, 477, 483, 486, 489, 490, 493, 496, 499, 508, 515번 작품은 수록되었다.

인다는 사실 때문에 수록되지 않았다.[91] 물론 일부 예외[92]가 있으나
작가 고증의 문제에 일관된 인식을 나타내며 작품을 취사선택한
사실이 두드러져 보인다. 아울러 작가에 대한 정확한 소개를 하고
자 심사숙고한 기록 방식도 주목된다.

'권수'의 목록에 제시된 일부 작가(윤두서, 조명리, 김춘택 등)의
자호(字號) 기입 부분에서 빈 공간이 발견된다. 이것은 추후 보완을
위해 의도적으로 비워둔 것으로써, 기록의 정확성을 도모하기 위
한 임시 조치였으리라 생각된다. 또한 『(진본) 청구영언』의 작가 기
록에 관한 재검증을 통해 무명씨(無名氏) 작품을 유명씨(有名氏) 작
품으로 전환[93]하거나, 오히려 그 반대[94]인 경우도 있으며, 기존의

---

91 『(주씨본) 해동가요』의 #396, 401, 402, 403, 407, 412, 413, 419, 420, 421, 422, 424,
426, 427, 428, 430, 432, 433, 435, 438, 440, 441, 443, 444, 445, 449 작품은 실리지
않았다. 단, 예외적으로 #439, 450, 451번 작품은 수록되었다.

92 간혹 의도치 않은 오기가 더러 보인다. '권수'의 목록에서의 작가명과 '본문'의
작가명이 완벽하게 일치하지 않는다는 것, 작가 소개(이현보(李賢輔)를 김일손
(金馹孫), 김종직(金宗直)으로, 김삼현(金三賢)을 삼연(三淵) 김창흡(金昌翕)으
로, 황진이(黃眞伊)를 진이(眞伊) 또는 황진(黃眞)으로 기록함)를 잘못한 경우가
대표적이다.

93 무명씨 작품 → 유명씨 작품으로의 전환은 57회나 이루어졌다. (#6 [ ] → 황진
이, #295 → 박팽년, #298 → 송시열, #301 → 정구, #303 → 김굉필, #304 → 정온,
#305 → 조헌, #312 → 이황, #313 → 성혼, #314 → 정철, #317 → 적성군, #319 →
한호, #322 → 윤선도, #323 → 김굉필, #324 → 김굉필, #339 → 김상헌, #340 →
구지정, #348 → 이존오, #357 → 김상헌, #358 → 이양원, #359 → 유응부, #361 →
인평대군, #363 → 원천석, #364 → 길재, #365 → 이조년, #366 → 김상용, #367 →
계낭, #369 → 김상용, #370 → 김장생, #375 → 김응하, #377 → 최충, #378 → 박태
보, #379 → 이덕형, #384 → 조명리, #386 → 이후백, #391 → 원천석, #392 → 정충
신, #393 → 성수침, #397 → 정철, #401 → 김장생, #402 → 류성원, #403 → 우탁,
#411 → 선우협, #416 → 정철, #417 → 송순, #425 → 김상헌, #426 → 기대승, #444
→ 이개, #446 → 이택, #447 → 을파소, #449 → 이제신, #451 → 성수침, #452 →
김상헌, #456 → 서견, #459 → 이명한, #523 → 이정보, #570 → 김춘택)

94 #264번 작품은 김천택이 지은 것인데 무명씨 소작으로 바뀌었다.

기록에서 보이지 않던 또 다른 작가의 작품으로 바꾸어 놓기도 했다.[95] 그리고 그동안 자(字)나 호(號)로서만 알려졌던 작가는 그 이름을 추가 기록하였다.[96]

이와 같이 『병와가곡집』은 작가 고증에 대한 일관성 있는 인식과 기록 의지가 엿보인다. 하지만 아쉽게도 정작 지금의 가집을 최초 편찬한 인물에 대한 언급이 보이지 않아서 편찬 양상을 구체화하는 데 근본적인 한계가 있다. 간접적이나마 수록 작품을 통해 어느 정도의 추정이 가능하지만, 이것 또한 여의치 않아 보인다.

일반적으로 어느 하나의 가집에만 실려 있고, 특정 위치에 집중 배치된 고유 작품은 편찬자(진)의 '자작(自作)' 혹은 가집의 개성을 드러내는 결정적 근거로 간주된다. 그런데 『병와가곡집』에서는 특정한 경향성이 파악되지 않을 정도로 산발적으로 고유 작품을 수록해 놓았을 따름이다. 마치 자신의 작품이라는 사실을 굳이 밝히지 않으려는 듯 다른 작품과 구분 없이 싣고 있어서 『병와가곡집』에서는 고유 작품을 선별하는 것, 그 자체가 지난한 일이 된다.

2) 수록 작품의 취재(取材) 범위

새로운 가집을 편찬하기 위해서 기존의 가집을 얻어 본다든지, 관련 자료와 작품을 수집하고자 했다는 것은 널리 알려진 주지의

---

95 작가의 교체가 9회 보인다. (#19 이현보 → 김종직, #208 일로당 → 김육, #21 이현보 → 김일손, #232 김삼현 → 김창흡, #233 김삼현 → 김창흡, #235 김삼현 → 김창흡, #236 김삼현 → 김창흡, #237 김삼현 → 김창흡, #91 양응정 → 조식)

96 작가의 이름을 밝힌 경우가 4회이다.(#209 석교 → 김창업, #210 석교 → 김창업, #211 석교 → 김창업, #213 석호 → 신정하)

사실이다. 일찍이 『(진본) 청구영언』의 편찬자인 김천택은 그 스스로가 작품 수집 활동에 매진했음을 보여 주는 기록을 남겨 놓기도 했다.[97]

내가 일찍이 공 도원(=주의식의 자)이 지은 신번 1, 2수를 얻어 보았으나, 그 전조를 얻지 못한 것이 안타까웠다. 하루는 변군 화숙이 나를 위해 전편을 얻어서 보여 주었다. 내가 세 번이나 두루 읽어 보니 그 말이 정대하고, 그 뜻이 자세하고 부드러우니 …(이하 생략)…[98]

내가 일찍이 노래에 각별한 관심이 있어 국조 이래의 명인과 이항인의 작품을 수집하였다. 유독 어은 김성기의 보가 때때로 전송되나 그 전보를 아는 사람은 드물었다. 그래서 널리 구하였으나 얻지 못함이 마음 속에 항상 한이 되었다. …(이하 생략)…[99]

첫 번째 인용문은 평소 김천택이 주의식의 전 작품을 보지 못함을 안타깝게 여겼는데, 우연한 기회에 얻어 보았다는 것이다. 얼마나 반갑고 기뻤는지 세 번이나 읽어 보았다고 한다. 두 번째는 김성

---

97 강재헌(2007), 「김천택의 시조관과 구현에 관한 연구」, 충남대 박사학위논문, 69~71쪽.

98 『(진본) 청구영언』: "余嘗得見公道源所製, 新飜一二闋, 惟恨未得其全調也. 一日, 卞君和叔, 爲我得全篇以示之. 余三復遍閱, 其辭正大, 其旨微婉, …(下略)… 南坡老圃書."

99 『(진본) 청구영언』: "余嘗癖於歌, 裒集國朝以來名人里巷之作. 獨漁隱金聖器之譜, 往往傳誦, 而知其全譜者鮮. 故廣求而莫之得, 心常恨焉. …(下略)… 南坡老圃書"

기의 가보를 끝내 얻지 못해서 마음 속에 한이 되었다는 고백이 담겨진 글이다. 이 두 개의 인용문에는 김성기의 가보를 입수하고자 사방팔방으로 수소문하던 김천택의 활동상이 잘 나타나 있다.

『병와가곡집』도 여러 가지 경로를 통해 입수한 다양한 자료를 참고하여 편찬된 것으로 추정된다. 이와 같은 추정은 기록 의식이 분명했던 '권수'의 구성과 본문에서의 작품 수록 방식을 볼 때 타당성이 충분히 입증되는데, 가집의 전체적인 규모를 감안하면 기존의 금보와 가집뿐만 아니라 또 다른 참고 자료가 있었으리라고 생각된다.

『병와가곡집』에는 윤선도(1587~1671)와 정철(1536~1593)의 작품이 다수 수록되었기 때문에 문집과의 연관성이 높아 보인다. 문집과 가집의 관계가 밝혀진 대표적인 사례로 『(이선본) 송강가사』와 『(규장각본) 해동가곡』의 경우가 있는 만큼 『병와가곡집』과 문집의 연관성을 고찰해 볼만하다. 『(규장각본) 해동가곡』은 『(이선본) 송강가사』를 그대로 필사하여 옮긴 가집[100]으로 문집을 적극 수용하여 가집을 편찬한 것으로 파악된다.

더군다나 윤선도와 정철의 작품은 『병와가곡집』에 다수가 실렸기 때문에 참고한 문헌이 반드시 존재했을 것으로 추정된다. 아무래도 수십 수에 이르는 작품의 전승은 구전 또는 가창, 구송보다는 문헌 전승에 의해 이루어졌을 가능성이 높다. 먼저 윤선도 작품의 수록 양상에 나타난 특징을 살펴본다.

---

100 김용찬(2012), 「해동가곡 규장각본」, 『고시조 문헌 해제』, 67~68쪽.

(1) 윤선도 작품의 수용

50수 이상의 작품이 『병와가곡집』에 수록된 다작 작가로 윤선도와 정철이 있다. 『병와가곡집』에는 정철의 작품이 55수, 윤선도의 작품이 51수가 수록되어 있다.[101] 그런데 이렇듯 특정인의 작품이 다수 수록되려면 구전만으로는 불가능하고, 저본으로 삼은 문헌이 존재할 때 비로소 온전히 전승될 수 있었을 것이다.

공교롭게도 윤선도와 정철은 조선 중기의 대표적 문인으로 개인 문집을 통해서 다수의 한시는 물론이고 국문시가 작품의 소개가 이루어지기도 했다. 그렇다면 『병와가곡집』의 저본된 문헌은 무엇일까? 우선 윤선도 작품의 수용 양상에 관하여 고찰해 본다.

현재로서는 세 가지 문헌이 『병와가곡집』의 취재원으로 예상된다. 첫 번째는 김수장의 『(주씨본) 해동가요』이다. 윤선도의 작품은 『(주씨본) 해동가요』를 비롯하여 해동가요 계열의 가집에 골고루 실렸는데, 『병와가곡집』보다 단 1수가 적은 52수가 보인다.

두 번째는 고산 윤선도의 문집인 『고산유고(1796)』가 있다. 『고산유고』는 『병와가곡집』과 거의 동시기에 간행된 판각본으로 윤선도의 작품이 최종적으로 수합된 문헌이다.

세 번째는 고산의 가첩이 있다. 가첩은 그때그때의 필요에 의해 기재한 필사본으로 『고산유고』가 간행되기 이전, 윤선도 작품의 전승 과정을 보여 주는 문헌이다.

---

101 <u>정철 55수, 윤선도 51수</u>, 이정보 34수, 신흠 27수, 김천택 25수, 김수장 23수, 주의식 15수, 이황 13수, 이이 10수, 김상헌 9수, 낭원군 9수, 김유기 8회, 김진태 7수, 유세신 7수

논의의 편의를 위해 첫 번째와 두 번째 가능성을 동시에 검토해 본다. 『(주씨본) 해동가요』도 윤선도와 정철의 작품을 다수 수록한 만큼 『고산유고』, 『송강가사』와 상당한 연관성이 있어 보인다.

가. 『고산유고(孤山遺稿)』와 가집

오늘날 윤선도의 작품을 싣고 있는 대표적 문헌으로 『고산유고』를 손꼽는다. 『고산유고』에는 〈어부사시사(漁父四時詞)〉를 비롯하여 총 75수의 작품이 실려 있다. 『고산유고』의 간행 이전, 필사본 가첩과 작품으로 『(고산 친필본) 금쇄동집고(1646)』, 『산중신곡(1642)』, 『금쇄동기(1651)』, 〈어부사시사(1651)〉가 있다. 『병와가곡집』에 수록된 작품 수나 기록 방식으로 볼 때, 윤선도 작품은 문헌 전승에 의한 것이었음이 분명해 보인다. 가집에 앞서 해당 참고 문헌이 존재하였으리라는 사실은 의심의 여지가 없지만, 윤선도 작품의 전승 과정이 간단치 않아 보인다.

현전 윤선도의 작품은 몇 차례의 증보와 개찬에 의해 현재의 『고산유고』로 집성된 것이다. 윤선도의 친필본으로 추정되는 『금쇄동집고』에 3수(〈증반금〉 1수, 〈추야조〉 1수, 〈춘효음〉 1수)가 수록된 이후, 『산중신곡』에 총 19수(〈만흥〉 6수, 〈조무요〉 1수, 〈하우요〉 2수, 〈일모요〉 1수, 〈야심요〉 1수, 〈기세탄〉 1수, 〈오우가〉 6수, 〈고금영〉 1수)가 실리게 된다.

『금쇄동기』는 기존의 『산중신곡』에다가 『금쇄동집고』(['산중속신곡' 〈추야조〉 1수 ― 〈춘효음〉 1수], 〈증반금〉 1수, 〈초연곡〉 2장, 〈파연곡〉 2장, 〈어부사시사〉 40장, 〈여음〉 1수)가 추가된 것이다. 그

후 〈몽천요〉 3장, 〈번몽천요〉 3장, 〈견회요〉 5편, 〈우후요〉 1수가 추록되어 지금의 『고산유고』 전편이 완성된다.

요약하자면 『산중신곡』과 『금쇄동집고』, 〈어부사시사〉가 합쳐져서 『금쇄동기』를 이루고, 『금쇄동기』 이후 어느 때부터인가 〈몽천요〉, 〈번몽천요〉 3장, 〈견회요〉 5편, 〈우후요〉 1수를 추가하여 『고산유고』를 간행한 것이다.[102] 지금의 『고산유고』는 다음([표 Ⅲ-26])과 같이 구성[103]되어 있다.

ㅁ 산중신곡	:	漫興 6수 — 朝霧謠 1수 — 夏雨謠 2수 — 日暮謠 1수 — 夜深謠 1수 — 饑歲歎 1수 — 五友歌 6수
ㅁ 산중속신곡 2장	:	秋夜操 1수 — 春曉吟 1수 — 古琴詠 1수 — 贈伴琴 1수 — 初筵曲 二章(1645년) — 罷宴曲 二章(1645년) — 漁父四時詞 春·夏·秋·冬 40수(1651년) — 漁父詞餘音 1수 — 夢天謠 三章(1652년) — 飜夢天謠 三章(1656년) — 遣懷謠 五篇(1618년) — 雨後謠 1수

[표 Ⅲ-26] 『고산유고』의 편제 구성

『(주씨본) 해동가요』는 『고산유고』보다 몇 십년 앞서 편찬된 가집이다. 『고산유고』가 완성된 시점과 『(주씨본) 해동가요(1767)』의 편찬 시기는 약 30여 년의 차이가 있다. 따라서 『(주씨본) 해동가요』가 『고산유고』로부터 직접적인 영향을 받아 편찬되었을 가능성은 매우 낮아 보인다.

그렇지만 『(진본) 청구영언』에 일절 수록되지 않은 윤선도의 작

102 성무경(2006), 「고산 윤선도 시가의 가집 수용 양상과 그 의미」, 『반교어문연구』 21, 반교어문학회, 191~201쪽.

103 윤선도, 『고산유고』 권지6하목록(卷之六下目錄) 별집(別集) '歌辭'

품은 김수장이 직접 쓴 발문[104]과 함께 해동가요 계열의 가집에 널리 수용되고 있다. 윤선도의 작품은 『(박씨본) 해동가요(1755)』에 23수, 『(일석본) 해동가요(1763)』와 『(주씨본) 해동가요(1767)』에 '漁父歌 五十二章'이라는 제목 아래에 52수가 수록되어 있다.

『(주씨본) 해동가요』	『병와가곡집』
#167(〈漁父四時詞〉 秋)·168(春)·169, 170(夏)·171(秋)·172, 173(春)·174(夏), 175(미수록 작품)·176(秋)·177(春)·178(夏)	#273(〈夏雨謠〉), 274(〈漁父四時詞〉夏)·275(秋), 276(〈遣懷謠〉), 277(〈漁父四時詞〉秋)·278(春)
#179~181(〈漫興〉), 182(〈夏雨謠〉), 183(〈饑歲歎〉), 184(〈五友歌〉), 185~187(〈夢天謠〉), 188~190(〈遣懷謠〉), 191(〈罷宴曲〉)	#279~282(〈漫興〉), 283(〈朝霧謠〉), 284~289(〈五友歌〉), 290(〈春曉吟〉)), 291(〈古琴詠〉), #292(〈罷宴曲〉)
#192(〈漁父四時詞〉 秋)·193~196(春)·197~202(夏)·203~207(秋)·208~216(冬)·217(秋)	#293(〈夢天謠〉), 294~297(〈遣懷謠〉), 298(〈雨後謠〉)
#218(〈漫興〉)	#299~307(〈漁父四時詞〉春)·308~314(夏)·315~320(秋)·#321, 322(冬)·830(秋)

[표 Ⅲ-27] 『(주씨본) 해동가요』와 『병와가곡집』의 윤선도 작품의 수록 양상

[표 Ⅲ-27]은 윤선도 작품의 수록 양상을 정리해 본 것으로 『(주씨본) 해동가요』, 『병와가곡집』은 『고산유고』와 다른 방식으로 작품을 수록하고 있음이 확인된다.

두 가집 모두가 『고산유고』의 편제 구성([표 Ⅲ-26] 참고)을 따르

---

104 『(주씨본) 해동가요』: "右漁父歌五十二章者, 隱遯山林, 藏踪江湖, 功名歸於弊履, 富貴棄於浮雲. 蓋漁者, 漁其心性之至善, 歌者, 歌其物外之樂志. 然此翁歌法, 脫垢淸高, 吾觀此, 則難登萬丈之峰. 吾平生, 性好歌曲, 故敢撝數行, 而蹤焉. 歲癸未(1763년) 杏花節, 七四翁老歌齋金壽長書."

지 않았다. '산중신곡'과 '산중속신곡 2장'의 작품이 뒤섞여 있고, 〈어부사시사〉도 여러 장으로 나뉘어져 수록되었다. 이와 같은 착종은 두 가집이 『고산유고』의 편제를 따르지 않았고, 각기 다른 구성 방식을 취하고 있음을 보여 준 결과로 이해된다.

편찬 시기를 감안해 볼 때 『(주씨본) 해동가요』가 『고산유고』의 구성과 다르다는 사실은 충분히 이해될 수 있겠으나, 『병와가곡집』은 『고산유고』와는 거의 동시기에 편찬된 것이라서 다소 의아하게 느껴진다. 혹 『병와가곡집』이 『(주씨본) 해동가요』를 저본으로 삼아 윤선도의 작품을 전사했기 때문에 『고산유고』와의 불일치를 보이게 된 것일까?

각각 52수, 51수씩 실렸기 때문에 『(주씨본) 해동가요』와 『병와가곡집』은 수록 작품 수에서 큰 차이가 없다. 그러나 상이한 작품을 수록해 놓은 경우가 많아서 전혀 다른 방식으로 작품을 취사선택한 듯하다. 예컨대 『병와가곡집』에 수록되지 않았지만, 『(주씨본) 해동가요』에 실린 작품이 16수나 된다. 역으로 『(주씨본) 해동가요』에서 볼 수 없던 작품이 『병와가곡집』에 16수가 수록되었다. 결과적으로 윤선도의 전체 작품 중에서 32수가 『(주씨본) 해동가요』와 『병와가곡집』에 정확히 절반씩 수록되었다는 것이다. 이것은 윤선도 작품의 전승 과정과 수록 양상이 가집별로 달랐다는 사실을 알려 준다.

『(주씨본) 해동가요』는 〈어부사시사〉의 수록에 중점을 둔 듯도 하지만, 일관성 없이 산재하여 매우 혼란스러워 보인다. '산중신곡'과 '산중속신곡 2장'은 『고산유고』의 순차대로 제시되지 못한 채, 여러 작품을 누락하고 있다. 〈조무요〉, 〈춘효음〉, 〈고금영〉, 〈파연곡〉,

〈견회요〉, 〈우후요〉는 전혀 수록되지 않았고, 〈오우가〉에서도 수(水)·석(石)·송(松)·월(月)은 찾아볼 수 없다.

『병와가곡집』에서도 '산중신곡'의 〈만흥〉 1·2, 〈하우요〉, 〈야심요〉, 〈기세탄〉, 〈증반금〉, 〈초연곡〉 2장, 〈파연곡〉 2장, 〈어부사시사〉의 일부, 〈몽천요〉의 일부 작품이 보이지 않는다. 그렇지만 '산중신곡' 이후에 '산중속신곡 2장'을 배치하여 『고산유고』의 편제 구성과 유사성이 느껴진다. 비록 일부 작품의 누락이 있지만 대체적으로 작품의 수록 순서도 『고산유고』의 연번과 일치한다.

작품의 표현면에서는 더욱더 큰 차이가 있다. 두 가집에 공통 수록된 작품일지라도 각기 다른 표기법으로 기록되어 있다. 『병와가곡집』은 『고산유고』의 작품 표기법과 대부분 일치하여 거의 전재 수준으로 보이기까지 한다. 하지만 『(주씨본) 해동가요』에서는 표현의 일치를 보인 경우가 극히 드물게 나타난다.

따라서 『고산유고』와의 연관성은 『(주씨본) 해동가요』보다는 『병와가곡집』이 상대적으로 높아 보이고, 『병와가곡집』은 윤선도의 작품을 『(주씨본) 해동가요』로부터 전사하지 않았다고 판단된다. 그렇다면 『병와가곡집』은 『고산유고』를 저본으로 삼아 윤선도의 작품을 수록한 것일까?

나. 고산 가첩(歌帖)과 『병와가곡집』

『병와가곡집』 소재 윤선도의 작품을 창작 연대와 수합된 가첩에 유의하여 종합·비교한 결과([표 Ⅲ-28])에 따르면, 『고산유고』을 전사했다기보다는 어느 시점의 가첩으로부터 작품을 취재했으리라 생각된다.

『병와가곡집』의 〈이삭대엽〉 소재 #273번 작품부터 #322번 작품까지, 그리고 〈삭대엽〉의 #830번 작품이 윤선도의 것이다. 『고산유고』의 작품 연번과도 다르고, 악곡 내에서도 별다른 징후가 포착되지 않아서 무질서하게 수록된 듯도 하다.

윤선도 작품의 창작 연대 및 전승 가첩[105]	『병와가곡집』의 수록 양상
① 1618년 작품	#273(〈하우요〉), 274(夏)·275(秋)(〈어부사시사〉 일부), 276(〈견회요: 1618년〉), 277(秋)·278(春)(〈어부사시사〉 일부)
② 1642~1646년 작품 【『산중신곡』】	#279~282(〈만흥〉), 283(〈조무요〉), 284~289(〈오우가〉), 290(〈춘효음: 1646년〉), 291(〈고금영〉), 292(〈파연곡: 1645년 작〉)
③ 1651~1796년 작품 【『금쇄동기』~『고산유고』】	#293(〈몽천요: 1652년 작〉), 294~297(〈견회요〉), 298(〈우후요〉)
④ 1651년 이전 작품 【『금쇄동기』】	#299~307(春)·308~314(夏)·315~320(秋)·321, 322(冬)·830(秋)(〈어부사시사〉 일부)

[표 Ⅲ-28] 고산 가첩과 『병와가곡집』의 비교

작품의 창작 연대 및 작품이 수합된 가첩을 중심으로 수록 작품을 천착해 보면, 『병와가곡집』 소재 윤선도의 작품군(群)이 4개 부분으로 나누어진다는 사실을 알 수 있다. 제일 먼저 주목되는 것은 『산중신곡』 소재 작품이 중심이 된 두 번째(②) 부분이다. #279번 작품부터 292번 작품까지로 『산중신곡』의 작품이 대부분 수록되어 있다. 〈춘효음〉과 〈파연곡〉이 실린 것으로 볼 때, 이 부분은

---

105 성무경(2006), 앞의 논문, 192~198쪽 참고.

1642~1646년 사이에 창작된 작품을 모아 놓은 것으로 생각된다.

그다음은 #293번 작품부터 #298번 작품이 수록된 세 번째(③) 부분이다. 이 부분에 실린 작품의 원제는 〈몽천요〉, 〈견회요〉, 〈우후요〉이다. 이 세 작품은 『금쇄동기』이후부터 『고산유고』의 완성 이전 사이의 어느 때 수합된 것으로 추정할 뿐, 작품의 입수 경로나 창작 시점이 명확히 밝혀지지 않은 것들이다.

〈어부사시사〉를 모아 놓은 것이 네 번째(④) 부분에 해당한다. 『고산유고』처럼 완벽하게 질서정연하지 않지만, 사시('봄~겨울')의 절서(節序)대로 수록하고자 했음을 알 수 있다.

첫 번째(①) 부분은 여러 작품이 뒤섞여 있다. 〈견회요〉가 있으므로 비교적 이른 시기에 창작된 작품 중 가첩에 수록된 것을 모아 놓은 듯하다. 이것은 윤선도의 경우, 작품의 창작 시점과 작품이 가첩에 수록된 때가 다르다는 사실에 착안한 추정이다. 〈견회요〉와 〈우후요〉는 윤선도가 32세 되던 1618년에 창작한 작품인데, 두 작품이 문헌에 기록된 때는 1796년(『고산유고』) 이전으로 파악된다. 『병와가곡집』에서는 작품의 창작 시점과 가첩으로의 정착이라는 두 가지 사실을 감안한 결과, 이와 같은 수록 순서를 나타낸 것으로 여겨진다.

지금까지 살펴본 바와 같이 윤선도 작품의 수용은 작품의 창작 연대 및 전승 가첩과 연관되어 있다. 가장 이른 시기의 작품인 〈견회요(1618)〉로부터 〈몽천요(1652)〉에 이르기까지 창작 연대 순으로 수록하였고, 가첩인 『산중신곡』에서부터 『고산유고』 판각본까지의 전승 과정이 『병와가곡집』에 반영되었다. 즉 윤선도 작품의 수용은 일시적으로 특정 문헌의 절대적인 영향을 받아서 이루어진 것이 아니라, 여러 사람에 의해 오랫동안 다양한 방식으로 전승되던 작품이『병와가곡집』에 수록된 것으로 이해된다.

오히려『고산유고』를 저본으로 삼은 가집은『(김씨본) 시여』인 것으로 확인된다.『(김씨본) 시여』는 송태운(宋泰運)이 1805년에 편찬한 가곡창본 가집이다. 총 590수의 작품을 수록하고 있는데, 윤선도의 작품은 〈이삭대엽〉에 67수가 실려 있다.[106] 다음의 인용문은 『(김씨본) 시여』 소재 윤선도의 작품을『고산유고』의 편제에 맞춰 재정리한 것이다.

□ 산중신곡	〈만흥〉 6수(#41~45, 109) ― 〈조무요〉 1수(#46) ― 〈하우요〉 2수(#47, 54) ― 〈일모요〉 1수(미수록) ― 〈야심요〉 1수(#56) ― 〈기세탄〉 1수(#57) ― 〈오우가〉 6수(#59, 48~52, 59)
□ 산중속신곡 2장	〈추야조〉 1수(미수록) ― 〈춘효음〉 1수(#60) ― 〈고금영〉 1수(#61) ― 〈증반금〉 1수(#62) ― 〈초연곡〉 2장(#63, 64) ― 〈파연곡〉 2장(#65, 66) ― 〈어부사시사〉 춘·하·추·동 40수(#79~108) ― 〈어부사 여음〉 1수(미수록) ― 〈몽천요〉 3수(#67~69) ― 〈번몽천요〉 3장(미수록) ― 〈견회요〉 5편(#70~74) ― 〈우후요〉 1수(미수록)

※ '( )' 안의 숫자는『(김씨본) 시여』의 작품 연번

일부 작품에서 결번(=미수록)이 있을 뿐,『(김씨본) 시여』의 작품으로『고산유고』를 재구성할 수 있을 정도로 잘 어울려 보여서 『병와가곡집』에서 나타난 작품의 누락이나 작품 수록 순서의 혼란

---

106 이정보 76수, <u>윤선도 69수</u>, 김천택 56수, 이이 10수, 운길산하노인·조명리·주의식 4수, 박희서·소춘풍·윤순·이유·정래교 3수

상과 명확히 대비된다.

(2) 정철 작품의 수용

『병와가곡집』에 최다수의 작품이 실린 작가는 송강 정철이다. 정철의 작품은 총 60수가 보이는데, 이 가운데에서 2수는 중복 수록된 것[107]이다. 그리고 3수는 윤선도 작품의 중복이거나 무명씨 작품[108]이므로 실제 수록된 작품은 모두 55수이다.

정철의 작품은 『(진본) 청구영언』에 52수[109], 『(주씨본) 해동가요』에 21수[110]가 수록되어 있다. 『(주씨본) 해동가요』에 비해서 『(진본) 청구영언』과 『병와가곡집』에 정철의 작품이 다수 수록되었는데, 이것 또한 정철 작품의 수용이 문헌 전승으로 인한 것이었음을 짐작케 한다.

---

107 "아히도 採薇 가고 竹林이 뷔여셰라/ 혜친 碁局을 뉘라셔 주어 주리/ 취ᄒ여 松根을 지혀시니 날 새는 줄 몰래라."(〈이삭대엽〉#16, 〈낙희조〉#1005), "夕陽 빗긴 날에 江天이 흔 빗친 제/ 楓葉 蘆花에 우러 녜는 뎌 기럭아/ ᄀ 올히 다 디나 가되 쇼식 몰라 ᄒ노라."(〈이삭대엽〉 #169·707)

108 "곳즌 밤비의 피고 비즌 술 다 익거다/ 거문고 가진 벗이 둘 홈ᄭᅴ 오마터니/ 아희야 茅簷에 둘 올나다 벗님 오나 보아라."([정철]=/『병와가곡집』〈이삭대엽〉#132, [ ]=/대동/시가/원가/원국/원규/원동/원박/원불/원육/원일/원하/원황/청가/청육/청진/해박/해악/협률/화악)
    "우는 거시 벅구기가 프른 거시 버들숩가/ 漁村 두어 집이 내 속의 날낙 들낙/ 두어라 말가흔 깁흔 소의 온갖 고기 쒸노는다."([정철]=/『병와가곡집』〈이삭대엽〉#133, [윤선도]=/『병와가곡집』〈이삭대엽〉#301/고산유고 #30)

109 정철 51수, 김천택·낭원군·신흠 30수, 김광욱 17수, 이황 12수, 김유기·주의식 10수, 김성기 8수, 김삼현 6수 ※ 이것은 가집에서의 기록을 중심으로 산출한 결과이므로 실제 작품 수와 차이가 있을 수 있다.

110 김수장 117수, 이정보 82수, 김천택 57수, 윤선도 52수, 정철 21수, 신흠 20수, 김광욱·주의식 14수

가. 『송강가사(松江歌辭)』 판각본(板刻本)과 가집

『(진본) 청구영언』과 『병와가곡집』에 수록된 정철 작품의 취재
원으로는 『송강가사』 판각본이 유력시 된다. 『송강가사』[111]는 정철
의 시조와 가사 작품이 실린 가집이다. 송강의 작품은 그의 문집에
서도 보이는데, 일부 작품만이 수록된 것이라서 전편을 확인하려
면 『송강가사』 판각본과의 대비가 필수불가결하다.

『송강가사』는 전승 현황에 의해 실전본[112]과 현전본으로 나누어
진다. 현전 『송강가사』의 판본은 모두 3종 ─ '이선본(李選本: 1690
년 이후)', '성주본(星州本: 1747년)', '관서본(關西本: 1768년) ─ 인
데 통상적으로 '이선본'은 이선(1632~1682)의 발문이 수록된 단권
(單券)의 판각본을 지칭하며, '관서본'과 동일본으로 간주된다.

'관서본'은 정실(鄭實)이 평안도 관찰사로 부임한 이후 '이선본'
을 중간한 것이다. '이선본'의 내용과 동일하며 전체 분량만 약간
다르다. 분량의 차이는 '이선본'이 대체로 1행 20자이나, '관서본'
에서는 1행 22자씩 배분하였기 때문으로 설명될 수 있다.

'성주본'은 지금은 일실되었으나 그 당대까지 전하고 있던 '의성
본'이 『송강가사』의 진본과 거리가 있다고 생각한 정관하(鄭觀河)
가 성주목사로 부임하여 간행한 판각본이다. '이선본', '관서본'과

---

111 『송강가사』의 서지 사항에 관한 자세한 설명은 정재호·장정수(2006) 공저, 『송
　　강가사』, 신구문화사, 39~66쪽 참고.

112 현존 가집의 기록에 의해 '천씨본(泩氏本)', '읍씨본(泣氏本)', '북관본(北關
　　本)(1690년 이전 추정)', '의성본(義城本: 1697년 추정)', '황주본(黃州本: 1698년
　　이전 추정)', '관북본(關北本: 1768년)'의 존재 가능성이 제기되고 있다. 이 가운
　　데에서 '의성본'과 '황주본'은 현전 '이선본'과 동일한 판본으로 추정된다고 한
　　다. 정재호·장정수(2006) 공저, 앞의 책, 48~58쪽.

는 다르게 상·하로 분권되었다는 특징을 지닌다.

'관서본'이 '이선본'을 복간한 것이므로 결국, 현전 『송강가사』는 최고본(最古本)인 '이선본'과 '성주본'의 두 계열로 파악하는 것이 온당하다. 최선본(最善本)으로 『송강별집추록(1894년: 고종31)』이 있지만, 기존의 문집과 판각본을 교열한 후대의 이본이므로 논외로 한다. 정철의 작품을 집중 수록한 『(진본) 청구영언』과 함께 『병와가곡집』의 수용 양상을 『송강가사』 판각본과 견주어 보겠다.

먼저 『(진본) 청구영언』은 '이선본'의 작품을 전재한 것으로 파악된다. 『(진본) 청구영언』에 실린 정철의 모든 작품은 '이선본'의 작품 수록 순서까지도 일치하고 있다. 『(진본) 청구영언』의 #33번 작품부터 #88번 작품까지, #463번 작품(〈장진주사〉)이 곧 '이선본'의 #1번 작품부터 #52번 작품이다. 이미 여러 연구자들에 의해 밝혀진 바와 같이 『(진본) 청구영언』이 '이선본'을 전재했다는 것은 의심의 여지가 없는 사실이다.

다만 그동안 『(진본) 청구영언』이 '이선본'을 전재한 것으로 본 논거 중에서 일부는 사실과 다르므로 정정해 두고자 한다. 『(진본) 청구영언』에서 이선의 발문이 보인다는 것, "(오른쪽의 〈훈민가〉) 16장은 경민편을 보고 전재했다(右十六載警民編)"는 글 그리고 작품 수록 순서의 유사성은 『(진본) 청구영언』이 '이선본'을 전재했다는 근거로 자주 제시되었다.[113] 작품 표현면에서의 크고 작은 차이는 이선이 "원전의 잘못을 바로잡아 고쳤다(聊取此篇, 正訛繕寫)"는 언급으로 받아들여졌다.

---

113 강재헌(2007), 앞의 논문, 70~71쪽.

그러나 실제 확인해 본 결과, 이선의 발문은 '관서본'에서도 찾아볼 수 있다. 더욱 중요한 것은 해당 발문이 판각본 그 자체에 관한 것이 아니라, 정철의 가사 중 3편(〈관동별곡〉·〈사미인곡〉·〈속미인곡〉)에 국한된, 곧 작품에 대한 평어였다는 사실이다. 이선의 발문이 수록된 『(진본) 청구영언』, 『(주씨본) 해동가요』, 『병와가곡집』에서는 가사 3편이 아니라 정철의 작품 전체를 아우르는 대의를 밝힌 글로 활용되고 있다. 그리고 "경민편을 보고 전재했다"는 글은 '이선본'이 아니라 '성주본'에서 보인다.

아직까지 『병와가곡집』에서의 정철 작품의 수용 과정이 밝혀지지 않았으므로 『(진본) 청구영언』, 『송강가사』 판각본과의 대비를 통해서 그 실상을 드러내도록 한다. 우선 『(진본) 청구영언』과 『병와가곡집』에서의 수용 양상을 살펴본다.

『(진본) 청구영언』과 『병와가곡집』에는 이선의 발문과 함께 정철의 작품을 싣고 있다. 당연히 정철의 작품은 두 가집에 공통 수록되었는데, 다른 한편으로는 상대 가집에 실리지 않은 것도 있다. 『(진본) 청구영언』에 수록된 정철의 작품 중에서 12수[114]는 『병와가곡집』에서 찾아볼 수 없다. 『병와가곡집』 소재 작품 가운데에서 18수는 『(진본) 청구영언』에 실리 않았다.

즉 두 가집에 실린 정철의 작품 중에서 『병와가곡집』의 23%, 『(진본) 청구영언』의 33.3%는 상대 가집에서 보이지 않는다는 것이다. 더욱 특이한 것은 『(진본) 청구영언』에 실리지 않은 18수 중에서 15수[115]는 '이선본'에서도 보이지 않는다는 사실이다.

---

114 『(진본) 청구영언』 : #49, 50, 55~57, 61, 62, 64, 71, 77, 86, 463

이것은 정철의 작품이 상이한 전승 과정을 통해 개별 가집에 수용되었다는 것, 『병와가곡집』은 '이선본'이 아닌 또 다른 판본으로부터 취재했을 가능성을 동시에 암시한다. 이와 관련하여 두 가집에 제시된 이선의 발문도 주목해 볼만하다. 두 가집에서 이선의 발문은 정철의 모든 작품에 대한 소개가 이루어진 다음에 제시된다. 발문의 내용은 동일하나, 표현상 약간의 차이점이 있다.

> 『(진본) 청구영언』
>
> : 右, 松江相國鄭文淸公之所著也. … <u>不覺其飄飄乎如憑虛而御風</u>. …… <u>愛君篇什</u>, …… 北闕, <u>舊有公歌曲之刊行者</u>, …… <u>乃澤畔行唫之暇</u>, 聊取此篇, 正訛繕寫, 置諸案頭, …… <u>時庚子</u>元月上澣, 完山後人李選, 書于車城之幽蘭軒.

> 『병와가곡집』
>
> : 右, 松江相國鄭文淸公之所著也. …… 不覺其飄飄乎憑虛御風. …… <u>其愛君篇什</u>, …… 北闕, <u>旧有公歌曲之刊行者</u>, …… <u>乃於澤畔行唫之暇</u>, 聊取此篇, 正訛繕寫, 置諸案頭, …… <u>時庚子元月上澣</u> 完山後人李選, 書于車城之幽蘭軒.

일부 글자가 추가, 생략된 것 외에 이선의 발문은 두 가집에서 큰 차이가 없어 보인다. 그러나 작품의 수록 양상이 상이하므로 『병와가곡집』이 『(진본) 청구영언』을 전재했다고 섣불리 판단할 수 없

---

115 『병와가곡집』: #162~175, 707, 1005

다.『(진본) 청구영언』에 수록된 작품 가운데에서 상당수를 취사선택하고, 전혀 보이지 않던 작품까지 추가하면서 기존의 발문을 전재한다는 것은 석연치 않아 보인다. 그런데도『병와가곡집』소재 이선의 발문이『(진본) 청구영언』과 흡사한 이유는 무엇일까? 그것은『병와가곡집』이 저본으로 삼은 문헌이 바로 '성주본'이었기 때문이다.

나.『성주본(星州本) 송강가사』와『병와가곡집』

이선의 발문은『(진본) 청구영언』뿐 아니라『(주씨본) 해동가요』에도 실려 있다. 따라서『병와가곡집』이『(진본) 청구영언』의 기록을 전재했다고 단정할 수는 없다. 그러나 한 가지 분명한 사실은 어느 경우이든 세 가집에 수록된 이선의 발문은 동일하고,『병와가곡집』은 앞서 편찬된 문헌의 기록을 전재하였다는 것이다. 이렇게 된 원인은『병와가곡집』의 작품 취재원, 즉 저본으로 삼은 문헌인 '성주본'의 특성에서 찾아질 수 있다. '성주본'은『송강가사』의 판각본 가운데에서 정철의 작품을 가장 많이 수록한 가집이다. 하지만 이선의 발문은 보이지 않는다.

현전『송강가사』판각본 3종에는 총 89수의 작품이 수록되었는데, 각 판본별로 수록 작품 수에서 차이가 있다. 이것은 개별 판각본의 편찬 경위[116]가 다르기 때문에 발생한 차이로써 '성주본'이 '이선보'보다 다수의 작품을 수록하고 있다. 개별 판각본에 중복 수

---

116 '이선본'과 '성주본'은 모두 정철의 둘 째 아들인 종명(宗溟)의 후손이 간행한 것이다. '이선본'은 종명의 첫 째 아들 정직(鄭溭)의 후손이, '성주본'은 넷 째 아들인 정양(鄭瀁)의 후손에 의해 간행되었다.

록된 작품을 포함하여 '이선본'에는 가사 작품과 함께 총 51수가 실렸고, '성주본'은 현전 최다수인 79수를 수록하고 있다. '이선본'의 작품 중에서 3수는 '성주본'에서 보이지 않는다. 반면 '성주본'에는 '이선본'에 없던 31수가 추가되었다.

'성주본'은 『병와가곡집』의 저본이 된 문헌으로서 다른 가집 및 판각본에서의 작품 수록 양상과 확연히 구분된다. '성주본'이 『병와가곡집』의 저본인 이유는 간명하게 밝혀질 수 있는데, 우선 작품의 수록 양상이 일치한다는 사실을 지적할 수 있다.

『병와가곡집』은 '성주본' 소재 작품 중에서 54수를 싣고 있다. 『병와가곡집』에 수록된 정철의 작품이 55수이므로, 1수를 제외한 모든 것이 '성주본'과의 공출작품인 셈이다. 공출작품 가운데에서 16수는 『(진본) 청구영언』과 '이선본'에 실리지 않은 것이다. 그리고 그 중에서 11수[117]는 『(진본) 청구영언』 및 여타의 『송강가사』 판각본은 물론이고 그 외의 어떤 문헌에서도 전혀 볼 수 없던 작품인 것으로 확인된다.

이것은 『병와가곡집』이 『(성주본) 송강가사』를 전사했을 개연성과 '성주본'에서만 보이던 작품이 『병와가곡집』으로 수용되었다는 사실을 명확히 보여 준 것으로 여겨진다.

그리고 작품의 수록 순서도 『(성주본) 송강가사』의 그것과 상당히 유사하다. 각 문헌에 고유하게 수록된 몇몇 작품을 제외하면, 연번의 제시 순서가 대체적으로 일치한다.

---

117 『병와가곡집』: #162~167, 170~173, 175

수록 작품의 연번(#)																	
성주본	1	2	3	4	5	6	7	8	9	10	11	12	13	14	15	16	17
병가	122	123	125	124	126	128	127	129	130	131	•	•	134	135	136	137	•
성주본	18	19	20	21	22	23	24	25	26	27	28	29	30	31	32	33	34
병가	•	138	139	140	•	•	141	•	142	143	144	145	146	147	•	148	149
성주본	35	36	37	38	39	40	41	42	43	44	45	46	47	48	49	50	51
병가	150	151	152	•	153	154	155	•	156	157	158	967	159	•	162	160	•
성주본	52	53	54	55	56	57	58	59	60	61	62	63	64	65	66	67	68
병가	•	•	163	•	164	•	165	•	170	•	•	•	•	171	166	172	167
성주본	69	70	71	72	73	73	74	75	76	77	78	78	79	80	•	•	•
병가	173	174	1	•	168	1005	•	•	175	2	69	707	•	•	161	132, 133	

[표 Ⅲ-29] 『(성주본) 송강가사』와 『병와가곡집』의 연번 대교

『병와가곡집』의 편찬에 앞서 '성주본'을 일람하지 않았더라면 위와 같은 양상([표 Ⅲ-29])은 나타나지 않았을 것이다. 수록 작품의 수나 구체적인 수록 방식에서 『병와가곡집』은 '성주본'으로부터 많은 영향을 받았음이 분명하다.

이렇듯 '성주본'은 작품의 수용 양상에서 『병와가곡집』과 깊은 연관성을 지닌다. 그렇지만 '성주본'에는 '이선본'에 수록된 여러 가지 관련 기록이 누락되었다. '성주본'은 '이선본'보다 수록 작품 수가 대폭 증가한 반면, 작품에 대한 평어나 해설과 같은 기록은 싣지 않았다. 특히 '성주본'은 작품의 수집에 집중한 탓인지 관련 기록을 소홀히 다루어 '이선본'에 수록된 이선의 발문이 보이지 않는다. 이선의 발문을 대신하여 '성주본'의 편찬자인 현손(玄孫) 정천(鄭洊)과 성주목사 정관하(鄭觀河)의 발문이 보인다.

그동안 『(진본) 청구영언』에 비해 『송강가사』 판각본과 『병와가

곡집』의 관계가 주목을 받지 못한 가장 큰 원인은 '성주본'에서 이선의 발문이 보이지 않았기 때문으로 추단한다. 『(진본) 청구영언』에서는 이선의 발문이 보여서 '이선본'과의 관계가 쉽사리 밝혀질 수 있었다. 그러나 『병와가곡집』은 이선의 발문이 보이기 때문에 '이선본' 또는 '이선본'을 전재한 『(진본) 청구영언』으로부터 직·간접적인 영향을 받았으리라 짐작되었을 뿐, 이선의 발문이 없는 '성주본'과의 관계를 밝히는 데까지 이르지 못하였다.

『병와가곡집』 소재 이선의 발문이 『(진본) 청구영언』과 흡사한 것은 저본인 '성주본' 외에도 여타의 문헌 기록을 참고하여 보충하였기 때문이다. 참고한 문헌은 아무래도 『(진본) 청구영언』이었을 가능성이 높은데, 현재로서는 실증할 수 없으므로 판단을 유보한다. 요컨대 정철의 경우, 『병와가곡집』 소재 작품은 '성주본'의 작품을 전재한 것이 확실시 되며, 정철의 작품 전체에 대한 발문은 기존 가집의 기록을 재수록했으리라 추정된다.

3. 『병와가곡집』의 문헌적 특성

지금까지 『병와가곡집』의 편찬 양상에 주목하여 구성 방식과 수록 내용, 특히 가곡의 악곡과 노랫말, 작가적 측면을 중심으로 고찰해 보았다. 이제부터는 지금까지의 논의 결과를 바탕으로 『병와가곡집』의 문헌적 특성을 드러내 보이겠다.

『병와가곡집』은 조선 후기의 가집 가운데에서 최다수인 1,109수의 작품을 싣고 있는 편찬자 미상, 서명 불명의 필사본 가집이다. 전체적으로 『병와가곡집』은 수록 내용을 기준으로 '권수'와 본문 으로 나누어지고, 18세기 후반의 가곡 문화를 보여 준 중요 문헌으 로서 다음과 같이 몇 가지 특성을 지니고 있다. 먼저 최다수의 작품 이 수록된 문헌으로서 『병와가곡집』의 특성에 관하여 논의해 본다.

① 『병와가곡집』의 편찬 양상에서 여러 가지 문헌 자료와의 상관 성이 포착된다. 『병와가곡집』에 1,109수에 이르는 다수의 작품 을 수록될 수 있었던 것은 이미 존재하고 있던 가집 및 유·무형 의 자료로부터 적지 않은 영향을 받았기 때문이다. 전반적으로 『(진본) 청구영언』, 『(주씨본) 해동가요』와의 연관성이 많은데, 몇몇 작가의 작품은 개인 문집과 가첩의 적극 참고한 것으로 파악된다.

특히 본문의 작가 및 작품의 수록 방식이 『(진본) 청구영언』, 『(주씨본) 해동가요』와 흡사하여 전혀 낯설게 느껴지지 않는 다. 수록 작품과 관련하여 본문의 전·후반부에서는 『(진본) 청 구영언』을, 중반부는 『(주씨본) 해동가요』 소재 작품의 중복 수 록이 확인된다. 심지어 수록 순서까지도 일치하여 공출작품의 출현이 단순한 우연이 아니라, 전재에 의한 것이었음을 보여 주고 있다.

② 『병와가곡집』 전편을 통해 새로운 작가와 작품의 수록 양상이 보인다. '권수'에서는 당대의 금보나 다른 가집에 수록되지 않 은 작품 ― 「영산회상」, 「보허사」, 「여민락」, 「용비어천가」 ― 의

노랫말이 확인된다. 그리고 '권수'〈중·후반부〉의 「목록」에서
작가에 대한 소개를 했는데, 그 수가 무려 175명에 이른다는 특
징이 있다. 수록 작가 수의 대폭 증가는 역사적 인물의 재발견
과 새로운 인물의 출현에 의한 것이다. 『병와가곡집』의 편찬 시
점을 전·후로 삼국~선초의 인물이 작가로서 나타나기 시작했
다는 것, 18세기 중반까지 보이지 않던 새로운 인물이 대거 수
록되었다는 사실이 주목된다.

　　본문에서는 총 13개의 악곡에 1,109수가 실렸는데, 그 가운데
에서 429수는 18세기 전·중반의 가집에서 볼 수 없던 신출작품
이다. 이것은 『병와가곡집』의 편찬 시기와 동시대의 작가가 남
겨 놓은 작품에 대한 선호도가 높아지고, 그동안 상대적으로
주목을 받지 못했던 작가층의 작품에 대한 관심이 증대한 결과
라고 생각된다.

　그다음으로는 가곡의 악곡과 노랫말의 조화를 추구한 문헌으로
서 『병와가곡집』이 지닌 특성을 지적해 볼 수 있다. 흔히 가집은 음
악적 표지, 즉 악곡적 질서에 기반하여 노랫말을 수록했기 때문에
가곡의 연창을 위한 대본으로서의 쓰임새를 중요시 한다. 그런데
『병와가곡집』에서는 다양한 문헌 자료를 섭렵하고 폭넓은 식견을
반영하여 "노래와 음악은 하나"라는 사실을 '권수'에 분명히 나타
내고자 했다.

　　③『병와가곡집』의 '권수'에서는 금보의 연관성이 잘 나타나 있
　　다. '권수'는 다른 가집과 차별화된 독자적 면모가 두드러지는

데, 〈전·중반부〉와 〈중·후반부〉로 나누어진다. 금보와의 연관성
은 '권수'의 〈전·중반부〉에서 확증된 사실로서, 특히 김성기의
『어은보』와 『낭옹신보』, 양덕수의 『양금신보』 등의 편제 구성
을 수용 혹은 차용한 것이다.

　가집사적으로 금보의 수용 사례는 19세기 후반 이후에 편찬
된 일부 가집에서 찾아볼 수 있을 정도로 일반화하지 않았다.
수용하더라도 부분적인 인용 수준에 머문 경우가 대다수를 차
지한다. 19세기 후반의 가집으로 추정되는 『협률대성』에 양금
보와 여민락, 『(나손본) 가사(1896)』에 금보와 영산회상의 구음
표기가 보일 따름이다. 『성악원조 가곡 선초(1897)』에는 거문
고 구음이 추기되었고, 『가곡보감(1928)』은 거문고 기악곡과
영산회상 악보를 수록해 놓았다. 『근화악부(미상)』의 후반부에
『양금신보』의 일부와 취소법(吹簫法) 등이 보이고, 『시조음률
(20세기 초반 추정)』에는 영산회상의 거문고 악보와 구음이 표
기되었다.

④ 「목록」을 제시한 '권수'의 〈중·후반부〉도 금보의 편제 구성에
서 착안한 것인데, 실제 기술 내용은 가집과의 연관성이 높아
보인다. 「목록」의 전체적인 구성은 『(주씨본) 해동가요』의 「작
가제씨」를 참고하였고, 세부적인 기술은 『(진본) 청구영언』의
선례를 준용한 것으로 나타난다.

　'권수'의 「목록」은 금보의 편제 구성이 가집에서 어떻게 변
용되었는가를 알려 주고 있다. 기본적으로 「목록」의 제시 목적
은 『병와가곡집』과 금보가 별차이가 없다고 생각된다. 일반적

으로 문헌에서의 목록은 수록 내용을 일목요연하게 제시한 것
이다. 목록이 자리한 위치도 권두의 마지막 부분과 '권수'의
〈중·후반부〉으로 동일하다.

그런데 '권수' 「목록」의 실제 내용이 금보에서처럼 가곡의 악
곡에 관한 소개가 아니라, 작가에 관한 것으로서 『(주씨본) 해
동가요』 「작가제씨」의 기록 방식과 일치한다. 요컨대 문헌 기
록으로서 「목록」의 형식은 금보에서, 실제 내용은 가집으로부
터 영향을 받아 '권수'를 구성했다는 것이다.

이와 같은 양상이 '권수'에서 보인다는 것은 『병와가곡집』이 당
대의 음악에 대한 보편적 인식을 보여 주었을 뿐 아니라, 독자적 관
심사를 반영하여 구성되었다는 사실을 알려 준다. 금보의 편제를
수용하여 '권수'를 구성하되, 가집으로서의 소용에 부합하는 내용
을 위주로 요약·제시했고, 금보에서 보이지 않은 노랫말이나 작가
에 관한 기록은 가집을 비롯한 각종 문헌 기록 또는 당대의 가창 문
화 등을 참고한 것으로 파악된다.

마지막으로 18세기 후반의 가곡 문화를 보여 준 문헌으로서 『병
와가곡집』의 특성에 관하여 논의해 본다. 『병와가곡집』은 『(진본)
청구영언』의 편찬으로부터 비롯된 가집사의 전통을 계승함과 동
시에 새로운 가집으로서의 면모를 전편을 통해 나타내고 있다.

⑤ 『병와가곡집』이 당대 가곡의 노랫말을 모아 놓은 문헌이라는
　사실은 다른 대부분의 가집과 마찬가지로 본문에 수록된 노랫

말을 통해서 확인된다. 즉 작품의 수록 양상은 다른 가집에서 보여 준 바와 대부분 일치하여 그 연관성을 구체적으로 살펴볼 수 있다는 것이다.

음악과의 관련성은 '권수'의 기록에 잘 나타나 있다. 『병와가곡집』에서는 마치 "가집은 이렇게 이루어져야 한다"는 의도에 의해 18세기 후반까지 전해지던 가곡의 악곡과 노랫말을 적극 반영하고자 했고, 아울러 모름지기 "가곡을 제대로 부르려면 거문고에 대해 이 정도의 지식은 알고 있어야 한다"는 일관된 신념을 지니고서 『병와가곡집』의 체재를 갖추고자 했던 것으로 여겨진다. 따라서 『병와가곡집』은 18세기 후반의 가곡 문화 전반에 관한 집성이라는 관점을 견지하고 있는 종합 보고라고 볼 수 있다.

'권수'에 금보의 편제와 각종 악론을 적극 반영한 것은 '음악'과 '노래'에 대한 편찬자의 인식이 확고했음을 증명한다. 그리고 이것은 본래 가곡이 거문고 연주에 의해 실연된 장르라는 사실을 일깨워 주었다고 평가할 만하다. 반면 서발은 갖추지 않은 것으로 보아 가집 편찬의 당위성이라든가 가곡의 역사적 가치를 새삼 강조할 필요성은 느끼고 있지 않았던 듯하다.

『병와가곡집』의 편찬 양상을 통해 18세기 후반의 가곡이 어떻게 인식되고, 향유되었는가를 구체적으로 살펴볼 수 있다. 당대의 가곡 악곡, 노랫말, 작가에 관한 이해 수준이 『병와가곡집』의 '권수'와 본문에 잘 나타나 있기 때문이다.

하지만 아쉽게도 『병와가곡집』의 문헌 전승 경로를 알려 주는 기록, 특히 편찬자에 관한 언급은 보이지 않는다. 『병와가곡집』의 편찬 양상을 통해 보건대, 아마도 편찬자는 평소 금보와 거문고에 대한 소양을 지니고 있던 인물[118]이었으리라 추측된다. 평소의 직·간접적 경험을 반영하여 『병와가곡집』을 편찬했을 터, 당대의 가집은 물론이고 각종 금보에 대한 관심이 많았다는 사실과 유·무형의 자료와 작품에 대한 광범위한 구득이 예사로워 보이지 않는다. 따라서 지금의 『병와가곡집』은 전사본이기 때문에 편찬자와 필사자는 구분되어야 하고, 오늘날까지 실재하고 있는 기록은 여러 사람에 의해서 오랫동안 축적된 가곡 문화의 총화였다고 생각된다.

---

118 그동안의 연구 결과에 의해 왕족(이세보, 풍아 계열), 사대부 문인(이한진, 『(연민본) 청구영언』), 문인·문벌(『(육당본) 청구영언』), 무관(송태운, 『(김씨본) 시여』), 서리(백경현, 『동가선』), 포졸(김천택, 『(진본) 청구영언』), 가창자(김수장, 해동가요 계열) 등 각계각층의 인물들이 가집의 편찬 과정에 직·간접적으로 참여한 사실이 확인된다.

『병와가곡집』의 가집사적 특질

― 18세기 후반~19세기 전반의 『(김씨본) 시여』, 『(가람본) 청구영언』, 『(서울대본) 악부)』와의 비교를 중심으로 ―

그동안 『병와가곡집』의 편찬 양상을 중심으로 문헌적 특성을 살펴보았는데, 제Ⅳ장에서는 18세기 후반~19세기 전반기 가집과의 대비를 통해서 『병와가곡집』의 가집사적 특질을 파악하고자 한다. 18세기 전·후반의 가곡 문화를 종합, 반영하여 『병와가곡집』이 편찬되었다고 볼 때, 그 결과가 지닌 의미를 18세기 후반의 가집사적 맥락에서 궁구해 볼만하다.

1. 비교 대상 가집의 범위와 체재

본격적인 고찰에 앞서 비교 대상의 선정을 위해 18세기 후반~19세기 전반의 주요 가집과 『병와가곡집』의 작품 공출 현황을 살펴본다. 수록 작품의 공출 현황([표 Ⅳ-1])은 개별 가집 사이의 영향 관계나 친연성을 알려 주는 중요 기준으로 『병와가곡집』 소재 1,109수의 작품이 동시기의 다른 가집에 어떻게 수록되었는가를 보여 준다.

『병와가곡집』과 동시대의 것으로 알려진 가집은 모두 8종이 있다. 아직까지도 그 실상이 온전히 파악되지 못한 것도 있고, 일부 오인한 경우도 있어서 다소 불완전해 보이지만 참고할 만하다고 생각되어 제시해 본다.

가집	편찬자(편찬연대)	총 작품 수	공출작품 수(비율)
『(김씨본) 시여』	송태운(1805)	590	340(57.6%)
『(가람본) 청구영언』	미상(1805)	716	568(79.3%)
『(연민본) 청구영언』	이한진(1814)	257	210(81.7%)
『영언류초』	미상(18C 후반 추정)	335	235(70.1%)
『가보』	미상(19C 전반 추정)	368	289(78.5%)
『동국가사』	미상(19C 전반 추정)	414	308(74.3%)
『흥비부』	미상(19C 전반 추정)	436	317(72.7%)
『(서울대본) 악부』	미상(19C 전반 추정)	500	409(81.8%)

[표 Ⅳ-1] 『병와가곡집』과의 작품 공출 현황

『(김씨본) 시여』를 제외할 경우, 18세기 후반~19세기 전반의 가집에서는 총 수록 작품 수와 공출작품 수가 비례하고 있다. 가집의 수록 작품이 많을수록 다른 가집과의 공출작품 수도 증가한다는 것이다. 8종의 개별 가집에 수록된 작품 중에서 평균 74.5%는 다른 가집에서도 찾아볼 수 있는 공출작품이다. 개별 가집에서의 공출

작품은 최저 70.1%(『영언류초』)에서부터 최고 81% 이상(『(서울대
본) 악부』, 『(연민본) 청구영언』)의 수록 비율이 확인된다.

『병와가곡집』도 다수의 작품이 실렸기 때문에 다른 가집과의 작
품 공출이 빈번하고, 공출작품의 수록 비율도 상당히 높다. 그러나
공출작품의 수록 양상만으로는 『병와가곡집』의 가집사적 위상을
밝혀내기가 쉽지 않아 보인다. 뿐만 아니라 개별 가집으로서의 특
성도 잘 부각되지 못하므로 비교 범위를 좁혀서 좀 더 객관적이면
서도 심도 깊은 논의가 개진되어야할 필요성이 느껴진다.

따라서 이 글에서는 신뢰도 높은 결과를 도출하고자 『(김씨본)
시여』, 『(가람본) 청구영언』, 『(서울대본) 악부』과의 상관성을 중심
으로 집중 분석해 보고자 한다. 『(김씨본) 시여』와 『(가람본) 청구
영언』은 편찬 연대가 밝혀진 가집[1]이라서 『병와가곡집』의 편찬 시
점 및 편찬 배경에 대한 실질적 이해를 돕는다고 생각된다. 『(서울
대본) 악부』는 편찬자가 밝혀지 않았다는 한계가 있으나, 19세기
전반의 다른 가집에 비해 상대적으로 다수의 작품이 공출하여 『병
와가곡집』의 특질을 살펴보는데 최적화된 비교 대상이라고 판단
된다.

우선 비교 대상의 전체적인 윤곽, 즉 3종 가집의 체재([표 Ⅳ-2]

---

1 『(연민본) 청구영언』은 사대부인 이한진(李漢鎭)에 의해 편찬된 가집이다. 편찬
자와 편찬 연대가 명확하게 밝혀진 몇 안되는 가집 중 하나로서 가집사적 위상
과 가치가 적지 않아 보인다. 하지만 『(연민본) 청구영언』은 이한진을 포함한 특
정 인물군의 가악 문화가 적극 반영되어 그 체재나 선집에서 독특함을 자주 노
정하기 때문에 비교 대상으로서 다소 부적합하다고 판단하여 부득이 배제한다.
『(연민본) 청구영언』에 관한 상론은 김종화(1995), 「이한진 편 『청구영언』 연
구」, 고려대학교 고전문학·한문학연구회 편, 『19세기 시가문학의 탐구』, 집문
당, 23~55쪽 참고.

를 상호 비교하여 『병와가곡집』의 특질을 드러내는 한편, 18세기 후반~19세기 전반 가곡의 전개 양상을 조망해 보겠다.

	『(서울대본) 악부』	『(가람본) 청구영언』	『(김씨본) 시여』
체재구성	1. 初中大葉 #1~3 3수(0.6%)	1. 初中大葉 #1 1수(0.1%)	1. 初中大葉 #1~2 2수(0.3%)
	2. 二中大葉 #4~5 2수(0.4%)	2. 二中大葉 #2 1수(0.1%)	2. 二中大葉 #3 1수(0.1%)
	3. 三中大葉 #6 1수(0.2%)	3. 三中大葉 #3 1수(0.1%)	3. "三中大葉 見靑丘永言" 0수
	4. 北殿 #7~8 2수(0.4%)	4. 北殿 #4 1수(0.1%)	4. 北殿 #4~5 2수(0.3%)
	5. 初數大葉 #9~11 3수(0.6%)	5. 二北殿 #5 1수(0.1%)	5. 初數大葉 #6~9 4수(0.6%)
	6. 二數大葉[2] #12~391 425수(87.2%)	6. 初數大葉 #6 1수(0.1%)	6. 二數大葉[3] #10~516 507수(85.9%)
	7. 三數大葉 #392~420 29수 (5.9%)	7. 二數大葉[4] #7~448 442수(62%)	7. 三數大葉 #517~532 16수(2.7%)
	7.1. [三數大葉] #421~422 2수	8. 三數大葉樂戲幷抄 #449~521 73수(10.3%)	8. 樂戲詞 #533~552 20수(3.3%)

2 '어제' 5수(#12~16), '여말' 2수(#17~18), '본조1' 41수(#19~59), '여항'1 4수 (#60~63), '연대흠고1' 2수(#64~65), '명기' 18수(#66~83), '연대흠고2' 2수(#84, 85), '본조2' 92수(#86~132), '여항2' 24수(#133~156), '본조3' 31수(#157~187), '여항3' 61수(#188~248), '본조4' 6수(#249~254), '무명씨' 137수(#255~391)

3 '열성어제' 3수(#10~12), '여말' 6수(#13~18), '본조' 90수(#19~108), '여음' 101 수(#109~209), '연대흠고' 2수(#210~211), '여항' 13수(#212~224), '방류' 62수 (#225~286), '기류' 9수(#287~295), '습유 무명씨' 221수(#296~516)

4 '여말' 6수(#7~12), '본조' 225수(#13~237), '여항' 51수(#238~288), '연대흠고' 4 수(#289~292), '규수' 23수(#293~315), '무명씨소술병초' 133수(#316~448)

	『(서울대본) 악부』	『(가람본) 청구영언』	『(김씨본) 시여』
체재 구성	8. 搔聳 #423~426 4수(0.8%)	9. 蔓大葉樂戲幷抄 #522~602 81수(11.4%)	9. 蔓橫葉 #553~590 38수(6.4%)
	8.1. [搔聳] #427~430 4수(0.8%)	10. 編樂幷抄 #603~674 72수(10.1%)	
	9. 栗艜大葉 #431~448 18수(3.6%)	11. 樂 #675~703 29수(4.1%)	
	9.1. [미상] #449~452 4수(0.8%)	12. 搔聳 #704~705 2수(0.28%)	
	9.2. [栗艜大葉] #453~454 2수	13. 將進酒辭 #706 1수(0.1%)	
	10. 弄歌 #455~499 45수(9.2%)	14. 孟嘗君歌 #707 1수(0.1%)	
	10.1. 백구사 1수	14.1. 추록 爬癢 #708~716 9수	
	10.2. [風腰歌] #500 1수		

[표 IV-2] 18세기 후반~19세기 전반 가집의 체재

악곡의 세분화가 아직 본격적으로 이루어지지 않은 18세기 후반~19세기 전반의 가곡 문화를 반영이나 하듯 『(서울대본) 악부』, 『(가람본) 청구영언』, 『(김씨본) 시여』의 체재는 비교적 단순하게 구성되어 『병와가곡집』과 비슷해 보인다. 『병와가곡집』의 체재는 모두 13개의 악곡으로 이루어졌는데 『(서울대본) 악부』에는 10개, 『(가람본) 청구영언』은 13개, 『(김씨본) 시여』에서는 9개의 악곡이 보여서 전체적인 구성면에서 상당한 유사성이 감지된다.

체재의 구성이 비교적 단순하다는 것, 제시된 악곡의 숫자가 적다는 공통점 외에도 악곡의 제시 순서나 악곡 내 작품의 수록 비율 면에서도 큰 차이가 없다. 모든 가집에서 공통적으로 〈초중대엽〉부터 〈삼삭대엽〉까지 순차적으로 제시되었고, 〈이삭대엽〉에서의 작품 수록 비율이 가장 높으며, 〈초삭대엽〉보다 〈삼삭대엽〉에 더 많은 작품을 수록하고 있다는 공통점을 쉽게 발견할 수 있다. 『(서울대본) 악부』, 『(김씨본) 시여』에 비해 『(가람본) 청구영언』〈이삭대엽〉의 작품 수록 비율이 낮은데, 이것은 『병와가곡집』과 마찬가지로 〈삼삭대엽〉 이하 수록 작품 수의 증가에 따른 상대적 감소로 보여진다.

『병와가곡집』은 〈초중대엽〉부터 〈이북전〉사이에 상대적으로 다수의 작품이 수록되었다는 차이점에도 불구하고, 이 부분까지는 가곡 연창을 위한 일종의 고정 레퍼토리에 해당하여 특별한 의도가 반영된 구성이라기보다는 시대를 불문하고 거의 모든 가집에서 빼놓지 않던, 즉 필수 수록곡을 마련해 놓은 것으로 이해된다. 오히려 다소 복잡해 보이는 〈삼삭대엽〉 이하 부분이 개별 가집으로서의 개성을 나타내는 차별화된 면모가 아닐까 생각한다.

〈삼삭대엽〉이하 부분을 검토해 본 결과, 동일 악곡을 가집별로 상이하게 표현했다는 사실이 확인된다. 즉 동일 악곡에 대한 이칭이 자주 보인다는 것이다. 삭대엽은 한동안 『병와가곡집』만의 독특한 악곡명으로 간주되기도 했는데, 『(서울대본) 악부』의 율당대엽과 동일한 악곡으로 후대의 율당삭대엽의 또 다른 이름이었음이 밝혀진 바 있다.[5]

---

5 이상원(2014), 앞의 논문, 242~249쪽.

소용(騷聳)은『(서울대본) 악부』,『(가람본) 청구영언』에서 보이는 소용(搔聳)과 동일 악곡이다. 만횡과『(김씨본) 시여』의 만횡엽은 동일 악곡이고,『(서울대본) 악부』의 농가는 만횡의 변주곡명이다. 만횡은 19세기 전반 이후, 만횡·엇롱·농 등 '농' 계열로 정착하게 된 악곡명이다.

낙희조는『(가람본) 청구영언』의 낙,『(김씨본) 시여』의 낙희사와 마찬가지로 낙시조의 또 다른 이름이다. 낙희조는 후대의 가집에서 낙시조와 편락시조로 분화하게 된다.『(가람본) 청구영언』의 만대엽 낙희병초와 편락병초,『병와가곡집』의 편삭대엽은 19세기 전반 이후 '낙' 계열과 '편' 계열로 변주·정착되기 전의 악곡명이다.

결국『병와가곡집』을 포함하여 동시기 3종 가집의 〈삼삭대엽〉 이하는 19세기 전반 이후, '농'·'낙'·'편' 계열로 정착되는 18세기 후반 악곡명이 수록된 부분으로 명칭만 다를 뿐이지 동일 악곡을 제시한 것이다. 또 우·계면조의 악조 구분 표시가 없고, 다양한 변주곡들 ─ 두거, 중거, 평거와 같은 '지름 창법', 얼농, 얼편, 얼락과 같이 '높이 지르는 창법' 등 ─ 이 나타나지 않았으며, 여창이 보이지 않는 것 등은 18세기 후반~19세기 전반 가집으로서의 공통적 면모를 보여 준 것으로 이해된다.[6]

이와 같이『병와가곡집』은 18세기 후반~19세기 전반의 가곡 문화라는 거시적 관점에서 동시대의 가집과 많은 유사성을 지닌다.

---

6 세부적으로 다소간의 차이점이 있는데, 대표적으로 추록의 유무가 있다.『(서울대본) 악부』,『(가람본) 청구영언』에서의 추록은 단순히 몇 글자나 몇 문장을 더 적어 놓은 것이 아니라, 작품의 추가로서 그것은 가곡이 아닌 가사 작품이었다.

그러나 실제 전개 양상은 가집별로 다기하고, 적지 않은 차이점 또한 존재하기에 좀 더 면밀하게 살펴볼 필요가 있다.

2. '작품의 악곡'에 대한 해석과 인식의 변화상

『병와가곡집』이 보여 준 악곡적 질서가 동시기의 가집에서도 견고하게 유지되고 있었나? 아니면 또 다른 악곡으로 바뀌어 새로운 음악적 지향을 추구하였을까? 전자라면 『병와가곡집』은 현행 가곡 문화의 연원으로서 오늘날까지 직접적인 영향을 준 것이 된다. 후자였다면 『병와가곡집』은 다종다양한 악곡이 공존하던 가곡사의 변화, 발전기에 편찬된 가집으로서 가곡 문화 및 가집의 발전 과정을 보여 준다고 여겨진다.

지금까지의 연구 결과에 따르면 후자가 절대 다수의 지지를 받고 있는 정설이다. 오늘날 가곡 문화는 가곡원류 계열로부터 기인한 것으로 본다. 『병와가곡집』이 보여 준 제양상이 『가곡원류』의 상당 부분에서 확인되지만, 아직은 상관성 여부가 검증되지는 않았다. 따라서 앞으로의 연구는 18세기 후반 이후의 가집사까지로 더욱더 확장되어야할 필요성이 느껴진다.

하지만 그동안 『병와가곡집』의 악곡적 질서에 관한 18세기 후반의 당대적 의미나 변전 양상은 논의되지 않았기에 무엇보다도 '동시기 가집'[7]과의 비교·분석이 우선시 된다. 그리고 이러한 논의 과정을 통하여 『병와가곡집』에 나타난 18세기 후반의 가곡 악곡에 대한 인식과 변화상을 구체적으로 확인해 볼 수 있을 것이다.

1) 다양한 해석과 공통된 인식

『병와가곡집』의 악곡이 동시기의 가집에서 어떻게 인식되고 있었가를 살펴본 결과, 다른 악곡으로 대체된 경우와 동일한 악곡으로 표현된 경우가 동시에 발견된다. 인식의 일치와 불일치가 동시에 보인다는 것인데 공교롭게도 이 두 가지 경우는 『병와가곡집』의 악곡적 질서, 즉 체재의 구성 순서와 상응하고 있다.

『병와가곡집』의 전반부에 놓인 〈초·이·삼중대엽〉부터 〈초삭대엽〉까지는 동시기의 가집과 상이한 인식을 보여 주고 있다. 『병와가곡집』에서는 총 17수의 작품이 '중대엽' 계열(〈초중대엽〉 7수, 〈이중대엽〉 5수, 〈삼중대엽〉 5수)로 인식되었으나, 동시기 가집에서는 공출작품을 '삭대엽' 계열로 판단한 사례가 자주 보인다.

---

7 이 글에서는 다각적인 분석을 통해서 신뢰도 높은 결과를 도출하고자, 비교 대상의 범위가 확장될 필요가 있을 때는 '동시기(同時期) 가집'과 '동시대(同時代) 가집'을 동시에 검토할 것이다. '동시기'와 '동시대'의 사전적 정의는 유사해 보인다. 그러나 서술의 편의상 『병와가곡집』이 편찬된 때[시점(時點)]에 주목하여 '동시기'를, 편찬된 동안[기간(其間)]을 감안하여 '동시대'라는 뜻을 구분하여 사용한다.

　'동시기 가집'은 지금까지의 서술에서 일관되게 사용한 표현으로써 『병와가곡집』의 비교 대상으로 선정한 18세기 후반~19세기 전반의 3종 ―『(김씨본) 시여』, 『(가람본) 청구영언』, 『(서울대본) 악부』― 가집을 지칭한다.

　'동시대 가집'은 비교 대상을 제외한 당시의 가집 ―『(경대본) 시조』, 『(박씨본) 시가』, 『(연민본) 청구영언』, 『(홍씨본) 청구영언』, 『가보』, 『가조별람』, 『고금가곡』, 『동국가사』, 『영언류초』, 『흥비부』 등 ― 군(群)을 뜻한다.

『병와가곡집』: ① 【#1~7(〈초중대엽〉)】 / ② 【#8~12(〈이중대엽〉)】 / ③ 【#13~17(〈삼중대엽〉)】	
『(서울대본) 악부』	① 【#267·266(〈이삭대엽 무명씨〉), 2·1(〈**초중대엽**〉), 60(〈이 삭대엽 여항〉), 268(〈이삭대엽 무명씨〉)】 / ② 【#4·5(〈**이 중대엽**〉), 3(〈초중대엽〉)】 / ③ 【#6(〈**삼중대엽**〉), 361 (〈이삭 대엽 무명씨〉), 295(〈이삭대엽 무명씨〉)】 ※ 미수록 : 5수
『(가람본) 청구영언』	① 【#424(〈이삭대엽 무명씨〉), 481(〈삼삭대엽 낙희병초〉), 151(〈이삭대엽 본조〉), 425(〈이삭대엽 무명씨〉), 504(〈삼삭 대엽 낙희병초〉), 316(〈이삭대엽 무명씨〉)】 / ② 【#319(〈이 삭대엽 무명씨〉), 2(〈**이중대엽**〉), 1(〈초중대엽〉)】 / ③ 【#94(〈이삭대엽 본조〉), 3(〈**삼중대엽**〉), 328(〈이삭대엽 무 명씨〉)】 ※ 미수록 : 5수
『(김씨본) 시여』	① 【#1(〈**초중대엽**〉), 213(〈이삭대엽 여항〉), 2(〈**초중대엽**〉)】 / ② 【#3(〈**이중대엽**〉)】 / ③ 【(〔 〕)】 ※ 미수록 : 13수

『병와가곡집』의 〈초·이·삼중대엽〉에서 보인 작품의 상당수가 동시기의 다른 가집에서는 '삭대엽' 계열에 배속되어 있다. 『(서울대본) 악부』에서는 『병와가곡집』〈초·이·삼중대엽〉 소재 작품 중에서 12수가 실렸는데, 악곡적 배속이 일치한 경우는 5수에 불과하다. #1, 2, 4, 5, 6번 작품만이 '중대엽' 계열로 분류되었을 뿐이다. 나머지 7수는 다른 악곡(〈이삭대엽〉 6수, 〈초중대엽〉 1수)으로 인식되고 있다.

『(가람본) 청구영언』에도 12수가 수록되었는데, 작품의 악곡에 대한 공통된 인식을 나타낸 것은 단 두 작품(#2, 3)뿐이다. 10수는 『병와가곡집』과 상이한 인식을 보여 주고 있다.

전체적으로 작품의 악곡에 대한 해석이 '중대엽' 계열의 악곡에서 이삭대엽을 위주로 재편된 가운데 『(김씨본) 시여』에서는 〈초중

대엽)에 1수(#1) 가 실렸을 뿐,『병와가곡집』〈이·삼중대엽〉 소재
작품이 전혀 보이지 않는다는 특이점도 발견된다.

요컨대『병와가곡집』에서 '중대엽' 계열의 여러 악곡에 얹어 부
른 작품이 동시기의 가집에서는 '삭대엽' 계열, 특히 이삭대엽으로
자주 불렸지만,『병와가곡집』〈이·삼중대엽〉 소재 상당수의 작품은
『(김씨본) 시여』에 전혀 실리지 않았다는 것이다. 이것은 18세기 후
반~19세기 전반 동안 공출작품에 관하여 상이한 곡 해석이 이루어
졌다는 사실과 악곡에 대한 선호도에 의해 작품의 수록 여부가 결
정되었음을 의미한다.

『병와가곡집』에서의 곡에 대한 해석, 즉 악곡에 대한 이해는 앞
서 살핀 바와 같이 당대까지 전해지던 금보 및 악론에 관한 소양으
로부터 비롯되었음이 분명해 보인다. 다른 가집의 경우에도 각자
의 이해의 기반이나 각기 다른 향유 방식에 의해 판단했으리라 예
상되는데, 전반적으로 '중대엽' 계열의 악곡에 대한 선호도가 낮아
짐에 따라 〈초·이·삼중대엽〉의 수록 작품 수도 기존의 수준을 넘어
서지 않았던 것으로 생각된다.

『병와가곡집』〈북전·이북전〉 소재 작품과 해당 악곡도 동시기의
다른 가집에서 잘 보이지 않는다.『병와가곡집』〈북전·이북전〉에는
총 5수가 실렸는데, 그 가운데에서 한두 작품만이 다른 가집에서
보일 따름이다.

『병와가곡집』: ④【#18~21(〈북전〉)】 / ⑤【#22(〈이북전〉)】	
『(서울대본) 악부』	④【#7(〈**북전**〉), 417(〈삼삭대엽〉), 365(〈이삭대엽 무명씨〉)】 / ⑤【([ ])】 ※ 미수록 : 2수
『(가람본) 청구영언』	④【#389(〈이삭대엽 무명씨〉), 4(〈**북전**〉), 446(〈이삭대엽〉)】 / ⑤【#5(〈**이북전**〉)】 ※ 미수록 : 1수
『(김씨본) 시여』	④【#4(〈**북전**〉), 245(〈이삭대엽 방류〉), 382(〈이삭대엽 습유 무명씨〉)】 / ⑤【([ ])】 ※ 미수록 : 2수

18세기 중·후반과 마찬가지로 '북전' 계열의 악곡에 얹어 부르던 작품의 수효는 그다지 많지 않았다. 그리고 『병와가곡집』과 동시기의 가집 중에서는 『(가람본) 청구영언』만이 〈북전(#4)·이북전(#5)〉을 모두 갖추고 있다. 『(서울대본) 악부』와 『(김씨본) 시여』는 〈북전〉, 단 1개의 악곡에 오직 1수씩만 수록되어 있다.

그렇다고 해서 『병와가곡집』 〈북전·이북전〉 소재 작품이 동시기의 가집에서 전혀 볼 수 없는 것은 아니다. 동시기의 가집에서는 〈북전·이북전〉을 대신하여 〈이삭대엽〉에 작품을 수록해 놓고 있다. 즉 작품의 곡에 대한 해석을 달리한 것으로써 『병와가곡집』과 작품은 공출하되 악곡에 관한 인식은 상이했다는 것이다. 『병와가곡집』의 〈북전·이북전〉이 더욱 특별해 보이는 것은 바로 이러한 작품 수록 양상과 상이한 곡 해석이 이루어졌기 때문이다.

『병와가곡집』 〈초삭대엽〉 소재 작품에 관한 인식은 『(서울대본) 악부』, 『(가람본) 청구영언』, 『(김씨본) 시여』와 현저한 차이를 나타내고 있다. 『병와가곡집』 〈초삭대엽〉에는 총 11수의 작품이 실렸는데, 이것은 동시기 3종 가집의 〈초삭대엽〉에 수록된 작품 수를 전부 합한 것[8]보다 3수가 더 많다.

『병와가곡집』: ⑥ 【#23~33(〈초삭대엽〉)】	
『(서울대본) 악부』	【#10(〈**초삭대엽**〉), 9(〈북전〉), 42(〈이삭대엽 본조〉), 262· 257(〈이삭대엽 무명씨〉), 11(〈**초삭대엽**〉), 339·357(〈이삭대 엽 무명씨〉)】 ※ 미수록 : 3수
『(가람본) 청구영언』	【293(〈이삭대엽 규수〉), 6(〈**초삭대엽**〉), 509(〈삼삭대엽 낙희 병초〉), 376(〈이삭대엽 무명씨〉), 511·513(〈삼삭대엽 락희병 초〉), 681(〈락〉), 358(〈이삭대엽 무명씨〉), 512(〈삼삭대엽 낙 희병초〉)】 ※ 미수록 : 2수
『(김씨본) 시여』	【#6·8(〈**초삭대엽**〉), 370·317(〈이삭대엽 습유 무명씨〉)】 ※ 미수록 : 7수

동시기의 다른 가집에서는 수록 작품 수가 적었을 뿐 아니라, 『병와가곡집』〈초삭대엽〉 소재 11수 중에서 단 4수(36.3%)만이 동일 악곡으로 인식된다. 나머지 7수는 북전, 이·삼삭대엽, 낙에 이르기까지 매우 다양한 악곡으로 불려지고 있었다. 이것은 작품의 악곡에 대한 해석이 다양하고, 매우 유동적이었음을 여실히 보여 준 것이라고 생각된다.

『병와가곡집』과 동시대의 가집에서는 동일 작품을 다른 악곡으로 바꾸어 부르는 한편, 작품과 악곡에 대한 공통된 인식을 보여 주기도 한다. 당대의 인기곡인 이삭대엽을 통해 확인해 본다.

---

8 동시기 가집의 〈초삭대엽〉에는 모두 8수(『(서울대본) 악부』 3수, 『(가람본) 청구영언』 1수, 『(김씨본) 시여』 4수)의 작품이 수록되어 있다.

『병와가곡집』: ⑦【#34~796(〈이삭대엽〉)】	
『(서울대본) 악부』	【〈이삭대엽〉 295수, 추록 〈삼삭대엽〉 3수, 〈율당대엽〉 3수】 ※ 미수록 : 462수
『(가람본) 청구영언』	【〈이삭대엽〉 331수, 〈삼삭대엽〉 25수, 〈편락병초〉 3수, 〈락〉 2 수】 ※ 미수록 : 402수
『(김씨본) 시여』	【〈초삭대엽〉1수, 〈이삭대엽〉 264수, 〈삼삭대엽〉 2수, 〈낙희사〉 1 수】 ※ 미수록 : 495수

〈이삭대엽〉은 『병와가곡집』의 악곡 가운데에서 최다수인 763수
가 수록되어 있다. 동시기의 가집에서도 〈이삭대엽〉에 가장 많은
작품이 실렸는데, 『병와가곡집』에 비해서는 상대적으로 적어 보인
다([표 Ⅳ-3]).

하지만 악곡에 대한 인식은 『병와가곡집』과 동일했다는 사실이
확인된다. 비록 작품 수가 적어 보이지만, 수록된 대부분의 작품은
『병와가곡집』과 마찬가지로 이삭대엽에 얹어 불렀다. 미수록 작품
을 제외하고 〈이삭대엽〉 소재 작품에 주목할 경우, 『(서울대본) 악부』
의 98%, 『(가람본) 청구영언』의 91.6%, 『(김씨본) 시여』의 98.5%가
『병와가곡집』〈이삭대엽〉 소재의 것과 동일 작품으로 파악된다. 아
마도 이삭대엽은 당대의 인기곡이라서 곡에 대한 해석에서 이견이
없었던 듯하다.

그런데 미수록 작품을 포함하면 흥미로운 사실이 발견된다. 그
것은 바로 『병와가곡집』〈이삭대엽〉의 작품 중에서 동시기의 가집
에 실리지 못한 것이 너무 많다는 사실이다. 『병와가곡집』〈이삭대
엽〉소재 작품 중에서 상당수가 동시기의 다른 가집에서 보이지 않
는다.

	(서울대본) 악부	(가람본) 청구영언	(김씨본) 시여
총 작품 수	425수	442수	507수
병와가곡집 〈이삭대엽〉 763수 — 공통 수록	295수 (69.4%)	332수 (75.1%)	266수 (52.4%)
미 수록	130수 (30.5%)	110수 (24.8%)	241수 (47.5%)

[표 IV-3] 〈이삭대엽〉 수록 작품의 공출 현황

『병와가곡집』〈이삭대엽〉 소재 작품으로서 동시기의 다른 가집에 수록된 것과 수록되지 않은 것이 엇비슷한 수준으로 나타난다. 『병와가곡집』〈이삭대엽〉의 763수 가운데에서 295수(69.4%)가 『(서울대본) 악부』에, 332수(75.1%)가 『(가람본) 청구영언』에, 266수(52.4%)가 『(김씨본) 시여』에서 보인다. 반면 미수록 작품은 『(서울대본) 악부』가 462수, 『(가람본) 청구영언』이 402수, 『(김씨본) 시여』가 495수인 것으로 파악된다.

『(서울대본) 악부』의 〈이삭대엽〉에는 총 425수가 실렸는데, 이 중 295수는 『병와가곡집』〈이삭대엽〉 소재의 작품이다. 하지만 전체 수록 작품으로까지 확대해 보면 『병와가곡집』〈이삭대엽〉의 60.5%에 해당하는 462수는 『(서울대본) 악부』의 〈이삭대엽〉 내에서 전혀 찾아지지 않는다. 그 나머지 130수는 다른 악곡으로 불리던 작품이거나 새로운 작품을 〈이삭대엽〉에 수록한 것이라서 『병와가곡집』〈이삭대엽〉과는 연관성이 없다.

동시기의 가집 중에서 『병와가곡집』〈이삭대엽〉 소재 작품을 가장 많이 수록한 가집은 332수가 실린 『(가람본) 청구영언』이다.

『(가람본) 청구영언』은 『(김씨본) 시여』보다 훨씬 적은 442수가 〈이삭대엽〉에 수록되었는데, 『병와가곡집』 〈이삭대엽〉 소재의 작품은 오히려 『(김씨본) 시여』보다 66수가 더 많은 332수가 보인다.

반면 『(김씨본) 시여』 〈이삭대엽〉은 266수만이 『병와가곡집』 〈이삭대엽〉과의 공출작품이고, 241수는 『병와가곡집』 〈이삭대엽〉과는 아무 상관이 없는 작품으로 확인된다.

이러한 사실로부터 『병와가곡집』 〈이삭대엽〉과 수록 작품에 대한 당대의 인식 및 해석 방향을 어느 정도 추정할 수 있다. 우선, 『병와가곡집』의 이삭대엽에 대한 관심도는 동시기의 가집에 비해서 낮았던 듯하다. 〈이삭대엽〉 소재 763수가 적어 보이는 것은 아니지만, 가집 전체의 수록 비율로 보면 68.8%로 『(서울대본) 악부』의 87.2%, 『(김씨본) 시여』의 85.9%에 이르지 못한다.

다음으로 『병와가곡집』의 〈이삭대엽〉이 동시기의 모든 가집에서 동일하게 인식된 것은 아니라는 사실이다. 동시기의 가집에서 이삭대엽으로 부른 동일 작품이 발견되기도 하지만, 수록되지 못한 작품도 상당수인데다가 전혀 다른 곡으로 해석되기도 했다.

이삭대엽이 조선의 후기 가곡 악곡으로 가장 선호되었으나, 모든 작품을 동일한 악곡으로 인식되지는 않은 듯 『병와가곡집』 〈이삭대엽〉 소재 작품의 수록 양상은 다채로워 보인다. 이삭대엽 악곡에 대한 해석과 인식은 공유하되, 해당 작품에 대한 판단은 가변적인 것이라서 개별 가집에서 다양한 수록 양상을 나타낸 것으로 이해된다.

이와 관련하여 『병와가곡집』 〈이삭대엽〉 소재 작품의 수록 방식이 주목된다. 『병와가곡집』의 〈이삭대엽〉은 #34번 작품부터 #796번 작품까지인데, 대체적으로 수록 작가의 신분과 활동기를 기준으로 순차적으로 수록되어 있다. 이러한 수록 방식은 대부분의 가집에서 흔히 볼 수 있는 일반적인 양상이다. 그런데 『병와가곡집』〈이삭대엽〉내에서는 일반적인 양상과는 사뭇 다른 독특한 수록 방식이 보인다.

〈이삭대엽〉내 조선 후기 작가의 작품이 집중 수록된 부분에서, 즉 #355번 작품을 전·후로 갑자기 조선 중기 작가의 작품이 보인다. #513번 작품부터는 고려말~조선 중기 작가의 작품이 뒤섞여 있다. 또 #615번 작품 이후로는 고려말~조선 중기 및 불명의 작품 몇 수가 모아져 있다. 이러한 수록 방식은 그다음 〈삼삭대엽〉에서도 볼 수 있다.

이렇게 일관성 없는 수록 방식이 나타나게 된 것은 이삭대엽이라는 악곡에 대한 해석이 가변적이었다는 사실과 함께 "〈이삭대엽〉소재 작품"이라는 판단 역시 임의성을 지녀서 재인식될 여지가 있었음을 시사한다. 더군다나 지금의 『병와가곡집』이 18세기 전반의 수고본이 아니라 그후의 개수본을 전사한 것이기에 〈이삭대엽〉소재 작품은 오직 특정 시점의 판단 결과가 아니라, 오랫동안의 누적된 현상으로서의 다양성을 지닌다고 생각한다. 요컨대 『병와가곡집』의 〈이삭대엽〉은 18세기 후반, 당대의 해석 결과뿐만 아니라, 그보다 앞선 시대의 판단이 함께 어우러져서 동시기의 가집과 다르게 보인다는 것이다.

〈삼삭대엽〉에 대한 인식도 대부분 일치하는데, 특히 『(서울대본)악부』와의 일치도가 매우 높고, 『(가람본) 청구영언』에서도 공통된 인식을 찾아볼 수 있다.

『병와가곡집』: ⑧ 【#797~828(〈삼삭대엽〉)】	
『(서울대본) 악부』	【#12(〈이삭대엽 어제〉), 330(〈이삭대엽 무명씨〉), 411·396·39 3·404·413·392·414·395·418·400·402·398(〈삼삭대엽〉), 43(〈이 삭대엽 본조〉), 394·401·419·420·399·397·405(〈삼삭대엽〉)】 ※ 미수록 : 11수
『(가람본) 청구영언』	【#248(〈이삭대엽 여항〉), 655·660(〈편락병초〉), 459·463·462· 458·468·496(〈삼삭대엽 낙희병초〉), 585(〈만대엽 낙희병초〉), 478·498(〈삼삭대엽 낙희병초〉), 658(〈편락병초〉), 586(〈만대엽 낙희병초〉), 659(〈편락병초〉), 456(〈삼삭대엽 낙희병초〉), 696(〈낙〉), 503(〈삼삭대엽 낙희병초〉)】 ※ 미수록 : 14수
『(김씨본) 시여』	【#5(〈북전〉), 529·517(〈삼삭대엽〉), 453·428(〈이삭대엽 습유 무 명씨〉), 525·521(〈삼삭대엽〉), 496(〈이삭대엽 습유 무명씨〉), 562(〈만횡엽〉)】 ※ 미수록 : 23수

『병와가곡집』과 『(서울대본) 악부』는 다수의 작품을 수록하고 있고, 수록 작품의 상당수가 공출하여 악곡과 작품에 대한 인식의 일치를 보여 준다. 『병와가곡집』〈삼삭대엽〉에 32수, 『(서울대본) 악부』에 29수가 실렸는데 그 가운데에서 공출작품이 19수이다.

『(가람본) 청구영언』은 삼삭대엽과 낙희조를 아우르며 〈삼삭대엽낙희병초〉라는 독특한 명칭을 사용하면서 총 73수의 작품을 수록해 놓았다. 『(가람본) 청구영언』의 〈삼삭대엽낙희병초〉에는 『병와가곡집』과의 공출작품 18수가 실렸고, 이 가운데에서 절반 이상(55.5%)인 10수가 〈삼삭대엽〉소재의 것이다. 비록 작품의 수록 양상은 달라 보이지만 악곡적 판단은 대체적으로 일치하고 있다.

그러나 『(김씨본) 시여』에서는 『병와가곡집』과의 거리감이 느껴진다. 근본적으로 『(김씨본) 시여』는 〈삼삭대엽〉소재 작품 수가 적은 탓에, 『병와가곡집』과의 공출작품이 9수에 불과하고, 〈삼삭대엽〉 소재 작품 중 23수는 수록조차 되지 않았다.

종합적으로 공출작품을 중심으로 18세기 후반~19세기 전반의 주요 가집과 비교해 본 결과, 『병와가곡집』의 〈초중대엽〉~〈초삭대엽〉까지는 상이한 해석과 인식이 두드러지나, 〈이삭대엽〉과 〈삼삭대엽〉에서는 공통성이 자주 보인다는 사실이 밝혀졌다. 이와 같은 양상은 상대적으로 〈초중대엽〉~〈초삭대엽〉은 고조(古調)이고, 〈이삭대엽〉과 〈삼삭대엽〉은 당대에 널리 불린 시조(時調)였다는 점에서 인식의 차이가 발생한 결과로 여겨진다.

2) 새로운 해석과 상이한 인식

『병와가곡집』은 18세기 후반~19세기 전반 가곡 문화의 발전, 변화상을 반영하고 있다. 특히 〈삼삭대엽〉 이하 부분에서는 기존 악곡의 변주와 분화 과정이 잘 나타난다. 동시기 가집과의 비교 과정에서 『병와가곡집』은 악곡과 노랫말에 대한 새로운 해석이 이루어지고, 기존의 인식과는 또 다른 면모가 보여서 주목해 볼만하다. 우선 동시기의 가집은 물론이고 다른 시기의 어느 가집에서도 볼 수 없던 〈삭대엽〉의 작품 수록 양상을 살펴본다. 『병와가곡집』의 〈삭대엽〉에는 모두 18수가 수록되어 있다.

『병와가곡집』: ⑨ 【#829~846(《삭대엽》)】	
『(서울대본) 악부』	【#433(《율당대엽》), 93(《이삭대엽 본조》), 436·432·435·437 (《율당대엽》), 48(《이삭대엽 본조》), 322(《이삭대엽 무명 씨》)】 ※ 미수록 : 10수
『(가람본) 청구영언』	【348·349· 350·351(《이삭대엽 무명씨》), 554·524(《만대엽 낙희병초》), 677(《낙》), 333(《이삭대엽 무명씨》), 180(《이삭대 엽 본조》)】 ※ 미수록 : 9수
『(김씨본) 시여』	【#91(《이삭대엽 본조》), 359·497·430(《이삭대엽 습유 무명 씨》)】 ※ 미수록 : 14수

『병와가곡집』〈삭대엽〉 소재 작품은 동시기의 가집에서 율당대 엽과 이삭대엽으로 양분되어 있다. 최근의 연구 성과[9]에 의해 삭대 엽은 후대의 율당삭대엽으로 밝혀진 바 있는데, 『병와가곡집』〈삭 대엽〉 소재 작품은 『(서울대본) 악부』의 〈율당대엽〉이나 율당삭대 엽 계열의 악곡으로 수용된다.

율당삭대엽은 이삭대엽과 우롱에서 파생한 변주곡으로 우조 가 곡에서 계면조 가곡으로 넘어가는, 즉 반은 우조이고 반은 계면조 로 된 악곡이다. 율당이란 반엽[밤엿=율당(栗糖)]에서 차용한 명칭 이다.[10] 가집의 체재가 우조와 계면조 위주로 재편된 시점이 19세 기 전반 이후이므로 『병와가곡집』에서는 아직 악조를 구분하지 않 았으나, 〈삭대엽〉의 존재로 인해 악조별 구분 의식이 점차 싹트기 시작했음을 알 수 있다.

반면 『(가람본) 청구영언』과 『(김씨본) 시여』에서는 『병와가곡

---

9 이상원(2014), 앞의 논문, 242~249쪽.
10 송방송(1984), 앞의 책, 423쪽.

집』〈삭대엽〉 소재 작품의 상당수가 〈이삭대엽〉에서 보인다. 추측컨
대 『(가람본) 청구영언』이나 『(김씨본) 시여』는 아직 우조와 계면
조의 구분을 의도하지 않아서 〈삭대엽〉 소재 작품을 〈이삭대엽〉에
수록한 듯하다.

그다음 〈소용〉에는 총 5수의 작품이 실렸는데, 그 중에서 몇 작품
이 동시기의 가집에서도 보인다. 소용은 삼삭대엽에서 파생된 19
세기 전반의 악곡으로 알려져 있다. 즉 기존의 악곡을 새롭게 해석
하여 또 다른 악곡으로 연주되거나 노래한 변주곡이다. 기존의 악
곡에 대한 새로운 해석과 변화된 인식을 보여 준다는 점에서 소용
은 가곡의 발전, 변화상을 상징하는 악곡 가운데 하나로 파악된다.
비록 수록 작품 수는 많지 않지만 악곡과 노랫말의 수록 양상을 살
펴본다.

『병와가곡집』: ⑩ 【#847~851(〈소용〉)】	
『(서울대본) 악부』	【#423·424·426·425(〈소용〉)】 ※ 미수록 : 1수
『(가람본) 청구영언』	【#704(〈소용〉), 653(〈편락병초〉), 495(〈삼삭대엽 낙희병초〉)】 ※ 미수록 : 2수
『(김씨본) 시여』	【#567(〈만횡엽〉)】 ※ 미수록 : 4수

『(서울대본) 악부』의 4수, 『(가람본) 청구영언』의 1수는 『병와가
곡집』〈소용〉 소재 작품이다. 『(서울대본) 악부』는 『병와가곡집』과
일치된 인식을 보여 준다. 해당 작품의 수록 순서까지도 비슷할 뿐

아니라, 새로운 작품의 추록[11]이 확인되어 이채롭게 느껴진다. 추록된 작품은 모두 4수로서 오직 『(서울대본) 악부』의 〈소용〉에서만 보여서 인식에 관한 공감대를 형성하는 단계로까지 나아가지 않은 듯하다.

『병와가곡집』 〈소용〉 소재 작품이 『(가람본) 청구영언』에서 〈소용〉, 〈편락병초〉, 〈삼삭대엽 낙희병초〉로 분류된 것은 악곡에 대한 새로운 해석과 변화의 과정이 단일하지 않았음을 시사해 준다. 그러나 『(김씨본) 시여』는 소용이라는 악곡이 부재할 뿐 아니라, 미수록 작품이 4수나 되어 『병와가곡집』 〈소용〉과의 연관성이 낮아 보인다.

소용은 낯선 악곡이었으리라 짐작되기에 수록 작품 수가 상대적으로 적고, 개별 가집에서의 수록 양상도 두드러져 보이지 않는다. 하지만 소용은 19세기 전반의 새로운 변화상이 반영된 악곡이고, 당대의 가집에 수용되어 해당 작품이 수록되었기에 가곡과 가집사의 전개 과정에서 간과될 수 없다고 본다.

〈소용〉 이후에는 만횡으로 부르던 114수의 작품이 보인다. 〈만횡〉은 〈이삭대엽〉의 763수(68.8%)에는 훨씬 못 미치지만, 그다음으로 많은 작품(10.2%)이 수록된 『병와가곡집』의 중요 악곡 중 하나이

---

11 #427 : "人生이 둘가 셋가 이 몸이 네 닷슷가/ 비러 온 人生이 꿈에 몸 가지고셔/ 平生에 살 일만 ᄒ고 언제 놀녀 ᄒᄂ니."
　#428 : "기러기 플플 다 나라 나이 消息인들 뉘 傳ᄒ리/ 근심이 疊疊ᄒ니 줌이 와샤 꿈을 아니 ᄭ랴/ 내 몸이 져 들 되야 님 겨신 ᄃᆡ 빗최리라."
　#429 : "秋月이 滿庭ᄒᄃᆡ 菊花ᄂᆞ 有意로다/ 香梅花 一枝心은 날 못 이져 퓌ᄂ고ᄂ/ 아마도 傲霜高節은 너 ᄲᆞᆫ인가 ᄒ노라."
　#430 : "大空亭 달 발근 밤의 一尺 端琴 비기 안고/ 任一樂 ᄒ 曲調의 醉ᄒᆞᆫ 슐이 다 쌧거다/ 兒孩야 술 가득 부어아 醉코 놀어 ᄒ노라."

다. 만횡은 일반적으로 가곡창에서 계면 삼삭대엽 후에 부르는 악
곡[12]이라고 본다. 하지만 『병와가곡집』이 편찬된 당대에는 악조별
구분이 일반화하지 않았으므로 악조보다는 악곡과 해당 작품에 집
중하여 살펴본다.

『병와가곡집』: ⑪ 【#852~965(〈만횡〉)】	
『(서울대본) 악부』	【#488(〈농가〉)), 443·434(〈율당대엽〉), 493·499·469(〈농가〉), 441 (〈율당대엽〉), 495·473·460·484·461·490·470·458·464·463·455 (〈농가〉), 355(〈이삭대엽 무명씨〉), 479·457·465·487·456·486· 478·466·459·492·467·497·498·477·472·481·471(〈농가〉), 415(〈삼 삭대엽〉), 480·480·474(〈농가〉)】 ※ 미수록 : 75수
『(가람본) 청구영언』	【#577(〈만대엽 낙희병초〉), 674(〈편락병초〉), 593(〈만대엽 낙희병 초〉), 515(〈삼삭대엽 낙희병초〉), 703·689(〈낙〉), 657·624·607·663 (〈편락병초〉), 522(〈만대엽 낙희병초〉), 683(〈낙〉), 528·529·555·55 6·523·581(〈만대엽 낙희병초〉), 608(〈편락병초〉), 565·594·546·58 3·539(〈만대엽 낙희병초〉), 647(〈편락병초〉), 692(〈낙〉), 587(〈만대 엽 낙희병초〉), 609·628(〈편락병초〉), 570(〈만대엽 낙희병초〉), 62 9·622(〈편락병초〉), 568(〈만대엽 낙희병초〉), 651(〈편락병초〉), 573·589·531·559·538(〈만대엽 낙희병초〉), 619(〈편락병초〉), 537 (〈만대엽 낙희병초〉), 616·614·612(〈편락병초〉), 540·542(〈만대엽 낙희병초〉), 630(〈편락병초〉), 569(〈만대엽 낙희병초〉), 626·625· 644·635(〈편락병초〉), 684(〈낙〉), 603·620·646·668·673(〈편락병초〉), 543·541(〈만대엽 낙희병초〉), 694(〈낙〉), 669·669·666(〈편락병초〉), 571(〈만대엽 낙희병초〉)】 ※ 미수록 : 49수
『(김씨본) 시여』	【#550(〈낙희사〉), 515·494(〈이삭대엽 습유 무명씨〉), 205(〈이삭대 엽 여음〉), 582·558(〈만횡엽〉), 552(〈낙희사〉), 559·560·563·561·58 4·576·575(〈만횡엽〉), 206(〈이삭대엽 여음〉), 585·571·583·587· 579(〈만횡엽〉), 528(〈삼삭대엽〉), 569(〈만횡엽〉), 207(〈이삭대엽 여 음〉)】 ※ 미수록 : 92수

---

12 신경숙(1994), 앞의 책, 62쪽.

『병와가곡집』의 〈만횡〉과 수록 작품에 관한 동시기 가집에서의 인식은 매우 다기한 양상을 나타내고 있다. 『(서울대본) 악부』에서는 만횡을 농가 즉, '농' 계열의 악곡으로 인식하고 있다. 이것은 현행 가곡창의 악곡 체계에 대한 이해와도 유사한 인식이다.[13]

그런가 하면 〈만횡엽〉이 보이는 『(김씨본) 시여』에서는 악곡에 대한 인식을 공유하고 있다. 만횡엽은 만횡의 이칭이다. 만횡은 『(주씨본) 해동가요』, 『(육당본) 청구영언』, 『(국악원본) 가곡원류』 및 동일 계열의 가집[14]에서 보인다. 만횡에 대한 인식은 『병와가곡집』과 공유하지만, 수록 작품 수가 너무 적어 보인다는 것과 『(김씨본) 시여』의 〈낙희사〉 및 〈만횡엽〉에서는 장형 작품(#547~590)만을 수록해 놓았다는 차이점이 존재한다.

수록 작품의 측면에서 『병와가곡집』과 가장 근접한 인식을 보여준 것은 『(가람본) 청구영언』이다. 그 근거로써 첫째 공출작품이 다수라는 사실이 주목된다. 『병와가곡집』〈만횡〉 소재 114수 중에서 65수가 『(가람본) 청구영언』에서 보인다. 『(가람본) 청구영언』에는 『병와가곡집』의 〈만횡〉과 공출하는 65수가 〈만대엽 낙희병초〉에 29수, 〈편락병초〉에 29수, 〈낙〉에 6수, 〈삼삭대엽 낙희병초〉에 1수씩 수록되어 있다. 이것은 만횡을 '낙' 계열의 악곡으로 인식하고 있었다는 뜻이다.

둘째 작품 수록 방식, 작품 유형별 구분 의도를 엿볼 수 있다. 『병

---

13 남창 우조 초·이삭대엽 — 중·평·두거 — 삼삭대엽 — 소용 — 반엽
　　남창 계면조 초·이삭대엽 — 중·평·두거 — 삼수대엽 — 소용 — 얼(旕)·평롱(平弄) — 계·우·얼·편락 — 편삭대엽·얼편 — 태평가 / 여창 …… 남녀 병창 …… 태평가
14 『(육당본· 규장각본· 하합본·장서각본) 가곡원류』

와가곡집』과 마찬가지[15]로 『(가람본) 청구영언』에서도 장형 작품
과 단형 작품의 교차 수록 현상이 자주 보인다.

#연번	작품 유형	#연번	작품 유형	#연번	작품 유형	#연번	작품 유형
522~553	○	554	●	555~557	○	558	●
559~584	○	585~586	●	587~602	○		
603~648	○	649	●	650, 651	○	652	●
653	○						

※ ○ : 장형(=사설시조) 작품 / ● : 단형(=평시조) 작품

[표 IV-4] 『(가람본) 청구영언』 수록 작품의 유형

『(가람본) 청구영언』의 #522~602번 작품은 〈만대엽 낙희병초〉에,
#603~653번 작품은 〈편락병초〉에 실렸는데 악곡 내에서 장·단형의
교차가 10회나 이루어진다. 마치 연속적으로 수록된 장형 작품 사
이사이에다가 단형 작품을 끼워 넣은 듯한 인상을 준다.

〈낙희조〉에는 〈만횡〉 다음으로 많은 104수의 작품이 수록되어 있
다. 낙희조는 '낙' 계열의 악곡으로 낙시조의 이칭이다. 〈낙희조〉의
정체성과 수용 과정에 관한 해명은 선행 연구[16]를 통해 상당 부분
이 밝혀진 상태이다.

---

15 사설시조(#851, 852) → 평시조(#853) → 사설시조(#854) → 평시조(#855) → 사
   설시조(#856) → 평시조(#857) → 사설시조(#858~902) → 평시조(#903~905) →
   사설시조(#906~946) → 평시조(#947) → 사설시조(#948~965)
16 이상원(2014), 앞의 논문, 249~254쪽.

『병와가곡집』: ⑫【#966~1069(〈낙희조〉)】	
『(서울대본) 악부』	【#122·47(〈이삭대엽 본조〉), 151(〈이삭대엽 여항〉), 408(〈삼삭대엽〉), 475·475(〈농가〉), 447(〈율당대엽〉), 173(〈이삭대엽 본조〉)】 ※ 미수록 : 98수
『(가람본) 청구영언』	【#88(〈이삭대엽 본조〉), 652(〈편락병초〉), 552(〈만대엽 낙희병초〉), 697(〈낙〉), 671(〈편락병초〉), 535·602(〈만대엽 낙희병초〉), 615·610(〈편락병초〉), 551·533(〈만대엽 낙희병초〉), 611(〈편락병초〉), 599·597(〈만대엽 낙희병초〉), 505·514(〈삼삭대엽 낙희병초〉), 557(〈만대엽 낙희병초〉), 687·686(〈낙〉), 482(〈삼삭대엽 낙희병초〉), 418(〈이삭대엽 무명씨〉), 154(〈이삭대엽 본조〉), 331·335·353(〈이삭대엽 무명씨〉), 595·527·574(〈만대엽 낙희병초〉), 690·675(〈낙〉), 517(〈삼삭대엽 낙희병초〉), 700·679(〈낙〉), 309(〈이삭대엽 규수〉), 680(〈낙〉), 156(〈이삭대엽 본조〉), 654(〈편락병초〉), 507(〈삼삭대엽 낙희병초〉), 269(〈이삭대엽 여항〉), 645(〈편락병초〉), 676·676·682(〈낙〉), 558·547(〈만대엽 낙희병초〉), 648(〈편락병초〉), 530·562·525·548·600(〈만대엽 낙희병초〉), 618(〈편락병초〉), 561·578·575(〈만대엽 낙희병초〉), 699(〈낙〉), 550·560(〈만대엽 낙희병초〉), 693(〈낙〉), 656·664(〈편락병초〉), 579(〈만대엽 낙희병초〉), 605(〈편락병초〉), 564(〈만대엽 낙희병초〉), 631(〈편락병초〉)】 ※ 미수록 : 39수
『(김씨본) 시여』	【#533·534·547(〈낙희사〉), 555(〈만횡엽〉), 519(〈삼삭대엽〉), 549·542(〈낙희사〉), 39(〈이삭대엽 본조〉), 537·540(〈낙희사〉), 301(〈이삭대엽 습유 무명씨〉), 538(〈낙희사〉), 511(〈이삭대엽 습유 무명씨〉), 546·541·543·548(〈낙희사〉), 180(〈이삭대엽 여음〉), 586·564(〈만횡엽〉)】 ※ 미수록 : 86수

『(서울대본) 악부』는 『병와가곡집』과는 상이한 해석을 보여 준다. 〈낙희조〉의 소재 작품이 〈이·삼삭대엽〉, 〈율당대엽〉, 〈농가〉에서 보여서 악곡에 대한 인식의 편차가 뚜렷하고, 수록되지 않은 작품도 상당히 많다.

『(김씨본) 시여』도 미수록 작품이 많아 보인다. 『병와가곡집』 소재 작품 중 86수가 『(김씨본) 시여』에 실리지 않았다. 하지만 악곡에 대한 인식에서는 어느 정도 일치감이 느껴지고 있다. 낙희사는 낙희조와 마찬가지로 낙시조의 또 다른 이름으로 '낙' 계열의 악곡으로 판명되었다.

낙희조에 관해 『(가람본) 청구영언』은 『병와가곡집』과 공통된 인식을 보여 준다. 『(가람본) 청구영언』〈만대엽 낙희병초〉의 25수, 〈편락병초〉의 13수, 〈낙〉의 13수, 〈이삭대엽 여항〉의 9수, 〈삼삭대엽 낙희병초〉의 5수가 『병와가곡집』〈낙희조〉와의 공출작품으로 확인되며 낙희조와 마찬가지로 '낙' 계열로 인식되고 있다. 미수록 작품도 39수에 불과하여 악곡에 대한 해석과 작품의 수용 양상면에서 『병와가곡집』과의 친연성이 상당히 높아 보인다.

마지막으로 『병와가곡집』〈편삭대엽〉에는 40수의 작품이 수록되어 있다. 편삭대엽은 '편' 계열의 악곡으로 19세기 전반 이후에 편삭대엽과 얼편으로 분화, 정착된다.

『병와가곡집』: ⑬ 【#1070~1109(〈편삭대엽〉)】	
『(서울대본) 악부』	【#496·483·482·489(〈농가〉), 175(〈이삭대엽 본조〉), 438(〈율당대엽〉)】 ※ 미수록 : 34수
『(가람본) 청구영언』	【#567(〈만대엽 낙희병초〉), 621·639·637·633(〈편락병초〉), 532(〈만대엽 낙희병초〉), 638(〈편락병초〉), 549·576·590(〈만대엽 낙희병초〉), 623(〈편락병초〉), 582(〈만대엽 낙희병초〉), 650(〈편락병초〉), 591·545·544(〈만대엽 낙희병초〉), 636·643(〈편락병초〉), 701(〈낙〉), 642·641(〈편락병초〉), 695(〈낙〉), 634(〈편락병초〉), 698(〈낙〉)】 ※ 미수록 : 16수
『(김씨본) 시여』	【#7(〈초삭대엽〉), 551(〈낙희사〉), 192(〈이삭대엽 여음〉), 557(〈만횡엽〉), 454(〈이삭대엽 습유 무명씨〉)】 ※ 미수록 : 35수

전반적으로 『병와가곡집』〈편삭대엽〉 소재 작품에 관한 동시기의 수록 양상에서는 뚜렷한 연관성이 찾아지지 않는다. 비교 대상인 동시기의 가집에서는 편삭대엽이라는 악곡명조차 보이지 않는다. 『(가람본) 청구영언』의 경우가 비교적 유사하다고 할 수 있겠는데, 그 외의 가집에서는 일관된 흐름이 보이지 않는다.

이렇듯 〈삼삭대엽〉이하 부분에서는 기존의 악곡에 대한 새로운 해석과 상이한 인식이 보여서 18세기 후반~19세기 전반의 가곡 문화와 가집사의 다양한 흐름을 가늠해 볼 수 있다. 그리고 이러한 변화 과정 속에서 『병와가곡집』이 보여 준 악곡적 질서가 동시기의 가집과 얼마나 비슷하고, 무엇이 다른지를 알 수 있게 되었다.

지금까지의 논의를 『병와가곡집』의 악곡적 질서가 보여 준 특징을 중심으로 요약하면 첫째, 이미 오랫동안 불려온 악곡에 대한 공통된 인식와 해석의 불일치가 동시에 존재하고 있다는 사실을 알 수 있다.

둘째, 작품의 악곡은 고정불변하지 않고, 그때그때의 필요와 상황에 의해 융통성 있게 적용되었다. 『병와가곡집』의 특정 악곡 소재의 작품이 동시기의 다른 가집에 일괄 수록되지 않은 것은 악곡과 작품의 결합이 유동적이었다는 사실을 알려 준다.

셋째, 18세기 후반~19세기 전반은 여러 가지 변주곡이 출현하고, 다양한 악곡명이 나타난 가집사적의 전환기로 이해된다. 특히 『병와가곡집』의 삭대엽과 낙희조는 이 시기에서만 보이는 낯선 악곡명으로 동시기의 가집에서 또 다른 이름으로 불리기도 했지만, 사실상 동일 악곡으로 19세기 전반 이후에 새로운 '하나'[17]의 악곡명으로 정착된다.

결과적으로 『병와가곡집』은 18세기 후반~19세기 전반 가곡의 발전, 변화의 과정을 동시기의 여러 가집과 더불어 다각도로 실증하고 있기에 가집사적 맥락에서 그 의미와 가치를 구명해야할 가집이라고 판단한다.

3. '수록 작품'의 전승 및 전개 과정

가곡은 시조와 가사와 함께 정가(正歌), 즉 노래로서 이해된다. 노래는 악곡과 노랫말이 어우러지는 것이므로 가곡 악곡의 발전 과정은 곧 해당 노랫말의 전승 및 전개 과정과 조응하기 마련이다. 따라서 지금부터는 『병와가곡집』 수록 작품의 전승 및 전개 과정을 동시기 가집과의 상관성에 유의하여 살펴본다.

효율적인 논의를 위해 공출작품을 중심으로 동시기의 가집 및 수록 악곡과 비교해 본다. [표 Ⅳ-5]는 『병와가곡집』과 동시기 다른 가집의 작품 공출 현황을 종합한 것이다.

---

17 노래에 관한 '하나'의 해석과 합의 과정에 대한 상론은 신경숙(2011), 「18·19세기의 가집, 그 중앙의 산물」, 『조선후기 시가사와 가곡연행』, 고려대학교 민족문화연구원, 169~188쪽에 제시되어 있다.

			『(김씨본) 시여』	『(가람본) 청구영언』	『(서울대본) 악부』
공통 수록 작품	기출 작품		178수 (52.3%)	456수 (80.2%)	301수 (73.5%)
	신출 작품	공동	138수 (40.5%)	105수 (18.4%)	93수 (22.7%)
		단독	24수 (7.0%)	7수 (1.2%)	15수 (3.6%)
합계			340수	568수	409수

[표 Ⅳ-5] 『병와가곡집』과의 작품 공출 현황

『병와가곡집』은 18세기 후반 이전부터 불려진 작품, 즉 기출작품과 편찬 당대의 신출작품을 싣고 있다. 『병와가곡집』 소재 작품은 동시기의 가집에서도 볼 수 있다. 따라서 『병와가곡집』과 동시기의 다른 가집에 공통 수록된 작품의 실상은 결국, 기출작품과 신출작품의 조합이다. 기출작품의 수록은 단순히 기존의 것을 재수록했다는 의미 외에도 작품의 전승 과정을 여실히 나타내기에 좀 더 면밀한 분석과 이해의 과정이 요구된다. 『병와가곡집』의 수록 '작품'과 '작가'를 중심으로 그 의미를 파악해 본다.

1) 작품 수록의 전통 계승

기출작품은 『병와가곡집』뿐 아니라 동시기의 가집에도 다수 수록되어 있다. 18세기 후반~19세기 전반의 가집에서도 기출작품은 쉽사리 찾아지는데, 기출작품의 공출 양상은 『(가람본) 청구영언』과 『(서울대본) 악부』에서 가장 두드러져 보인다. 『(가람본) 청구영

언』소재 작품 중 456수, 『(서울대본) 악부』의 수록 작품 중 301수가
『병와가곡집』에 수록된 기출작품이다. 반면 『(김씨본) 시여』는 최
소인 178수가 실렸다([표 IV-5-1]).

가집명	공통·기출 수록 작품	수록 악곡과 작품 수
『(김씨본) 시여』	178수	〈북전〉1수, 〈초삭대엽〉2수, 〈이삭대엽〉157수, 〈낙희사〉18수
『(가람본) 청구영언』	456수	〈초중대엽〉1수, 〈이중대엽〉1수, 〈삼중대엽〉1수, 〈북전〉1수, 〈이북전〉1수, 〈초삭대엽〉1수, 〈이삭대엽〉313수, 〈삼삭대엽 낙희병초〉39수, 〈만대엽 낙희병초〉52수, 〈편락병초〉38수, 〈낙〉8수
『(서울대본) 악부』	301수	〈초중대엽〉3수, 〈이중대엽〉1수, 〈삼중대엽〉1수, 〈북전〉1수, 〈초삭대엽〉2수, 〈이삭대엽〉248수, 〈삼삭대엽〉10수, 〈소용〉1수, 〈율당대엽〉6수, 〈농가〉28수

[표 IV-5-1] 『병와가곡집』과의 기출작품 공출 현황]

『병와가곡집』과의 기출작품 공출 현황에 의하면 『(가람본) 청구
영언』, 『(서울대본) 악부』의 전편을 통해서 기출작품의 공출이 자
주 보이는 가운데, 특히 〈이삭대엽〉 소재 기출작품의 공출 양상이
가장 눈에 띈다.

『(가람본) 청구영언』, 『(서울대본) 악부』의 〈이삭대엽〉 소재 기출
작품 중에서 상당수가 『병와가곡집』과 공출하고 있다. 『(가람본)
청구영언』〈이삭대엽〉에는 442수가 수록되었는데([표 IV-2] 참고),
그 중에서 313수는 『병와가곡집』에도 공통 수록된 기출작품이다.
『(서울대본) 악부』의 〈이삭대엽〉에는 『병와가곡집』과 공출하는 248
수의 기출작품이 수록되어 있다.

그런데 앞서 확인한 바와 같이 『(가람본) 청구영언』은 동시기의 가집에 비해서 〈이삭대엽〉의 작품 수록 비율이 낮아진 대신, 〈삼삭대엽〉 및 그 이하 악곡의 작품 수가 증가한 양상을 보여 주고 있다. 〈이삭대엽〉의 비중이 낮아진 만큼 수록 작품의 수도 줄어들어야 하는데도 오히려 다수의 기출작품을 싣고 있어서 의아하게 느껴진다. 이렇게 된 원인은 새로운 악곡의 출현에 따른 관심의 이동과 작품 수효의 증가에서 찾아질 수 있다.

이와 관련하여 〈삼삭대엽 낙희병초〉의 39수, 〈만대엽 낙희병초〉의 52수, 〈편락병초〉의 38수, 〈낙〉의 8수가 기출작품이라는 사실이 예사로워 보이지 않는다. 〈삼삭대엽 낙희병초〉 등과 같은 낯선 파생곡이 등장하여 주목을 받게 되면 해당 작품에 대한 수효가 자연스럽게 늘어난다. 그러나 새로운 악곡에 걸맞는 작품을 새로운 작품을 수집 또는 창작할 수만은 없었기에 기출작품으로써 그 수효의 일부를 충당했으리라는 여겨진다.

반면 『(김씨본) 시여』는 수록 작품 수가 적고, 일부 악곡에서는 작품의 부재가 확인된다. 『(김씨본) 시여』에는 총 9개의 악곡이 보이는데, 그 가운데에서 기출작품의 수록이 확인되는 악곡은 5개(〈북전〉, 〈초삭대엽〉, 〈이삭대엽〉, 〈낙희사〉)뿐이다. 혹시 〈삼중대엽〉에 부기된 실전(失傳) 가집에 대한 언급("見靑丘永言")이 사실로 밝혀지면 기출작품의 수가 지금보다는 다소 증가할 수도 있겠으나, 일반적으로 중대엽 계열의 악곡에서는 몇몇 작품이 실렸을 따름이라서 대폭적인 변화는 예상되지 않는다. 다만 〈낙희사〉 소재 20수 중에서 18수가 기출작품이라는 사실은 『(가람본) 청구영언』의 경우처럼 새로운 악곡에 기존의 작품을 얹어 부르던 것이 당대의 보편적인 가창 방식의 하나였음을 보여 주는 사례로서 주목된다.

이것은 18세기 전·중반의 기출작품이 18세기 후반~19세기 전반에
도 여전히 널리 불리고 있었다는 사실, 곧 기출작품의 전승이 어느 특
정 시기의 일부 가집에서만 보이는 특이한 현상이 아니었다는 뜻으
로 기출작품의 수록은 19세기 후반까지으로 중단 없이 이어진다.[18]

2) 새로운 수록 양상의 전개

앞서 확인한 바와 같이 『(김씨본) 시여』는 기출작품의 수록이 활발
하지 않았으나, 신출작품의 경우는 동시기의 다른 가집과 확연히 구분
된다. 『(가람본) 청구영언』, 『(서울대본) 악부』에 비해 『(김씨본) 시여』
와 『병와가곡집』은 신출작품의 공출 양상이 매우 두드러져 보인다.

『(김씨본) 시여』는 무관 출신인 송태운이 1805년에 편찬한 가곡
창 가집[19]으로 전반부에 신출작품을 집중 수록하고 있다. 일반적으
로 가집의 전반부는 변동의 폭이 크지 않은 악곡이 자리하고, 해당
수록 작품도 몇 수에 불과한데 『(김씨본) 시여』에서는 신출작품으
로 대체하고 있다. 요컨대 기존의 악곡에다가 당대의 새로운 작품
을 얹어 부른다는 의미일 것이다.

신출작품의 공출 양상, 즉 신출작품으로서 『(김씨본) 시여』와

18 『(육당본) 청구영언』의 446수, 『(국악원본) 가곡원류』의 304수는 이미 『병와가
곡집』에 수록되었던 기출작품이다.
19 『(김씨본) 시여』에 관하여 이상원(2008-A), 「『시여(김선풍본)의 편찬 체제 및 편
찬 연대」」, 『개신어문연구』27, 개신어문학회, 97~117쪽; 이상원(2008-B), 「『시
여(김선풍본)』의 가집사적 위상」, 『한국시가연구』25, 한국시가학회, 171~195
쪽에서 자세히 다루었다.

『병와가곡집』에 공통 수록된 작품은 모두 138수이다. 그 가운데에서 24수는 그 어느 가집에서도 더 이상 볼 수 없는 것으로 오로지 『병와가곡집』과 『(김씨본) 시여』에만 실려 있는 신출작품이다.

이것은 기존의 가창문화권과는 구분되는 새로운 가창문화권의 존재 가능성, 즉 『병와가곡집』 이후 잘 불려지지 않던 작품을 여전히 애호하던 문화권이 존재했음을 보여 준 것이라고 판단된다. 그런데 이러한 신출작품은 『(김씨본) 시여』 이후의 가집에서 보이지 않는 것으로 미루어 보건대, 그후로는 더 이상 불려지지 않은 듯하다.

가집명	신출·공동 수록 작품	수록 악곡과 작품 수
『(김씨본) 시여』	138수	〈초중대엽〉2수, 〈이중대엽〉1수, 〈북전〉1수, 〈초삭대엽〉2수, 〈이삭대엽〉106수, 〈삼삭대엽〉8수, 〈낙희사〉7수, 〈만횡엽〉11수
『(가람본) 청구영언』	105수	〈이삭대엽〉41수, 〈삼삭대엽 낙희병초〉10수, 〈만대엽 낙희병초〉13수, 〈편락병초〉23수, 〈낙〉17수, 〈소용〉1수
『(서울대본) 악부』	93수	〈이중대엽〉1수, 〈초삭대엽〉1수, 〈이삭대엽〉54수, 〈삼삭대엽〉15수, 〈소용〉3수, 〈율당대엽〉8수, 〈농가〉11수

[표 Ⅳ-5-2] 『병와가곡집』과의 신출작품 공출 현황

신출작품으로서 다른 가집에서는 공출하지 않고, 『병와가곡집』과 특정 가집에서만 공통 수록된 사례를 좀 더 확인해 볼 필요가 있다. 이것은 새로운 작품이 특정 두 개의 가집에 수록된 이후, 더 이상의 전승되지 않았다는 의미로 개별 가집 사이의 친연성을 가늠해 보는데 상당히 유용한 근거가 된다.

가집명	신출·단독 수록 작품	수록 악곡과 작품 수
『(김씨본) 시여』	24수	〈이삭대엽〉23수 : #43, 44, 46, 49, 50, 52, 59, 60, 61, 65, 73, 74, 77, 93, 149, 187, 282, 337, 362, 387, 405, 430, 460 〈낙희사〉1수 : #546
『(가람본) 청구영언』	7수	〈이삭대엽〉4수 : #229, 234, 337, 338 〈만대엽 낙희병초〉1수 : #571 〈편락병초〉1수 : #641 〈낙〉 1수 : #682
『(서울대본) 악부』	15수	〈이삭대엽〉15수 : #79, 80, 81, 82, 83, 230, 237, 238, 239, 240, 241, 242, 243, 354, 370

[표 IV-5-3] 『병와가곡집』과의 신출작품 단독 수록 현황

신출작품의 수록 현황([표 IV-5-3])에 따르면 역시, 24수의 신출 작품이 단독 공출하는 『(김씨본) 시여』와 『병와가곡집』의 친연성 이 가장 높아 보인다. 『(서울대본) 악부』는 상대적으로 신출작품의 공출 양상이 부각되지 않았으나, 『병와가곡집』과 공통적으로 단독 수록된 신출작품이 15수로 적지 않아 보인다.

또한 『병와가곡집』에 수록된 신출작품의 상당수가 동시기의 가 집에서 대부분 〈이삭대엽〉에 배속되었다는 사실도 확인된다. 『(김 씨본) 시여』는 〈낙희사〉에 배속된 1수를 제외한 23수가, 『(서울대 본) 악부』는 모든 작품이 〈이삭대엽〉에 수록되었다.

『병와가곡집』에 수록된 신출작품은 『(가람본) 청구영언』에도 105 수가 실렸는데, 신출작품은 대체로 가집의 후반부에 자리한 악곡 에 집중 수록되었다. 이것은 새로운 악곡과 새로운 작품의 조합으 로서 가집 편찬 당대에 널리 불려지기 시작한 악곡과 새로운 노랫 말에 대한 선호도를 반영한 결과로 이해된다. 신출작품에 국한할 경우, 『(가람본) 청구영언』은 『병와가곡집』과의 공출이 드물지만,

비교적 다양한 악곡에 배속되었다는 특이점이 보인다.

4. '작품의 작가'에 대한 판단

『병와가곡집』 전편에서 보이는 '작품의 악곡'에 대한 구분은 음악적 해석의 결과로 이해되는데, 문학적 의미나 지향에 관한 이해의 정도는 '작품의 작가'에 관한 인식의 여부에 의해서 다르게 나타난다.

동일한 노랫말이더라도 악곡을 달리하여 부르면 색다르게 느껴지듯 작품에 관한 해석은 작가에 대한 인식 여하에 따라 달라질 수 있다. 작가가 밝혀진 작품을 대할 때와 작가 불명의 작품을 접하게 될 때는 감상의 기본 자세부터가 다르기 때문이다. 이와 같은 반응은 감상자의 태도에서 보일 뿐 아니라, 가집의 편찬자라면 누구나 한번은 심사숙고해 볼만한 문제였으리라 생각된다.

편찬자의 입장에서는 작품의 취사선택, 악곡적 배속 못지 않게 "작품의 작가가 누구인가?"를 판단하는 것도 대단히 중요한 문제로 받아들여졌을 가능성이 높다. 다수의 가집에서 작가의 이름과 이력을 병기한 것이나, 『병와가곡집』처럼 작가 소개를 위한 「목록」을 '권수'에 특별히 마련한 것은 작품의 작가에 대한 판단의 중요성이 전제되지 않고서는 성립이 불가능하다.

또한 그것이 결과적으로 "얼마나 사실과 부합했나?"라는 평가로 이어져 문헌적 가치를 가늠하는 척도가 되기도 하므로 『병와가곡

집』소재 작품의 작가에 대한 인식 양상을 살펴서 가집사적 특질과
그 의미를 찾아보기로 한다.

1) 보편적 인식의 확대 과정

『병와가곡집』의 수록 작품 중 과반수 이상은 작가의 이름이 확
인되는, 이른바 유명씨 작품이다. 전체 1,109수 중에서 작가를 밝혀
놓은 작품은 578수(52.1%)이고, 작품의 작가로 총 169명의 인물이
확인된다. 『병와가곡집』은 작품의 작가에 대한 인식을 명확하게
보여 준 가집이다.

작품의 작가에 대한 인식에 주목한 이유로 첫째, "『병와가곡집』
에서의 작가에 관한 인식 양상은 어떠하였고, 그 당시에는 어떻게
받아들여졌는가?"라는 의문점이 있다. 이와 같은 의문점은 누구나
제기할 수 있는 기초적인 수준이라서 전혀 문제시 될 것이 없어 보
이는데, 아직까지도 해명되지 않은 과제로 남겨져 있다.

그동안 『병와가곡집』소재 작품은 많은 주목을 받았지만, 작품
의 작가에 대한 관심으로까지 확대되지 않았다. 다수의 작가가 수
록된데다가 산재하고 있어서 분석이 수월하지 않지만, 『병와가곡
집』의 실상을 파악하는 데 필수불가결해 보인다. 더군다나 작품의
전승 및 수용과 관련하여 해당 작가에 대한 인식을 논외로 할 수 없
고, 가집사적 특질의 파악을 위해서 작품의 작가에 대한 연구가 반
드시 선행되어야 한다.

18세기 후반~19세기 전반은 작품의 작가가 누구인가에 관한 보
편적 인식과 합의가 이루어지던 때로 『병와가곡집』과 '동시대의

가집'에서 작품의 작가에 대한 인식의 일치가 자주 확인된다. 전체
1,109수의 유·무명씨 작품 중 719수(64.8%)[20]에서 일치된 인식이
나타난다. 『병와가곡집』 소재 유명씨 작품 375수(33.8%), 무명씨
작품 344수(31%)가 동시대의 가집들과 인식의 일치를 나타내고
있다.

이렇듯 '동시대의 가집'과 작가에 대한 인식이 일치할 뿐 아니라,
작가가 밝혀진 375수 중에서 214수(57%), 그리고 작가가 누구인지
알 수 없는 344수 가운데에서 286수(83.1%)는 전·후대의 다른 가집
에서도 인식의 일치가 확인된다. 요컨대 『병와가곡집』의 수록 작
품 중 약 절반에 못미치는 500수의 작가에 대한 인식은 시대와 출
전을 불문하고 동일했다는 것이다. 이것은 『병와가곡집』이 작품의
작가에 대한 보편적인 인식을 보여 준 가집이라는 것, 이미 18세기
후반 무렵에는 작가에 대한 일치된 판단이 이루어졌다는 사실을
알려 준다.

하지만 근본적으로 가집별로 작품을 수록하는 기준이 다르기 때
문에 인식의 불일치가 발견되거나, 시간의 흐름에 의해 상이한 양

---

20 #6, 7, 10, 14, 18, 19, 22, 567, 568, 570~573, 575, 577, 578, 582, 586, 590, 591, 592,
595, 597~603, 606~614, 616~622, 624, 628, 629, 630~633, 635, 640~643,
649~651, 653~655, 658, 659, 666, 668, 670, 673, 674, 676, 679, 680, 682~684,
686~688, 690, 691, 697, 700, 703~706, 709, 710, 715, 720, 722, 726, 730, 731, 734,
735, 739, 742, 745, 767, 775, 777, 780, 781, 785, 788~790, 800, 802~804, 807~809,
811, 813~817, 820~822, 824~828, 831, 833~835, 838~841, 843, 845, 847, 848,
850~852, 854~859, 861, 865, 879, 881~884, 886, 887, 889, 891, 895~901, 906~910,
913, 914, 916~920, 922~935, 940, 942, 945, 946, 950, 951, 954~956, 964, 966, 968,
970, 971, 975, 976, 978, 979, 980, 982, 983, 985~987, 989~991, 993, 994, 997, 1001,
1006~1009, 1011, 1016, 1017, 1019, 1021, 1022, 1024, 1026, 1028, 1030, 1032,
1034, 1036~1038, 1041~1044, 1046~1053, 1055, 1057, 1058, 1065~1068, 1071,
1073, 1076~1087, 1090, 1091, 1096~1098, 1103, 1105, 1109

상이 나타나기도 한다. 『병와가곡집』과 동시기의 가집에 모두 실
린 작품, 즉 공통 수록 작품 중 95수(8.5%)에서는 작가에 대한 인식
의 불일치가 발견된다.

동시기의 가집에서 『병와가곡집』의 무명씨 작품을 유명씨 작품
으로 본 것이 17수[21]가 있고, 이와 반대로 58[22]수의 유명씨 작품은
무명씨 작품으로 인식된다. 『병와가곡집』과 상이한 인물로 본 것
은 20수이다.[23]

---

21 #565([김우규]=/『(서울대본) 악부』), 566([김우규]=/『(서울대본) 악부』), 569
([이의현]=/『(가람본) 청구영언』), 647([송이]=/『(가람본) 청구영언』), 727([안
정]=/『(김씨본) 시여』), 772([송이]=/『(가람본) 청구영언』, 773([조윤성]=/『(가
람본) 청구영언』, 779([이정보]=/『(김씨본)』, 784([송이]=/『(가람본) 청구영언』),
793([이정보]=/『(서울대본) 악부』), 794([이정보]=/『(서울대본) 악부』/『(김씨
본) 시여』), 795([이정보]=/『(서울대본) 악부』/『(김씨본) 시여』), 796([이정보]=/
『(서울대본) 악부』/『(김씨본) 시여』), 819([김광욱]=/『(서울대본) 악부』), 977
([반치]=/『(김씨본) 시여』), 1025([채유후]=/『(서울대본) 악부』/『(가람본) 청구
영언』), 1063([이정보]=/『(서울대본) 악부』/『(김씨본) 시여』)

22 #1~3, 16, 25, 27~33, 41, 45, 49, 50, 54, 66, 67, 73, 97, 98, 103, 104, 106, 132, 168,
178, 189, 190, 198, 199, 208, 219, 221, 222, 239, 249, 265, 271, 323, 390, 391, 392,
393, 400, 401, 513, 515, 526, 625, 872, 953, 958, 962, 1003, 1072, 1089

23 #13(=[조식]/ [양응정]=『(가람본) 청구영언』), 34(=[효종]/ [낭원군]=『(서울대
본) 악부』/『(가람본) 청구영언』), 69(=[김일손]/ [이현보]=『(가람본) 청구영언』),
70(=[김종직]/ [이현보]=『(가람본) 청구영언』), 71(=[김굉필]/ [황희]=『(가람본)
청구영언』), 72(=[김굉필]/ [황희]=『(김씨본) 시여』/ [ ]=『(서울대본) 악부』/
『(가람본) 청구영언』), 74(=[김굉필]/ [황희]=『(가람본) 청구영언』/ [맹사성]=
『(김씨본) 시여』), 77(=[박은]/ [송이]=『(가람본) 청구영언』[ ]=『(김씨본) 시여』),
110(=[양응정]/ [김응정]=『(서울대본) 악부』/『(가람본) 청구영언』), 205(=[조
위한]/ [조찬한]=『(가람본) 청구영언』), 255(=[김광욱]/ [정민교]=『(김씨본)
시여』), 336(=[김창흡]/ [김창업]=『(서울대본) 악부』), 337(=[김창흡]/ [김삼
현]=『(가람본) 청구영언』), 339(=[김창흡]/ [김삼현]=『(가람본) 청구영언』),
340(=[김창흡]/ [김삼현]=『(서울대본) 악부』/『(가람본) 청구영언』), 341(=[김
창흡]/ [김삼현]=『(가람본) 청구영언』), 345(=[김창업]/ [석교]=『(가람본) 청
구영언』), 430(=[김기성]/ [김두성]=『(서울대본) 악부』), 431(=[김기성]/ [김두
성]=『(서울대본) 악부』), 468(=[박사상]/ [박문욱]=『(서울대본) 악부』) 표기상
의 차이에 의한 다름이 보이기도 하지만, 현재로서는 정확한 원인을 모두 밝힐

그리고 60수(5.4%)는 작가에 대한 인식이 동시기의 가집에서 모두 일치하지 않고, 일부 가집에서만 『병와가곡집』과의 일치가 확인된다. 이것은 "누구의 작품인가?"에 관한 판단이 상충하고 있다는 사실을 보여 준다. 그러나 전체 작품 수에 비하면 상당히 적은 수치라고 할 수 있다. 동시기의 가집일지라도 작가에 대한 인식은 상이할 수밖에 없었을 것이나, 인식의 차이는 그다지 크지 않았던 것으로 이해된다.

둘째, "18세기 후반 이후, 여러 가집에서의 인식과 『병와가곡집』의 상관성은 어느 정도인가?"라는 문제 제기가 가능하다. 이와 같은 의문점은 『병와가곡집』과 '동시기의 가집' 3종을 제외한 또 다른 개별 가집이나 가집군으로까지 시야를 확대할 때 직면하게 되는 난제이다. 주지하듯 『병와가곡집』 소재 작품은 여러 가집에 두루 실렸는데, 과연 작가에 대한 인식의 측면에서도 다른 가집들과 상관성을 지니면서 오늘날까지도 그 흐름을 이어왔다고 볼 수 있을까?

이러한 의문점에 대한 해답을 찾고자 『병와가곡집』의 작가에 대한 인식 양상을 전·후대의 다른 가집과 비교해 본 결과, 인식의 불일치가 자주 보인다는 특징이 발견된다. 『병와가곡집』 및 동시기의 가집에서 동일 작가로 인식한 375수의 유명씨 작품 가운데서 161수(42.9%)에 관한 상이한 판단이 동시대의 다른 가집에서 보인다. 즉 『(서울대본) 악부』, 『(가람본) 청구영언』, 『(김씨본) 시여』외의 동시대의 다른 가집에서는 『병와가곡집』의 유명씨 작품 중에서

수가 없기 때문에 작가 시비에 관한 문제는 지면을 달리하여 다루고자 한다.

125수가 무명씨 작품으로 수록되었다. 27수[24]에서는 작가가 누구인지 선뜻 판단할 수 없을 정도로 착종되었고, 9수[25]는 또 다른 인물이 작가로 제시되어 있다.

이와 같이 이미 작품의 작가로 밝혀진 인물을 무명씨로 본 것이나, 또 다른 인물의 작품으로 간주한 것은 『병와가곡집』과 상반된 인식이라고 볼 수 있다. 또 다양한 인물이 여러 가집에서 작품의 작가로 등장하고 있다는 사실은 『병와가곡집』에서의 작가 인식을 불확정적인 것으로 보이게 한다.

그리고 『병와가곡집』 및 동시기의 가집에서 무명씨로 파악된 344수 중에서 58수(16.9%)가 동시대의 다른 가집에서는 유명씨 작

---

24 #51(=[이색] ↔ [성혼], [ ])(『병와가곡집』의 #51번 작품의 작가는 이색으로 표기되었는데, 다른 가집에서는 성혼의 작품이거나 무명씨 소작(=[ ])으로 본다는 뜻이다. 지면 상의 한계로 인해 부득이 해당 가집명과 작가명을 온전히 열거하지 못한다. 이하 동일), 64(=[박팽년] ↔ [이개], [최형], [ ]), 68(=[하위지] ↔ [은와당], [ ]), 75(=[이현보] ↔ [교교재], [어부] [ ]), 76(=[이현보] ↔ [어부], [ ]), 78(=[조광조] ↔ [김수렴], [ ]), 82(=[이황] ↔ [이이], [ ]), 94(=[송순] ↔ [정철], [ ]), 157(=[정철] ↔ [백호], [ ]), 184(=[이항복] ↔ [박팽년], [ ]), 185(=[이항복] ↔ [정철], [ ]), 223(=[김상헌] ↔ [소현세자], [ ]), 262(=[김광욱] ↔ [반치], [ ]), 264(=[김광욱] ↔ [반치], [ ]), 269(=[허정] ↔ [허강], [이귀진], [ ]), 335(=[김성최] ↔ [김광욱], [일로당], [ ]), 342(=[이유] ↔ [김류], [ ]), 374(=[박인로] ↔ [이덕형], [ ]), 398(=[조명리] ↔ [김삼연], [ ]), 419(=[이정보] ↔ [우탁], [ ]), 509(=[이중집] ↔ [윤정구], [ ]), 539(=[황진이] ↔ [서익], [허강], [ ]), 543(=[매화] ↔ [황진이], [ ]), 544(=[홍장] ↔ [강릉기], [ ]), 553(=[한우] ↔ [매화], [ ]), 797(=[태종] ↔ [태조], [ ]), 844(=[김육] ↔ [조식], [일로당] [ ])

25 『병와가곡집』 #196(=[임제] ↔ [정철]=/청연), 356(=[박희서] ↔ [박희석]=/청요), 373(=[박인로] ↔ [이덕형]=/청영), 376(=[박인로] ↔ [이덕형]=/원하/청영/화악), 394(=[이재] ↔ [이명한]=/동가/청육), 406(=[장붕익] ↔ [장붕익]=/시가), 410(=[이정보] ↔ [박인로]=/대동/청영), 488(=[김천택] ↔ [은와당]=/청영, 596(=[정철] ↔ [조준]=/원국/원규/원동/원박/원불/원육/원일/원하/원황/청영/청홍/해악/협률/화악)

가의 것으로 인식되기도 한다. 다음의 인용 작품은 『병와가곡집』,
『(서울대본) 악부』, 『(가람본) 청구영언』, 『(김씨본) 시여』에서는 모
두 무명씨 작품으로 파악된 것인데, 또 다른 가집에서는 유명씨 작
품화하여 새로운 인식을 보여 준다.

#8 　碧海 渴流後에 모리 모혀 셤이 되여
　　　無情 芳草은 히마다 푸르러는딕
　　　엇더타 우리의 王孫은 歸不歸 하느니.
[ ]=/가감/가권/가보/가요/가조/가평/교주/근악/금낭/금오/남민/
남상/남전/남태/동가/성악/소우/시권/시만/시미/시박/시박/시여/
시주/악나/여양/여요/여이/원가/원국/원규/원김/원박/원불/원연/
원육/원하/원황/조선/지음/청영/청육/청장/청흥/해가/해수/해악/
협률/흥비 [具容]=/가선/역시/원가/원국/원규/원김/원동/원불/원
서/원연/원육/원일/원증/원하/잡대/잡쌍/해악/해영/협률/화악 [鄭
夢周]/대동/동국/삼가/시재/악고/잡무/잡선/잡장/정가 [曺植]=/
청연

#638 　쑴에 둔이는 길히 즈최곳 날쟉시면
　　　님 계신 窓 밧기 石路ㅣ라도 달흐리라
　　　쑴길히 즈최 업스니 그를 슬허 ㅎ노라.
[ ]=/가감/가보/가선/고금/고명/교주/근악/시권/시미/악나/여양/
여요/여이/영규/원가/원국/원규/원김/원동/원박/원불/원서/원연/
원육/원일/원증/원하/원황/조선/지음/청연/청영/청장/해수/해악/
협률/화악/흥비 [李明漢]=/동국/삼가/청육/

#662 淸溪上 草堂外에 봄은 어이 느졋ᄂᆞ니

　　　梨花白雪香에 柳色黃金嫩 이로다

　　　滿壑雲 蜀魄聲中에 春事ㅣ 茫然ᄒᆞ여라.

[ ]=/가감/가나/가보/가요/고금/교방/교주/근악/금성/금초/남민/
남상/남전/남태/동가/동국/무명/시경/시국/시권/시요/시음/시조/
시주/시철/악고/악나/여양/여요/여이/영류/원국/원규/원김/원박/
원연/원하/원황/잡대/잡쌍/조선/청육/평권/해가/해수/해악/협률/
화악/흥비 [李後白]=/원증 [黃喜]=/대동/시재/악고/악나/원가/원김
/원불/원육/원하/잡무/잡선/잡장/정가/청영/청홍

#698 寂無人 掩重門ᄒᆞᄃᆡ 滿庭花落 月明時라

　　　獨倚紗窓ᄒᆞ여 長歎息 ᄒᆞᄂᆞᆫ 츠의

　　　遠村에 一鷄鳴ᄒᆞ니 ᄋᆡ 긋ᄂᆞᆫ 듯 ᄒᆞ여라.

[ ]=/가감/가나/가보/가요/객악/고금/고명/교주/근악/남민/남상/
남태/대동/방초사서사장/시권/시단/시만/시여/시연/시요/시음/시
주/시철/악나/여양/여요/여이/영규/영류/원가/원국/원규/원김/원
박/원불/원연/원육/원하/원황/잡고/잡장/정가/조사/조선/청영/청
장/해가/해악/협률/흥비 [白蓮香]=/동명 [李明漢]=/동가/악고/원증
/청육

　　#8번은 모두 73종, #638번은 45종, #662번은 65종, #698번은 61종
의 가집에 실려서 오늘날까지 전하고 있는 작품이다. 인용한 작품
들은 상당히 오랫동안 여러 가집에 수록[26]되었는데, 작가에 대한
인식 과정에서 주도적 흐름이 존재한다는 사실을 알 수 있다.

작품의 하단부에 첨부한 개별 가집에서의 인식 양상이 보여 주듯이 인용한 모든 작품은 무명씨 소작으로 파악하는 것이 온당하리라 본다. 일부 가집에서는 인식은 대부분 후대적 양상이거나 예외적인 사례에 해당한다.

그렇다면 지금까지 『병와가곡집』이 보여 준 작품의 작가에 대한 인식은 최종적인 판단 결과에 상당히 근접했다고 생각되고, 작품의 작가에 대한 일반적인 인식으로 보편화될 수 있을 것이다. 그러나 가집사에서 작품의 작가에 대한 시비와 논란이 완벽히 해소되기까지 많은 시간과 노력을 필요로 하였으리라 생각된다.

세 번째는 "다른 가집과 구분되는 『병와가곡집』의 특성은 무엇인가?"이다. 작품의 작가에 대한 인식 차원에서 다른 가집과 차별화된 특징적 양상을 포착할 수 있다면 『병와가곡집』의 개성이 좀더 선명해 질 수 있을 것이다.

『병와가곡집』 소재 작품 중에서 동시기의 가집에 수록되지 않은 것, 즉 미수록 작품은 총 177수로 파악된다. 이것은 전체 작품의 수록 규모로 볼 때 15.9%에 해당하는 수치를 나타내고 있다. 미수록 작품의 수록 사유는 분명치 않아 보이는데, 아무래도 당대에 널리 불렸다기보다는 특정 가창 문화권에서만 선호된 작품이었을 가능성이 높다. 혹은 동시기의 가집에서 찾아볼 수 없던 작품이 특정한 의도나 계기로 인해서 『병와가곡집』에 실리게 되었을 수도 있다.

---

26 김흥규 외 편(2012), 『고시조 대전』 참고.

2) 무명씨 작품의 의미

미수록 작품 중에서 89수가 무명씨의 것이었는데, 『병와가곡집』
의 편찬 당대를 제외한 다른 시기의 대다수 가집에서도 동일 유형
의 작품으로 인식되고 있다. 다시 말하자면 다른 시기의 가집과는
"무명씨 소작"으로 인식의 일치를 보였는데, 오히려 동시대의 가집
과는 상이한 인식을 나타냈다는 것이다.

무명씨 작품으로 파악된 89수 가운데에서 20수는 『병와가곡집』
에서만 무명씨의 것으로 실렸을 뿐, 동시대의 가집에서는 유명씨
의 것으로 파악된다. 나머지 68수는 모든 가집에서 유명씨 또는 무
명씨로 각기 다르게 인식되고 있었다. 그렇다면 『병와가곡집』을
포함하여 모든 가집에 무명씨로 표기된 89수의 작가에 대한 인식
은 확정적이나, 그 외 88수의 작가에 대한 인식은 유동적인 것이
된다.

그런데 이른바 '동시기의 가집'에서 보이지 않고, 오직 『병와가
곡집』에 수록된 작품이 무명씨 소작 위주였다는 것과 작가에 대한
시비를 판가름할 수 없었다는 사실은 무엇을 의미할까? 이것은 동
시기의 가집과는 구분되는 『병와가곡집』의 개성을 나타낸 것이자
개별적 관심사를 반영한 결과라고 생각된다.

『병와가곡집』의 개성 및 개별적 관심사를 입증하는 대표적 근거
로 고유 수록 작품이 있다. 고유 수록 작품은 그 어느 시기의 어떠
한 가집에서도 찾아볼 수 없는, 곧 『병와가곡집』에서의 수록이 확인
된 유일무이한 작품을 뜻한다. 『병와가곡집』에서는 총 58수(5.22%)
의 고유 수록 작품이 보인다. 고유 수록 작품 중 무명씨 작품이 43

수[27]이고, 15수[28]에는 작가명이 병기되어 있다. 고유 수록 작품에 대한 분석을 통해『병와가곡집』의 문헌적 특성이 좀 더 선명하게 드러날 수 있으리라고 본다.

이와 관련하여 이미 김용찬에 의해『병와가곡집』소재 작품의 주제별 분류[29]와 분석이 진행된 바가 있다. 그의 연구에서는『(진본) 청구영언』과 해동가요 계열의 가집에 수록되지 않고,『병와가곡집』에 처음으로 수록된 306수를 검토 대상으로 삼는다. 즉 전대의 가집에서 보이지 않다가 18세기 후반의『병와가곡집』에 수록된 신출작품을 주제적 측면에서 분석하고, 그 문학적 성격을 밝힌 것이다.

---

27 〈삼중대엽〉#11, 〈이삭대엽〉#580, 663, 667, 675, 685, 702, 711, 717, 725, 737, 738, 740, 741, 744, 748~760, 765, 766, 768, 769, 771, 776, 778, 〈삭대엽〉#837, 〈만횡〉#860, 862, 877, 892, 〈낙희조〉#1045, 〈편삭대엽〉#1102, 1108.

28 이삭대엽〉#60(=[김시습]), 220(=[김상용]), 366(=[김태석]), 369(=[김우규]), 371(=[김우규]), 425(=[이정보]), 429(=[조윤형]), 518(=[박도순]), 519(=[박도순]), 520(=[박준한]), 521(=[김상득]), 545(=[옥이]), 561(=[유천군]), 〈만횡〉#866(=[권덕중]), 867(=[박사상])

29 주제별 분류의 결과는 아래의 표와 같다. 김용찬(1998), 앞의 책, 289~305쪽 참고.

주제	작품 수	수록 비율	주제	작품 수	수록 비율
① 강호한정	61(5)	19.9%	⑦ 유락·취락	39(11)	12.8%
② 송축·연군	11(1)	3.6%	⑧ 무상·회고	15(0)	4.9%
③ 윤리·도덕	13(0)	4.2%	⑨ 세태비판	10(1)	3.3%
④ 탄로	7(0)	2.3%	⑩ 생활묘사	3(0)	1.0%
⑤ 애정·그리움	98(21)	32.0%	⑪ 소설수용	20(6)	6.5%
⑥ 성	12(6)	3.9%	⑫ 기타	17(14)	5.6%

※ 괄호 ( ) 안은 사설시조의 수치

[표 Ⅳ-6-1] 『병와가곡집』의 주제 분류 : 신출작품

이 연구 결과에 의하면『병와가곡집』의 신출작품에서는 '강호한 정', '연군', '도덕' 등 사대부들의 미의식과 중세적 관념을 표현한 주제가 줄어든 반면 '성', '취락', '소설수용'처럼 애정이나 그리움에 관한 작품의 수록 비중이 훨씬 높게 나타난다[30]고 한다. 또 주로 사설시조에서 보이던 성과 관련된 주제가 평시조에서도 보인다는 특징이 포착되기도 했다.

이러한 지적은 신출작품을 대상으로 한 결과이지만,『병와가곡 집』의 문헌적 특성을 파악하기 위한 이 글의 목적과 부합하는 만큼 좋은 참고가 된다. 이 글에서는 선행 연구 성과를 참고하여 고유 수록된 것 중에서 무명씨 작품을 대상으로 문학적 성격을 파악한 후, 편찬자에 관해 논의함으로써『병와가곡집』에 관한 이해의 편폭을 좀 더 확장해 보고자 한다. 그동안『병와가곡집』의 문헌적 실상, 즉 보여진 외면을 통해서 편찬자를 추정해 왔는데, 잘 보이지 않는 부분을 주목해 보는 것도 의미 있는 시도라고 생각된다.

고유 수록된 무명씨 작품에 주목한 이유는『병와가곡집』의 문헌적 특성을 보여 주기 때문이기도 하지만, 보다 근본적으로는 편찬자에 관한 추정 근거를 찾아보기 위한 것이기도 하다. 무명씨의 작품인데다가 오직『병와가곡집』에서만 볼 수 있는 것이 고유 수록 무명씨 작품이다. 대체로 무명씨는 "이름을 알 수 없다[실명(失名)]"는 뜻으로 이해되지만, 간혹은 '무제(無題)' 또는 "제목 없는 제목"의 경우처럼 굳이 "남겨 놓지 않은 이름"이라는 관습적 의미로 읽혀질 수도 있다.

---

30 김용찬(2001), 앞의 책, 39~29쪽.

　　실제로 수록 작가의 이름을 분명하게 병기한 가집조차도 보통은 편찬자의 이름은 밝히지 않는다는 관습이 있다. 그 대신 특정 부분이나 가장 후반부에 이름 없는 자작이 집중 수록되는 경향이 있다. 따라서 특정 부분에 고유 수록된 무명씨 작품은 편찬자의 작품일 가능성이 높다고 여겨진다.

　　『병와가곡집』의 고유 수록 무명씨 작품도 특정 부분에서 찾아진다.[31]

　　고유 수록 무명씨 작품은 『병와가곡집』의 전편(《이중대엽》1수, 《이삭대엽》34수, 《삭대엽》1수, 《만횡》 4수, 《낙희조》 1수, 《편삭대엽》2수)에서 보이는데, 《이삭대엽》의 #750번 작품을 앞뒤로 20수 이상이 집중 수록되었다. 이 중에서 #750번 작품부터 760번 작품까지는 고유 수록 작품의 연속 수록이다.

　　〈이삭대엽〉

　　　#755　功盖三分國이오 名成八陣圖 ㅣ 라

　　　　　江이 흐르니 天運도 有定커다

　　　　　千載에 지친 恨은 吳候런가 ᄒ노라.

31　한 가지 더 특이한 것은 『병와가곡집』에서는 고유 수록 작품 이후에 미수록 작품이 모아져 있다는 사실이다. 미수록 작품은 전대의 가집과 공출하는 작품으로 『병와가곡집』에만 수록되고 동시기의 『(김씨본) 시여』, 『(서울대본) 악부』, 『(가람본) 청구영언』에서는 보이지 않는 작품이다. 고유 수록 작품이 『병와가곡집』에서만 불린 것이라고 본다면, 미수록 작품은 그 당대인 18세기 후반에 널리 불리지 않은 18세기 전·중반의 작품이다. 즉 작품의 향유 범위가 좁은 것들이 모아져 있다는 것이다. 이것 또한 가집으로서의 개성과 개별적 관심사를 나타낸 결과로 볼 수 있다.

#756 潁川에 노든 孝子 聖主를 계오 맛나
白河에 用水ᄒ여 曹仁을 놀닉거다
千古에 기친 恨은 徐庶런가 ᄒ노라.

#757 三國의 노든 名士 時運이 不齊턴가
連環計 드린 後에 英主를 계오 맛나 功業을 未建ᄒ여 落鳳
坡를 맛나시니
平生에 未講運籌를 못닉 슬허 ᄒ노라.

#758 兒時제 輕薄 蕩子 ᄌ란 後ᄂ 奸雄首惡
用兵은 彷佛孫吳 才能은 濟世安民
만일에 德行이 兼全턴들 太公望을 브를소냐.

인용한 것은 『병와가곡집』의 〈이삭대엽〉에 수록된 고유 수록 무
명씨 작품 중 일부이다. 인용한 작품은 모두 나관중의 《삼국지연
의》를 모티프로 한 것이라서 '소설수용'이라는 주제를 공유하고 있
다. 인용 작품들은 『병와가곡집』으로의 전승 유형 및 존재 방식이
동일할 뿐 아니라, 그 주제마저도 일치하고 있다. 모든 작품의 주제
가 '소설수용'이었는데, 동일 주제의 작품이 『병와가곡집』에서 자
주 보인다.

#755번은 손권[오후(吳候)]이 유비와 동맹하여 적벽대전에서
조조의 군대를 무찌른 결과, 천하가 삼분되었다는 내용을 담고 있
는 작품이다. #756번은 촉의 모사로서 효심이 깊었던 서서(徐庶)
가 조조의 계략에 빠져 충효의 문제로 갈등하다가 불행한 최후를

맞이했다는 이야기를 작품화한 것이다. #757번은 천운을 만나지도 못하고, 공업을 이룩하지도 못한 채 죽음을 맞이한 촉의 모사인 방통에 관한 작품이다. #758번은 덕행이 부족한 조조를 조롱한 작품이다.

그런데 기존 신출작품의 주제별 분류 결과([표 Ⅳ-6-1])와 비교해 보면, 『병와가곡집』은 주제적 편향성이 느껴질 정도로 몇몇 주제에 관심이 집중되고 있다는 사실을 알 수 있다.

주제	작품 수	수록 비율	주제	작품 수	수록 비율
① 강호한정	3	6.9%	⑦ 유락·취락	2	4.6%
② 송축·연군	1	2.3%	⑧ 무상·회고	3	6.9%
③ 윤리·도덕	1	2.3%	⑨ 세태비판	2	4.6%
④ 탄로	1	2.3%	⑩ 생활묘사	1	2.3%
⑤ 애정·그리움	6	13.9%	⑪ 소설수용	20	46.5%
⑥ 성	1	2.3%	⑫ 기타	1	2.3%

[표 Ⅳ-6-2] 『병와가곡집』의 주제 분류 : 고유 수록 무명씨 작품

『병와가곡집』의 고유 수록 무명씨 작품을 주제별로 분류해 본 결과, '소설수용'이 압도적인 양상으로 나타나고 있다. 이것은 신출작품의 경우와 사뭇 다른 양상으로 특정 주제에 대한 편중 현상을 보여 주고 있다. '소설수용'의 주제로 파악된 작품의 수록 비율(46.5%)이 워낙 높았기 때문인지 그동안 작품을 통해 지속적으로 표출된 주제인 '애정·그리움', '강호한정' '유락·취락'이 차지하는 비율이 전반적으로 모두 감소한 것으로 나타난다.

'소설수용'은 서정적 감수성 위주의 '애정·그리움', '강호한정' '유락·취락' 등에 비해서 일정 수준 이상의 교양이 전제되어야 자유자재로 표현할 수 있는 주제라고 할 수 있다. 위의 인용 작품들만 하더라도 《삼국지연의》나 중국의 역사, 또는 역사적 인물에 관한 기본 지식이 부족한 사람은 이해하기 어려운 것이다.

그렇다면 이러한 주제를 작품화한 작가와 다수의 작품을 『병와가곡집』에 수록해 놓은 편찬자는 어떠한 성향의 인물이었을까? 또 다른 주제에 관한 이해를 통해 의문점을 해소해 보기로 한다.

〈이삭대엽〉

#711　누고 나 자는 窓 밧긔 碧梧桐을 시무도쩐고
　　　月明庭畔에 影婆娑도 됴커니와
　　　눌 向흔 깁흔 시름에 흔숨 게워 ᄒ노라.

#717　들은 붉고 ᄇ름은 춘듸 밤은 길고 잠 업시라
　　　녯 스름 이르기를 相思곳 ᄒ면 病 든다 흔듸
　　　病 드러 못 살 人生이니 그를 슬허 ᄒ노믜라.

#744　初更 末에 翡翠 울고 二更 初에 杜鵑이로다
　　　三更 四五更에 우러 네는 져 鴻雁아
　　　너희도 날과 ᄀ도다 밤 시도록 우느니.

인용한 작품의 공통 주제는 '애정·그리움'으로 수록 비율(13.9%) 이 '소설수용' 다음으로 높다. 하지만 '소설수용'에 비해 상대적으로 수록 비율이 매우 낮아 보인다. 신출작품의 경우와 비교해 보더라도 '애정·그리움'을 나타낸 작품의 수록 비율이 대폭 감소(32%→13.9%)한 사실이 확인된다.

'애정·그리움'은 '강호한정'과 더불어 시조사 및 가집사의 추이를 가늠하는 척도로 인식되는 대표적 주제이다. 일반적으로 18세기 전·중반 이후는 '강호한정' 등과 같이 사대부의 미의식이나 관념을 표상하는 주제는 점차 감소한 반면, 특히 남녀간의 '애정'이나 '성'과 관련된 주제가 증가한다고 본다.[32] 그리고 작품의 주제별 수록 비율의 증감 양상은 18세기 전·중반의 가집과 그 이후 가집의 대비에 의해 확증된 사실로 받아들여지고 있다.

『병와가곡집』의 신출작품을 대상으로 한 주제별 분류에서도 '애정·그리움'이 '강호한정'의 수록 비율을 상회하여 가집사적 흐름과 일맥상통한다. 하지만 고유 수록 무명씨 작품 중에서는 '애정·그리움'의 수록 비율이 대폭 감소하여 시조사나 가집사의 보편적인 흐름과 상반된 수록 양상을 보여 주고 있다. 뿐만 아니라 수록 작품의 실제 표현 또한 "(임을)向한 깊은 시름에 한숨"(#711)을 짓는다거나, "相思 病이 들어" "슬퍼하"(#717)며 "밤 새도록 운"(#744)다고 하여 이루어지지 못한 사랑에 대한 애절함과 그리움이 느껴질 따름이다.

인용 작품은 '애정·그리움'이 수동적 관점에서 형상화한 것으로

---

32 고미숙(1993), 「19세기 시조의 전개양상과 그 작품세계 연구: 예술사적 흐름과 관련하여」(고려대학교 박사학위논문); 김흥규·권순회(2002), 『고시조 데이터베이스의 계량적 분석과 시조사의 지형도』(고려대학교 민족문화연구원); 김흥규(2006), 『고시조 내용소의 분포 분석과 시조사적 고찰』(고려대학교 민족문화연구원) 참고.

18세기 후반~19세기 전반의 일부 '애정' 관련 작품에서 나타나는 격렬한 감정의 직설적 표출이나 노골적 성 묘사는 전혀 보이지 않는다. 과장된 표현이 없기 때문에 오히려 더욱더 현실감 있게 다가오며, '애정'의 성취를 위한 과도한 움직임 대신 애타는 마음을 솔직하게 표현하고자 한 듯하다.

반면 '강호한정'을 주제로 한 작품은 누구나 이해할 수 있는 메시지를 담고 있으나, 누구라도 공감할 만한 특별한 감흥은 느껴지지 않는다. 수록 작품의 수나 그 비율(6.9%)도 다른 주제와 큰 차이가 없어서 보여서 주제적 관심의 측면에서 다소 소홀히 여겨진 듯도 하다.

〈이삭대엽〉

　#737　밧 フ라 消日ᄒ고 藥 키여 봄 지나거다
　　　　有山 有水處에 任意로 逍遙ᄒ니
　　　　아마도 榮辱 업슨 몸은 나 ᄲᅮᆫ인가 ᄒ노라.

　#738　뇌 집이 幽僻ᄒ니 塵喧이 아조 업다
　　　　溪山은 울이오 花鳥ᄂᆫ 벗이로다
　　　　잇ᄯᅡ감 吟詠風月ᄒ고 弄絃琴을 ᄒ리라.

　#740　鑿井飮 耕田食ᄒ고 探於山 釣於水ㅣ라
　　　　含哺鼓腹ᄒ며 擊壤歌 노릭ᄒ니
　　　　아마도 唐虞 世界를 비쳐 본 듯 ᄒ여라.

인용한 3수가 '강호한정'을 표출한 고유 수록 무명씨 작품의 전부에 해당한다. 모든 인용 작품에서의 '강호'는 단지 작품의 배경에 불과한 추상적 공간이고, '한정'은 마음 속에 품고 있던 소망으로 읽혀진다. 그런데 그 실제 공간은 강호보다는 전가[33]에 가까워 보여서 풍요로움과 자족감이 가득한 전원 생활의 즐거움을 표현하고자 했음을 알 수 있다.

#737번은 농삿일로 정신없이 봄날을 지내고, 모처럼 찾아온 여유를 맛본 화자의 자족감을 표현한 작품이다. 망중한이 선사한 잠시 동안의 여유와 기쁨이 세상사의 영욕을 잊게 만든 것으로 농부인 화자에게 '한정'은 언제나 허락된 것이 아니었다.

#738번은 깊은 산속에서 세상사를 잊고 자연과 더불어 살면서 즐겁게 노래 부르겠노라고 다짐한 작품이다. 화자의 현재 심정과 현실, 포부가 초 → 중 → 종장에서 순차적으로 보인다. 그러나 시적 공간은 매우 추상적으로 설정되었고, 그 대상은 관념적으로 느껴질 따름이라서 진솔함이 느껴지지 않는다.

#740번에서도 자연 속에서 태평성대를 구가하며 넉넉한 삶을 살아간다고 했지만, 실질적 의미가 구체적으로 추측되지 않을 정도로 추상적·관념적인 표현으로 일관하고 있다.

이상의 인용 작품은 세상사를 잊고 태평스러운 공간에서의 흥취를 만끽하며 살아 가고 있는 화자의 긍정적 생활 태도가 강조되어서 18세기 중·후반 가창자의 작품에서 형상화된 전가의 정경이 연상된다. 인용 작품에서는 '혼탁한 정치현실'과 '청정한 강호자연'

---

33 권순회(2000), 「전가시조의 미적 특질과 사적 전개 양상」, 고려대학교 박사학위 논문, 110~123쪽.

이라는 이분법적 구도나, 현실과 전가적 삶 사이의 심리적 갈등은 전혀 보이지 않는 대신 추상적·관습적 표현이 두드러져 보인다. 이름 모를 작가의 체험이나 속마음은 반영되지 못한 채, 상징적 이미지를 차용하여 작품화한 것이기에 '강호한정'의 본뜻과는 거리감이 느껴진다.

이와 같이 매우 소극적이면서도 추상적으로 표출된 '애정·그리움', '강호한정'은 동시대의 가집과 신출작품이 보여 준 면모와 상반된 양상을 나타내고 있다. 또한 수록 비율의 감소 폭이 너무 크기 때문에 '소설수용' 외에는 별다른 관심이 없었던 듯한 인상을 준다.

고유 수록 무명씨 작품의 수록 양상과 그 의미를 종합해 보건대, 『병와가곡집』은 사대부가의 인물로서 식자층이었으리라고 생각된다. 이것은 『병와가곡집』이 《삼국지연의》를 수용한 작품의 보고로 여겨질 정도로 '소설수용'의 주제가 압도적인 수록 비율이라는 사실, 단 하나만 보더라도 어느 정도의 추정이 가능하다. 그리고 상대적으로 확연히 줄어든 '애정·그리움'에 관한 소극적 표현, 긍정적인 세계관을 추상적으로 보여 준 '강호한정' 주제 관련 작품은 편찬자의 성향을 파악하는 데 유용한 시사점을 주고 있다.

이와 더불어 『병와가곡집』의 문헌적 특성까지 감안하면 편찬자에 대한 또 다른 추정 근거가 마련될 수 있지 않을까 생각한다. 예컨대 가집과 금보를 위시하여 각종 문헌과 전승 작품을 적극 활용하여 『병와가곡집』의 체재를 구성한 사실, 기존 문헌 및 작품을 무분별하게 수용하지 않고 취사선택한 것, 작가 고증을 통해 새로운 작가을 발견하거나 재조명한 일도 편찬자에 관한 추정 근거[34]로서 지목될 수 있다.

---

34 『병와가곡집』의 고유 수록 유명씨 작품의 작가 ― 김상득, 박준한, 권덕중, 박사상, 박도순, 강강월, 송대춘, 유세신 등 ― 는 편찬자와 교유했으리라 추정된다. 이 중에서 권덕중과 유세신은 가창자로, 강강월과 송대춘은 기녀로 알려진 인물이다. 특정 인물들 사이의 관계에 관한 좀 더 구체적인 논의가 잇따라야 할 것이다. 김용찬(1998), 앞의 책, 283~289쪽.

『병와가곡집』의 가집사적 위상

『병와가곡집』은 18세기 후반 가곡 문화의 종합·보고로서 조선 후기 가집사의 변화·발전상을 여실히 보여 준다. 『(진본) 청구영언』과 해동가요 계열의 가집, 『어은보』를 비롯하여 당대의 각종 금보에 깃든 18세기 전·중반의 가곡 문화가 『병와가곡집』의 편찬 양상에 잘 반영되어 있다. 조선 후기 가집사의 변곡점에 『병와가곡집』이 자리하고 있다고 해도 과언은 아니고, 그것이 시사하는 바 또한 적지 않아 보인다. 18세기 후반은 그 어느 시기보다도 가곡 및 가집사의 변화·발전상이 돋보이기 때문에 『병와가곡집』은 더욱더 새롭게 재조명되어야 하고, 문헌적 실상에 관한 올바른 이해가 요구된다.

그동안의 연구 결과를 종합한 서지적 분석에 따르면 지금의 『병와가곡집』은 최소 3인 이상의 필사자에 의해 완성된 18세기 후반의 전사본이다. '초고본 → 개수본 → 전사본'으로의 문헌 전승을 통해서 『병와가곡집』이 이루어진 것이다. 따라서 『병와가곡집』은 특정 시점에 특정인이 독자적으로 편찬한 것이 아니라, 수십 년 동안 여러 사람의 수고에 힘입어서 지금의 모습을 갖추어 나아간 최종 결과물이라고 볼 수 있다.

『병와가곡집』이 18세기 후반 가곡의 종합·보고인 이유는 바로 이와 같은 문헌 전승 과정이 가집의 편찬 양상을 통해 잘 나타나 있고, 그 결과로 인하여 18세기 후반 가곡의 다채로운 변화·발전상이 확인되기 때문이다. 이러한 사실은 『병와가곡집』 전편에서 보이는데, 인용 작품의 주요 내용과도 일치하고 있다. 다음의 인용 작품은 『병와가곡집』의 〈이삭대엽〉과 〈편삭대엽〉에서 수록된 것이다.

〈이삭대엽〉

#250 步虛子 못츤 後에 與民樂을 니어 ᄒ니
羽調 界面調에 客興이 더 어셰라
아희야 商聲을 마라 히 져믈가 ᄒ노라.[1]

〈편삭대엽〉

#1092 노ᄅᆡ ᄀᆞᆺ치 조코 조흔 거슬 벗님ᄂᆡ야 아돗던가
春花柳 夏淸風과 秋月明 冬雪景에 弼雲 昭格 蕩春臺와 南北 漢江 絶勝處에 酒肴 爛慢ᄒ듸 조은 벗 가즌 嵆笛 알릿ᄯᅳ온 아모가이 第一 名唱드리 ᄎᆞ례로 안자 엇거러 불너 ᄂᆡ니 中大葉 數大葉은 堯舜 禹湯 文武 ᄀᆞᆺ고 後庭花 樂戲調ᄂᆞᆫ 漢唐宋

---

1 이 작품의 한역시("步虛子將関, 與民樂繼奏. 羽調界面調, 客興添. 莫彈商聲, 恐歲暮.")가 『(진본) 청구영언』에서 보인다.

이 되여 잇고 騷聳이 編樂은 戰國이 되여 이셔 刀槍 劍術이
各自 騰揚ㅎ야 管絃聲에 어릭엿다
功名과 富貴도 닉 몰닉라 男兒의 豪氣를 나는 됴하 ㅎ노라.

인용한 두 작품은 모두 조선 후기 가곡의 연창 방식에 관한 것인
데, 『병와가곡집』의 편찬 양상에서 포착된 문헌적 특성을 잘 나타
내고 있다. 『병와가곡집』의 편찬 양상에 초점을 맞춰 인용 작품을
살펴보면, '권수'의 구성 방식과 본문의 악곡적 질서처럼 18세기 후
반 가곡 문화의 다채로운 양상이 확인된다.

#250번은 '권수'의 「보허사」, 「여민락 10장」과 가곡의 악곡명, 그
리고 오음의 성형이 연상되는 작품이다. '권수'는 본문에 비해서 소
홀히 다루어졌거나, 그 의미가 반감되어 『병와가곡집』의 실상을
파악하는 데에 특별한 역할을 하지 못한 것으로 간주되기도 했다.
하지만 인용 작품이 시사하듯 '권수'는 18세기 후반 가곡 연창의 실
질을 반영한 기록이자, 동시기의 가집에서 볼 수 없는 『병와가곡집』
의 독자성을 실증하는 근거가 된다.

#1092번은 〈편삭대엽〉에 배속된 작품으로 『병와가곡집』의 체재
및 악곡적 질서를 제시하고 있다. 『병와가곡집』의 본문이 중대엽
계열~편삭대엽의 순으로 구성된 것처럼 이 작품에서도 당시의 "第
一 名唱"들이 편가 형식("엇거러 불너")으로 부르던 각종 악곡명
("중대엽 → 삭대엽 → 후정화 → 낙희조 → 소용 → 편락")이 순차
적으로 보인다. 비록 해당 악곡의 풍도와 형용이 일치하지는 않으
나, 『병와가곡집』의 특성으로 손꼽히는 특정 악곡("삭대엽, 낙희
조, 편삭대엽[편락(編樂)]")에 관한 언급도 빠트리지 않았다.

　#250, 1092번은 조선 후기의 가곡과 음악사의 다채로운 전개 양상을 보여 준 대표적 작품으로 여겨지는데, 『병와가곡집』은 한층 더 광범위하면서도 구체화된 기록을 통해서 그 실상을 보여 주고 있다.

　『병와가곡집』의 전체적인 구성, 즉 '권수'와 본문으로 이루어진 것은 가곡의 음악과 노랫말의 조화를 추구하고자 한 편찬 의도가 반영된 결과이다. 이것은 '권수' 하단의 "노래와 음악은 하나"라는 인식과 "평소 (금보에서) 보고 (내가) 들은 것"을 기록한 사실로부터 쉽사리 짐작된다. 그 결과, 지금의 『병와가곡집』은 가곡의 연창 방식이 반영된 '권수'와 가곡의 악곡 및 노랫말, 작가가 수록된 본문으로 양분하여 그 의미를 살펴볼 수 있다.

　'권수'와 본문의 조합은 작품 위주로 구성된 동시기의 가집과 구분되는 『병와가곡집』의 특성으로서 18세기 후반의 가곡에 관한 다양한 인식을 보여 준다. '권수'의 구성은 금보의 편제로부터 많은 영향을 받았으나, 실제 내용은 가곡의 연창에 관한 것이 대부분을 차지하고 있다. 특히 '권수'의 〈전·중반부〉는 김성기의 『어은보』·『낭옹신보』, 양덕수의 『양금신보』에서 보이는 편제 구성과 상당히 유사하다. 거문고 연주에 소용된 가곡의 악곡, 영산회상 악곡, 환입 형식, 낙시조 등의 곡명과 오음, 거문고 관련 악론은 금보의 수용을 보여 준 사례로서 파악된다.

　당대의 금보로부터 많은 영향을 받아 '권수'를 구성하되, 『병와가곡집』은 악보에서 볼 수 없는 기록을 추가하는 한편, 새로운 관심사나 또 다른 의중을 반영해 놓기도 하였다. 「우조 보허사 8편」, 「여민락 10장」 등의 노랫말과 『양금신보』와 『시전집주』의 일부분을 차용한 악론은 또 다른 금보나 어느 가집에서도 찾아볼 수 없는 『병와가곡집』의 특성이라고 여겨진다.

〈중·후반부〉의 목록은 『(주씨본) 해동가요』의 선례를 확대, 발전시킨 양상으로 작가적 관심과 고증 의도를 반영한 것이다. 특히 삼국시대~선초의 인물이나, 그동안 잘 알려지지 않았던 작가를 소개한 것은 작가층의 확대와 더불어 『병와가곡집』이 최다수의 작품을 수록할 수 있었던 원인 중 하나가 된다.

본문은 18세기 후반 가곡 문화의 다양성을 보여 준 새로운 가집으로서 『병와가곡집』의 위상을 돋보이게 한다. 이것은 『병와가곡집』이 18세기 후반 가곡 문화의 다양성을 보여 주었을 뿐 아니라, 독자적 개성을 지닌 가집으로서의 위상을 더욱 확고히 해 준다. 물론 다양성과 개성의 공존이 몇몇 가집의 경우에 국한된 특수성은 아니지만, 『병와가곡집』은 그 정도나 적용 범위가 다른 가집과 현저한 차이를 보이기 때문에 더욱더 특별한 의미를 지닌 것으로 여겨진다.

『병와가곡집』의 수록 작품 수는 조선 후기의 가집사에서 전무후무한 것으로써 18세기 후반은 이미 다양한 가곡 문화가 공존하고 있었다는 사실을 전제로 한다. 이것은 『병와가곡집』의 수록 작품과 작가의 수가 『(진본) 청구영언』과 『(주씨본) 해동가요』의 총합을 상회한다는 것, 다수의 공출작품이 동시기의 가집에서 보인다는 사실로 인하여 충분히 짐작이 가능하다. 요컨대 『병와가곡집』은 18세기 후반까지 이루어진 가곡 문화의 다층적 국면을 본바탕으로 삼는 최종 결과물이라고 생각된다.

최다수의 작품을 수록하되, 무작위로 수집한 것이 아니라 취사선택하고자 한 의도를 간파할 수 있기에 18세기 후반의 새로운 가집으로서 『병와가곡집』의 독자성이 좀 더 분명하게 드러날 수 있었다고 본다. 작품의 취사선택 기준은 단일하지 않았는데, 조선 후기의 대표적 다작 작가로 알려진 정철과 윤선도 작품의 경우는 개인 문집과 가첩을 직접 구득한 것으로 파악된다. 반면 김천택과 김수장은 『병와가곡집』이 『(진본) 청구영언』과 『(주씨본) 해동가요』로부터 직·간접적으로 많은 영향을 받았음에도 불구하고, 작품의 전승 과정이 보편적이지 않았다는 이유로 인해서 수록되지 못했다.

그리고 악곡의 음악적 해석을 달리한다든가, 노랫말의 음악적 배속이 다른 것, 새로운 악곡의 출현과 신출작품의 수록은 18세기 후반의 다변화된 가곡 문화를 확연히 보여 준 사례에 해당한다. 그 외에도 본문 곳곳에서 작가에 관한 고증, 〈삼삭대엽〉 이하의 낯선 악곡들, 고유 수록 무명씨 작품 등 『병와가곡집』만의 독자적 개성을 나타내는 사례가 자주 확인된다.

이상과 같이 다채로운 양상이 확인되고, 다른 가집에서 볼 수 없는 특이 사례의 존재가 확인된다는 사실은 『병와가곡집』의 가집사적 위상을 실증하는 좋은 근거가 된다.

결론

이 글에서는 18세기 후반의 가집으로 알려진 『병와가곡집』의 편찬 양상을 구체화하여 문헌적 특성을 파악한 후, 가집사적 맥락에서 그 위상을 드러내 보이고자 하였다.

『병와가곡집』은 18세기 후반 가곡의 종합·보고로서 조선 후기 가집사의 변화, 발전상이 잘 반영된 가집이다. 따라서 『병와가곡집』의 전편에서 확인되는 체재의 구성, 가곡의 악곡과 노랫말, 작가의 수록 양상 등은 가집사적 모색을 위한 우선 검토 대상으로서 정밀한 분석 과정이 필요해 보인다.

연구 대상으로서 『병와가곡집』은 작품의 수록 규모가 방대할 뿐 아니라, 매우 복합적인 독특한 구성 방식을 지녔기 때문에 다각적인 분석이 요구된다. 『병와가곡집』은 가집이지만 금보를 비롯하여 각종 문헌과의 연관성이 두드러지고, 다수의 가집에 중복 수록된 공출작품이 실렸으나 독자적 성격을 지니고 있다. 무엇보다도 노래로서의 가곡에 관한 폭 넓은 인식을 보여 주었기 때문에 이 글에서는 그 실상에 부합하는 연구 자세를 견지하며 실증적 분석을 시도하였다.

하지만 아직까지도 『병와가곡집』의 실상을 온전히 드러내지 못한 연구자로서의 역량 부족을 절감하면서 지금까지 논의한 결과를 요약·제시한 후, 앞으로의 연구 과제를 제시하는 것으로 결론을 대신하고자 한다.

제Ⅱ장은 『병와가곡집』의 문헌 정보와 수록 내용을 중심으로 편제를 개관하여 전반적인 이해를 도모하는 한편, 앞으로의 논의에서 간과될 수 없는 기본 전제와 몇 가지의 중요 사실을 확인하였다.

『병와가곡집』은 18세기 후반의 단권 필사본으로 편찬자 미상의 가곡창 가집이다. 그러나 아직도 기본적인 서지사항인 자료 유형, 서명, 편찬자 등 문헌 정보에 관한 오해가 상존하여 전면 재검토한 결과, 『병와가곡집』은 "병와 이형상의 가문에서 소장해 온 가곡집"이라는 사실, 그리고 지금의 가집은 전사본일 가능성이 매우 높아 보인다는 추론의 근거를 제시하였다. 즉 지금의 『병와가곡집』은 '초고본' 이후로 축적된 가곡 문화가 후대인들의 증보 과정을 통해 종합된 '개수본'을 18세기 후반의 몇몇 사람이 최종적으로 필사한 '전사본'이다.

수록 내용은 '권수'와 본문에서 살펴볼 수 있는데, 특히 음악으로서의 악곡과 작품으로서 노랫말의 조화를 추구했다는 사실을 확인하였다. 전체적으로 『병와가곡집』은 『(진본) 청구영언』, 『(주씨본) 해동가요』로부터 많은 영향을 받았는데, 당시의 문헌에서 흔히 볼 수 없던 작품과 의외의 기록을 자주 접할 수 있다. 기악곡인 「영산회상」과 「보허사」, 향악곡인 「여민락」의 노랫말은 금보와 가집에서 찾아볼 수 없는 작품이다. '권수'의 목록과 본문에 수록된 삼국시대~선초 작가의 작품은 가곡의 연창에 관한 기본 소양, 작가적 관심, 고증 등의 명백한 논거가 바탕이 된 합리적인 추론의 결과였다고 생각된다.

제III장에서는 『병와가곡집』의 편찬 양상을 '권수'와 본문으로 나누어 살펴보았다. '권수'는 가곡 연창의 실질이 반영된 부분으로 전반적인 구성면에서는 금보와의 연관성이 두드러져 보인다. 하지만 실제 내용은 가집으로서의 면모가 강조되어 18세기 전·중반의 대표적 가집인 『(진본) 청구영언』, 『(주씨본) 해동가요』의 선례를 적극적으로 수용하였다.

'권수'는 『어은보』, 『낭옹신보』, 『양금신보』로부터 직접적인 영향을 받은 〈전·중반부〉와 『(주씨본) 해동가요』의 「작가제씨」에 착안한 「목록」이 수록된 〈중·후반부〉로 나누어진다. 하지만 『병와가곡집』은 구성 방식의 유사성에 불구하고, 그 내용이 상이하여 기존 문헌에서의 기록과는 확연히 구분된다.

본문에는 총 1,109수의 노랫말이 모두 13개의 악곡에 배속되어 18세기 후반 가집사의 일국면을 살펴볼 수 있다. 『병와가곡집』은 조선 후기의 가집 중에서 최다수를 수록한 가집이자, 18세기 후반 가곡 문화의 종합·보고로서의 문헌적 특성을 지닌다. 『병와가곡집』에 1,109수에 이르는 방대한 작품이 수록된 것은 18세기 후반의 가곡 문화가 그만큼 다양하게 확대, 발전해 왔음을 보여 준 것이다.

　『병와가곡집』에 수록된 삭대엽, 낙희조와 같은 악곡은 18세기 중반 이후에 출현한 새로운 곡[신곡(新曲)]으로 가곡의 음악적 발전상을, 기존의 악곡[구곡(舊曲)]에 새롭게 수록된 다수의 작품은 음악적 재해석의 결과로서 가곡의 변화상을 보여 주고 있다. 이렇듯 『병와가곡집』은 가곡의 변화, 발전상이 현저할 뿐 아니라, 동시기의 가집과 구분되는 개별 문헌으로서의 독자성을 동시에 지니고 있다.

　제Ⅳ장은 『병와가곡집』의 가집사적 특질을 파악하고자 동시기의 『(김씨본) 시여』, 『(가람본) 청구영언』, 『(서울대본) 악부』를 주요 비교 대상으로 선정한 후, 공출하는 '작품의 악곡', '수록 작품', '작품의 작가'에 관한 인식 양상과 해석의 방향에 관하여 논의하였다. 그 결과, 『병와가곡집』 본문의 전반부에 자리한 '작품의 악곡((초중대엽)~(초삭대엽))'에서는 상이한 인식과 해석이 두드러지나, 중반부의 악곡((이삭대엽), (삼삭대엽))에 관한 이해는 동시기의 가집과 동일한 것으로 파악된다. 특히 당대의 인기곡인 이삭대엽와 삼삭대엽의 해석에서 동시기의 가집과 높은 일치도를 보인 데 반해, 초·이·중대엽과 북전·이북전에 대한 인식 양상은 매우 달라 보인다는 특징이 포착된다. 이것은 『병와가곡집』이 금보로부터 영향을 받은 까닭에 고조(古調)에 대한 관심이 여전히 높았을 뿐 아니라, 그 당대의 시조(時調)도 선호했다는 사실을 실증한다.
　본문의 후반부에 자리한 대부분의 악곡은 그동안 잘 불려지지 않던 낯선 악곡이라서 새로운 해석이 이루어진 것으로 파악된다. 특히 그 가운데에서 삭대엽, 낙희조, 편삭대엽에 대한 인식의 차이가 분명히 드러나서 18세기 후반의 새로운 가곡에 대한 수용 및 이해 수준이 천차만별이었음을 알 수 있다.

'수록 작품'의 전승과 관련해서는 동시기의 가집과 공출하는 기출작품, 즉 일찍이 『(진본) 청구영언』과 『(주씨본) 해동가요』에 수록되었던 작품으로 『병와가곡집』과 동시기의 가집에 중복 수록된 작품과 신출작품을 집중적으로 분석해 보았다. 신출작품은 18세기 전·중반의 가집에서 보이지 않다가 18세기 후반부터 비로소 가집에 실리게 된 것이다. 이것은 작품의 전승 및 존재 양상에 의한 구분으로써 18세기 후반에 최초 창작된 작품뿐 아니라, 18세기 전·중반의 것이더라도 『(진본) 청구영언』과 『(주씨본) 해동가요』에 실리지 않은 미수록 작품이 포함된다.

기출작품의 공출 양상은 동시기의 『(가람본) 청구영언』과 『(서울대본) 악부』에서 두드러져 보이는데, 이것이 동시대는 물론이고 후대의 다른 가집으로까지 전승된 사실이 확인된다. 『(김씨본) 시여』는 기출작품의 공출 양상은 미약해 보이지만, 신출작품의 경우는 다른 가집과의 비교가 무의미할 정도로 『병와가곡집』과의 연관성이 굉장히 높아 보인다. 이러한 제양상은 『병와가곡집』이 당대까지 불려진 가곡의 종합·보고라는 사실을 다시금 각인시켜 준 것이라고 생각된다.

『병와가곡집』은 '작품의 작가'에 관한 판단을 기준으로 유명씨 작품과 무명씨 작품으로 나누어진다. 그런데 『병와가곡집』은 유명씨 작품이 578수(52.1%)가 수록되어 작가에 대한 인식이 분명한 가집이라고 할 수 있다. 그리고 작가에 관한 판단 결과가 동시기 및 동시대 가집과의 비교를 통해서 거듭 재확인되기에 『병와가곡집』

은 당대의 보편적 인식을 보여 준 것으로 이해된다.

한편 동시기의 가집에서 보이지 않는 미수록 무명씨 작품 중에서 43수는 오직 『병와가곡집』에만 실린 작품, 즉 고유 수록 작품이라서 편찬자의 자작으로 추정된다. 편찬자의 자작으로 추정되는 작품의 주제는 대부분 '소설수용'에 집중된 터, 『병와가곡집』의 편찬자가 지닌 평소의 소양과 관심사에 대한 추정의 근거가 된다. 이와 함께 『병와가곡집』의 문헌적 특성까지 감안해 보면, 편찬자는 사대부가의 일원으로서 식자층이었으리라 짐작된다.

제Ⅴ장에서는 그동안의 분석 결과를 토대로 『병와가곡집』의 가집사적 위상을 제시하였다. 『병와가곡집』은 18세기 후반 가곡의 종합·보고로서의 역사적 위상을 보여 주고 있다. 18세기 전반~후반 동안, 여러 사람의 수고에 의해서 지금의 면모를 갖추어 나아간 가집이 바로 『병와가곡집』이다. 즉 『병와가곡집』은 특정인이 독자 편찬한 것이 아니라, 오랫동안 다수에 의해서 축적된 가곡 문화가 반영된 가집이다. 18세기 후반의 『병와가곡집』에 1,109수가 실렸다는 것은 이미 그 이전부터 존재하고 있던 가곡 문화의 발전상을 전제로 하고, 그 이후의 다채로운 변화상을 예고해 주고 있다. 이와 같이 『병와가곡집』은 조선 후기 가집사의 변곡점에 자리하기 때문에 앞으로 더욱더 새롭게 재조명되어야 할 것이다.

그리고 『병와가곡집』은 그 존재, 자체만으로도 가집 및 가집사에 관한 연구 범위와 시각이 좀 더 확장되어야 할 근거가 되기도 한다. 하지만 아직까지도 조선 후기의 가집에 관한 연구 범위와 시각은 비교적 단조로워 보인다. 사실상 그동안 조선 후기의 가집사를 바라보는 시각은 두 갈래였고, 가집사의 구도는 양분되었다. 양극 단으로 나누어진 시각은 조선 후기 가집사의 흐름을 정확히 포착하였고, 명쾌한 이분법적 해석에 의해서 가집사의 구도가 좀 더 선명하게 드러날 수 있었다.

이러한 시각과 논의 구도에 따르면 조선 후기의 가집사는 18세기 전·중반과 19세기 중·후반으로 양분된다. 『청구영언』과 『해동가요』는 18세기 전·중반의 대표적 가집으로 인식되고, 『남훈태평가』와 『가곡원류』는 19세기 중·후반의 가집사를 상징한다고 본다. 『청구영언』은 최초의 가집으로서 『해동가요』의 편찬에 많은 영향을 주었다. 증·개찬에 의해 여러 이본이 남겨진 『해동가요』는 후대의 가곡원류 계열의 출현을 예고하였다. 『가곡원류』는 가곡창본 계열의 가집으로서 시조창본 계열인 『남훈태평가』와 상반된 양상을 보여 주고 있다.

그러나 연구 범위나 시각의 차이만큼 아직도 해명되지 않은 다수의 가집과 연구 과제가 산적해 있다. 따라서 지금의 『병와가곡집』에 대한 관심을 계기로 18세기 후반~19세기 전반기 가집사의 전모를 밝혀내기 위한 후속 연구가 수반되어야 할 것이다. 그동안 상대적으로 주목 받지 못했던 이 시기의 가집으로까지 연구 범위가 확장된다면, 조선 후기의 가집사에 관한 이해의 깊이가 지금보다는 한층 더 심화될 수 있을 것이다.

참고문헌

1. 자료

『가곡원류』(국악원본, 국립국악원 소장).

『가보』(김익환본, 국립중앙도서관 소장).

『가조별람』(국사편찬위원회 소장).

『고금가곡』(남창본, 서울대 소장).

『동가선』(규장각 소장).

『동국가사』(국립중앙도서관 소장).

『병와가곡집』(이수철 소장본, 동국대 한국학연구소·국립국악원 영인).

『시여』(김선풍 소장본).

『악부』(서울대 소장본).

『영언』(규장각 소장본).

『영언류초』(가람본, 규장각 소장).

『청구가요』(김삼불 교주본, 정음사, 1950).

『청구영언』(가람본, 규장각 소장).

『청구영(詠)언』(가람본, 규장각 소장).

『청구영언』(연민본).

『청구영언』(육당본, 아세아문화사, 1974).

『청구영언』(조선진서간행회, 1948).

『해동가요』(박씨본, 계명대 소장).

『해동가요』(일석본).

『해동가요』(주시경본, 아세아문화사, 1974).

『해동가요·부영언선』(박씨본, 규장문화사, 1979).

『흥비부』(규장각 소장).

『금합자보』(『한국음악학자료총서』22, 국립국악원, 1987)

『낭옹신보』(『한국음악학자료총서』14, 은하출판사, 1984)

『대악후보』(『한국음악학자료총서』1, 국립국악원, 1979)

『속악원보』(『한국음악학자료총서』11, 국립국악원, 1983)

『신증금보』(『한국음악학자료총서』18, 국립국악원, 1985)

『양금신보』(『한국음악학자료총서』14, 은하출판사, 1984)

『어은보』(『한국음악학자료총서』17, 은하출판사, 1985)

『유예지』(『한국음악학자료총서』15, 국립국악원, 1984)

『한금신보』(『한국음악학자료총서』18, 국립국악원, 1985)

『현금동문유기』(『한국음악학자료총서』15, 국립국악원, 1984)

『(봉좌문고본) 속악가사-상』, 「보허자」
『(원본) 소학집주 전』(김성원 교열, 명문당, 1978)
『(원본) 송강가사 고산외오인집 가곡원류』(대제각, 『(원본)국어국문학총림』, 1988)
『세종실록』(경인문화사), 「악보」, 〈용비어천가〉·〈여민락보〉
『송松강江가歌ㅅ辭』(대제각, 『(원본영인) 한국고전총서』, 1973)

2. 단행본
김명준(2004), 『악장가사 주해』, 도서출판 다운샘.
김석회(2003), 『조선후기 시가 연구』, 월인.
김영운(2005), 『가곡 연창형식의 역사적 전개 양상』, 민속원.
김용찬(1999), 『18세기의 시조문학과 예술사적 위상』, 월인.
김용찬(2007), 『조선 후기 시조문학의 지평』, 월인.
김학성(2009), 『한국고전시가의 전통과 계승』, 성균관대학교출판부.
김해숙·백대웅·최태현 공저(1995), 『전통 음악 개론』, 도서출판 어울림.
김흥규(2006), 『고시조 내용소의 분포 분석과 시조사적 고찰』, 고려대학교 민족
　　　　문화연구원.
김흥규·권순회(2002), 『고시조 데이터베이스의 계량적 분석과 시조사의 지형
　　　　도』, 고려대학교 민족문화연구원.
김흥규·이형대·이상원 외 편저(2012), 『고시조 대전』, 고려대학교 민족문화연구원.
백대웅(2007), 『국악용어 해설집』, 보고사.
서한범(1999), 『(개정판) 국악통론』, 태림출판사.
성무경(2004), 『조선후기, 시가문학의 문화담론 탐색』, 보고사.
송방송(1984), 『한국음악통사』, 일조각.
신경숙(1994), 『19세기 가집의 전개』, 계명문화사.
신경숙(2011), 『조선후기 시가사와 가곡 연행』, 고려대학교 민족문화연구원.
심재완(1972), 『교본 역대시조전서』, 세종문화사.
심재완(1972), 『시조의 문헌적 연구』, 세종문화사.
윤선도, 이형대 외(2004), 『국역 고산유고』, 소명.
이동연(2000), 『19세기 시조 예술론』, 월인.
이상원(2004), 『조선시대 시가사의 구도와 시각』, 보고사.
이우성·임형택 역편, 「김성기」, 『이조한문단편선』중, 일조각.
이형상, 김동준 편(1978), 『악학습령』, 동국대학교 한국학연구소.
이형상·이학의 편저, 이상규·이정옥 주해(2013), 『주해 악학습령』, 국립국악원.
장사훈(1985), 『(최신) 국악총론』, 세광음악출판사.

장사훈(1986), 『시조음악론』, 서울대학교출판부.
정재호·장정수(2006) 공저, 『송강가사』, 신구문화사.
조규익(1994), 『가곡창사의 국문학적 본질』, 집문당.
최규수(2002), 『송강 정철 시가의 수용사적 탐색』, 월인.
최규수(2005), 『19세기 시조대중화론』, 보고사.
최동원(1990), 『고시조론고』, 삼영사.
최동원(1991), 『고시조론』, 삼영사.
황충기(1996), 『해동가요에 관한 연구』, 국학자료원.
황충기(2000), 『장시조연구』, 국학자료원.
황충기(2003), 『여항시조사연구』, 국학자료원.

3. 논문
강재헌(2007), 「김천택의 시조관과 구현에 관한 연구」, 충남대학교 박사학위논문.
강전섭(1989), 「병와 이형상의 한역가곡 소고」, 『국어국문학』102, 국어국문학회.
강혜정(2010), 「김천택의 교유와 『청구영언』의 편찬 과정 검토」, 『고시가연구』
    26, 한국고시가문학회.
고미숙(1993), 「19세기 시조의 전개양상과 그 작품세계 연구 : 예술사적 흐름과
    관련하여」, 고려대학교 박사학위논문.
권순회(2000), 「전가시조의 미적 특질과 사적 전개 양상」, 고려대학교 박사학위
    논문.
권순회(2006), 「가곡 연창 방식에서 중대엽 한바탕의 가능성」, 『민족문화연구』
    44, 고려대학교 민족문화연구원.
권오경(2001), 「고악보 소재 가곡 연구」, 『시조학논총』17, 한국시조학회.
권오성(1985), 「병와 이형상의 악론 연구」, 『동아시아문화연구』8, 한양대학교
    한국학연구소.
김언종(2008), 「병와 이형상의 『자학』에 대하여」, 『한문교육연구』31, 한국한문
    교육학회.
김영운(2002), 「16~17세기 고전시가와 음악 : 현전 고악보 수록 악곡을 중심으
    로」, 한국시가학회 편, 『시가사와 예술사의 관련 양상』Ⅱ, 보고사.
김용찬(1995), 「『병와가곡집』의 형성년대에 대한 검토」, 『한국학연구』7, 고려
    대학교 한국학연구소.
김용찬(2001), 「(병와가곡집)의 성격과 문학사적 위치」, 『교주 병와가곡집』, 월인.
김용찬(2012), 「병와가곡집」, 『고시조 문헌 해제』, 고려대학교 민족문화연구원.
김종화(1995), 「이한진 편 『청구영언』 연구」, 고려대학교 고전문학·한문학연구
    회 편, 『19세기 시가문학의 탐구』, 집문당.

김태균(2013), 「이한진 편『청구영언』의 특성 탐색」, 『어문연구』40-2, 한국어문 교육연구회.

김태웅(2013), 「18세기 후반~19세기 초중반 가집의 전개 양상 연구 : 『병와가곡 집』, 서울대본『악부』, 『흥비부』를 중심으로」, 성균관대학교 박사학위논문.

박재민(2014), 「육당본『청구영언』의 세 이본 비교 연구」, 『한국시가연구』36, 한 국시가학회.

서인화(1998), 「『어은보』의 영산회상과 영산회상갑탄의 4대강과 8대강」, 『한국 음악사학보』20, 한국음악사학회.

성무경(2006), 「고산 윤선도 시가의 가집 수용 양상과 그 의미」, 『반교어문연구』 21, 반교어문학회.

성호경(1983), 「고려가 「후전진작(북전)」의 복원을 위한 모색」, 『국어국문학』 90, 국어국문학회.

손완섭(1956), 〈고시조의 새자료 : 가곡집〈여중락을 발견〉〉, 〈영남일보〉, 1956. 9.12.

신경숙(2008-A), 「중대엽·만대엽과 대가」, 『시조학논총』29, 한국시조학회.

신경숙(2008-B), 「가곡 연창방식에서의 '중대엽·만대엽과 대가'」, 『민족문화연 구』49, 고려대학교 민족문화연구원.

신현남(2010), 「『양금신보』의 사료적 가치」, 『국악과 교육』29, 한국국악교육학회.

심재완(1959), 「병와가곡집(병와가곡집)에 대하여 ― 시조 문헌의 신자료」, 『국 어국문학』20, 국어국문학회.

양희찬(1993), 「시조집의 편찬계열 연구」, 고려대학교 박사학위논문.

어진호(2012), 「가람본『청구영언』을 중심으로 한 '낙시조'의 쟁점과 향유 양상」, 『고시가연구』, 한국고시가문학회.

여기현(2000), 「병와 이형상의 악론 연구(2)」, 『반교어문연구』12, 반교어문학회.

여기현(2001), 「병와 이형상의 악론 연구」, 『한국시가연구』9, 한국시가학회.

오용원(2005), 「병와의 현실인식과 시세계 연구」, 『퇴계학과 유교문화』37, 경북 대학교 퇴계연구소.

육민수(2013), 「18세기 가집 편찬의 두 가지 문제에 대한 탐색 : 『병와가곡집』편 찬 시기와 『청진』의 위상을 중심으로」, 『어문연구』41(2), 한국어문교육 연구회.

이다경(2011), 「『현금동문유기』 소재 〈북전〉 연구」, 『한국악기학』8, 한국퉁소연 구회.

이상원(2008-A), 「『시여(김선풍본)의 편찬 체제 및 편찬 연대」」, 『개신어문연구』 27, 개신어문학회.

이상원(2008-B), 「『시여(김선풍본)』의 가집사적 위상」, 『한국시가연구』25, 한 국시가학회.

이상원(2012), 「악부 서울대본·청구영언 가람본·시여 김씨본」, 『고시조 문헌 해제』, 고려대학교 민족문화연구원.

이상원(2014), 「『병와가곡집』의 악곡 편제와 가곡사적 위상 — 삭대엽과 낙희조를 중심으로」, 『고시가연구』33, 한국고시가문학회.

이은성(2005), 「『진본 청구영언』소재 '삼삭대엽' 담론 특성」, 『규장각』28, 규장각한국학연구소.

이정옥(2013), 「『악학습령』해제」『주해 악학습령』, 국립국악원.

이형상(1988), 「영남문집해제 : 병와집」, 『민족문화연구소 자료총서』4권, 영남대학교 민족문화연구소.

최선아(2014), 「16~17세기 한양사족의 금보 편찬과 음악적 소통」, 『한국시가연구』36, 한국시가학회.

최재남(2009), 「병와 이형상의 삶과 시세계」, 『한국한시작가연구』13, 한국한시학회.

한만영(1982), 「조선조 초기의 가곡에 대한 연구 : 만대엽과 중대엽의 관계」, 『민족음악학』5, 서울대학교 동양음악연구소.

한만영(1984), 「가곡의 변조에 관한 연구—양금신보 중대엽에 기하여」, 『민족음악학』6, 서울대학교 동양음악연구소.

한영숙(2013), 「가집에 수록된 영산회상 고찰 : 『시조음률』과 『가사 시조 금보』를 중심으로」, 『한국음악연구』53, 한국국악학회.

허영진(2004), 「남창본 『고금가곡집』의 실증적 재조명」, 『국제어문』31, 국제어문학회.

황준연(1986), 「북전과 시조」, 『세종학연구』1, 세종대왕기념사업회.

황충기(1982), 「악학습령고」, 『국어국문학』87, 국어국문학회.

황충기(1992), 「정조·순조대의 평민시조 : 『악학십령』과 육당본『청구영언』을 중심으로」, 『시조학논총』8, 한국시조학회.

황충기(1996), 「삼대가집과 《병와가곡집》 대비 고찰 — 「가지풍도형용」과 작품의 배열에 대하여」, 『해동가요』에 관한 연구, 국학자료원(『국어국문학』70, 국어국문학회, 1976).

디지털 한글박물관(http://www.hangeulmuseum.org/)
조선왕조실록(http://sillok.history.go.kr/main/main.jsp)
한국고전 종합 DB(http://db.itkc.or.kr/itkcdb/mainIndexIframe.jsp)

제2부
18세기의 가집 연구

병와가곡집과 18세기의 가집

『고금명작가』의 편찬 체재와 작품 수록 방식

1. 문제 제기

이 글은 18세기 전반의 가집으로 알려진 『고금명작가(古今名作歌)』의 편찬 체재와 작품 수록 방식을 분석하여 그 실상을 명확히 드러내고, 초창기 가집으로서 지닌 의미를 찾고자 하는 데 목적이 있다.

『고금명작가』는 선문대 중한번역연구소에서 소장하고 있는 편찬자 미상의 필사본 가집으로 총 78수의 작품을 수록하고 있다. 이것은 18세기 전반의 가집사를 이해하는 데 중요한 시사점을 제공하고 있는데, 그동안 주목 받지 못하여 상대적으로 저평가되었다. 초창기 가집사에 관한 연구가 『청구영언 진본』 일변도로 진행되었다고 해도 과언이 아니고, 아직까지 확인되지 않은 또 다른 가집이 존재했을 가능성이 높다고 할 때 『고금명작가』의 실상에 관한 올

237

바른 이해가 더욱더 절실히 요구된다고 생각한다.

박재연 교수에 의해서 최초 발견된『고금명작가』의 서지 사항은 구사회 교수가 당시의 관련 자료와 함께 두 차례에 걸쳐서 상세히 검토[1]한 바 있다.『고금명작가』는 충남 아산시 인근의 창원(昌原) 황씨가(黃氏家)에서 입수한 몇 권의 서책 이면에서 찾아졌는데, 구사회 교수는 지금의 가집이 1740년(영조 17) 이전의 원본을 필사한, 즉 전사본일 가능성이 높다고 주장하였다. 그리고 지금의 전사본과 함께 입수된 문헌에서 보이는 몇 편의 글과 수록 작품에서 확인되는 어학적 특질을 감안하건대『고금명작가』원본의 편찬 시점은 18세기 전반을 넘어설 수 없고, 수록 작품 중 상당수는 이본적 가치를 지닌다[2]고 보았다.

또한 새로 발견한 작품 중에서 2수가 중국의 악부시인〈대풍가(大風歌)〉와〈해아가(垓河歌)〉의 개작이고, 나머지 4수는 화답가(和答歌)에 해당한다는 사실을 밝혀내기도 하였다. 신자료의 발견과 소개는 조선 후기의 가집사에 관한 새로운 이해를 돕는 희소식이자 연구사적 기반을 확충한 것으로 평가될 만하다. 그러나 아쉽게도 신자료라는 사실과 새로운 면모가 강조된 나머지 기존 가집과의 연관성이라든가 가집사적인 위상에 관한 논의로까지 확장되지

---

1 『고금명작가』의 입수 경위와 관련 자료에 관한 논의는 구사회·박재연(2004.7), 「새로 발굴한 고시조집『고금명작가』연구」,『시조학논총』21, 한국시조학회, 47-76쪽; 구사회(2004.12), 「새로 발굴한 고시조집『고금명작가』의 재검토」,『한국문학연구』27, 동국대학교 한국문학연구소, 205-219쪽 참고.

2 다른 시조집의 작품과 비교해서 이본적(異本的) 가치가 있는 것들이 상당수에 이른다. … (중략) … 그것은 이들 시조들의 어휘와 어구가 달라지거나 초장이나 종장 자체가 아주 달라진 경우도 많기 때문이다. 구사회·박재연(2004), 위의 논문, 53-55쪽 참고.

못하였다.

이와 관련하여 최근 권순회 교수[3]는 『고금명작가』에 관한 가장 기본적인 궁금증 몇 가지를 지적하는 한편, 가집사적 관점에서 좀 더 정밀하게 연구해 볼만하다는 문제의식을 보여 주었다. 특히 지금의 가집은 그것의 본래 서명과는 달리 작가 표기 의식이 희박하고, 작품의 수록 방식도 동시기의 다른 가집과 상당히 다르다고 지적하여 실증적 연구가 수반되어야할 당위성을 환기시켰다. 하지만 그 이후에도 『고금명작가』의 문헌적 가치를 입증하는 추가 분석은 잇따르지 않았다. 더불어 초창기 가집사를 보여 준 중요 문헌으로서의 재조명이 미흡하여 최초의 발견·소개가 이루어진 10여 년 전의 이해 수준을 넘어서지 못하고 있다.

따라서 이 글에서는 "예로부터 지금까지 이름난 훌륭한 작품의 노랫말"을 수록한 18세기 전반의 가집으로서 『고금명작가』의 실상을 파악한 후, 가집사적 위상에 관해서 논의할 것이다. 가집의 편찬 시점에 관해서는 다소간의 논란이 예상되나, 18세기 전반의 소산으로 판단[4]하는 것이 가장 합리적일 듯하다. 18세기 전반은 최초의 가집인 김천택의 『청구영언(1728)』이 편찬된 때로 『고금명작가』는 초창기 가집사를 보여 주는 몇 안되는 가집으로서 천착해 볼만하다. 이 글은 초창기 가집사에 관한 본격적인 탐색을 위한 첫 출발점으로서 먼저 『고금명작가』의 편찬 체재를 정밀 분석하여 고금(古

---

3 권순회(2012), 「고금명작가」, 『고시조 문헌 해제』, 고려대학교 민족문화연구원, 65- 66쪽.

4 이 글에서도 기존의 견해와 마찬가지로 『고금명작가』는 18세기 전반의 산물로 판단하고, 논의 과정에서 그 근거가 될만한 몇 가지 사실을 부연함으로써 편찬 시점에 관한 그간의 의혹을 불식시키고자 한다.

今)의 명작(名作)이 뜻하는 바가 무엇이고, 또한 그것이 어떻게 수록되었는가를 살펴볼 것이다. 그다음으로 작품의 수록 방식을 검토하여 초창기 가집으로서의 특징과 가집사적 위상에 관하여 논의해 보겠다.

2. 고금(古今)의 명작(名作)으로 구성된 『고금명작가』

『고금명작가』의 편찬 체재는 대부분의 가집과는 다른 방식으로 구성되어 있다. 일반적으로 가집은 가곡창(歌曲唱)의 실연(實演)을 전제로 삼기 때문에 악조나 악곡을 기준으로 해당 작품을 싣는다. '우조 → 계면조', '초 → 이 → 삼', '만·중대엽 → 삭대엽', '남창 → 여창'과 같은 음악적 질서가 가집의 편찬 체재를 구성하는 근간이다. 이것은 최초의 가집인 『청구영언 진본』으로부터 19세기 후반의 가곡원류계에 이르기까지 대부분의 가곡창본 가집에서 일관성 있게 나타나는 편찬 체재이다. 하지만 『고금명작가』에서는 음악적 질서가 찾아지지 않기 때문에 새로운 접근법이 요구된다. 따라서 『고금명작가』가 어떻게 구성되었는가를 파악하려면 수록 작품에 관한 세밀한 독법(讀法)이 중요시 된다. 다행스럽게도 『고금명작가』는 서명이 명시되었을 뿐만 아니라, 수록 작품 수가 적어서 편찬 체재를 비교적 수월하게 파악할 수 있다.

무엇보다도 "예로부터 지금까지[古今] 이름난 훌륭한 작품[名作]의 노랫말[歌]"을 수록했다는 서명을 통해서 편찬 체재에 관한 선이해가 가능할 듯하다. 이 가운데에서 먼저 '고금'은 옛날과 지금의 작품을 모아 놓았다는 관습적 표현으로써 대부분의 가집에서 포착되는 보편적 인식이다. 가곡의 역사를 종합, 기록한 것이 곧 가집이므로 '고금'이라는 의미가 지닌 상징성이 결코 낯설거나 특별한 것으로 읽혀지지 않는다. 그렇지만 『고금명작가』에서는 보편적 인식을 의도적으로 가집의 전면에 표방함으로써 그 역사적 가치가 더욱더 강조될 수 있었다고 생각된다.

'명작'과 '가'는 가집의 편찬 체재를 함축적으로 표현한 것으로 "유명한 노랫말을 짓는다[名作歌]"는 뜻과는 명확히 구분된다. 즉 『고금명작가』는 특정인의 창작 작품을 위주로 구성된 것이 아니라, 이미 널리 알려진 작품[名作]을 수록했다는 사실을 서명에 명기함으로써 다른 가집과 구분되는 독자적 개성이 두드러져 보인다.

그렇다면 그다음으로는 "과연, 『고금명작가』는 실제로 고금의 명작을 수록한 가집인가?"라는 의문의 해소를 위해서 편찬 체재를 구체적으로 살펴볼 필요가 있다. 『고금명작가』가 고금의 명작을 수록하기 위해서 편찬되었다는 가설은 고금의 명작에 관한 합리적 인식을 뒷받침하는 근거가 찾아지지 않으면 성립될 수 없기 때문이다.

이와 관련하여 『고금명작가』의 수록 작품 중 상당수가 조선 전~후기의 여러 문헌에 한역(漢譯)되어 실렸다는 사실이 주목된다. 『고금명작가』는 총 78수의 작품을 수록하고 있는데, 고유 수록(=新出) 작품 9수를 제외한 나머지 69수 중에서 41수는 각종 문헌에 한역시로 소개된 것들이다. 부연하자면 『고금명작가』의 수록 작품 중 59.4%가 가집 외의 문헌에서 찾아지고, 해당 문헌에서는 가곡의

241

노랫말이 아니라 한역시로 소개될 만큼 고금의 명작으로 간주되었다는 것이다. 물론 한역 여부가 명작이라는 인식과 무관할 수도 있고, 명작만을 대상으로 한역이 이루어진 것은 아니다. 명작과 졸작에 관한 평가 기준도 천차만별이라서 선뜻 판단할 수 없기도 하다. 하지만 『고금명작가』의 작명 의도나 수록 작품과의 연관성을 전면 배제할 수 없는 만큼 고금의 명작으로 파악될 수 있다고 본다.

> #3=[정몽주], 4=[조식], 5=[이항복], 6=[김상헌], 7=[효종], 8=[황진이], 11=[서경덕], 12=[황진이], 15=[ ], 16=[장만], 20=[ ], 22=[정충신], 23=[ ], 25=[ ], 26=[정철], 27=[정철], 28=[박인로], 30=[정철], 31=[원천석], 33=[ ], 35=[ ], 37=[성수침], 39=[ ], 40=[ ], 41=[이명한], 42=[이직], 48=[ ], 51=[ ], 53=[ ], 55=[ ], 56=[ ], 59=[ ], 61=[ ], 64=[이명한], 66=[이항복], 70=[ ], 72=[성충], 74=[ ], 75=[월산대군], 76=[이덕형], 78=[김광욱]

위의 인용문은 『고금명작가』의 수록 작품 중에서 다른 문헌에서 한역시로 소개된 41수의 연번과 원 작가[5]를 나타낸 것이다. 지금의 『고금명작가』는 모든 수록 작품에 작가명을 부기하지 않아서 무명씨 작품만으로 구성된 것으로 간주되기도 한다. 그러나 작품의 전승 경로를 확인해 본 결과, 한역시의 상당수가 이미 그 당대에 널리

---

5 지금의 『고금명작가』에서는 작품의 원 작가에 관한 기록이 보이지 않는다. 그래서 모든 수록 작품이 무명씨 소작(所作)으로 오인되기도 한다. 하지만 다른 가집과의 비교에 의해서 원 작가명을 충분히 밝힐 수 있고, 이것은 가집의 실상을 파악하는 데 반드시 필요하다고 생각한다. 원 작가명을 알 수 없는 경우 공란(='[ ]')으로 표시하였다.

알려진 유명씨의 것이라는 사실을 알 수 있다. 즉 지금의 가집은 고금의 명작을 표방한 만큼 이름 모를 작가의 작품뿐 아니라, 작가명을 표기하지 않은 다수의 유명씨 작품을 수록한 것이다.

16~17세기	【8종 7수[6]】 :『敬亭集』2수,『大隱先生實記』1수,『東溟集』1수,『梅墅遺稿』2수,『磻溪逸稿』1수,『剡湖集』1수,『宋子大典』1수,『海東樂府』1수
18세기	【17종 33수[7]】 :『雷淵集』2수,『童觀識錄』1수,『棟巢遺稿』2수,『東埜集』10수,『瓶窩集』1수,『不世堂集』2수,『旬五志』1수,『信齋集』1수,『樂學便考』2수,『安和堂私集』11수,『藥山漫稿』1수,『藥泉集』5수,『芝嶺錄』4수,『八灘公遺稿』5수,『豊墅集』2수,『扈齋遺稿』1수,『頤齋亂稿』11수
19세기	【11종 21수[8]】 :『嘉梧藁略』2수,『警修堂全藁』9수,『古芸堂筆記』2수,『敎坊歌謠』4수,『錦溪筆談』2수,『東謳』1수,『三家樂府』8수,『續小樂府』1수,『續樂府引』1수,『耳溪集』9수,『霞溪集』1수
20세기	【2종 3수[9]】 :『樂府 고대본』1수,『朝鮮歌謠集成』2수
미상	【8종 7수[10]】 :『見睫錄』2수,『龜巖集』1수,『箕東樂府』1수,『東國名賢抄 文忠鄭夢周條』·『東國名賢抄 參判朴彭年條』2수,『俛仰集』1수,『益陽誌』1수,『懈菴文集』1수

[표 I -1] 한역시 수록 문헌

---

6 #3, 4, 5, 12, 20, 27, 75.

7 #3, 4, 5, 6, 7, 11, 12, 16, 20, 22, 23, 26, 27, 31, 33, 35, 37, 39, 40, 41, 42, 51, 53, 55, 56, 61, 64, 66, 72, 74, 75, 76, 78.

8 #4, 5, 8, 12, 16, 22, 25, 26, 28, 39, 41, 48, 53, 55, 56, 59, 61, 70, 72, 76, 78.

9 #12, 15, 22.

10 #3, 4, 5, 7, 22, 27, 30.

[표 I-1]은 조선 중·후기의 여러 문인 및 명사에 의해 한역되어 각종 문헌에 수록된 다수의 작품이 『고금명작가』에 실렸다는 사실을 보여 준다. 유·무명씨 작품을 『고시조대전』[11]과 비교해 본 결과, 한역시가 수록된 문헌은 모두 46종[12]인 것으로 확인된다. 이것은 『고금명작가』의 편찬 시점인 18세기 전반을 전후로 널리 불렸던 다수의 작품이 한역(漢譯)되었고, 시가로서 인식되었기 때문에 표기 수단을 달리하여 거듭 수록되었다는 사실을 알려 준다. 현재로서는 원(原) 작품이 무엇이고, 어느 것이 번역된 것인지 추단할 수 없다. 그러나 표기 수단을 달리하여 오랫동안 여러 차례 수록된 작품이었기에 고금의 명작으로 간주해도 무방할 만큼의 필요충분조건을 갖추었다고 판단한다.

『고금명작가』 소재 41수 중에서 7수는 이미 16~17세기의 문헌인 『경정집』, 『대은선생실기』, 『동명집』 등 모두 8종에 수록된 것들이다. 『고금명작가』가 18세기 전반의 가집이라는 사실을 감안하면,

---

11 김흥규 외 편(2012), 『고시조대전』, 〈부록 : 한역시〉, 1205-1232쪽.

12 『嘉梧藁略』(21, 38), 『見睫錄』(2, 4, 7), 『警修堂全藁』(20, 23, 27, 28, 29, 32, 36, 38, 39), 『敬亭集』(1, 5), 『古芸堂筆記』(4, 6), 『教坊歌謠』(2, 29, 33, 74), 『龜巖集』(1), 『錦溪筆談』(1, 2), 『箕東樂府』(1), 『雷淵集』(2, 3), 『大隱先生實記』(1), 『童觀識錄(1), 『東謳』(5), 『東國名賢抄 文忠鄭夢周條』(2)·『東國名賢抄 參判朴彭年條』(3), 『東溟集』(2), 『棟巢遺稿』(6, 9), 『東埜集』(7, 8, 19, 20, 44, 46, 48, 56, 57, 60), 『梅壑遺稿』(1, 3), 『俛仰集』(5), 『磻溪逸稿』(12), 『瓶窩集』(12), 『不世堂集』(1, 9), 『三家樂府』(12, 15, 23, 25, 29, 32, 38, 46), 『剡湖集』(1), 『宋子大典』(1), 『旬五志』(2), 『信齋集』(3), 『樂府고대본』(1), 『樂學便考』(1, 2), 『安和堂私集』(8, 9, 10, 12, 16, 19, 23, 25, 28, 30, 32), 『藥山漫稿』(1), 『藥泉集』(1, 2, 4, 7, 8), 『耳溪集』(4, 10, 11, 12, 20, 24, 29, 30, 33), 『益陽誌』(1), 『朝鮮歌謠集成』(2, 5), 『芝嶺錄』(1, 18, 42, 46), 『八灘公遺稿』(2, 6, 7, 8, 13), 『豊墅集』(4, 7), 『霞溪集』(1), 『海東樂府』(1), 『懈菴文集』(1), 『扈齋遺稿』(5), 『頤齋亂稿』(3, 6, 7, 9, 10, 12, 17, 21, 24, 37, 41), 『續小樂府』(〈驢背醉興〉), 『續樂府引』(〈鐵嶺雲〉), 『海東樂府』(〈丹心歌〉) ※ ( ) 안의 숫자는 해당 문헌의 수록 번호

16~17세기의 문헌에 한역시로 소개된 7수는 그 유래가 비교적 오래된 명작으로 인식되었으리라는 짐작이 가능하다. 더군다나 7수가 정몽주, 월산대군, 황진이, 정철, 이항복의 작품인 바, 고려 말~조선 전·중기의 문인 및 기녀의 작품이 한역되어 해당 문헌에 수록되었다는 사실이 매우 흥미롭게 느껴진다. 비록 해당 문헌에 수록된 한역시가 1~2수에 불과하지만, 옛 명작이라는 관점에서『고금명작가』와의 연관성이 충분히 예상된다. 왜냐하면 한역시로 전하는 작품은 이미 18세기 이전부터 오랫동안 널리 불렸다는 사실을 알려줄 뿐 아니라,『고금명작가』의 작품 취재 범위가 매우 광범위했음을 입증하는 대표적 사례로 여겨지기 때문이다.

　『고금명작가』의 편찬 시기와 동시대인 18세기의 문헌에서는 33수의 한역시가 보인다. 전체 한역시 중 오직 특정 시기의 문헌에서만 보이는 8수[13]를 제외한 33수(80%)가 17종의 문헌에서 찾아진다. 남구만(1629~1711)의『약천집』이래로 18세기의 여러 문헌에 수록된 다수의 한역시가『고금명작가』에도 실렸다는 것은 명작이라는 인식에 걸맞게 작품의 광범위한 향유상과 당대인의 작품 선호도를 여실히 보여 준다고 이해된다.

　또한 18세기의 개별 문헌에 수록된 한역시가 상당수라는 것도 주목해 볼만하다.『고금명작가』가 편찬된 이후의 문헌인 것으로 알려진 마성린(1727~1798)의『안화당사집』이 11수, 황윤석(1729~1791)의『이재난고』가 11수, 김양근(1734~1799)의『동야집』에 10수가 수록되어서 가곡 노랫말의 한역이 활발하게 진행되었음을 알려 준

13　#8, 25, 28, 48, 59, 70(이상 19세기), #15(20세기), #30(시기 불명).

다. 이것은 당대의 유명 작품에 관한 보편적 인식을 바탕으로 가곡
의 노랫말이 한시화한 경우라고 생각된다.

　그런데 이와 반대로 이 시기의 각종 문헌에 수록된 한시가 『고금
명작가』에 재수록된 것이 아니라는 것, 다시 말해서 『고금명작가』
의 수록 작품이 한시를 차용하지 않았음은 작품의 원 작가를 살펴
본 결과에 의해서 더욱 더 명확하게 드러난다.

시대 불명	무명씨 작품 12수 : #20, 23, 33, 35, 39, 40, 51, 53, 55, 56, 61, 74
백제~ 고려 말	왕족, 문인 작품 4수 : #3=[정몽주], 31=[원천석], 42=[이직], 72=[성충]
조선 전기	왕족, 문인 작품 2수 : #11=[서경덕], 75=[월산대군]
조선 중기	왕, 문인, 기녀 작품 15수 : #4=[조식], 5=[이항복], 6=[김상헌], 7=[효종], 12=[황진이], 16=[장만], 22=[정충신], 26=[정철], 27=[정철], 37=[성수침], 41=[이명한], 64=[이명한], 66=[이항복], 76=[이덕형], 78=[김광욱]

[표 Ⅰ-2] 한역시의 원 작가와 작품

　18세기 전반 이후에 편찬된 17종의 문헌과 『고금명작가』에 공통
수록된 32수 중에서 21수는 원 작가가 확인되는 유명씨(有名氏)
작품(作品)이다. 이명한, 정철, 이항복의 작품은 2수씩 수록되었기
때문에 유명씨 작가는 모두 18명이다. 나머지 12수는 무명씨 작품
이다.

　그런데 유명씨 작품의 작가가 대부분 조선 중기의 문인층이었다
는 것, 18세기 전반 이후의 문헌에 수록된 작품 중에서 조선 후기의

인물이 전혀 보이지 않기에 『고금명작가』가 편찬된 이후 한역이 활발하게 이루어졌다는 사실[14]을 알 수 있다.

뿐만 아니라 이것은 『고금명작가』의 편찬 시점이 18세기 중·후반을 넘어서지 않았음을 보여 주는 좋은 근거가 되기에 옛 것[古]과 더불어 그 당대[今]의 명작을 싣는다는 편찬 의도와도 부합한다. 18세기 전반의 널리 알려진 이름난 작품이었기 때문에 여러 문헌에 다수의 한역시로 실릴 수 있었던 것이다.

19세기의 여러 문헌에서도 한역시로 소개된 다수의 작품이 보인다. 『고금명작가』가 편찬된 이후, 약 100여 년이 지났으나 전체 41수 가운데에서 21수가 11종의 문헌에서 한역시로 실렸다. 『경수당전고』, 『삼가악부』, 『이계집』 등에서 다수의 한역시가 보여서 많은 세월이 흘렀음에도 불구하고 고금의 명작에 관한 보편적 인식은 여전히 지속되고 있음을 나타내고 있다.

이상과 같이 관련 문헌에 관한 검토에 의해서 『고금명작가』가 고금의 명작으로 구성된 가집이라는 사실이 밝혀졌는데, 지금부터는 가집의 편찬과 관련하여 명작의 원 작가에 대한 인식에서 나타난 몇 가지 특징에 대해서 살펴보도록 한다. 다음의 [표 I-3]은 『고금명작가』 소재 유명씨 작품을 해당 작가의 활동기를 중심으로 정리해 본 것이다.

---

14 개별 문헌의 형성 과정을 살펴보더라도 어느 정도 예상이 가능할 것이다. 그러나 대부분의 문헌은 해당 인물의 생전이 아니라 사후의 편찬물이라서 작품의 창작 및 전승 과정을 고증하는 것이 쉽지 않아 보이기 때문에 가곡 노랫말의 원 작가를 중심으로 한역이 이루어진 시점과 『고금명작가』의 관계를 가늠해 본 것이다.

백제~ 고려 말	성충 1수, 원천석 1수, 이직 1수, 정몽주 1수, 최충 1수(이상 문인)
조선 전기	서경덕 1수, 성삼문 1수(이상 문인), 월산대군 1수(왕족)
조선 중기	김광욱 1수, 김상헌 1수, 박인로 1수, 성수침 1수, 이덕형 1수, 이명한 2수, 이항복 2수, 이후백 1수, 임제 1수, 장만 1수, 정 철 3수, 정충신 1수, 조식 2수, 조헌 1수(이상 문인) 황진이 3 수(기녀) 효종 1수(왕)
조선 후기	서문택 1수, 이상은 1수, 이언강 1수(이상 문인), 이재 1수 (미상)

[표 Ⅰ-3] 유명씨 작품의 작가

총 78수의 작품 중에서 『고금명작가』에만 수록된 고유 수록[=신출] 작품 9수를 제외한, 69수 중 39수는 원 작가를 밝힐 수 있는 유명씨 작품이다. 나머지 30수는 원 작가를 상고할 수 없는 무명씨 작품이다. 따라서 『고금명작가』는 기존의 유명씨 작품과 당대의 무명씨 작품이 정확히 절반씩 수록된 가집으로 보인다.

일반적으로 대부분의 가집에서는 유명씨 부분과 무명씨 부분으로 나누어 작품을 수록한 반면, 『고금명작가』에서는 유·무명씨 작품이 어우러져 있어서 옛 유명씨 작품과 당대의 무명씨 작품의 구분을 의도치 않았던 듯하다. 이것은 문자 그대로 명실상부한 수록 양상으로써 '고금명작가'라는 서명과 그 실상이 놀라울 정도로 일치하고 있음을 보여 준다.

작품의 원 작가로 파악된 인물은 모두 28명인데, 그 중 대다수는 조선 중기의 문인층에 해당한다.[15] 요컨대 18세기 이전의 문사들이

---

15 총 28명의 작가를 신분별로 살펴본 결과, 문인 24인(85.7%) → 왕과 왕족 2인
(7.1%) → 기녀 1인(3.5%) → 무인 1인(3.5%) 순이고, 생몰년을 기준으로 했을 때

남긴 작품이 『고금명작가』에 대거 수록되었다는 것이다. 이것은 『고금명작가』의 편찬 시점에 관한 추정 근거로서 이언강(1648~ 1711)의 작품이 수록되었다는 사실을 감안할 때, 최소한 18세기 전반을 넘어서지 않았음이 확실시 된다.

지금까지 『고금명작가』의 편찬 체재가 어떻게 구성되었는가에 관하여 작품 수록 양상을 중심으로 살펴서 고금의 명작을 수록한 가집이라는 사실을 밝혀 보았다. 수록 작품을 고금의 명작으로 간주한 근거는 오랫동안 각종 문헌에 한역시로 소개된 작품이 다수였다는 사실로부터 찾아질 수 있었다. 전체 수록 작품 중 59.34%가 한역시로 존재한다는 것은 곧 과거로부터 지금까지 널리 불러온 명작이었다는 사실을 여실히 보여 준다. 그리고 기존의 유명씨 작품과 지금의 무명씨 작품을 골고루 수록한 것은 가집의 서명이 나타내고 있는 상징적 의미와 일맥상통한다고 여겨진다. 그렇다면 이제는 수록 작품의 면모에 천착하여 명작을 어떻게 싣고 있었고, 또 가집사적으로 어떠한 의미를 지녔는가에 대해서 논의해 보겠다.

3. 고금 명작의 수록 방식과 그 의미

일반적으로 가집에서는 음악적 분류 방식에 따라 작품을 수록을 한다. 가집은 특정 악곡이나 악조를 앞세운 이후, 그 곡조(曲調)에

조선 중기 16인(57.1%) → 백제, 고려, 고려 말~선초 5인(17.8%) → 조선 전기 3인(10.7%) → 조선 후기 4인(14.2%) 순으로 파악된다.

얹어 부르기에 가장 적합하다고 여겨진 작품을 싣는다. 하지만『고금명작가』는 음악적 분류 방식을 따르지 않는 대신 엇비슷한 내용의 작품끼리 모아 놓은 듯한 양상이 가집 전편을 통해 확인된다.

기존의 논의[16]에서『고금명작가』가 다분히 정치적 함의를 지닌 가집으로 해석한 것도 유사한 내용의 작품이 자주 보인다는 사실로부터 착안했으리라 예상되는 바, 작품의 수록 방식으로부터 가집사적 의미를 찾고자 하는 이 글의 논지와도 일맥상통한다. 그러나 그동안은 새로운 가집으로서 지닌 특색을 소개하는 데 주안점을 두었기 때문에 수록 작품의 면모나 작품의 수록 방식을 자세히 살피지 못했다. 다소 뒤늦었지만 지금부터라도 수록 작품에 관한 천착을 통하여 가집사적 의미를 찾아야할 것이다.

이러한 문제 의식에 기반하여『고금명작가』를 상세히 살펴본 결과, 대체적으로 역사와 애정 그리고 사회에 대한 인식을 보여 주는 몇 개의 작품이 일군(一群)을 이루며 연속 수록되었다는 사실이 간취된다. 이것은『고금명작가』가 작품의 내용별 분류를 의도한 가집일 수 있다는 가능성을 내포하고, 또 그것이 가집 전편에서 이루어진 최초의 사례였다는 점에서 주의 깊게 살펴볼 만하다. 작품 분류의 기준이 불분명하여 다소 무질서하게 수록된 듯하나,『고금명작가』가 초창기 가집이라는 사실을 감안하여 이해되어야 한다고 본다. 작품의 내용별 분류를 본격화한 후대의 가집조차도 일관성을 온전히 갖추지 못했기에 그 의미가 좀 더 적극적으로 해석될 필요가 있다.

---

16 구사회(2004), 앞의 논문, 214쪽.

(3) 이 몸 죽어 죽어 一百番 다시 죽어
白骨 陳土되여 넉시아 잇고 업고
님 向ᄒᆞᆫ 一片丹心이야 가싈 줄이 이슬소냐. (3811.1)[17]

(4) 三冬의 뵈옷 닙고 암혈의 눈비 마ᄌᆞ
구룸 긴 볏 뉘도 쐰 적은 업건마는
셔산의 ᄒᆡ가 지니 그를 슬허 ᄒᆞ노라. (2401.1)

(5) 鐵嶺 노픈 고개 쉬여 넘는 져 구룸아
고신 원누를 비 삼아 듸여다가
님 계신 구듕궁궐의 불여 준들 엇더ᄒᆞ리. (4700.1)

(6) 가노라 三角山아 다시 보쟈 漢江水아
故國 山川을 ᄯᅥ나고져 ᄒᆞ랴만는
시졀이 하 분분ᄒᆞ니 볼 동 말 동 ᄒᆞ여라. (0009.1)

(7) 天朝 길 보믜거냐 玉河館 어듸메오
大明 日月을 곳쳐 보지 못ᄒᆞᆯ는가
三百年 ᄉᆞ대 셩심이 ᄭᅮᆷ이런가 ᄒᆞ노라. (4366.1)

위의 인용 작품은 『고금명작가』의 전반부에 수록된 것으로 모두 역사적 사건을 제재로 삼는다. (3)은 정몽주의 「단심가」로 망국의

17 다른 가집과의 대비를 위해 『고금명작가』의 연번, 해당 작품과 함께 『고시조대전(2012)』의 표제작 연번을 제시하였다.

한과 충심을 단적으로 보여 준다. (4)는 조식이 중종의 승하를 애도하기 위해서 지은 것이다. (5)에서는 인목대비 폐모론에 반대했다는 죄목으로 귀양길에 오른 이항복의 심정이 잘 나타나 있다. 그리고 곧바로 이어지는 (6)과 (7)은 병자호란과 관련된 작품이다. (6)은 병자호란 직후 척화파로 지목되어 청나라로 끌려가게 된 김상헌의 울울한 심사를, (7)에서는 명나라의 흥망성세에 관한 효종의 감회를 표현했다.

이상의 다섯 작품은 모두 역사에 관한 것이라는 공통성을 지닌다. 인용한 작품에 앞서 제시된 두 작품(1[18], 2[19])도 한고조 유방과 초패왕 항우에 관한 중국의 악부를 우리말로 바꾸어 수록한 것이다. 그러므로『고금명작가』의 전반부는 역사에 관한 인식을 나타낸 작품을 연속 수록한 것으로 파악된다. 이러한 양상은『고금명작가』전편에서 자주 볼 수 있는 바, 의도적으로 유사한 내용의 작품끼리 모아 놓은 것으로 이해된다.

> (18) 楚覇王 壯혼 뜻도 죽기도곤 니별 셜워
> 玉帳 中歌의 눈믈은 지려니와
> 히 다 진 烏江 風浪의 우단 말은 업더라. (4916.1)

---

18 (1) 큰 ㅂ름이 이러날 제 구름조차 늘이이니
  히늬의 위엄 더코 고향으로 도라왓늬
  어듸 가 딩ᄉ룰 어더 四方을 직희오리오.(5084.1)

19 (2) 힘은 뫼을 쎅고 긔운은 개셰터니
  時節 不利ᄒ쟈 츄마조차 아니 가늬
  어즈버 우혜 우혜여 너을 엇지ᄒ리오.(5556.1)

(19) 경즈 관군 주길 저긔 권ᄒ여 말이더면

홍문연 칼춤 업고 시의제롤 아닐 거슬

불셩공 져발비ᄒ들 긔 뉘 타슬 ᄒ리오. (5349.2)

(20) 쑴의 항우롤 만나 승패롤 의논ᄒ니

듕동의 눈물 지고 칼 집고 니ᄅ 말이

지금의 부도오강을 못내 슬허ᄒ더라. (0697.1)

위의 인용 작품도 모두 항우에 관한 것이다. 『고금명작가』에서는 역사에 관한 인식과 관련하여 항우의 행적을 노래한 작품이 많이 실렸는데, 이 또한 산재하지 않고 연속적으로 수록되어 있다. 비록 역사에 관한 몇 작품을 통해서 확인된 것이지만, 『고금명작가』가 내용별 분류를 의도한 가집이라는 사실은 의심의 여지가 없어 보인다.

(8)　空山裡 碧溪水아 수이 가믈 쟈랑 마라

일도 창해ᄒ면 다시 오기 어려오니

明月이 滿空山ᄒ니 싀여 간들 엇더ᄒ리. (4755.1)

(9)　얽거든 머지 마나 멀거든 얽지 마나

쟈ᄅ 킈 큰 얼굴의 ᄀ줌도 ᄀ즐시고

경샹도 닐흔 두 고을의 수초 이러 낫고나. (3282.1)

(10)　얽게ᄂ 스나희요 ᄎ 크기ᄂ 흔 길이라

嶺南셔 예을 오니 멀긴들 아니 멀랴

각시님 아흔 아홉 샤님의 일빅 수츠 이러 왓노라. (3144.1)

(11) 무올이 어린 후에 ㅎᄂ 일이 다 어리다

月侵 三更의 어닉 님이 오리마ᄂ

秋風의 지ᄂ 닙소릭의 힝혀 귄가 ㅎ노라. (1526.1)

(12) 내 언제 무심ㅎ여 님을 언제 소겨관딕

月侵 三更의 온 뜻지 전혀 업닉

秋風의 지ᄂ 닙소릭 닌들 엇지ㅎ리오. (0970.1)

위의 연속 수록된 다섯 작품도 남녀 간의 애정에 관한 것이다. (8), (11), (12)는 황진이와 서경덕의 사랑을 보여 준 작품이다. (9)와 (10)에서는 남녀 간의 수작 장면이 나타나 있다. 황진이와 서경덕의 애정담은 당대는 물론이고 오늘날까지도 널리 알려진, 이른바 명작이라서 별도의 부연 설명이 불필요해 보인다.

그렇지만 (9)와 (10)은 『고금명작가』의 고유 수록 작품, 즉 어느 가집에도 실리지 않은 신출작품이라서 상당히 낯설어 보인다. 황진이와 서경덕의 작품 사이에 수록된 이 두 작품은 일종의 화답가 (和答歌)로서 남녀 간의 견해 차이가 확연하게 드러난다. (9)는 경상도 남자가 못생겼다면서 조롱하는 여성 화자가 등장하는 반면, (10)에서는 경상도 출신의 사나이가 신랑감으로서 전혀 손색이 없다며 자부하는 남성 화자의 목소리가 담겨져 있다.

남녀 간의 애정으로 귀착될 두 작품의 지향에 관해서는 이견이 없겠으나, 신출작품 2수가 고금의 명작으로 인식될 만한 작품(8, 11, 12) 사이에 놓였다는 것이 선뜻 납득이 되지 않는다. 왜냐하면 대부분의 신출작품은 가집의 가장 마지막 부분에 모아져 있거나, 기존의 작품 이후에 싣는 것이 일반적인 수록 양상이기 때문이다. 혹시 애정에 초점을 맞춰 작품을 연속 수록하다 보니, 신출작품 2수가 우연히 기존의 유명 작품들 사이에 놓인 것일까? 그런데 이와 같은 수록 양상이 나타나게 된 것 또한 편찬자의 의도가 반영된 결과로써 단순히 우연의 일치로 간주될 수 없다고 본다.

『고금명작가』는 전체적으로 작품을 내용별로 분류하여 연속 수록하되, 분류된 작품을 다시 내용상 연관성에 의해서 짝지어 싣고자 하였다. 그래서 내용별로 연속 수록된 작품끼리 서로 조응하는 경우가 많은데, 이것은 애정에 관한 신출작품도 예외는 아니었다. 신출작품(9, 10)이 황진이의 작품(8)과 서경덕의 것(11) 사이에 놓인 것, 신출작품 2수와 서경덕과 황진이의 작품(11, 12)이 연속 수록된 것도 바로 이와 같은 수록 방식을 의도한 결과로 이해된다.

주지하듯 (8)은 정철과 황진이의 로맨스를 보여 준 작품이다. 따라서 서경덕의 작품(11)과 연속 수록되면 다소 어색하게 느껴질 수도 있다. 그렇지만 (11)과 (12)는 모두 '月侵 三更'을 배경으로 서경덕과 황진이의 연정을 나타낸 애정 화답가라서 바로 앞의 신출작품 2수(9, 10)과 함께 2수씩 짝지어 연속 수록될 수 있었던 것이다.

> (45)　北靑이 묽다거늘 우장 업시 길을 가니
> 　　　뫼의는 눈이오 들의는 춘비로다
> 　　　아마도 춘비 만나 어러 잘가 ㅎ노라. (2135,1)

255

(46) 긔 무슴 어러 잘고 또 무슴 어러 잘고
　　　원앙금 굿베개 어듸 두고 어러 잘고
　　　졍쳘노 자믈쇠 지어 잠겨 잘가 ᄒ노라. (0500.1)

(65) 곳도 아니로쇠 닙도 아니로쇠
　　　금슈 쳥산의 졀난 풀이로다
　　　아마도 원앙금니의 쥐여 본 듯 ᄒ여라. (0638.1)

(66) 곳츠 싁을 밋고 오ᄂ 나뷔 금치 마라
　　　츈광 덧업슨 줄 녠들 아니 짐쟉ᄒ랴
　　　녹엽이 셩음ᄒ면 병든 나뷔 아니오리. (0650.2)

　위의 연속 수록된 작품도 모두 애정에 관한 것이다. 이것 역시 의
도적인 수록 방식을 보여 주는데, 그 가운데에서 (46)과 (65)는 『고
금명작가』의 신출작품이다. 신출작품의 앞뒤로 기녀와의 사랑을
노래한 작품이 보인다. (45)는 임제의 것으로 한우와의 사랑을 표
현한 것이고, (66)은 덧없는 사랑을 나눌 수밖에 없는 기녀의 처지
가 잘 나타나 있다. 따라서 위의 경우는 화답가 형식이라서 짝지어
수록된 것이 아니라, 내용상 상호 조응하는 작품끼리 짝을 이루어
연속 수록했다고 여겨진다.
　그런데 짝지어진 작품을 통해서 편찬자의 의도를 하나 더 간파
할 수 있으니, 그것은 바로 신구의 조화였다고 생각된다. 신출작품
은 널리 알려진 작품과 함께 제시되었는데, 그 내용과 형식이 공교
로울 정도로 기존의 것과 상응하여 의도적인 수록이 확실시 된다.

먼저 (45)와 (46)는 모두 '운우지정(雲雨之情)'을 표현한 것인데, "츤비[=한우(寒雨)]를 만나 어(우)러 자"겠다는 의지를 보여 준 기존 작품(45)에 연이어 곧바로 "무엇으로[누구와] 어러 자겠는가 …… 무쇠[=정철(鄭澈)]로 자물쇠 (만들어 단단히) 잠궈 놓고 잘가" 한다는 신출작품(46)을 수록하여 표현 방식의 측면에서 동질성이 두드러져 보인다. 추정컨대 기존 작품의 부편으로 간주해도 무방할 정도로 (46)은 (45)에서 볼 수 있는 비유와 상징을 거듭 차용했기 때문에 연속 수록될 수 있었다고 생각되며, 결과적으로 신구의 작품을 한자리에 배치하고자 한 의도가 반영된 것으로 여겨진다.

(65)와 (66)는 동일 소재의 중복에 착안하여 신출작품과 기존의 작품을 연속 수록한 경우에 해당한다. 이 두 작품의 공통 소재는 "꽃"과 "잎[=녹엽(綠葉)]"으로 모두 애정에 관한 것이다. 그러나 애정의 의미가 상이한 것으로 보아 작품 내용보다는 소재적 측면에서 두 작품을 짝지어 연속 수록한 것으로 판단된다.

(65)에서 꽃잎은 화자에게 무관심 대상으로 여겨지고 있다. 왜냐하면 화자는 비단을 수놓은 듯 푸르고, 부드럽게 잘 자라난 풀[="원앙금침(鴛鴦衾枕)"]에 마음을 빼앗겼기 때문이다. 어쩌면 화자의 마음을 사로잡은 존재는 풀향이나 풀빛과 같은 이름으로 불리던 누군가였을 수도 있겠다. 그러나 (66)에서의 '꽃'은 야박하게도 화자의 마음을 받아 주지 않는 기녀를, 종장의 우거진 '녹엽'은 그 누구도 마음을 주지 않는 퇴기(退妓)의 쓸쓸한 노년기를 상징한다.

이로써 보건대 이상의 인용 작품에서는 '고금명작가'라는 서명이 상징하듯 과거와 현재가 공존하고 있다. 즉 지금의 작품을 옛 작품과 함께 수록하고자 한 의도가 감지된다는 것이다. 신출작품의

의도적인 수록이 전혀 어색해 보이지 않는 것은 기존의 작품 내용
과 표현 형식면에 그만큼 상응했기 때문인데, 이 또한『고금명작
가』의 작품 수록 방식 중 하나로 이해될 듯하다.

> (25) 물 아릭 셰가락 모릭 아모리 밟다 자최 나며
>   님이 날을 괸들 내 아더냐 님의 안을
>   風波의 부친 사공 ᄀᆞ치 깁픽 몰나 ᄒᆞ노라. (1743.1)

> (26) 믈 아릭 그림직 지니 다리 우희 듕이 간다
>   져 듕 게 잇거라 너 가는 길흘 못챠
>   그 듕이 막대로 白雲을 가릭치며 말 아니코 가더라. (1742.1)

> (27) 잘 새는 다 ᄂᆞ라들고 새 들은 도다온다
>   외나무 다리 우희 홀노 가는 져 션사야
>   네 졀이 언마나 멀관디 遠鐘聲 들이ᄂᆞ니. (4161.1)

> (28) 북소릭 들이는 졀이 머다야 언마 멀이
>   靑山之上이오 白雲之下연마는
>   지금의 운무 ᄌᆞ옥ᄒᆞ니 아모 딘 줄 모나 ᄒᆞ노라. (2130.1)

> (29) 岳陽樓 져 소릭 듯고 姑蘇臺 올나가니
>   寒山寺 찬 ᄇᆞ름의 취흔 술 다 ᄭᅵ거다
>   아희야 쥬가하직오 젼의고쥬 ᄒᆞ리라. (5509.1)

위의 인용 작품에서는 소재의 연상 작용에 착안하여 연속 수록하고자 한 의도가 비교적 분명하게 읽혀진다. 제일 먼저 보이는 (25)의 '믈 아릭'는 (26)에서도 동일 어구로 반복되고, '둙'은 초·중·종장에서 세 차례나 등장한다. 연이어 수록된 (27)에서는 "홀로 가는" '션사(禪師)'가 보인다. 그의 '졀'은 멀리 있는 듯한데 (28)의 초장에서 또 다시 보인다. (29)의 '한산사(寒山寺)'는 당대(唐代)의 고승인 한산이 세운 사찰로 고소성외(姑蘇城外)에 자리하고 있다.

인용한 다섯 작품은 앞서 살핀 애정에 관한 일련의 작품들에 비해서 내용상 연관성이 높지 않은데도 불구하고 '믈 아릭' → '믈 아릭'·'둙' → '션사'·'졀' → '졀' → '寒山寺'로 이어지는 소재의 연상 작용에 의한 의도적 수록 결과였음이 분명해 보인다.

(75) 츄강의 밤이 드니 믈결이 츠노매라

낙시 드리누니 고기 아니 무노매라

무심흔 둘 밤만 싯고 뷘 빅 저어 가노매라. (4939.1)

(76) 둘이 두렷ᄒᆞ여 벽공의 걸려시니

만고풍상의 쩌러졈즉 ᄒᆞ다마는

지금의 취객을 위ᄒᆞ여 당죠금준 ᄒᆞ괴라. (1235.1)

(77) 世事 琴三尺오 生涯 酒一杯라

西座江上月이 두렷지 불가는다

東閣의 雪中梅 두리고 翫月長醉 ᄒᆞ리라. (2632.1)

위의 인용은 소재의 연상 작용에 착안하여 유사한 내용의 작품 끼리 모아 놓은 것이다. 인용한 세 작품은『고금명작가』의 후반부에 연속 수록되었는데, 모두 강호한정(江湖閑情)한 삶에 관한 것으로 (75) '밤'·'돌' → (76) '돌'·'취객' → (77) '玩月長醉'로 이어지는 소재의 연상 작용이 이루어졌다. 요컨대 이 부분에서는 동일한 내용의 작품이 모아져 있는데, 그 각각의 소재 또한 연상 작용이 자연스럽게 떠오를 정도로 상당한 연관성을 지녔다는 것이다.

이상과 같이『고금명작가』는 가집 전편을 통해서 내용별 분류와 소재의 연상 작용에 의한 작품의 연속 수록을 의도했다는 사실을 알 수 있었는데, 그렇다면 이와 같은 양상이 지닌 가집사적 의미는 무엇일까?

18세기 전반	『청구영언 (진본)』	무명씨(無名氏) 부분 : 戀君, 譴謫, 報効, 江湖, 山林, 閑寂, 野趣, 隱遯, 田家, 守分, 放浪, 悶世, 消愁, 遊樂, 嘲奔走, 修身, 周便, 惜春, 壅蔽, 歎老, 老壯, 戒日, 戕害, 知止, 懷古, 閨情, 兼致, 大醉, 客至, 醉隱, 中道而廢, 壯懷, 勇退, 羨古, 自售, 醉月, 盈虧, 命蹇, 不爭, 遠致, 二妃, 懷王, 屈平, 項羽, 松, 竹, 杜宇, 太平, 戒心, 勞役, 忠孝, 待客
18세기 중·후반	『해동가요 (박씨본)』	무명씨(無名氏) 부분 - 미표기 -
	『해동풍아』	무명씨(無名氏) 부분 - 미표기 -
	『고금가곡』	단가이십목(短歌二十目) : 人倫, 勸戒, 頌祝, 貞操, 戀君, 慨世, 寓風, 懷古, 歎老, 節序, 尋訪, 隱遁, 閑寂, 讌飮, 醉興, 感物, 艶情, 閨怨, 離別, 別恨

18세기 후반	『동가선』	: 遣意, 蔓橫, 問答, 樂時調, 隱, 隱逸, 將進酒, 春, 古, 酒, 嘆, 興比, 問, 懷古, 景, 昇, 詠, 壯, 帝, 豪, 別, 孝, 老, 思, 述, 橫, 慨, 咏, 意, 忠
19세기 (미상)	『근화악부』	: 倫常, 勸戒, 頌祝, 情操, 戀君, 慨世, 寓諷, 懷古, 歎 老, 膽略, 節序, 尋訪, 隱逸, 閑情, 宴飮, 醉興, 感物, 艶情, 離恨, 寓風, 慨世, 時節, 離恨, 戀君, 閑情, 歎 老, 寓風, 閑情, 感物

[표 I -4] 가집 소재 작품의 내용별 분류

위의 [표 I -4]에서 보이는 것처럼 작품의 내용별 분류는 조선
후기 가집사의 전 기간 동안 이루어졌다.[20] 비록 몇 종의 가집에 불
과하지만, 작품의 내용별 분류는 18세기 전반부터 19세기 후반까
지 꾸준히 지속되었다. 특히『고금가곡』,『동가선』,『근화악부』는
내용별 분류를 표방한 가집이라서 수록 작품을 표제어(또는 주제
별)로 구분할 수 있다. 하지만 이와 같은 수록 방식을 지닌 가집은
몇 종밖에 없고, 대부분의 가집에서는 당대의 음악적 질서를 반영
하고 있다.

일찍이『청구영언(진본)』도 〈무명씨〉 부분[21]에서 작품의 내용별
분류를 시도하여 총 52개의 평어(評語)를 남겨 놓았지만, 그 밖의
대다수 유명씨 작품은 악곡적 분류 방식을 따르고 있다.『해동가요
(박씨본)』과『해동풍아』에서도 무명씨 작품을 대상으로 내용별 분
류가 이루어졌다. 그러나 내용별 분류를 명시한 표식이 눈에 띄지

---

20 허영진(2006),「가집을 통해 살펴본 시조의 문학적 해석」,『국어문학』41, 국어
   문학회, 198-207쪽 참고.
21 김용철(1999),「『진청』「무씨명」의 분류체계와 시조사적 의의」,『고전문학연구
   』16, 한국고전문학회, 112쪽.

않아서 뒤늦게나마 그 실상이 이상원 교수에 의해서 드러나게 되었다. 『해동가요(박씨본)』에서는 대체로 화자의 심적 태도에 초점을 맞추어 13개의 내용으로 모든 무명씨 작품을 체계적으로 분류하여 그 나름의 일관된 기준이 확인된다.[22] 하지만 『해동풍아』에서는 다양한 작품이 연상의 원리에 입각하여 모아졌기 때문에 내용별 분류 방식을 고수하지 않은 것으로 밝혀졌다.[23]

작품의 내용별 분류 방식은 심지어 19세기 중반 가곡의 음악적 분화·발전상을 상징적으로 보여 준 『가곡원류』와 『영언(규장각본)』에서도 볼 수 있다. 『가곡원류』에서는 일종의 관습처럼 동일한 이미지나 어휘가 사용된 작품이 연속 수록되었고,[24] 『영언(규장각본)』은 가집 전편을 통해서 연상 원리가 적용되었다.[25] 이렇듯 작품의 내용별 분류가 조선 후기 가집사의 전 기간 동안 다양한 방식으로 이루어진 것을 감안할 때, 『고금명작가』가 지닌 의미가 좀 더 적극적으로 해석되어어할 것이다.

『고금명작가』는 가집사의 초창기 가집으로서 작품의 내용별 분류를 보여 준 몇 안 되는 가집 중 하나이자, 모든 수록 작품을 적용

---

22 이상원(2004), 「조선후기 가집 연구의 새로운 시각 - 『해동가요 박씨본』을 대상으로」, 『조선시대 시가사의 구도』, 보고사, 300-301쪽.

23 연상의 원리는 동일어(또는 유사어), 동일구문(또는 유사 구문) 외에도 소재나 이미지의 차원에 이르기까지 다양하게 나타난다고 한다. 이상원(2004), 「『해동풍아』의 성격과 무명씨 작품배열 원리」, 『조선시대 시가사의 구도』, 보고사, 324-325쪽 참고.

24 신경숙(2002), 「『가곡원류』의 소위 '관습구'들, 어떻게 볼 것인가? - 평시조를 중심으로」, 『한민족어문학』 41, 한민족어문학회, 101-126쪽.

25 성무경 교주(2007), 「가곡 가집, 『영언』의 문화도상 탐색」, 『19세기 초반 가곡가집 영언』, 보고사, 31-34쪽.

대상으로 삼은 최초의 사례에 해당한다. 이것은 『고금명작가』의 가집사적 위상 및 역할에 관한 새로운 해석이 요구된다는 뜻인 바, 『청구영언(진본)』과 더불어 가집사의 시작을 알리는 초창기 가집으로서 그 존재 가치가 더욱 심중해 보일 뿐 아니라, 작품의 수록 방식 또한 내용별 분류에 의한 것이라서 후대 가집과의 연관성 또한 상당히 높다고 할 수 있다. 가집사 초창기의 가집이지만 그 후대의 『고금가곡』, 『동가선』, 『근화악부』에서와 마찬가지로 일관성 있는 의도가 보여서 그동안 부각되지 못한 또 하나의 작품 수록 방식에 대한 관심을 환기한다고 생각된다.

한편 내용에 따라 수록된 모든 작품이 무명씨(無名氏)의 것이라는 사실은 『청구영언(진본)』과 해동가요계에서도 확인되는 바이기도 하다. 『고금명작가』도 문면상 작품의 작가를 밝히지 않은, 즉 무명씨 작품의 모음이다. 그런데 실제로는 유명씨 작품과 무명씨 작품을 정확히 절반씩 수록하여 고금의 명작으로 알려진 노랫말을 싣고자 한 가집의 편찬 의도를 충실히 구현하였다고 파악된다.

이렇듯 『고금명작가』는 조선 후기 가집사에 관한 이해를 돕는 신자료로서 새로운 관점의 중요성을 다시금 일깨워 준다. 그동안 조선 후기의 가집사는 가곡의 음악적 발전 과정을 위주로 설명되었다. 이것은 오늘날까지 전승된 가집의 상당수가 가곡창의 연창을 위한 대본으로서 소용된 현실이 반영된 결과이므로 어찌 보면 지극히 자연스러운 양상이다. 하지만 『고금명작가』는 가집사 초창기부터 작품의 내용별 분류가 이루어졌고, 그것도 심지어 모든 작품을 대상으로 삼았다는 사실로부터 그 위상을 결코 간과할 수 없다고 본다. 가집 편찬 체재의 근간을 이루는 토대가 작품 내용에 관한 인식에 있는 만큼 문학적 측면에서의 연구가 앞으로도 더욱 지속·발전되어야할 것이다.

4. 맺음말

이 글은 18세기 전반의 가집으로 알려진 『고금명작가』의 편찬 체재와 작품 수록 방식을 분석하여 그 실상을 명확히 드러내고, 초창기 가집으로서 지닌 의미를 찾고자 한 것이다. 『고금명작가』는 선문대 중한번역연구소에서 소장하고 있는 편찬자 미상의 필사본 가집으로 18세기 전반의 가집사를 이해하는 데 중요한 시사점을 제공해 주고 있다. 18세기 전반의 가집사에 관한 연구가 전반적으로 미진한 가운데 『고금명작가』는 연구사적 지평을 더욱 확장하는 데 적잖은 기여를 할 수 있으리라고 본다. 그러나 아직까지도 그 실상이 명확히 드러나지 않았고, 초창기 가집으로서의 위상마저도 다소 불분명한 것으로 여겨지고 있다.

따라서 이 글에서는 먼저 "예로부터 지금까지 이름난 훌륭한 작품의 노랫말"을 수록했다는 가집의 서명과 편찬 체재에 착안하여 고금의 명작이 뜻하는 바가 무엇이고, 실제로 명작을 싣고 있었는지를 구체적으로 살펴보았다. 대부분의 수록 작품이 각종 문헌에서 한역(漢譯)되어 한시로 실렸다는 사실은 명작에 관한 당대의 보편적 인식을 보여 준 것으로서 가집의 서명이 결코 우연한 작명이 아니었음을 깨닫게 해준다. 더불어 유명씨 작품과 무명씨 작품을 비등하게 수록한 것도 기존 작품과 당대의 작품을 함께 싣고자 한 편찬 의도와 부합했다는 사실을 확인할 수 있었다.

그리고 작품의 수록 방식을 검토하여 초창기 가집으로서 『고금명작가』의 특징과 가집사적 위상에 관하여 논의하였다. 논의의 핵심만 요약하면 『고금명작가』는 의도적으로 비슷한 내용의 작품끼리 짝지어 모아 놓거나, 소재의 연상 작용에 착안하여 작품을 연속 수록하는 방식으로 모든 수록 작품을 분류한 최초의 가집으로서 후대의 가집들과의 연관성이 상당히 높은 것으로 이해하였다. 그 밖에도 의도적으로 신출작품과 기존의 작품을 짝지어 연속 수록했다는 새로운 발견 또한 가집의 실상에 관한 정밀 분석에 의해서만 밝혀질 수 있는 성과로 평가될 듯하다.

병와가곡집과 18세기의 가집

『고금가곡(남창본)』[1]의
실증적 재조명

1. 문제 제기

조선 후기의 가집 연구는 수록 작품수가 많은 가집, 편찬자와 편찬시기가 입증된 가집, 다수의 이본이 존재하여 계열화가 가능한 몇몇 가집에 집중되었다. 이른바 3대 가집으로 불리는 『청구영언』, 『해동가요』,『가곡원류』및 이와 직간접적으로 연관된 여타의 가집 연구가 바로 그 대표적인 사례이다. 상대적으로 18세기 후반~19세기 중반기가 연구사적 공백기로 남겨진 것도 이와 유관하다. 1차 자료가 드문 국문시가 분야의 사정을 감안할 때, 이들 세 가집의 중요성과 활용 가치는 높이 평가받아 마땅하다. 그렇지만 이러한 연

---

1 이 글에서는 서울대학교 중앙도서관에 소장되어 있는 남창본을 텍스트로 삼아 검토하기로 한다. 서술의 편의상 가집의 원본은 『고금가곡』으로 일괄 표기하고, 전사본은 현재의 소장처를 기준으로 남창본, 가람본, 도남본으로 구별한다.

구사적 관심과 수많은 노력에도 불구하고, 조선 후기의 가곡 문화와 가집 편찬사에 관한 의문점은 여전히 상존하고 있다. 지금 이 순간까지도 연구자들의 관심권 밖에 놓여진 대다수 편찬자 미상의 가집들은 이러한 의문을 더욱 증폭시킨다.

이 글에서 검토 대상으로 설정한 남창문고본(南滄文庫本)『고금가곡(古今歌曲)』도 새롭게 재조명될 필요가 있다.『고금가곡』은 그간 '송계연월옹이 고시조를 주제별로 분류해 놓은 조선후기의 시가집'으로 인식되었다.[2] 그런데 이렇듯 선명한 결론에 걸맞지 않을 정도로『고금가곡』에 관한 분석과 이해의 깊이는 흡족할 만한 수준에 이르지 못했다. 이 글은 실증주의적 관점에서 남창본『고금가곡』을 검토함으로써 현재의 가집 연구사가 지닌 한계를 극복함과 동시에 오식을 바로잡을 수 있는 기회로 삼겠다. 우선『고금가곡』에 관한 몇 가지 의문점을 토대로 가집의 실상 및 전승 경로를 가늠해 본 후, 「단가이십목」과 노랫말 분석을 통해 그 주제적 관심을 파악토록 한다. 물론 이 글 한 편만으로 조선 후기의 가곡 문화와 가집 편찬사를 오롯이 재구할 수 없겠으나, 적어도 기존의 오해를 거듭 답습하지 않으려 한다.

---

2 조윤제(1948), 258-263면; 김근수(1962), 10-11면; 심재완b(1972), 28-29면; 각종 internet portal site(2004년 8월 현재)에서 제공하는 '백과사전 서비스' 검색 결과

2. 『고금가곡』에 관한 몇 가지 오해

현전하는 가집의 상당수는 전사본이다. 즉 편찬 당대의 원본이 아니라 후대인이 필사한 것이다. 지금까지 조선 후기의 가집 연구는 후대의 전사본을 대상으로 논의를 전개해왔다고 보아도 무방하다. 전사본과 원본 사이에서 발견되는 이러저러한 차이가 존재하므로 전사본만으로는 편찬 당대의 실상을 온전히 가늠하기 어렵다. 전사 과정에서 발생할 수 있는 무의식적 실수 혹은 의도적 첨삭까지 감안하면 사정은 더욱 복잡해진다. 따라서 조선 후기의 가집 연구는 전사본이라는 사실을 염두에 두고 신중히 접근해야한다. 그런데 대부분의 편찬자 미상의 가집들과 마찬가지로『고금가곡』도 정밀한 검증 없이 오히려 몇 가지 오해와 의문을 낳고 있다. 기존의 연구사적 선지식을 잠시 접어두고 현전하는 전사본들을 천착하다 보면 석연치 못한 점들이 발견된다.

첫 째, 현재까지 통용되고 있는『고금가곡』이란 서명부터 어딘가 어색한 느낌을 준다. 이 가집은 후대인에 의해서『고금가곡』으로 알려지게 되었고, 오늘날 편의상『고금』으로 약칭한다. 요컨대 후대인의 임의적 의제 설정이 아무런 비판 없이 가집의 원본내지 전사본의 서명으로 용인되었다. 하지만 '고금가곡'은 후대인에 의한 의제(擬題)[3]로서 편찬 당대의 원서명이 아니다. 이러한 임의적

---

3 『고금가곡집』의 표지에 이미 "실명의제(失名擬題)"라는 부기(附記)("前 文理大學長 南滄 孫晉泰 敎授 遺贈圖書, 於東京得淺見倫太郎氏所藏, 寫本而寫之,『古今歌曲集』一失名擬題, 一九二八年 三月, 李殷相君寫")가 있다. 前間恭作(마에마 교사

설정이 명백한 잘못은 아니지만, 그렇다 하더라도 '고금가곡'이란 의제가 가집의 원서명으로 고착될 수는 없다. 의제의 착안 동기를 제시하고 있는 두 작품⁴의 문맥을 보더라도 '고금가곡'은 오히려 일반 명사로서 "고금의 가곡"으로 파악된다. 각종 서발문에 등장하는 '歌譜'와 '樂府'가 특정 가집 『가보』와 『악부』를 지칭하지 않듯, 여기서의 '고금가곡'은 "고금의 가곡"으로 풀이된다. "눈 어두워져서 글 못 본다"는 편찬자가 "고금가곡을 모도와 쓴다"는 비논리를 강요할 것이 아니라, 평소 즐겨듣던 "고금의 가곡"을 모아서 하나의 가집을 엮어냈다고 보는 것이 타당하다. 모도와 쓰도록 한 행위의 주체는 편찬자이고, 그 대상은 "고금의 가곡"이었다는 사실을 지적해 둔다.

둘 째, 『고금가곡』의 전사본으로 알려진 가람본, 도남본 이외에도 더 많은 전사본이 존재했을 가능성에 관한 모색이 부족했다.⁵ 특히 자료적 가치가 높은 남창본과 그 저본인 마에마 교사쿠(前間恭作)본, 아사미 린따로(淺見倫太郎)본에 관한 천착은 전무했다. 이 글에서 남창본을 주목한 이유는 남창본 소재 마에마 교사쿠의 자서(自序)가 『고금가곡』의 전승 경로를 보여줄 뿐 아니라, 현전하는 전

쿠 : 1868~1942)의 자서(自序) 및 세주(細註)에서도 "원책은 실명하고 가제로 이름 붙이다.(原冊 失名 仮りに名く)"라 했다. 손진태a(1981), 22면에서도 서명을 가칭한 배경과 편찬 시점(1764)에 관한 언급이 보인다.

4 "늘거지니 벗이 업고 눈 어두어 글못볼싀 / 古今歌曲을 모도와 쓰는 뜻은 / 여긔나 興을 브쳐 消日코져 ᄒ노라([#293, 自作])" ; "七十의 冊을 뻐셔 몃희를 보쟈말고 / 어와 망녕이야 늄이 일졍 우을노다 / 그려도 八十이나 살면 오래 볼법 잇ᄂ니([#294, 自作])"

5 가람본(305수)과 도남본(302수)은 작품 수에서만 약간의 차이가 있는 동일본이다. 다만 작품의 누락이 없다는 점을 중시하여 암묵적으로 가람본을 선본(善本)으로 간주해 왔다. 심재완b(1972) 28-29면 참고.

사본의 선후관계에 관한 추정을 구체화하기 때문이다. 비록 마에
마 교사쿠의 자서가 편찬 당대의 것이 아닌 후대인의 구술 증언에
가까우나,『고금가곡』의 전승 경로를 실증하는 자료로서 손색이
없다.

1 … 그러나 表紙 안쪽의 反古를 살펴보면 道光三十年庚寅의 殺獄
　檢案의 文書이다. … 현재의 外裝은 그렇다 치고 내부를 조사해
　보면 본문의 용지는 표지 내측에 붙어 있는 공백 용지와 紙質
　이 전혀 다를 뿐만 아니라, 본문의 처음과 끝 약간 장은 모두
　그 小口가 현저히 磨損缺落되어 있고, 위를 덮은 表紙 및 空白紙
　에 비해 결손이 더욱 심함을 발견할 수 있다. 그에 따라 上述한
　外裝은 실은 그 전에 原册의 毁損이 심했기 때문에 道光末에 1
　차 개정한 것임이 틀림없다. … 글자가 마멸된 곳에 후인들이
　보필한 부분도 자못 많다. 그러나 지금 缺字로 여겨지는 부분
　도 그 수가 적지 않다. 본문의 총 지면 수는 83장으로 모두 壯紙
　를 사용하고 있다. …

2 … 이 때 흔히 보이는 敦厚한 書風에 諺文도 達筆이며 정갈하게
　필사했다. 卷頭의 下方에 세 개의 朱印을 찍었다. 위는 瓶形印,
　가운데는 方印, '孝家' 아래는 同 '一壑松桂一里煙月'이다. 全卷
　에 藍墨 및 朱墨으로 批點을 첨가했다. 그것은 성조와 관계없
　고, 오직 그 辭句가 抄者의 뜻에 부합하느냐에 따라 첨가되었다
　고 보인다. … 이 있어 卷頭 朱印인 '一壑松桂一里煙月'은 분명히
　抄編者의 鑒印이라고 보아도 될 것이다.[6]

1은 『고금가곡』의 전사본으로 남창본, 마에마 교사쿠본, 아사미 린따로본이 존재한다는 새로운 사실을 알려 준다. 원본을 입수하여 전사했으리란 막연한 예상과는 달리 남창본은 후대의 전사본을 저본으로 삼는다. 아사미 린따로본은 마에마 교사쿠본의 저본으로 일명 『一壑松桂一里烟月抄本歌集』으로 불린다. 아마도 이것이 현재 Asami Collection Berkeley에 소장되어 있다는 가집이 아닐까 생각된다. 마에마 교사쿠본은 아사미 린따로본을 재차 전사한 것으로 남창본의 저본이 된다. 이러한 연유로 다른 전사본들에서 찾아볼 수 없던 마에마 교사쿠의 자서가 남창본에 실릴 수 있었던 것이다.[7] 여기서 아사미 린따로본이 원책(原冊)을 대신하는 전사본으로서 도광 30년(1850) 살옥검안 문서의 뒷면을 겉표지로 사용했다는 사

---

6 1 … されとも表紙裏りの反古を檢するに道光三十年庚寅の殺獄檢案の文書なり. … さて現在の外裝はそれとして內部を查するに本文の用紙は表紙の內側に粘付せ ゐ空白の紙とは全○紙質を異にするのみならす, 本文の首尾若干張はすへその小 口著しく磨損缺落し, 上を覆へる表紙及空白紙に比し缺損遙に甚○きを發見する あり. 之に因り上述の外裝○實は其前に原冊の毀損著しかりしため道光末に一且 改禎せられたるものにか○こと明瞭とす. … 字の摩消せるに後人の補筆を施し たるも頗る多し. されとも今缺字の考ふへからさるもの其數決して少なからす. 本 文總紙數は八十三張にすへて壯紙を用たり. … 2 … に見る所の敦厚なる書風に て諺文も走筆を用○す, 丁寧に筆寫したり. 卷頭下方に三顆の朱印を○す. 上は瓶 形印, 中は方印, '孝家' 下は同 '一壑松桂一里煙月' とあり. 全卷を通し藍墨及朱墨に て批點を加へあり. 之れは聲調に關らす, 專ら其辭句が抄者の意に適へるに加へた りと察せらる. … とあり されは卷頭朱印の '一壑松桂一里煙月' は正○しく抄編者 の鑒印なりと定め得へ○な○. '○' 표식은 판독이 불가능한 글자.

7 마에마 교사쿠는 남창(南滄) 손진태(孫晉泰: 1900~1950, 문화관광부 주관— 2002년 12월의 문화인물)와 학문적으로 활발한 교류가 있었다. 최근 발굴 소개 된 손진태의 미발표 육필 원고 가운데서 그가 보내온 엽서와 편지를 보면 조선 의 고가요에 관한 두 사람의 깊은 관심을 엿볼 수 있다. 최남선의 『가곡선』과 『가 곡원류』, 『동양문고본 가요』에 관한 의견 교환은 손진태의 『조선고가요집』(동 경, 1929) 편찬에 직간접적으로 많은 영향을 주었다. 손진태b(2002), 101-157면 참고.

실이 주목된다. 마에마 교사쿠는 겉표지, 지질, 결자, 보필한 흔적을 근거로 아사미 린따로본을 1850년에 1차 개정한 전사본으로 파악하였다. 그러나 가집이 편찬된 후 아무런 전사본 없이 상당 기간을 유일본으로 전해지다가 비로소 재록되었으리라 생각되지 않는다. 가집의 전사는 그보다 훨씬 더 이른 시기부터 이루어졌을 가능성이 높다. 가곡의 노랫말이 살옥검안 문서라는 공문서와 자연스럽게 결부될 수 있었던 것은 가집의 전승 경로가 단일하지 않았음을 암시해 준다.

②도 가람본과 도남본에서 찾아볼 수 없는 귀중한 증언이다. 남창본은 이은상(1903~1982)이 다급히 베껴 적은 탓인지 가독성이 높지 않다. 그렇지만 아사미 린따로본의 경우, "돈후한 서풍의 달필로서 정갈하게 필사"되었다고 한다. 제1 전사본이라 할 수 있는 아사미 린따로본이 이와 같이 소중히 정서되었을 정도라면, 그 저본 또한 이에 준하는 상태였으리라 추측해볼 수 있다. 편찬자의 감인을 비롯하여 병형인과 방인이 찍혀 있고, 각 작품에 비점을 표시했으며, 가집 권두의 "一壑松桂一里煙月"이란 기록을 주목하여 『一壑松桂一里煙月抄本歌集』으로 본 것도 이 글을 통해서 최초로 확인된다. 그리고 각 작품마다 남묵과 주묵을 사용하여 비점을 표시한 것이 작품을 품평한 결과라는 견해도 무척 독특해 보이나, 현재로서는 확인 불가능하므로 논외로 한다. 이로써 보건대 아사미 린따로본까지는 비교적 가집의 원형을 유지한 듯하다. 아사미 린따로가 전사본을 입수한 배경은 불분명하나, 원본에 상당히 근접한 전사본이라는 것만큼은 확실해 보인다. 전사본의 외장에 찍힌 각종 인장(印章)과 정서체의 사용은 아사미 린따로본을 서첩의 일종으

로 보이게 하는데, 앞으로 아사미 린따로본을 입수하여 검토할 수 있는 기회가 제공된다면『고금가곡』연구는 새로운 국면을 맞이하게 될 것이다.

　남창본은 가람본, 도남본과 마찬가지로 여러 가지 형태로 전해지던 전사본의 하나로서『고금가곡』의 전승 경로를 밝혀줄 실마리를 제공해 준다. 남창본만으로『고금가곡』의 전승의 경로를 온전히 밝혀낼 수 없겠으나, 기존의 전사본들보다는 좀더 구체적인 추론이 가능하다. 남창본 소재 마에마 교사쿠의 자서와 서지적 특징을 종합하여『고금가곡』의 전승 경로를 도식화하면,

최초의 가집 : 영조24년(1764) 원본

⇩

제1 전사본 : 도광30년(1850) 아사미 린따로(淺見倫太郎)본

(『一壑松桂一里煙月抄本歌集』)

⇩

제2 전사본 : 마에마 교사쿠(前間恭作)본

⇩

제3 전사본 : 1928년 남창본 및『가곡가사—가람본』, 도남본

　순으로 정리할 수 있다. 부연하면 도광 30년(1850)의 전사본을 아사미 린따로가 소장했고, 이것을 마에마 교사쿠가 열람하여 자서와 작품목록까지 첨부해 둔 것을 손진태가 이은상으로 하여금 또 다시 베끼게 했음("寫本而寫之")을 알 수 있다. 결국 현재의 남창본은 아사미 린따로본을 전사한 마에마 교사쿠본을 또 다시 베낀

전사본이 된다. 가람본(『가곡가사』로의 편입)과 도남본은 전사 경위를 알 수 없다. 그렇지만 남창본과 가람본의 상동성[8], 남창과 도남의 관계로부터 『고금가곡』의 모본 및 선후관계에 관한 추론이 가능하다.

남창본과 도남본은 외형적으로 보아 거의 혹사하다. 저본(底本)의 원소장자가 아사미 린따로로 동일인이고 가집의 체제도 일치한다. 심지어 수록 작품수, 작품의 표기 방식, 글자가 결락된 부분에 '△' 표식을 채워 넣은 것도 완전히 똑같다. 그러나 가람본에서만 산견되는 추록 흔적, 『가곡가사』로의 편입, 마에마 교사쿠 자서의 탈락은 두 전사본 간의 선후관계를 어느 정도 시사해 준다. 도남본은 손진태가 보성전문학교의 도서관장으로 재직하면서 조윤제에게 도서관 연구실을 제공하며 교유했던 것[9]으로 보아 남창본의 전사본이 아닐까 추정된다. 따라서 현재의 남창본, 가람본, 도남본은 하나의 모본(母本)에서 나온 동종의 전사본으로 파악되며, 그 가운

---

8 남창본은 가람본이 『가곡가사』라는 편저 형태로 존재하는 것과는 달리 독립 단행본으로 전한다. 또 "청강의 비듯는 소리~([남창본 #105, 가람본 #109])"라는 작품의 수록 위치가 다르고, 전사자의 필력에서도 차이가 느껴진다. 두 전사본의 서지 사항을 정리하면 다음과 같다. '남창본' 원소장자) 아사미 린따로(淺見倫太郞氏) / 소장처) 서울대학교 중앙도서관 남창문고 / 청구기호) 남창 811.54. G533 / 검색 서명) 古今歌曲集 / 총면수) 47 / 작품수) 302 / 특이사항) 권두 : 前間恭作 自序 1.『一蠹松桂一里烟月抄本歌集』2.『坡平尹氏家抄本歌集』; '가람본' 원소장자) 淺見倫太郞博士 / 소장처) 서울대학교 중앙도서관 가람문고 / 청구기호) 가람 811.08.G122g / 검색 서명) 歌曲歌詞 單一古今歌曲, 女唱歌謠錄, 歌詞六種 / 총면수) 52 / 작품수) 305 서발문) 無 / 특이사항) 추록 : 過松江墓 石州別集卷之七 … 庚午元月(肅宗六年一六九〇) 남창본에는 마에마 교사쿠의 『파평윤씨가초본가집』에 관한 자서가 실려 있다. 이 글은 왕실의 외척 권신가로 유명한 파평 윤씨가에서 가곡과 가사가 불려졌다는 사실을 보여준다.

9 최광식(2002), 22-23면 참고.

데서도 남창본이 선본(善本)으로 생각된다.

셋 째, 가집을 바라보는 시선이 단일하지 않아 "연구 대상으로 어떻게 인식되는가?"하는 문제에 관해서도 합의에 이르지 못했다. 이미 전사본의 서명과 자작에서 살필 수 있듯『고금가곡』은 가곡의 모음집이다. 그러나 간혹 권두의 작품목록에 기재된 중국의 사·부·곡과 가사 몇 편은『고금가곡』을 조선 후기 가곡과 가사의 모음집이거나, 가사집의 일종으로 보이도록 한다.[10]

『고금가곡』에는 중국의 사·부·곡 13편, 가사 12편, 가곡 302수, 기타 5편에 이르는 총 332편의 작품이 실려 있다.[11] 그렇지만 중국의 사·부·곡은 작품명만 보이고, 가사는 몇 작품 ―「漁父詞九章」, 「感君恩四章」, 「相杵歌」, 「江村別曲」, 「閨怨歌」― 의 노랫말이 실렸을 뿐, 실제로 작품의 노랫말이 수록된 것은 가곡으로 불린 302수가 전부라 해도 과언이 아니다. 자료적 한계로 인하여 무슨 이유로 작품명만 제시하고 노랫말을 싣지 않았는지 알 수 없다. 그렇지만 한 가지 분명한 것은『고금가곡』은 가곡의 모음집이라는 사실이다. 가사 몇 편이 수록됐으나 이것만을 근거로 가사집으로 보기 어렵다. 남창본 소재 마에마 교사쿠의 자서는『고금가곡』이 가곡의 모음집이라는 것을 다시 한 번 확인시켜 준다.

---

10 임재욱(2004), 4-11면 ; 윤덕진(2003), 265면 각주 4)

11 ① 辭·賦·曲 外 : 歸去來辭, 采蓮曲, 襄陽歌, 憶秦娥, 白雲歌, 舞釰器行, 答輕薄少年, 桃源行, 琵琶行, 赤壁賦, 女娘送秋千, 誦傳竹枝詞, 臥念小游言 ② 가사 : 「風雅別曲」, 「漁父詞」, 「相杵歌」, 「感君恩」, 關東別曲, 思美人曲, 續美人曲, 星山別曲, 將進酒, 「江村別曲」, 「閨怨歌」, 春眠曲 ③ 短歌二十目 ④ 蔓橫淸流 ⑤ 自作 ⑥ 北邊三快, 西塞三快, 平生三快, 楓岳石刻, 金水亭石刻

　… 그리고 그 原册은 初張(<u>지금은 여기에 目錄을 記入했지만, 그 筆跡은 後人의 手에서 이루어진 것으로 改裝할 때 첨가된 것으로 보임 / 밑줄 : 필자</u>)의 下方左端이 缺落되어 있고, 또 卷○의 一張 末行에 '甲申春'이라고 되어 있는 아랫부분의 抄寫者의 이름이 명기되어 있을 것으로 예상되는 부분도 缺失되었다.[12]

　밑줄 친 부분에서 보이는 바와 같이 남창본 권두의 작품 목록은 마에마 교사쿠가 아사미 린따로본을 저본으로 삼아 제2 전사본을 만드는 과정에서 기입해 넣은 추록이다. 아사미 린따로가 전사본을 입수하기 전부터 가집의 원서명을 잃어버리고 『一壑松桂一里煙月抄本歌集』이란 의제가 덧붙은 것과 마찬가지로 권두의 작품 목록도 후대에 작성된 것이다. 따라서 작품 목록에서 확인되는 중국의 사·부·곡과 가사는 제1차 전사가 이루어질 때 이미 노랫말을 잃어버리고 작품명만 존재했던 것으로 이해된다. 제2 전사본을 만든 마에마 교사쿠이나 제1 전사본을 소장하고 있던 아사미 린따로가 굳이 중국의 사·부·곡과 가사의 노랫말을 탈락시키고 작품명만 기재했다고 생각되지 않는다. 이들을 포함한 후대의 또 다른 전사자들이 자의적으로 첨삭하면서까지 전사본을 만들었음을 입증할 수도 없다. 아마도 작품 목록에서 보이지 않던 「겸가삼장」, 「북변삼쾌」, 「서색삼쾌」 등이 권말에 실린 것, 「풍아별곡」의 서문이 「겸가삼장」 밑에 기재된 점, 작품 목록과 달리 「감군은」이 「상저가」 앞에 위치

---

12 … 而してその原册は初張(今之れに目錄を記入せるが その筆跡後人の手に出て改裝のときになされたりと覺○) ○下方左端缺落し、また卷○の一張末行 '甲申春' とある以下抄寫者の名記ありたりと思いる○部分も缺失せり.

한다는 사실은 작품 목록을 후대에 추록하는 과정에서 발생한 불
일치 현상이다. 좀더 신중하게 고증했더라면 이러한 불일치는 발
생하지 않았을 것이다. 이렇듯 작품 목록이 후대의 추록이라는 결
정적 증거를 확보한 이상, 『고금가곡』을 가사집의 일종이거나 시
가집으로까지 확대 해석할 아무런 이유가 없다.

넷 째, 편찬자로 알려진 송계연월옹(松桂煙月翁)과 가집의 편찬
시점도 불확실하긴 마찬가지였다. 어느 노옹으로 추정되는 이 알
듯 모를 듯한 인물이 편찬자로 알려져 왔으나, 가집의 그 어디에도
어느 시대, 어떤 계층에 속한 인물이었는지 언급된 바 없다. 1940년
대 최초로 소개된 이후 이렇다할 후속 연구가 진행되지 못한 것도
이와 같은 자료적 한계 때문이다. 그런데 마에마 교사쿠의 자서를
보면 "一壑松桂一里煙月"이라는 의외의 기록과 마주치게 된다.[13] 이
기록은 아사미 린따로본의 외장에 찍힌 세 개의 주인(朱印) 가운데
하나에서 발견된다. 사소해 보이나 이것은 『고금가곡(집)』을 편의
상 약칭하여 『고금』이라 하는 것과는 차원이 다르다. 왜냐하면 이
기록은 『고금가곡』의 편찬자가 송계연월옹이 아님을 입증하기 때
문이다. 흡사 한시의 한 구절을 새겨 넣은 듯 보이는 이 기록은 편
찬자의 이름으로 읽혀질 수 없는, 다시 말해서 평소 좋아하던 한시
의 한 구절 또는 경계로 삼던 금언을 새겨 넣은 한장인(閑章印)이기
때문이다. 한장인은 저작자를 직시한 낙관(落款)과는 용처가 다른
인장으로써 저작자와 저작물의 전반적 성향 그리고 인식 태도를

---

13 … に見る所の敦厚なる書風にて諺文も走筆を用○す, 丁寧に筆寫したり. 卷頭下方
に三顆の朱印を○す. 上は瓶形印, 中は方印, '孝家' 下は同 '一壑松桂一里煙月' とあ
り.

파악하는데 유용한 정보를 제공해 준다. 그러나 한장인은 원저작
자는 물론 후대의 품평자들도 자유롭게 새겨 넣을 수 있으므로, 이
것이 곧 『고금가곡』의 편찬자를 지칭하는 인명으로 볼 수 있을지
섣불리 단언할 수 없는 상황이다. 더군다나 남창본의 경우, 그 어느
곳에서도 '송계연월옹'만을 따로 떼어 인명으로 다루지 않았다. 심
지어 편찬자의 작품을 모아 놓은 권말의 자작 부분에서도 '송계연
월옹'이란 기록은 전혀 보이지 않는다. 그동안 가람본 권말의 '송계
연월옹'이란 다섯 글자에 착안하여 '송계'가 옛 지명이거나, 그러
한 아호를 사용하던 어느 노옹으로 추측하였다. 그렇지만 최선본
(最先本)인 아사미 린따로본에 찍힌 한장인과 선본으로 파악되는
남창본이 실증하듯 『고금가곡』의 편찬자는 결코 송계연월옹이
될 수 없다. 그보다는 "一壑松桂一里煙月"라는 구절이 암시하듯 소
나무를 지취(志趣)의 대상으로 완상하고, 어스름 달빛을 벗 삼아
소일하던 어느 무명씨(無名氏) 정도로 파악된다. 자작 14수[14] 가운

---

14 "少時의 多氣ᄒ여 功名의 有意터니 / 中年의 쎡ᄃ르ᄌ 浮雲이라 / 松下의 一堂琴書
가 내 分인가 ᄒ노라([#281, 自作])"; "三更의 月出ᄒ니 窓外에 松影이라 / 一般淸
意味가 此時에 더욱 됴해 / 뭇노라 紅塵醉客들은 자ᄂ가 ᄭ엿ᄂ가([#282, 自作])";
"거믄고 ᄐ쟈ᄒ니 손이 알파 어렵거늘 / 北窓松陰의 줄을 언져 거러두니 / ᄇ람의
제우ᄂ 소릭 이거시야 듯ᄀ 됴타([#283, 自作])"; "벼슬을 ᄆ양ᄒ랴 故山으로 도
라오니 / 一壑 松風이 이내 塵△ 다 시서다 / 松風아 世上긔별 오거든 블어 도로 보
내여라([#289, 自作])"; "空山의 月白ᄒ고 小園의 곳△△△△ / 거믄고 겻△△△△
묽게부니 / 松間의 ᄌ던 鶴이 놀나셔 넙△더라([#291, 自作])" 만횡청류 소재 "臺
우희 웃둑 션 소나모 ᄇ람 불적마다 흔덕흔덕 / 기올의 션ᄂ 버드나모 무ᄉ일 조
차 흔들흔들 닙그려 우ᄂ 눈믈은 올커니와 입하고 코ᄂ 어이 무슴 일노조차 셔
후로록 빗쥭 ᄒᄂ나([#266, 蔓橫淸類])"와 「단가이십목」의 "어와 뎌 소나모 셤
도 셜샤 길ᄀ의야 / 뎌그나 드리혀 셔고라쟈 굴형의 나 / 낫ᄀ고 지계진 아ᄒᄂ
다 직조아 가드라([#74, 寓風])"도 소나무를 제재로 삼는다. "臺 우희 웃둑 션 소
나모~"는 『역대시조전서』와 『한국시조문학사전』에 실리지 못한 신출 작품이
다. '△' 표식은 결자(缺字).

데서도 '松下, 松影, 松陰, 松風, 松間'이라는 소나무의 다양한 용도
가 보여 편찬자의 남다른 관심을 엿볼 수 있다. 다소 뒤늦었지만
이제부터라도『고금가곡』은 편찬자 미상의 가집으로 보는 것이
옳다.

　추정 근거가 미약했던 탓인지 가집의 편찬시기도 유동적이었다.
가집 권말의 "甲申春"이란 기록에 기초하여 영조 40년(1764)과 순
조 24년(1824) 편찬설이 양립하였다.[15] 그러나 제1 전사본이 1850년
에 이미 존재했고, 권두의 작품 목록이 마에마 교사쿠의 추록이라
는 사실을 감안해 볼 때, 19세기 편찬설은 더 이상의 호응을 기대하
기 어렵지 않나 생각한다.「단가이십목」소재 작품의 상당수가
16~17세기의 산물이고, 주씨본『해동가요』의 김수장 작품이 수록
된 것을 보더라도 그 하한선은 영조 45년(1769)을 넘어서지 않았을
것으로 추단한다. 19세기 중후반 풍류 현장에서 애호되던 십이가
사 계열의 작품이 전무한 반면, 실제 향유 방식에 관한 이견을 보이
는 17세기의 가사 작품을 수록한 것도 이러한 추정을 뒷받침한다.
따라서 이 때의 갑신춘은 아무래도 18세기 중반인 영조 40년(1764)
으로 보는 것이 타당할 듯하다. 가집의 편찬시기가 획정된 만큼, 앞
으로 그 당대의 노래문화라는 거시적 시각에서 좀더 풍성한 논의
를 펼칠 수 있으리라 기대한다.

---

15 조윤제(1948) : 영조 24년 편찬설, 양희찬(1993) : 순조 24년 편찬설

3. 『고금가곡』의 체재와 그 주제적 관심

『고금가곡』에 관한 연구가 미진했던 근본적인 이유로 「단가이십목」이란 분류 체계가 보여주는 낯설음과 작품의 주제적 관심이라는 독특한 편집 원칙에 관한 이해의 부족을 손꼽을 수 있다. 그리고 이러한 이해 수준에서 『고금가곡』은 동시기 다른 가집[16]에서 좀처럼 찾아보기 힘든 낯설음을 지닌 독특한 가집으로서 조선 후기의 가집 편찬사와 동떨어진 것으로 규정되어왔다. 그러나 시각을 바꾸어 보면 「단가이십목」이야말로 『고금가곡』연구를 위한 선결 과제이자, 수록 작품수가 많은 대형 가집과 차별화된 새로운 해석의 기반이 된다. '단가'는 가곡창으로 불리던 노랫말의 총칭이고, '이십목'이란 그것을 20개의 주제어로 분류해 놓은 것이다.[17] 이제부터 「단가이십목」에 관한 분석을 통해 『고금가곡』의 편찬 의도와 주제적 관심을 드러내 보이도록 한다.

③ 短歌二十目 : ① 人倫 10수(#1~10), ② 勸戒 9수(#11~19), ③ 頌祝 7수(#20~26), ④ 貞操 6수(#27~32), ⑤ 戀君 12수(#33~44), ⑥ 慨世 22수(#45~66), ⑦ 寓風 11수(#67~77), ⑧ 懷古 11수(#78~88),

---

16 신경숙(2002), 37-42면에서 18세기 후반~19세기 전반의 연창 대본용 가집은 음악적 표지에 따라 모든 노래를 분류하고 있다고 보았다.

17 『동가선』, 『근화악부』도 주제별 분류 방식을 보이는 가집이다. 『고금가곡』은 이 두 가집과 각각 37수, 43수의 작품을 공유한다. 특히 『근화악부』의 경우, 20개 주제어로 작품을 분류하고 있어서 외견상 「단가이십목」을 무척 닮았다. 가집의 주제 분류는 당대인의 주제 인식과 의식 세계를 입증하므로, 이에 관해서는 후고를 통해 천착해 보겠다.

⑨ 歎老 12수(#89~100), ⑩ 節序 9수(#101~109), ⑪ 尋訪 6수
(#110~115), ⑫ 隱遁 10수(#116~125), ⑬ 閑寂 28수(#126~153),
⑭ 讌飮 10수(#154~163), ⑮ 醉興 11수(#164~174), ⑯ 感物 9수
(#175~183), ⑰ 艷情 9수(#184~192), ⑱ 閨怨 8수(#193~200), ⑲
離別 8수(#201~208), ⑳ 別恨 38수(#209~246)

　과거『청구영언』의「무명씨」가 주제 분류에서 일관성이 부족하
고『동가선』이 산만한 양상을 보이는 반해,『고금가곡』의「단가이
십목」은 놀라울 정도로 일목요연하다. 다소 낯설어 보이나 조금만
더 자세히 살펴보면 이십목이 여섯 개의 상위 주제군(主題群)을 형
성한다는 사실을 간취할 수 있다. '人倫', '勸戒'는 "인간이 지켜야할
도덕"으로, '頌祝', '情操', '戀君'은 "군왕에 대한 절의"로, '艷情', '閨
怨', '離別', '別恨'은 "남녀간의 애정"으로, '慨世', '寓風'은 "현실비
판"이라는 상위 주제군을 형성한다. 그 밖의 항목에서도 이렇듯 일
정한 주제 인식이 감지된다. 요컨대「단가이십목」은 '인간의 도덕
과 군왕에 대한 절의'(①~⑤), '세태 풍자와 비판적 인식'(⑥, ⑦),
'시간의 흐름과 사계의 변화'(⑧~⑩), '강호자연에서의 삶'(⑪~⑬),
'술과 유흥'(⑭~⑯), '남녀간의 애정'(⑰~⑳)으로 재분류된다. 18세
기와 21세기라는 시간적 거리만큼 가집 편찬 당대의 주제 인식과
현대 연구자의 그것 사이에 상당한 차이가 존재할 듯도 한데, 이렇
듯 명료한 재분류가 가능하여 다소 의외의 결과로 받아들여진다.
뿐만 아니라 각각의 주제군은 계기적 관계에 놓여져 '인간의 도덕
과 군왕에 대한 절의'는 '세상사에 대한 풍자'의 계기이고, '시간과
계절의 변화상'으로부터 '강호자연에서의 삶'이 떠오르며, '술과

유흥'을 통해 '남녀간의 애정'을 유추해 볼 수 있다.

좀 더 구체적으로는 작품의 주제적 관심을 살필 수 있다. 주제적 관심이 무엇인지를 판별하는 기준은 두 가지이다. 그 하나는 특정 항목에 얼마나 다수의 작품, 그 가운데서도 특히 신출 작품을 얼마나 많이 싣고 있는지 살펴보는 것이다. 신출 작품은 편찬자의 작품 선호도와 그 당대의 전반적 성향을 담지하고 있으므로 주제적 관심을 파악하는 데 있어서 유용하다. 다른 하나는 주제군이 얼마만큼 세분화되었는지 알아보는 것이다. 세분화의 정도가 심할수록, 즉 여러 항목이 하나의 주제군을 이룬다는 것은 그만큼 다양한 관심의 표명으로 인식된다. 이러한 판별 기준을 적용하여 일람해 본 결과, 「단가이십목」은 '別恨'으로 상징되는 '남녀간의 애정'에 주제적 관심이 있었음이 확인된다. '別恨'에 실린 38수 가운데서 무려 11수가 신출 작품이라는 것, "남녀간의 애정"이라는 하나의 주제가 네 항목('艶情', '閨怨', '離別', '別恨')으로 세분화된다는 사실이 예사로워 보이지 않는다. 각각의 주제군이 공통적으로 3,40수 내외의 작품을 수록한 반면, '남녀간의 애정'의 경우 63수(25.6%)나 되는 작품이 실려 있어 그 관심도를 헤아리고도 남음이 있다. 이것은 주제 인식이란 측면에서 18세기인과 현대 연구자는 별반 다르지 않으나, 그러한 인식의 기저에 상당히 미묘한 차이가 존재한다는 사실을 보여준다.[18]

---

18 『고금가곡』의 편찬자가 6개의 주제군을 굳이 20개의 항목으로 설정한 것, 그 가운데서도 '남녀간의 애정'문제를 염정(艶情), 규원(閨怨), 이별(離別), 별한(別恨)으로 세분한 것은 현재적 관점에서 선뜻 이해하기 곤란한 난제이다. 여성의 절개가 떠오름직한 정조(貞操)가 "忠臣不事二君"의 맥락에서 이해되고, 남녀간의 그리움으로 보이는 별한(別恨)과 이별(離別)을 별도의 항목으로 설정한 것은 당

이러한 양상이 도출될 수 있었던 것은 『고금가곡』의 편찬자가 그 나름의 기준을 적용하여 작품을 재분류했기 때문이다. 즉 그 때 그 때의 필요에 의해 무작위로 작품을 수록한 것이 아니라, 일단 작품을 수집한 후 자신의 주제적 관심에 의해 재분류했다는 것이다. 놀라울 정도로 일목요연한 「단가이십목」은 편찬자가 "고금의 가곡"을 "모도와 쓴" 것에 만족하지 않고, 작품의 주제적 관심을 좇아 체계적으로 재정리했음을 보여준다. 이와 관련하여 소싯적부터 70의 노구에 이르는 한 편의 연작시를 보는 듯한 인상을 주는 자작 14수[19]의 내적 구조도 동일한 맥락에서 이해된다. 『고금가곡』이 낯설어 보이는 것은 체계적 구성을 보이려는 편찬 의도와 일관된 편집 원칙의 적용 결과이다. 한편 수록 작품의 노랫말 분석[20]을 통해서는 가집의 독자적 면모가 드러난다. 『고금가곡』은 단순히 기존의 작품을 모아 주제별로 분류한 가집이 아니라, 새로운 노랫말의 수집, 기존 노랫말의 변이와 같은 실험적 모색의 편린이 찾아진다.

대인과 현대인의 인식 체계와 사유 방식이 다르다는 것을 여실히 보여준다. 이 문제는 작품 해석론적 차원에서 신중히 접근해 볼만한 연구 과제로 남겨둔다. 김용철(1999), 107-143쪽 참고.

19 "少時의 多氣ᄒ여 功名의 有意터니 / 中年의 셕ᄃᆞᆯᄌ 浮雲이라 / 松下의 一堂琴書가 내 分인가 ᄒ노라([#281, 自作])"; "摩天嶺 올나 안자 東海를 구버보니 / 믈밧긔 구름이오 구름밧긔 하늘이라 / 아마도 平生壯觀은 이거신가 ᄒ노라([#285, 自作])"; "掛弓亭 희 다 져믄 날의 큰칼 집고 니려셔니 / 胡山은 져거시오 豆滿江이 여긔로다 / 슬프다 英雄이 늘거가니 다시 졈기 어려웨라([#286, 自作])"; "三十年 風塵속의 東西南北 奔走ᄒ여 / 이몸이 盡ᄒ도록 나라 은혜 갑쟈터니 / 病들고 나히 만하 속절업시 져ᄇ려라([#290, 自作])"; "七十의 冊을 뻐셔 몃희를 보쟈말고 / 어와 망녕이야 늠이 일졍 우을노다 / 그려도 八十이나 살면 오래 볼법 잇ᄂ니 ([#294, 自作])"

20 김석회(2003), 9-84면에서 노랫말의 변이에 착안하여 19세기 전중반의 가집인 『흥비부』, 육당본 『청구영언』을 분석한 바 있다.

『고금가곡』에는 새로운 노랫말, 즉 신출 작품이 모두 49수 (16.2%)[21]인 것으로 확인된다. 특별히 강조하려한 듯 '頌祝'의 첫 수, '戀君'의 첫 수와 마지막 수, '感物'과 '艶情'의 마지막 수, '離別'과 '別恨'의 첫 수, '蔓橫淸流'의 마지막 수가 모두 신출 작품이다. 가집에서의 신출 작품은 가집의 편찬 동기와 성격을 가늠케 한다. 작품 수가 많기도 하거니와 분류 체계에 구애됨 없이 고른 출현 분포를 보인다. 각 항목의 신출 작품은 이 곳 저 곳에 흩어져있지 않고, 마치 편찬자가 의도적으로 모아 놓으려 한 듯 연속적으로 배치되었다.[22] 기본적으로 가집이란 것이 당대의 노래문화를 반영하므로 『고금가곡』도 어느 정도 기존의 노랫말을 싣고 있으나, 이렇듯 일정한 편집 의도에 입각하여 다수의 신출 작품을 싣고 있다는 점에서 그 독특함이 한층 더 부각된다. 『교주 가곡집』을 제외한 그 어느 가집에도 실리지 않은 권익륭(權益隆)과 남선(南銑)의 작품이 실릴 수 있었던 것도 새로운 노랫말의 광범위한 수집을 보여주는 좋은 예이다.[23] 권익륭은 안동권씨가의 일원으로 숙종조 인정전에서 베

---

21 신출 작품은 모두 49수(#20, 33, 44, 47, 50, 58, 74, 92, 130, 131, 136, 138, 139, 147, 150, 158, 180, 181, 183, 185, 191, 192, 201, 209, 211, 212, 216, 218~222, 236, 245, 266, 280, 281~294 / #183, #236은 동일 작품의 중출)이다.

22 한적(#130, 131, #138, 139), 감물(#180, 181), 염정(#191, 192), 별한(#211, 212, #218~222)

23 "풍아의 깁흔 뜻을 뎐ᄒᆞᄂᆞ니 긔 뉘신고 / 고됴를 됴하ᄒᆞ나 아ᄂᆞ니 젼혀 업ᄂᆞ / 졍 셩이 하미망ᄒᆞ니 다시 블너 보리라 風雅深意, 傳者其誰, 古調雖自愛, 知者少正聲, 何微茫欲更吟(【風雅別曲 #1】)" ; "굴닙희 져즌 이슬 서리 이미 되단말가 / 츄슈도 너를시고 ᄂᆡ 싱각이 싀로와라 / 아희야 닷 들고 빗 ᄯ으여라 벗 츠즈러 가리라 萩葉 零露, 云已爲霜, 秋水其濶, 秋懷維新, 呼兒擧碇 放舟, 訪故人去(【兼葭三章 #1】)" ; "겨 을날 두산 빗츨 님의게 비최고져 / 미나리 슬진 마슬 님의게 드리고져 / 님이야 무어시 업스리마는 내 못이져 ᄒᆞ노라(【#42 戀君】)" ; "鴨綠江 히다 져믄 날의 져므 신 우리 님은 / 燕雲萬里를 어듸라고 가시난고 / 보ᄂᆡ고 못죽는 뜻은 나도 몰나 ᄒᆞ

풀어진 진연(進宴)에 주탁관(酒卓官)으로 참여한 인물이다.[24] 어떠한 이유에서 권익륭의 작품을 수록했는지 모르겠으나, 작품과 그 한역문까지 수록하고자 상당히 노력했음이 분명하다. 일체의 작가 정보를 생략한 『고금가곡』에서 "晦谷南公 二首 丙子"라는 기록이 보이는데, 회곡남공[25]은 병자호란(1636) 당시 호조참의로 임금을 호종했던 남선이다. 기존 가집의 선례를 따르는 수준에서 만족했더라면, 권익륭과 남선의 작품은 『고금가곡』에 수록되지 못했을 것이다.

그리고 노랫말에 있어서도 유의미한 변화를 보이는 변이형 작품이 많다. 『고금가곡』의 변이형 작품은 모두 64수[26]로 '人倫', '醉興', '感物'을 제외한 가집 전반에서 고른 분포를 보인다. 가장 많은 신출 작품이 수록된 '別恨'에선 고작 1수만이 변이형 작품이었으나, '閑寂'에서는 28수 가운데 9수(32%)에서 노랫말의 변이가 보인다. 가창 공간에서 불려지는 가곡의 장르적 특성상 노랫말의 변이는 흔히 발생하는 예삿일로 받아들일 수 있다. 그러나 어떤 노랫말은 기존의 것을 고수하면서 동일 표현, 공통 어구를 사용한 반면, 어느

노라([#43, 戀君])"

24 『교주 가곡집 전』(1951), 308면 : "權益隆, 字大叔, 號何處山人, 安東人, 掌令斗樞之子, 蔭士宦牧使." 『교주 가곡집』에서는 「겸가삼장」 대신 「풍아별곡속(風雅別曲續)」으로 표기돼 있었다. 그가 인정전 진연에 참가한 기록은 『숙종실록』(국역조선왕조실록web version, 숙종 32년 8월 044 32/08/27임자 001)에서 보인다.

25 남유용, 「이조판서회곡남공시장(吏曹判書晦谷南公諡狀)」, 『뇌연집(雷淵集) 권16(한국문집총간 218)』(1998), 4-7쪽.

26 권계(勸戒) 1수, 송축(頌祝) 1수, 정조(貞操) 2수, 연군(戀君) 4수, 개세(慨世) 4수, 우풍(寓風) 3수, 회고(懷古) 5수, 탄로(歎老) 3수, 절서(節序) 2수, 심방(尋訪) 3수, 은둔(隱遁) 4수, 한적(閑寂) 9수, 연음(讌飮) 2수, 염정(艷情) 2수, 규원(閨怨) 2수, 이별(離別) 2수, 별한(別恨) 1수, 만횡청류(蔓橫淸流) 14수

노랫말은 새롭게 바꿔서 불렀다는 것은 어떻게 이해되는가? 일반
적으로 가집에서의 노랫말 변이는 가창 당대의 시간 및 공간적 분
위기나 편찬자의 의도적 개사(改詞) 의지의 반영이라는 두 가지 함
의를 지닌다. 『고금가곡』에서 보이는 노랫말의 변이도 이와 다르
지 않을 터, 노랫말의 추가·삭제·변개를 통해서 작품의 주제를 재
인식하려 한 것으로 이해된다. 예컨대 '別恨'보다 '閑寂'에서 더 많
은 변이가 발견되는데, 이것은 '閑寂'이라는 주제를 드러내는데 있
어서 기존의 노랫말을 가다듬을 필요성을 자각하고 변이했음을 의
미한다. '別恨'이라는 비극적 상황은 기존의 작품만으로도 충분했
기에 재수록으로 만족했으나, 기존의 작품만으로 '閑寂'한 삶을 표
현하는 것이 적절치 않다고 여기고 노랫말의 변이한 것이다. '戀
情', '閨怨', '離別', '別恨'과는 달리 '懷古'와 '隱遁'에서도 수록 작품
의 과반수에서 노랫말의 변이가 발견되어 주제적 관심이라는 측면
에서 좀 더 세밀히 고찰해 볼만 하다. 아울러 시끌벅적한 분위기가
느껴진다는 만횡청류[27]에서 '尋訪'으로의 편입은 『고금가곡』이 노
랫말과 악곡의 상조성보다는 주제적 관심에 주안점을 둔 가집임을
다시금 일깨워 준다. 동일 작품이더라도 어떠한 악곡으로 부르느
냐에 따라 작품의 미감이 달라질 터[28], 편찬자는 노랫말과 악곡의
상조성보다 '尋訪'이란 주제적 관심을 중요시한 것으로 파악된다.
이 또한 동시기 다른 가집에서 찾아볼 수 없는 낯설음이자 『고금가
곡』의 독자적 면모라 할 수 있다.

---

27 김수장, 『해동가요(주씨본)』, 「가지풍도형용 14조목」: "蔓橫淸流—舌戰群儒, 變
    態風雲"
28 악곡과 노랫말의 상조성은 조규익(1994), 98쪽 참고.

노랫말을 분석해 본 결과, 가집의 독자적 면모를 재확인할 수 있었다. 다른 가집에 중출하지 않는 다수의 신출 작품, 기존 노랫말의 현저한 변이는『고금가곡』을 새로운 노랫말의 모음집으로까지 보이게 한다. 그런데 새로운 노랫말과 노랫말의 변이 양상은 동시기 『시가』나『동가선』과 같은 가집들에서도 거듭 확인된다.[29] 이것은 『고금가곡』이 당대의 가곡문화와 괴리되지 않고, 군소 가집으로서 또 다른 흐름을 형성하고 있었다는 것을 보여 준다. 새로운 악조와 악곡에 기존의 노랫말을 얹어 부르기 위한 음악적 모색이 진행되는 동안, 또 다른 한 편에서는 주제적 관심에 부합하는 작품의 선별 수록에 주안점을 두었듯 조선 후기의 가곡 문화와 가집 편찬사는 다기한 흐름을 형성한다.

4. 맺음말

이 글에서 살피고자 한『고금가곡』은 군소 가집의 하나로서 조선 후기의 가곡 문화와 가집 편찬사에 관한 연구사적 지평의 확대와 새로운 연구 시각을 제공해 준다. 특히 조선 후기의 가집 연구가 악조와 악곡을 중심한 음악적 관심 일변도에서 벗어나, 문학 텍스트로서의

---

29 조윤제(1948), 263면에서 가집 소재 작품의 30%가 삼대가집에서 찾아지지 않는다고 언급했다.『시가』에도 다수의 신출 작가와 53수의 신출 작품이 수록돼 있다. 이에 관해서 박상수(1963), 193-211면에서 자세히 소개하였다.『동가선』의 분류 체계와 신출 작품은 허영진(2003), 163-188면 참고.

분석이 여전히 유효하다는 점을 일깨워주는 중요 자료이다. 그러나 최근까지도 수록 작품수가 많고 다수의 이본이 존재하는 유명씨 가집들과는 달리, 『고금가곡』은 자료적 실상에 관한 실증적 검토 없이 오히려 몇 가지 오해와 의문점을 지닌 채 연구사적 주변부에 놓여졌다.

이 글은 제3의 전사본이자 선본으로 여겨지는 남창본 『고금가곡』을 검토하여 '고금가곡'은 남창본의 의제인 '고금가곡'의 와전(訛傳)이고, 가집의 편찬자로 알려진 송계연월옹은 "一壑松桂一里煙月"을 오독(誤讀)한데서 비롯한 허구의 인물이며, 『고금가곡』은 1764년 무렵에 편찬된 가곡의 모음집이라는 사실을 확인할 수 있었다. 그리고 최초로 아사미 린따로본, 마에마 교사쿠본 및 그의 자서를 소개하여 가집의 전승 경로(1764년 원본 ⇨ 제1 전사본 : 1850년 아사미 린따로본본 ⇨ 제2 전사본 : 마에마 교사쿠본 ⇨ 제3 전사본 : 1928년 남창본 ⇨ 『가곡가사―가람본』 및 도남본)를 구체화하였고, 가집의 분류 체계인 「단가이십목」과 노랫말 분석을 통하여 가집의 편찬 의도와 주제적 관심을 살펴보았다.

『고금가곡』에서 찾아지는 낯설음과 독자적 면모는 조선 후기의 가집 편찬사가 다기한 흐름을 형성하고 있음을 보여준다. 뚜렷한 계열화를 기대할 수 없는 군소 가집군은 연구사적 난제로 보이나, 낯설음과 독자적 면모가 그것의 가치와 위상을 결정짓는 준거일 수 없다. 『고금가곡』으로부터 18세기인의 주제적 관심과 인식 체계라는 전혀 예상치 못한 새로운 연구 과제가 대두하듯, 앞으로 그러한 낯설음과 독자적 면모를 아무런 선입견 없이 받아들이고 천착함으로써 조선 후기의 가곡 문화와 가집 편찬사의 진면목이 드러날 수 있으리라 본다.

병와가곡집과 18세기의 가집

『동가선(東歌選)』의 주제어 분포와 주제 인식

1. 문제 제기

대부분의 문예물이 그러하듯 고시조 또한 다양한 해석의 가능성을 내포하고 있다. 동일한 작품일지라도 어떻게 해석하고 받아들이는가에 의해 상이한 평가를 받으며, 작품의 주제에 관한 인식도 작지 않은 편차를 지닌다. 특히 자의적 해석 가능성이 높을 경우, 예컨대 불분명한 어석에 의존한다거나 와전(訛傳) 여부를 판별해 낼 수 없을 때, 작품의 주제에 관한 공감대 형성은 더욱더 요원해진다. 더불어 고시조 각 편이 지닌 다양한 주제들을 합리적으로 분류하여 체계화하는 것도 수월하지 않다. 주제 분류의 기준을 마련하는 것으로부터 각각의 주제들을 범주화하기까지 수많은 시행착오와 고민이 필수적으로 수반된다. 그럼에도 불구하고 고시조의 주제를 파악하고, 유형별로 분류하기 위한 노력은 끊이지 않는다.

291

　그러나 고시조가 수록되어 전하는 가집[1]의 주제 분류와 인식이
란 관점에서의 연구는 본격화하지 못했다. 다시 말해서 개별 작품
론 차원의 '고시조 주제론'은 존재했으나, 그 원전인 가집의 주제
분류와 인식에 관해서는 별다른 관심이 없었다. 이와 관련하여 양
희찬[2]과 김용철[3]의 논문은 시사하는 바가 많다. 양희찬은 과거의
가집 및 현대 연구자들의 고시조 주제 분류 양상을 거시적으로 조
망하였고, 김용철은 가집의 주제 분류와 그 의미에 관하여 세밀하
게 살폈다. 이 두 연구자의 논문은 가집의 고시조 주제 분류라는 관
심사는 공유하지만, 접근 방법이나 분석법은 무척 상반된 면모를
지닌다.

　과거의 가집 편찬자들 가운데서도 고시조의 주제에 관심을 갖

1　이 글에서 인용하는 가집의 명칭은 심재완 편(1972), 『교본 역대시조전서』, 세종
　문화사, 13~14쪽에서 제시한 약명(略名)에 의거하여 약호한다. 그러나 이 글의
　검토 대상인 『동가선』은 원전 표기법을 존중하는 차원에서 약호하지 않았고, 작
　가력(作家歷)과 작품도 원래의 표기를 따른다. 다만 독서 효율을 감안하여 작품
　의 사설은 '/'표시를 사용하여 초·중·종장으로 구분한다.

2　양희찬(1996), <고시조 주제분류 방법론>, 『시조학논총』제12집, 한국시조학
　회, 127~152쪽에서 주제 분류 양상을 제시한 후, 고시조의 주제가 7개 범주(① 임
　금과 나라에 대한 사고 ② 인륜과 세태에 대한 관점 ③ 개인생활의 태도와 의식
　④ 인생에 대한 인식 ⑤ 남녀애정에 대한 관심 ⑥ 역사적 사실에 대한 인식 ⑦ 일
　상 주변에 대한 관심)로 설정될 수 있다고 보았다.

3　김용철(1999), <『진청』「무씨명」의 분류체계와 시조사적 의의>, 고전문학회
　편, 『고전문학연구』제16집, 월인, 1999, 112쪽에서 「무씨명」소재 고시조를 대략
　6가지의 주제적 유형(① 임금에 대한 관계, 자연적 삶에 대한 태도 ② 도시적 삶
　의 태도 ③ 시간에 대한 인식, 늙음을 대하는 태도, 당쟁 상황의 우의적 표현, 역
　사적 시간성과 오늘의 표현 ④ 자신의 일상이나 이상적 생활에서 집·술·교유·
　임금에 대한 태도, 생활 속에서의 공부·국가·이상적 풍속·자기, 청에 대한 복수
　희구, 태평시대 인간의 희망과 좌절 ⑤ 역사적 인물의 비극적 일생, 초나라에 관
　계된 고사, 동식물의 인격화를 통한 철학·실천적 의미의 부여 ⑥ 다양한 일상적
　삶과 그 속에서의 실천 문제)으로 나누어 설명하였다.

고, 주제 분류를 시행한 선례가 간혹 발견된다. 김천택 편, 『청구영언』의 <무명씨>조와 송계연월옹 편, 『고금가곡』의 <단가이십목> 그리고 오재 백경현 편, 『동가선』이 바로 그것이다. 그렇지만 최고본(最古本)인 『청진』은 주제 분류로만 볼 수 없다는 제약이 뒤따르고, 『고금』은 가집으로서의 활용 범위가 좁은 편이다. 이에 반해 『동가선』은 악곡(樂曲)을 위주로 편제를 구성하되 한 두 글자의 주제어가 덧붙여진, 즉 음악적 분류와 문학적 분류를 병행하고 있는 독특한 가집이다. 『동가선』에 등장하는 각각의 주제어들은 편찬자의 기본 시각과 작품 이해의 정도를 반영한 것이고, 주제 분류는 18세기 후반 고시조 향유상의 한 단면을 보여주는 것이므로 주목해서 살펴볼 만하다.

이 글에서는 백경현의 『동가선』을 검토 대상으로 삼아 고시조의 주제 분류와 인식의 기저를 해명해 보이고자 한다. 이를 통해서 18세기 후반의 고시조 향유상과 주제적 관심이 파악될 수 있으리라 기대한다. 『동가선』은 그동안 크게 주목받지 못해온 18세기 후반~19세기 초반의 가집으로 조선 후기 문학·예술사를 설명하는 과정에서 간략히 언급된 바 있다.[4] 오한근[5]이 가집의 서문인 <동가선서(東歌選序)>를 발굴하여 보고한 이후, 김근수[6]가 편찬 시기를 추

---

4 강명관(1997), 『조선후기 여항문학 연구』, 창작과비평사, 155~170쪽; 김용찬 (1999), 『18세기의 시조문학과 예술사적 위상』, 월인, 267~305쪽.

5 오한근(1954), <가집 『동가선』 편찬고>, 『국어국문학』 제11호, 국어국문학회, 219쪽.

6 『동가선』의 편찬 시기에 관하여 오한근의 순조 2년(1822)설과 김근수의 정조 5 년(1781)설이 있다. 전자의 설이 생몰년을 오인한 결과이므로 이 글에서는 후자의 설을 따른다. 김근수(1962), 『고서잡록』, 동국대 국어국문학과, 33쪽; 김근수 (1968), <『동가선』소고>, 『행정이상헌선생 회갑기념논문집』, 형설출판사,

정하고 작품 사설의 기재 양상을 살폈다. 그러나 고시조의 주제 분류와 인식이라는 측면은 물론이거니와 가집의 편제와 수록 작품 그리고 작가층 등에 관한 기초적인 검토 작업은 이루어지지 못했다.

2. 『동가선』의 편찬과 고시조의 주제 분류

1) 편찬 배경과 가집의 편제

『동가선』의 편찬자 백경현(1732~1794 이후)은 승정원 서리와 액정서의 사알을 역임하였고, '구로회(九老會)'라는 여항 시사의 일원으로 활동한 인물로 알려져 있다.[7] 아버지 백수륜(白壽倫)이 승정원 서리를 지냈고, 형제 백경전(白景牋) 역시 사알이었던 것으로 보아 그의 가문은 경아전 계층이었음을 알 수 있다. 흔히 청직(淸職)이라 일컫는 승정원은 왕명 출납과 왕실에서 사용할 각종 비품을 관리하는 조선조 중앙의 핵심 부처이다. 그리고 이곳의 서리들은 각종

45~62쪽.

7 『동가선』의 편찬자인 백경현의 가계와 경아전 계층의 생활상은 강명관(1990), ＜18, 19세기 경아전과 예술활동의 양상-여항문화에 대한 한 고찰＞, 『민족사의 전개와 그 문화』상, 창작과비평사, 779~822쪽; 강명관(1997), 위의 책, 21~136쪽 참고. 『동가선』의 진면목을 드러내기 위해서는 그의 문집인 『오재집(悟齋集)』도 마땅히 참고 자료로 살펴볼 필요가 있다. 그렇지만 『오재집』을 구득(求得)하여 열람하지 못한 자료적 한계로 인하여 그의 삶이나 교유 관계의 실상을 구체적으로 밝혀내지 못했다.

중요 문서의 수발과 등사 업무에 종사하면서 선리(仙吏)로 자부하였다고 한다.

'구로회'(1794)는 '금란사'(1772)와 마찬가지로 18세기 후반의 여항 시사 가운데 하나로써, 주로 김성달의 함취헌을 중심으로 거의 매일 모임을 가졌다고 한다. 시사의 명칭, 이를테면 '아홉 노인의 모임'이라는 뜻이 나타내듯 중앙 부처 출신의 연로한 서리들이 모여서 자신들의 문학·예술적 소양을 자랑하며 풍류를 즐기던 친목 단체이다. 이 같은 성격의 모임은 그 후, '송석원시사'를 거쳐 고종 조의 '노인계', '승평계'로까지 그 흐름을 이어간다. 이로써 보건대 편찬자 백경현은 일정 수준의 경제적 기반을 확보했고, 이러한 기반을 바탕으로 '구로회'에 참여하여 자신의 문예적 취향을 드러내는 한편, 『동가선』이라는 가집을 편찬할 수 있었던 것이다.

『동가선』의 편찬자가 승정원 서리로서 여항 시사의 일원이었고, 포교 출신인 김천택이 『청구영언』을 엮었으며, '노가재가단(老歌齋歌壇)'의 좌장으로서 『해동가요』를 거듭 개찬하며 왕성한 활동을 보인 김수장(1690~1770 이후)이 병조 서리였다는 사실이 매우 공교롭게 느껴진다. 조선 후기 중인 계층의 삶에 관한 기록을 참고할 때, 이 세 사람은 거의 유사한 생활 환경 속에 놓여질 수 있다. 그렇지만 생활 환경 그 자체가 이들의 삶과 예술관을 온전히 설명해 주지는 못하며, 오히려 무엇이 다르고, 어떠한 차이가 있는지, 왜 구분되는가를 판별하는 것이 급선무로 받아들여질 정도로 각기 다른 개성을 지닌다. 김천택, 김수장, 백경현은 사회 계층적으로는 공통적이지만, 결코 짧지 않은 시간적 거리가 입증하듯 사유 방식이나 가창 문화의 실상은 많이 다르다. 이미 선행 연구[8]에서도 김천택과 김수장은 서로 다른 문학적 지향과 예술관을 지녔음을 지적한 바 있다.

근본적으로 『동가선』의 편찬자는 김천택이나 김수장과는 달리 전문(專門) 가객(歌客)으로 보이지 않는다. 전문 가객은 가곡과 시조를 전문적으로 노래한 직업적 예술인으로, 예술적 교양의 차원에서 노래를 즐겨 부르던 일반 가창자와는 구별된다. 김천택은 정래교(鄭來僑)로부터 "以善唱 鳴國中"이라 극찬을 받았고, 김수장은 <고금창가제씨>에 그 자신의 이름을 올려놓기도 했다. 그러나 『동가선』의 편찬자는 가창에 관하여 일가견을 가졌음은 확실하나, 전문 가객으로 보기에는 어딘가 석연치 못한 부분이 있다. 편찬자가 전문적으로 노래를 부른 가객인지, 예술적 교양의 차원에서 가창에 능했는지, 아니면 가창이 불가능했는지는 가집을 이해하는 데 있어서 중요한 문제이다. 물론 가집의 권말에 편찬자의 자작 작품 9수가 있으나, 작품 사설의 창작과 작품을 악곡에 얹어 부르는 일은 전혀 별개의 문제이다. 어찌 보면 중앙 부처의 서리로부터 고도한 수련이 요구되는 가창 능력을 기대한다는 것 자체가 과욕일 수 있다. 이와 관련하여 가집의 편제가 단조롭고, 음악 이론을 간략하게 서술한 사실이 주목된다. 먼저 가집의 편제를 살펴보면 다음과 같다.

> 『동가선』: 初中大葉 2수(#1-#2), 二中大葉[三中大葉포함] 4수(#3-#6), 北殿 1수(#7), 初數大葉 4수(#8-#11), 二數大葉 180수(#12-#191), 三數大葉 17수(#192-#208), 蔓興 23수(#209-#231), 雜歌[將進酒포함] 4수(#232-#235)

---

8 박노준(1998), 『조선후기 시가의 현실인식』, 고려대 민족문화연구원, 169~329쪽.

『청진』(1728) : 初中大葉 1수, 二中大葉 1수, 三中大葉 1수, 北殿 1수,
　　　二北殿 1수, 初數大葉 1수, [二數大葉], 三數大葉 446수, 樂時調
　　　10수, 將進酒辭 1수, 孟嘗君歌 1수, 蔓橫淸類 116수

『해주』(1769) : 初中大葉 1수, 二中大葉 1수, 三中大葉 1수, 北殿 1수,
　　　二北殿 1수, 初數大葉 1수, 二數大葉 561수, [三數大葉, 樂時調,
　　　編樂時調, 騷聳, 編騷聳, 蔓橫, 編數大葉]

　『동가선』의 편제는 『청진』의 그것과 흡사하다. 악곡명(樂曲名)은
단출하고 악조(樂調)는 보이지 않는다. 악곡명을 먼저 제시한 후,
시대 및 신분별 순차를 좇아 작가명과 작가력을 기술했고, 작품의
사설은 줄글로 내려쓰고 있다. 이러한 편제의 구성과 작품 수록 방
식은 『동가선』이 18세기 후반에 편찬된 가집이라는 것을 알려 준
다. 그렇지만 자세히 살펴보면 기존의 18세기 가집들과는 또 다른
면모가 보이기도 하고, 18세기 후반~19세기 전·중반의 가집에서
엿볼 수 있는 특징적 국면도 찾아진다.

　『동가선』에는 18세기 가집에서 흔히 보이던 '이북전(二北殿)'과
'삼중대엽(三中大葉)'이 없는 대신, '만흥(蔓興)'과 '잡가(雜歌)'라는
악곡명이 등장한다. 동시기 『병가』에서는 '이북전'이 '이후정화(二
後庭花)'라는 이름으로 '북전'과 동시에 등장하는데, 『동가선』에서
는 악곡명뿐 아니라 해당 작품마저도 수록되지 못했다. '삼중대엽'
은 보이지 않지만 '이중대엽' 소재의 두 작품(#5, 6)이 다른 대부분
의 가집에서 '삼중대엽'으로 불렸음을 감안하면, 작품의 사설만 기
재하고 악곡명은 실수로 빠트렸을 가능성이 높다.

　'만흥'과 '잡가'는 『동가선』에서만 등장하는 특이한 악곡명이다.

'만흥'과 '잡가'를 악곡명으로 볼만한 근거가 희박함에도 불구하고, 마치 악곡명인 듯 작품의 전면에 내세운 이유가 궁금하다. '만흥'은 '만횡' 계열의 악곡을 지칭한 것으로 추정되는데, 해당 작품의 말미에는 '개(慨), 횡(橫), 낙시조(樂時調), 만횡(蔓橫)'과 같은 표시가 덧붙여져 있다. 권말의 '잡가'는 장르 명칭으로 사용한 것이 아니라, '이삭대엽'의 변주곡에 얹어 부르던 몇 작품[9]과 정철의 〈장진주사〉 및 '대받침'[10]을 수록해 놓았다.

흔히 우조와 계면조로 가집을 편집하기 시작한 시점이 19세기 전반이므로, 『동가선』은 악조 구분이나 악조 표기를 전혀 의식하지 않았으리라 생각하기 쉽다. 그러나 『동가선』의 편찬자는 악조별로 작품을 수록하고 있었음이 『청육』과의 대비를 통해서 확인된다. 주지하듯이 『청육』은 19세기 중반의 가집으로 당대까지 전해지던 악조와 악곡이 가장 잘 정비된 형태를 보인다. 이와 직접 대교해 본 결과, '초중대엽'부터 '이수대엽' 중반까지는 우조(#1~141)를, 그 이하는 계면조(#142~191)로 부르던 작품이라는 사실이 감지된다. 요컨대 『동가선』은 가시적으로는 악조 표기가 없지만 비가시적으로는 우조와 계면조를 구분했고, 이러한 악조 구분이 『청육』

---

9 #232:『병가』'이수대엽' /『가보』'계락' /『원국』'평거' /『원규』'평거막드는쟈즌한닙' /『원육』'중거부평두'; #234:『병가』'이수대엽' /『악서』'이수대엽' /『원국』'평거' /『원규』'평거' /『원하』'평거' /『원불』'중거부평두' /『원박』'평거 막닉는ᄌᆞ즌난입' /『원황』'평거 막닉는자즌혼입'

10 신경숙(1994), 『19세기 가집의 전개』, 계명출판사, 71~79쪽에서 '장진주와 대(또는 대받침)', '후정화와 대', '전체 편가와 가필주대'의 상관성을 살폈다. 정철의 '장진주'(#233)와 권필 작으로 알려진 "空山落木雨蕭蕭ᄒ니~"(#235)가 한 짝을 이루며 가집에 수록될 때, '장진주와 대'의 관계를 이룬다고 본다. 그러나 『동가선』에서는 미처 '대'라는 이름을 얻지 못했고, 그 사이에 "술이 醉하거든 오다가~"(#234)라는 작품이 삽입되어 있다.

이 편찬된 19세기 중반까지 전승되었던 것이다.

더불어 계면조가 우세한 양상을 보이지 않고, 가집 내 우조와 계면조의 비율이 거의 비등한 수준이라는 사실도 무척 흥미롭다. 이와 같이 가집 내 우조의 비중이 늘어날 수 있었던 것은 편찬자가 속한 가창 권역에서 우조가 성행했음을 암시해 준다. 편찬자의 생활 기반이자 경아전 계층의 세거지인 우대에서는 이른바 '우댓시조'[11]라는 독특한 창법이 성행했다고 한다. 여기서의 창법이 선법(旋法 =mode)을 지시하는 것인지 조명(調名=key)인지 모르겠으나, 『동가선』에서 우조가 강세를 보인다는 것과 우대 지역의 가창 문화가 독특하다는 평판이 전혀 무관해 보이지는 않다. 우대[上村]는 19세기 후반 박효관과 안민영이 가악 활동을 펼친 인왕산 아래의 필운대와 삼청동 일대를 지칭한다.

한편 '중대엽(中大葉)'을 '중화엽(中華葉)'으로 본 것은 19세기 중반 『흥비』의 '중화엽(中花葉)' 및 『영언』의 '중화엽(中和葉)'과 상관성을 지니기에 충분하고, '삭대엽'을 '황풍락'이라 한 것은 19세기 전반의 『가보』와도 친연성이 있다.

> ○ 平調 宮聲 雄深和平 黃鍾一動 萬物皆春 ○ 羽調 羽聲 淸壯疏暢 玉斗撞破 碎屑鏘鳴 ○ 界面調 商聲 哀怨激烈 忠魂沈江 餘音滿楚 ○ 中大葉 初日 行雲流水 二日 流水高低 三日 灘流徘徊 行遠 有一唱 三歎之

---

11 구자균(1947), <문학과 평민>, 이숭녕 외 공저, 『조선문화총설』, 동성사, 179쪽 : "가법(歌法)에 장(長)한 명창은 그 대부분이 서리 출신이라는 것을 간과할 수 없는 것이다. 그들은 시조창법에 있어서 '우댓시조'라는 독특한 가법유파를 이루고 있는 것이다.

299

味 ○ 北殿 俗稱 後庭花 高山放石 低仰回互 有變風之態 ○ 數大葉
皇風樂 宛轉流鶯 有軒舉之意 ○ 初中大葉 此曲依倣中華音律而 或
曰 中華葉 未知然否 … 下略 …

　권두의 음악 이론부는 지극히 소략하게 기술되었을 따름이다.
물론 이것만으로 편찬자가 음악 방면의 지식이 부족했고, 전문 가
객이 아니었다고 단정할 수 없다. 19세기 전·중반의 몇몇 가집들에
서도 음악 이론부를 약술하기도 한다. 그렇지만 이 짧은 기록조차
도 불완전한 구성과 불친절한 서술을 보인다면 사정은 좀 달라진
다. 먼저 '삭대엽'만하더라도 초·중·삼으로 나누어 설명하지 못했
고, '만횡' 계열에 관해서도 일절 언급하지 않았다. 이것은 가집을
편찬할 당대까지 전해지던 모든 악조·악곡명을 음악 이론부에서
소개한다는 기존의 관례를 깨트린 것이다.

　그리고 악곡명인 듯 명시한 '만흥'이나 '잡가' 그리고 주제어로
보이는 '만횡(蔓橫)'과 '낙시조(樂時調)'에 관해서도 납득할만한 근
거를 제시하지 않았다. 이 음악 이론부는 『동가선』으로 하여금 과
연, 연창의 대본으로 활용되었을까 하는 의문을 품게 만든다. 그
렇다면 음악 이론부는 가집의 편제상 등장하는 일종의 형식 조건
으로, 편찬자가 편집자로서의 역할을 수행하긴 했으나 전문 가객
은 아니었을 것이라는 조심스런 추론을 낳는다. 만일 편찬자가 전
문 가객이었다면, 이처럼 당대의 음률을 소홀히 다루진 못했을 것
이다.

　가집의 또 다른 기록인 작가명도 전적으로 신뢰할 수 없고, 작품
사설의 표기에도 착오가 빈번하다.[12] 『동가선』에서는 모두 113명의

작가명이 찾아지는데, 표기를 생략한 15수를 포함할 경우 대략 120여 명 내외의 작가가 등장한다. 흡사 편찬자는 여러 작가의 대표작만을 수록하려 한 듯 하다. 가집에 등장하는 작가명은 『병가』와 유사한 양상이고, 작가력에 기재된 내용은 『청홍』의 기록과 공통되는 부분이 많다. 무명씨 작품을 유명씨화하는 과정에서 다소간의 오식이 보이나, 해당 작가력 만큼은 비교적 사실에 기초하여 기재한 편이다.

작가명에 부기된 작가력은 서술의 비중이라는 측면에서 불균형을 이룬다. 예컨대 임금에게 충간을 올렸던 이존오와 이원익, 병자호란시 충절과 기개를 떨친 김상용과 정온[13] 등은 자호나 관직명만을 약술한 다른 작가들과는 달리, 지면의 상당부분을 할애하여 일화를 소개하고 있다. 그리고 『청진』과 『해동가요』 계열의 가집에서는 전혀 찾아볼 수 없던 신라, 백제, 고려 시대 작가의 작품이 다수 등장한다.[14] 『동가선』은 『병가』와 더불어 고시조의 창작 연원을 소

---

12 김근수(1968), 앞의 논문, 51~61쪽에서 작가를 신뢰할 수 없는 작품이 37수, 맞춤법상의 혼란 - 오자(誤字), 탈자(脫字), 부자연스런 조사의 사용 - 이 120여 회, 불완전한 작품 사설이 10여 곳이라고 지적했다.

13 李存吾 號孤山 恭愍時右正言極言辛旽之罪 王大怒 召存吾責之 旽與王並居胡床 存吾目旽叱之 旽惶駭不覺下床 王愈怒貶茂長監務; 李元翼 號梧里 宣廟朝相臣光海廢母時 上疏言甚切直 光海大怒 配洪川 仁祖元年還爲領相; 金尙容 仙源 仁祖朝領敦寧 丙子胡亂 江都將 陷登南城自焚死; 鄭蘊 東溪 丙子胡亂隨駕入南漢 及和議 刺刃幾死 曰吾不死於南漢 何面目對妻子.

14 鄭夢周 字達可 號圃隱 高麗王時門下侍郎; 吉再 號冶隱 高麗注書; 李穡 字穎叔 號牧隱 元朝翰林學士 恭愍王時 門下侍郎 本朝封韓山伯; 李兆年 高麗忠惠王時 爲政堂學 每入見王聞履聲曰兆年來矣 整容以俟王縱淫諫官 莫敢言 獨兆年指斥不諱 致仕還鄕; 乙巴素 高句麗處士隱居 鴨綠山中 東都劉晏薦之爲相 明政教信賞罰治國安民; 薛聰 字德之 博學能文 以方言鮮九經義 以俚 語製吏禮 新羅神文王時對花王 王時擢高秩封弘儒侯; 郭興 高麗人棄官隱居 至叡宗朝召致之 以烏巾鶴氅 常待左右 時人謂之金門舊客; 崔冲 仕高麗歷事四朝 出入將相 至老退居鄕里 廣聚後學 教誨不倦 東方學校

급케 만든 실마리를 제공함으로써, 작가 고증에 관한 시비와 논란을 불러일으키는 가집으로 생각된다.[15]

2) 주제어 분포

무엇보다도 『동가선』을 주목하는 가장 큰 이유는, 고시조의 주제를 주제어로써 집약하여 분류해 놓았기 때문이다. 『동가선』은 당대의 가보(歌譜)라는 측면에서 가창 문화의 실질을 반영할 뿐만 아니라, 편찬자의 시각에서 바라본 고시조의 주제라는 독특한 이해의 기반을 갖춘 가집이다. 고시조의 주제 분류와 주제어[16]의 제시는 『동가선』으로 하여금 다른 가집들과의 구분을 가능하게 한다. 그러나 주제어의 분포가 매우 혼란스럽고 산만하여 후대 연구자들의 접근을 가로막는 걸림돌로 작용하기도 한다. 다음은 『동가선』에 등장하는 주제어를 작품수의 다소에 의거하여 재정리해 본 것이다.

> 『동가선』: 忠 30수, 咏[=詠] 26수, 意 20수, 慨 19수, 橫 19수, 述 16
> 수, 思 11수, 老 9수, 孝 7수, 昇 6수, 別 5수, 豪 5수, 景 4수, 問 3

之興 由沖始.

15 가집 편찬사적인 관점에서 '조선조 이전 작가의 등장'과 '유명씨(無名氏) 작품(作品)을 대상으로 진행된 유명씨(有名氏) 작품화(作品化)'는 앞으로의 연구사적 과제로 남아있다. 유독 18세기 후반의 가집에서 작가 고증에 많은 관심을 기울였던 이유와 목적이 무엇이며, 고증의 근거로 삼았을 선행 자료로는 어떠한 것이 있었는가에 관한 천착이 필요한 시점이다.

16 사전적인 의미로 주제는 "원작가가 작품을 통해서 궁극적으로 나타내는 기본 사상"이라는 뜻으로 정의된다. 그러나 이 글에서의 주제(어)는 편찬자의 작품 해석, 즉 "비평자적 안목을 견지하고 있던 편찬자가 제시한 핵심어"라는 의미로 보았다.

수, 壯 3수, 懷古 3수, 古 2수, 嘆 2수, 興比 2수, 遣意 1수, 樂時
調 1수, 蔓橫 1수, 明 1수, 問答 1수, 隱 1수, 隱逸 1수, 將進酒 1
수, 帝 1수, 酒 1수, 春 1수, 미표기 23수, 白景炫 9수(老 3수, 意
2수, 酒 1수, 忠 1수, 孝 2수)

『청구영언(진본)』, <무명씨> : 戀君, 譴謫, 報效, 江湖, 山林, 閑寂,
野趣, 隱遁, 田家, 守分, 放浪, 悶世, 消愁, 遊樂, 嘲奔走, 修身, 周
便, 惜春, 壅蔽, 歎老, 老壯, 戒日, 戕害, 知止, 懷古 , 閨情, 兼致,
大醉, 客至, 醉隱, 中道而廢, 壯懷, 勇退, 羨古, 自售, 醉月, [ ], 盈
虧, [ ], 命蹇, 不爭, 遠致, 二妃, 懷王, 屈平, 項羽, 松, 竹, 杜字, 太
平, 戒心, 勞役, 忠孝, 待客

『고금가곡』, <단가이십목> : 人倫, 勸戒, 頌祝, 貞操, 戀君, 慨世, 寓
風, 懷古, 歎老, 節序, 尋訪, 隱遁, 閑適, 讌飮, 醉興, 感物, 艷情, 閨
怨, 離別, 別恨, 蔓橫淸流

　『동가선』의 주제어 분포는 <무명씨>의 나열식 분류법과 <단
가이십목>이 보여준 정연한 체계와는 또 다른 면모를 지닌다. 고
시조를 악곡별로 1차 분류하고 있는『동가선』에 등장하는 주제어
는 모두 30개로『청진』과『고금』항목수의 중간 수준이다. 미표기
23수를 제외한 212수에 주제어가 병기되었다. 물론 자신의 자작 작
품 9수도 예외일 수 없었다. 이러한 주제어의 분포로부터『동가선』
의 이해를 돕는 몇 가지 단서가 엿보인다.
　첫째, 주제어의 분화 정도에 있어서 많은 차이가 발견된다. 특히
사람의 심리 상태[회고(懷古), 고(古), 명(明), 장(壯), 호(豪), 승(昇),
흥비(興比), 횡(橫), 만횡(蔓橫)]와 감정[탄(嘆), 개(慨), 낙시조(樂時

調)]을 나타내는 주제어가 다수 보인다. 즉 편찬자 자신의 심리적 상태나 감정이 작품을 이해하고, 주제를 결정하는 주요한 기준이 된다는 것이다. 그리고 '회고(懷古) - 고(古)', '장(壯) - 호(豪)', '횡(橫) - 만횡(蔓橫)' 등과 같이 유사한 주제어들을 굳이 분별해 둔 것은, 그만큼 편찬자의 심리 상태와 감정 표현이 섬세했다는 것을 보여준다. 『청진』이 자연적 삶의 태도[강호(江湖), 산림(山林), 한적(閑寂), 야취(野趣), 은둔(隱遁), 전가(田家), 수분(守分)]를, 『고금』이 남녀간의 관계[염정(艶情), 규원(閨怨), 이별(離別), 별한(別恨)]란 측면에서 이해될 수 있는 작품으로 구분된다는 점에 비추어볼 때, 『동가선』의 주제어 분포는 편찬자의 심리 상태나 감정에 견인된 듯하다.

둘째, 주제어의 출현 비중, 즉 동일 주제어로 파악되는 작품수가 주제어별로 현격한 차이를 보인다. 자작 작품을 포함할 경우, '충(忠)' 31수, '영(咏[=詠])' 26수, '의(意)' 22수, '개(慨)' 19수, '횡(橫)' 19수, '술(述)' 16수, '사(思)' 11수로 인식한 작품이 무려 144수(61.2%)에 이른다. 이 가운데서도 특히 '충(忠)'으로 인식한 작품이 31수(13%)이다. 일단 주제어의 출현 비중만을 놓고 본다면, 『동가선』은 충이라는 관념이 두드러진 가집으로, 편찬자는 충에 많은 관심을 두었던 인물로 생각된다.

셋째, 포괄적인 뜻으로 풀이되는 주제어인 '영(咏[詠])', '의(意)', '술(述)', '횡(橫)' 등이 존재한다. '영(咏)'은 '경(景)'과 함께 강호한 정을 노래한 작품에, '술(述)'은 역사적 사건이나 세태를 우의적으로 표현한 작품에 덧붙여진 경우가 많았다. 작품을 악곡에 얹어 부른다는 관점에서의 '영(咏)'과 작품을 통해 자신의 뜻을 보여준다는 측면에서의 '술(述)'은 『동가선』 소재 모든 작품의 주제를 포괄하는 광범위한 개념이다. "~하고픈 뜻"으로 풀이되는 '의(意)' 또한 광범위한 지향성을 보인다.

넷째, 주제어 표기가 전혀 없는 작품도 23수나 있다. 이것은 아마도 작품의 다양한 해석 가능성으로부터 발생한 '어쩔 수 없음'으로 이해되고, 그만큼 주제 분류가 어렵다는 것을 보여주는 편찬자의 고육지책이 아닐까 싶다. 때로는 주제어가 작품보다 앞서 표기된 경우도 있는데[17], 이 경우 각각의 주제에 해당하는 작품을 선별적으로 수록하려한 듯한 인상을 준다. 다음의 <동가선서>도 편찬자의 고시조 주제 인식과 주제어의 산출 배경에 관한 이해를 돕는다.

> … 내가 우리나라의 명현들이 지은 가곡 가운데서 각조 약간을 뽑았고, 이를 지칭하여 『동가선』이라 하였다. 충신과 열사의 뛰어난 절개와 분개하며 원망하는 마음, 나그네와 과부의 시름 많은 울적한 정회, 태평한 기상과 강구연월의 즐거움, 산림에 은일하여 거문고를 연주하고 학 타고 소요한 당시의 소리에 불과하고, 그 때의 정을 쏟아낸 것일 뿐이다.[18]

<동가선서>에서도 편찬자 자신의 관념, 심리 상태, 감정이라는

---

17 #62 승(昇), #75 명(明), #101 개(慨), #102 충(忠), #112 충(忠), #121 영(咏), #122 충(忠), #127 효(孝), #128 의(意).

18 <동가선서(東歌選序)> 『오재집(悟齋集)』[오한근(1954), 위의 논문, 219쪽에 재수록]: … 余用是於東國名賢所作歌曲中, 選各調若干, 名之曰, 東歌選, 若夫忠臣烈士, 奇節憤惋之心, 征夫怨女, 憂思幽鬱之懷, 太平氣像康衢煙月之樂, 山林隱逸琴鶴逍遙之間, 當時不過托於聲, 寫其情而已.

측면에서 고시조를 향유한 주체와 유형을 설정한 바, 『동가선』에 등장하는 상당수의 주제어들과도 긴밀한 연계를 맺는다. 『동가선』의 주제어 가운데서는 <동가선서>에서 제시한 관념이나 감정으로 설명할 수 있는 것이 많다. 충신과 열사로부터 '충(忠)'이나 '효(孝)' 또는 '개(慨)'를, 나그네와 과부로부터 '회고(懷古)'나 '고(古)' 내지는 '별(別)'과 '탄(嘆)'이라는 주제어를 쉽게 떠올려 볼 수 있다. 이렇듯 주제어의 분화 정도와 비중 그리고 <동가선서>를 감안해 볼 때, 『동가선』은 편찬자의 관념, 심리 상태, 감정이 작품의 주제 인식을 결정하는 기준으로 적용한 가집으로 읽혀진다. 무수히 늘어날 수도 있는 주제어를 30개로 제한하고, 분류가 불가능한 작품은 구태여 주제어를 표기하지 않았던 것도 이와 유관하다.

　이상의 논의를 통해서 『동가선』은 상당히 불완전한 면모를 지니는 가집이고, 가집의 편찬자는 전문 가객이라기 보다는 평소 경청했던 작품을 수집하여 그 주제를 제시한 편집자였으리라 생각한다. 전문 가객은 작품을 어떻게 불렀는가, 곧 가창의 예술적 완성도에 의해서 평가를 받고 선가(善歌)내지 명가(名歌)라는 칭호가 뒤따르게 마련이다. 그러나 『동가선』의 불완전한 편제와 단출한 악곡명 그리고 소략한 음악 이론부는 작품을 어떠한 곡에 얹어 불러야 좋은가를 고민하던 전문 가객의 자세로 보기 어렵다.[19] 전문 가객은 작품의 창작보다는 작품의 가창 방법을 모색하는 데에 역점을

---

19 신경숙(2002), <18·19세기 가집, 그 중앙의 산물>, 『한국시가연구』제11집, 보고사, 39~42쪽 : 18세기 후반~19세기 초반은 하나의 작품을 어떻게 불러야 하는지에 관한 '표준화'가 진행된 시점이다. 이 시기의 가집 편찬자들은 작품의 사설을 어느 악조, 어느 악곡, 어느 창자[가객(歌客)]의 노래로 지정해야 하는가를 놓고 심각하게 고민했다.

두었으며, 작품의 주제에 관한 인식은 어디까지나 수용자 계층의 몫임을 유념해 둘 필요가 있다.

『동가선』의 편찬자는 곡을 해석하는데 주안점을 둔 것이 아니라, 시이자 노랫말인 작품 사설의 문학적 해석과 주제 파악에 전념했던 것으로 파악된다. 거의 모든 작품에 병기된 주제어는 작품이 무슨 뜻으로 인식되었는가를 알려주는 편집자적 자세이자 주제적 관심을 나타낸다. 결국 『동가선』은 편찬자의 가창자적 역할이 대폭 축소된 가집이고, 작품에 병기된 주제어는 편찬자의 비평자적 안목을 반영한 것이라 생각한다.

3. 고시조의 주제 인식과 수용 태도

『청진』의 <무명씨>조와 『고금』의 『단가이십목』에서 공출하는 작품을 대상으로, 주제어의 출현 양상을 비교하여 『동가선』의 고시조 주제 인식을 구체화하려 한다. 이것은 어느 한 작품이 세 가집에 공통적으로 수록될 수는 있지만, 해당 작품의 주제에 관한 인식은 다를 수 있다는 가설에서 착안하였다. 그러나 아쉽게도 세 가집에서 모두 공출하는 작품은 15수[20]에 불과하여 근거 자료로 활용하기에는 다소 빈약한 느낌이 든다. 따라서 이 글에서는 부분적으로

---

20 공출 작품 15수를 『동가선』에서는 9개 – 주제어 개(慨) 3수, 경(景) 2수, 노(老) 2수, 미표기 1수, 영(咏) 1수, 은일(隱逸) 1수, 의(意) 1수, 충(忠) 2수, 탄(嘆) 1수, 회고(懷古) 1수) – 로 표기하고 있었다.

공출하는 작품까지도 논의 대상으로 삼는다. 『동가선』과 『청진』에서만 공출하는 작품은 25수이고[21], 『동가선』과 『고금』의 공출 작품은 37수이다.[22] 공출 작품의 주제어를 검토해 봄으로써, 『동가선』의 주제 인식과 그 기저에 관한 적절한 해명이 가능할 수 있을 것이다. 이 글에서 모든 주제어를 다루기 곤란하므로 가집을 이해하는 데 있어서 중요한 의미를 갖는 몇몇 주제어들을 논의 대상으로 삼는다.

1) '충(忠)' : 충절의 강조와 우조(羽調) 지향(志向)

『동가선』에서 가장 빈번하게 등장하는 주제어는 '충'(13%)이다. 공출 작품 가운데서도 9수가 '충'으로 인식된다. 이렇듯 주제어의 출현 빈도와 비중 그리고 공출 현황을 감안할 때, 편찬자는 '충'을 중요한 주제어로 다루고자 했음을 알 수 있다. 다음은 '충'으로 인식된 작품들로서, 주제 인식의 기저에 무엇이 자리하고 있었는지를 보여준다.

    ㉮ 간밤의 부든 부람에 눈서리 치다 말가

      落落長松이 다 기우러 가노민라

---

21 『동가선』과 『청진』의 공출 작품에서 9개의 주제어 - 경(景) 2수, (老) 3수, 미표기 2수, 사(思) 1수, 술(述) 3수, 승(昇) 1수, 영(咏) 3수, 은(隱) 1수, 의(意) 3수, 충(忠) 6수 - 가 찾아진다.

22 『동가선』과 『고금』의 공출 작품에서 13개의 주제어 - 개(慨) 2수·견의(遣意) 1수·노(老) 1수·미표기 6수·별(別) 1수·사(思) 4수·술(述) 5수·승(昇) 1수·영(咏) 2수·의(意) 7수·춘(春) 1수·충(忠) 4수·효(孝) 1수·흥비(興比) 1수 - 가 보인다.

ㅎ몰며 못ᄃ 퓐 곳이야 일너 무슴 하리오

【동가#37, 유응부, 충/ 청진#359, 장해(戕害)/ 고금#140, 한적(閑寂)】

㉯ 五百年 都邑地를 匹馬로 도라 드니

山川은 依舊ᄒ되 人傑은 간 듸 업다

어즈버 太平烟月이 쑴이런가 ᄒ노라

【동가#16, 길재, 충/ 청진#364, 회고(懷古)/ 고금#84, 회고(懷古)】

㉮는 세 가집에서 '충', '장해', '한적'으로 각기 다르게 인식한다. 『고금』의 '한적'이 다소 의외로 생각되나, 『청진』과 『동가선』은 어느 정도 연관성이 있어 보인다. 혹독한 정치적 시련이 눈서리라 할 때, 낙락장송과 못다 핀 꽃 한 송이는 충신의 고절에 비유된다. 그렇지만 『청진』이 작품 창작의 동인인 암울한 상황[戕害]에 주목한 것이라면, 『동가선』은 충절을 높이 평가한 것이라는 미세한 차이가 있다. 작품에 부기된 작가력["兪應孚 端宗朝六臣"]은 이 작품의 주제와 인식의 배경을 제시한 듯하여 한층 더 설득력 있게 다가온다.

㉯는 패망한 고려의 도읍을 지나면서 느끼는 감회란 뜻에서 『청진』과 『고금』은 회고로 인식한다. 이 작품은 원천석의 "興亡이 有數ᄒ니~"[23]과 함께 고려 유신의 회고가(懷古歌)라는 세인의 평가를 받는다. 작품의 사설 그 자체만을 놓고 본다면, 충절을 의미하는 것

---

23 "興亡이 有數ᄒ니 滿月臺도 秋草로다 / 五百年 王業이 牧笛聲에 부쳐시니 / 夕陽에 지나ᄂ 客이 눈물 계워 ᄒ노라"(동가#18, 원천석, 회고; 청진#363, 회고; 고금#83, 회고)

인지 회고인지 명확하게 구별되지 않는다. 그러나 무슨 연유 때문인지 『동가선』의 편찬자는 忠으로 인식한다. 혹시 작품의 작가가 고려의 충신 길재["吉再 號冶隱高麗注書"]라서 그런가? 후대인들은 길재와 원천석을 똑같은 고려의 충신으로 판단하지만, 『동가선』에서는 길재의 작품은 '충'으로, 원천석[24]의 것은 '회고'로 조금 다르게 인식한다.

『동가선』의 작가력은 작품의 주제 인식과 깊은 관련을 맺는다. 무명씨 작품으로 분류된 두 가집과는 달리, 『동가선』은 편찬자의 기본 시각과 작품 이해의 정도를 반영하여 작품의 주제를 제시하고 있다. 즉 과거의 원작가가 의도했던 뜻이나 작품 속 화자의 지향보다, 편찬자 나름의 감식안이 작품의 주제를 결정하는 중요 기준으로 받아들여졌던 것이다. 그렇다 보니 작품과 주제어 사이의 결합이 다소 부자연스러워 보이는 경우도 발생한다. 사실 주제어로서 '충'이 제시된 작품 가운데서도 해당 작품의 실질은 여러 가지 뜻을 포함한 경우가 많았고, '충'으로 받아들이기 곤란한 작품을 발견할 수도 있다.

> ㉮ ᄉᆞ랑이 거즌말리 님 날 사랑 거즌말이
> ᄭᅮᆷ에 와 뵈단 말이 그 더욱 거즌말이
> 날 ᄀᆞ치 ᄌᆞᆷ 아니 오면 어늬 ᄭᅮᆷ에 뵈리오
> 【동가#96, 김상용, 충/ 청진#369, 규정(閨情)】

---

24 元天錫 號耘谷 居雉岳山 養親 太宗大王微時 受學及登極後 召之 不赴 上親幸其家 亦不見 招其饌婢 給食物而還.

㉯ 梨花에 月白ᄒ고 河漢 三更인 제

一枝 春心을 子規야 알년마는 /

多情도 病인 양 ᄒ야 줌 못 드러 ᄒ노라

【동가#20, 이조년, 충/ 청진#365, 규정(閨情)】

㉰ 離別하던 날에 피눈물이 난지 만지

鴨綠江 ᄂ린 물이 푸른 빗 젼혀 업ᄂᆡ

빅 우희 셔인난 沙工이 처음 보화 ᄒ더라

【동가#68, 홍서봉, 충/ 고금#237, 별한(別恨)】

『동가선』에서 작품의 주제를 '충'으로 인식한 것이 과연, 온당한 것이었는지 섣불리 단언할 수만은 없다. ㉮와 ㉯는 『청진』에서 규정으로 보았지만, 『동가선』에서 모두 '충'으로 인식한다. 그러나 이러한 인식은 자칫 편찬자의 자의적 해석으로도 간주될 수 있다. '규정과 충'은 '규정과 사랑'이라는 또 다른 논의 구도 속에서 설명될 수 있는 주제들이다. '사랑하는 낭군'과 '사모하는 임금'은 얼마든지 중첩이 가능한 중의적 표현이기 때문이다. 그럼에도 불구하고 『청진』의 규정은 『동가선』에서 '충'으로 치환된다. 이것은 작품의 주제 인식에 변화가 발생하고 있음을 보여주는 것으로써, 고려 충신 이조년과 병자호란시 분사(焚死)한 김상용이 창작한 작품이라는 작가력이 예사로워 보이지 않는다.

㉰는 『고금』에서 '별한'으로 보았듯이 이별의 아픔을 노래한 작품이다. 구체적인 이유는 찾아볼 수 없지만, '이별하던 날 피눈물' 흘리는 작중 화자의 처지와 애절한 사설은 이 작품의 주제가 '별한'

으로 인식되기에 충분하다. 물론 별한이 규정과 마찬가지로 중의
성을 내포하는 주제이지만, 『동가선』의 '충'은 다소 자의적이라는
느낌이 든다.[25] 이 역시 편찬자의 주제적 관심이 '충'에 있었음을 다
시 한 번 확인시켜 준다고 하겠다.

『동가선』의 '충'은 '장해(戕害)', '한적(閑寂)', '회고(懷古)', '규정
(閨情)', '별한(別恨)', '연군(戀君)'의 뜻을 포함하면서 "충신의 충
절"로 풀이된다. 공출 작품 이외에도 '충(忠)'으로 인식하고 있는
작품이 대단히 많은데, 이 가운데서는 '충'으로 파악하기 곤란한 것
들이 있다. 이미 <동가선서>에서 충신과 열사를 언급한 것과 잦
은 출현을 보이는 주제어 '충'은 가집의 편찬자가 '충'이라는 관념
을 중요시한 인물이거나, '충'을 강조한 집단의 구성원일 수 있다는
추론을 낳는다. 『동가선』의 편찬자는 가급적이면 작품의 주제를
'충'으로 인식하려 했고, 해당 작가력은 주제어를 채택하는데 있어
서 참고 자료로 활용하였다. 편찬자는 새로운 작품 사설을 창작하
여 악곡에 얹어 부르는 일에 진력하는 대신, 기존 작품의 사설에서
'충'을 읽어내려 하였으며 작가력을 통해서 주제 인식의 타당성을
보장받으려 했다.

한편 『동가선』에서 '충'으로 인식된 작품의 대다수가 가집의 전
반부, 곧 앞서 설명한 비가시 영역인 우조항에서 집중적으로 발견
된다는 것도 이채롭다.[26] '충'이라는 주제어가 병기된 작품 가운데

---

25 다음 작품도 별한(別恨)과 충(忠)으로 각기 다르게 인식된다. "窓 밧긔 셧는 쵸불
    눌과 離別ᄒ엿관디 / 눈물을 흘이며 속 틱는 줄 모로는고 / 우리도 져 쵸불 ᄀ도다
    속 틱는 줄 몰내라"(동가#36, 이개, 충; 고금#238, 별한)

26 #3, 10, 16, 17, 20, 22, 23, 31, 34, 36, 37, 42, 46, 47, 48, 52, 58, 65, 67, 68, 87, 94, 96,
    102, 109, 113, 120, 122, 129

서 판찬자의 자작 작품 1수(#169)와 '잡가' 소재 1수(#232)를 제외한 29수는 모두 우조에 얹어 부르던 것들로 확인된다. 이것은 문학으로서의 작품 사설과 음악인 악조가 상조하면서 결합하고 있음을 입증해 보이는 매우 귀중한 사례이다. 권두 음악이론부의 설명을 참고할 때, '충'으로 인식된 작품들은 비장한 느낌이 들도록 계면조로 부르는 것이 훨씬 더 어울려 보인다.[27] 그렇지만 가집 소재 상당수의 다른 작품들과 마찬가지로 애원격렬(哀怨激烈)한 계면조가 아니라, 우조 특유의 청장소창(清壯疏暢)하게 불려졌다는 것이 주목된다.

2) '사(思)' : 연정의 표출과 성적 표현의 배제

『동가선』에서 '사(思)'로 인식한 작품은 11수(4.6%)로 "남녀간의 상사지정(相思之情)을 읊은 연정(戀情)"으로 풀이된다. 『청진』의 규정, 『고금』의 규원과 별한은 『동가선』에서 '사(思)'로 대부분 수렴된다. 그리움이나 이별 후의 아쉬움을 나타낸 작품에 '사(思)'라는 주제어가 병기된 만큼 사랑 노래로 보아도 무방하다. 하지만 주제어로서 '사(思)'는 가집 내 비중이 낮을 뿐 아니라, 사랑을 표현하는 방식도 일반적인 예상과는 많이 다르다. 다음은 『동가선』에서 '사(思)'로 인식하고 있는 작품들이다.

---

27 홍대용, <우조계면조지이(羽調界面調之異)>, 『담헌서』: 海東俗樂, 有羽調界面調, 中國未知, 亦分調異律, 而羽音, 即天地間自然聲, 風雷之響, 天水之籟是已. 界面律, 則俗傳, '外國太子入質於中國, 樂操本音, 不禁懷土之悲, 淚隨響流, 被面成界, 其調哀怨, 後人相傳調律' 云 …….

㉮ 梨花雨 훗쑐릴 제 울며 잡고 離別ᄒᆫ 님

　秋風 落葉에 져도 날 生覺ᄂᆞᆫ가

　千里에 외로온 꿈만 오락 가락 ᄒᆞ노라

【동가#142, 계랑, 사(思)/ 청진#367, 규정(閨情)】

㉯ 누은들 잠이 오며 기다린들 님이 오랴

　이제 누어신들 어늬 님 ᄒᆞ아 오리

　찰하로 안잔 곳에 긴 밤이나 새오리라

【동가#7, 북전(北殿), 사(思)/ 고금#242, 별한(別恨)】

㉰ 보거든 쓸믜거나 못 보거든 닛치거나

　네 나지 말거나 늬 너롤 모로거나

　춤ᄒᆞ로 내 몬져 싀여셔 네 그리게 ᄒᆞ리라

【동가#77, 고경명, 사(思)/ 고금#235, 별한(別恨)】

㉱ 寂無人 掩重門ᄒᆞ듸 滿庭花落 月明時라

　獨倚紗窓ᄒᆞ여 長歎息 ᄒᆞᄂᆞᆫ 次의

　遠村에 一鷄鳴ᄒᆞ니 이 긋ᄂᆞᆫ 듯 ᄒᆞ여라

【동가#93, 이명한, 사(思)/ 고금#196, 규원(閨怨)】

㉮는 계랑의 연정을 뜻한다고 보았기에 '사(思)'로 인식된다. 유
희경(1545~1636)을 못 잊고 수절을 결심했다는 작가력[28]은 이 작품

28　桂娘 扶安名妓 能詩有梅窓集 以村隱劉希慶所眄 劉上京後 頓無音信 故作此歌守節.

의 주제가 남녀간의 그리움이란 것을 뒷받침한다. 『청진』의 규정도 별다른 차이는 없다. 한 가지 주목되는 것은 『동가선』에서는 『청진』의 규정[29]과 『고금』의 별한[30]을 '사(思)'와 '의(意)'로 구분해 놓고 있다는 사실이다. 곧 편찬자는 규정과 별한이 '사(思)'로 인식될 수만은 없고, 경우에 따라서는 '의(意)'로도 간주하기도 했다. 그리움이란 정서를 기본 바탕으로 삼았더라도, 관련 당사자들이 어떠한 자세와 반응을 보이는가를 감안하여 '사(思)'와 '의(意)'로 구분하지 않았나 싶다. 이것은 그만큼 편찬자의 주제 분류가 매우 세밀한 것이었음을 보여주는 하나의 예이다.

㉯와 ㉰도 그리움을 노래한 작품이다. 『고금』에서 별한과 규원으로 본 작품의 대부분은 『동가선』에서 '사(思)'로 인식한다. 물론 이때의 '사(思)'는 남녀간의 사랑을 전제한 그리움을 의미하지만, 사랑의 성취보다는 그리움과 외로움을 나타내고 있는 작품이 많다. 그런데 대부분의 다른 가집에서 무명씨[31]로 파악하고 있는 ㉰의 경우 『동가선』에서는 고경명의 작품으로 보았다. 널리 알려진 대로

---

29 "金爐에 香盡ᄒᆞ고 漏聲이 殘ᄒᆞ도록 / 어듸 가 이셔 뉘 ᄉᆞ랑 밧치다가 / 月影이 上欄干키야 맥바들아 왓ᄂᆞ이"(동가#97, 김상용, 의; 청진#366, 규정) 난봉꾼인 낭군을 대하는 화자의 태도에서 사(思)와 의(意)가 어떻게 다른지 대충 짐작해 볼 수 있다. 낭군이 화자를 정말로 사랑했다면 난봉을 일삼지는 않았을 것이고, 화자가 낭군을 절대적으로 신뢰했다면 난봉꾼으로 몰아세우진 못했을 것이다.

30 "내 언제 信이 업셔 님을 언제 소겻관ᄃᆡ / 月沈 三更에 온 ᄯᅳ지 숯혀 업ᄂᆡ / 秋風에 지ᄂᆞ 닙 소ᄅᆡ야 낸들 어이ᄒᆞ리오"(동가#136, 황진이, 의; 고금#236, 별한) 이 작품의 주제는 『동가선』의 작가력[與徐花潭有約夜去之則花潭獨坐悄然歌之暗中作此歌而應之]이 제시하듯 슬픈 이별이 아니다. 『동가선』의 편찬자는 서경덕을 유혹하고픈 황진이의 욕망이 내재한 것으로 보았기에 의(意)로 인식하였다.

31 [고경명]=동가/동국; [고경문]=병가; [ ]=가보/고금/남태/대동/악서/영류/원국/원규/원동/원박/원불/원육/원일/원하/원황/청육/해악/협률/화악/홍비

고경명은 의병장으로 활약했으므로 '충'으로도 인식될 만한 작품이다. 그렇지만 "제봉(霽峯)"이라고 짤막하게 언급한 작가력을 전적으로 신뢰할 수 없으므로 이 작품은 무명씨의 별한을 담고 있는 사랑 노래로 봄직하다.

㉛는 규중의 그리움으로 무난히 이해되는데, 이와는 별도로『동가선』의 편찬자가 이명한을 특별히 배려하고 있다는 점은 지적해 둘 필요가 있다. 다른 작가들과는 달리 이명한의 작품은 7수(#89~95)가 수록되었는데, 이 때의 주제어도 7가지('술', '의', '호,' '개', '사', '충', '노')나 된다. 작품의 수도 그렇거니와 주제어도 골고루 등장한다. 그의 작가력[32]에서 충절을 강조하던 편찬자의 의식 지향이 떠오르지만, 궁극적인 이유와 배경으로 작용했는지 여부는 확실치 않다.

일반적으로 18세기 후반 서울의 유흥과 향락적 분위기는 경아전 계층이 주도한 것으로 파악하고, 그러한 논의들의 대부분은 남녀 간의 육체적 사랑이나 질탕한 풍류 현장을 노래한 사설시조를 자주 거론한다. 그렇지만『동가선』에서는 남녀간의 일탈적 행위를 파격적으로 묘사하고 있는 작품은 찾아지지 않는다. 오히려 은근한 연정을 드러내고 있다는 점에서 보수적이면서도 고상한 취향을 보인다. 그렇다면『동가선』에서 찾아지는 이와 같은 점잖은 풍류와 보수적 성향은 어떻게 설명할 수 있을지? 혹 '아홉 노인의 모임[구로회(九老會)]'이 '아홉 젊은이의 모임'보다 훨씬 더 근엄하고, 도덕적일 필요가 있을까? 아니면 18세기 후반의 풍류 공간을 이끈 주도 계층의 취향이나 모임의 성격이 기존의 예상과는 달리 결코

---

32 李明漢 白洲 仁祖朝爲南漢守節 宣川府使李炷亡人 淸平本國事情 淸執明漢囚瀋陽獄 經年乃釋還.

단일하지 않았음을 의미하는 것인가?

『동가선』이란 가집 연구를 통해서 볼 때, 18세기 후반의 풍류 현장은 다양한 성격과 이질적인 취향을 지닌 여러 모임들로 제각각 흩어져 있었을 가능성이 높다. 풍류 현장에서 불려진 노래들의 모음집인 가집에서도 그러한 흔적들이 발견된다. 특히『동가선』에서는『해동가요』를 편찬한 김수장 및 '노가재가단' 구성원들의 작품은 전혀 찾아볼 수 없다. 이들은 영조조 가장 왕성한 활동을 보인 가객들인데,『동가선』에서는 작가명은 물론 그들의 작품도 수록하지 않았다. 이미『청진』을 통해 소개된 여항 육인의 작품은 적극적으로 수록한 반면[33], '노가재가단'에 관해서 만큼은 철저히 외면하고 있다는 것이다. 『동가선』이 편찬될 무렵 당대의 절창이라 불리면서 각종 풍류 현장에 초청되곤 했던 김묵수, 김성후에 관한 기록도 전무하다. 이것은 편찬자 스스로가 작가와 작품을 취택하는 기준을 설정하여 이를 엄격히 적용한 결과로 볼 수 있다. 즉 개인적 취향이나 선호도에 입각해서 작품을 선별 수록하였다는 것이다.

남녀간의 성애 장면을 묘사한 작품들이 수록된『해동가요』계열 및『청요』[34] 등과『동가선』은 여러모로 흥미로운 비교 대상이다.『동가선』이 남녀간의 이별과 그리움을 은근히 내비친다할 때, 『청요』

---

33 『동가선』의 편찬자는 가급적이면 1작가 1작품의 원칙을 고수하려 했던 것 같다. 235수의 작품을 수록하고 있는『동가선』에 무려 113인의 작가명이 등장할 수 있었던 것도 이러한 원칙을 적용한 결과이다. 그러나『청진』의 여항 육인(주의식 2수, 김유기 2수, 김성기 2수, 김삼현 1수)은 예외적으로 다루었다.

34 박노준, 앞의 책(1998), 324~329쪽에서 "'노가재가단'의 분위기나 예술적 취향은 즐겁고 호쾌한 놀이에 있다. 심각한 고민보다는 그 때 그 순간의 즐거움을 추구하는 데에 무게를 둔다고 했고,『청요』의 무절제한 외설(猥褻)과 명정(酩酊)은 특정 기간의 한시적인 격정적 서정으로 간주될 수 있다"고 보았다.

는 이른바 '승니교각지가(僧尼交脚之歌) … 천고일담(千古一談)'[35]으로 요약되는 육담과 욕정을 거침없이 내뿜어 극단적인 대조를 이룬다. 『동가선』이 보수적 성향을 보인다면, 『청요』는 파격과 일탈적 면모가 돋보인다. 사정이 이와 같을진대 『동가선』에서 김수장 및 '노가재가단'의 작품을 수록하지 못한 것은 결코 우연이 아니며, 의도적인 취택의 결과이다.

3) '개(慨)' : 분개하는 마음과 개세적(慨世的) 태도

『동가선』의 '개(慨)'는 "분개하는 마음"으로 풀이된다. 3수의 공출 작품에서 '개'라는 주제어가 보인다. "분개하는 마음"의 주체에 관하여 편찬자는 이미 <동가선서>에서 한 차례 언급한 바 있다. 다음의 작품들은 『동가선』에서 모두 '개'로 인식했는데, 그 외의 두 가집에서는 조금 다르게 인식된다. 작품의 주제 인식이라는 측면에서 『동가선』은 『청진』 및 『고금』과는 일정한 거리감이 느껴진다.

> ㉮ 구름이 無心탄 무리 아마도 虛浪ᄒ다
>
>   中天에 써이셔 任意로 ᄃ니면셔
>
>   구ᄐ여 光明흔 날빗츨 더퍼 무슴 ᄒ리오
>
> 【동가#19, 이존오, 개/ 청진#348, 옹폐(壅蔽)/ 고금#68, 우풍(寓風)】

---

35 김수장이 박문욱의 다음 작품을 찬탄한 말이다. "듕과 僧과 萬疊 山中에 맛나 어드러로 가오 어드러로 오시는게/ 山쪽코 물 춋흔듸 갈씨를 부쳐보오 두 곳갈 흔 듸 다하 너픈 너픈 ᄒ는 樣은 白牧丹 두 퍼귀가 春風에 휘듯는 듯/ 암아도 空山에 이 씰음은 즁과 僧과 둘 쑨이라"(청요#74, 박문욱)

㉯ 楚江 漁父들아 고기 낙가 슴지 마라

　　屈三閭 忠魂이 魚腹裏에 드러ᄂ니

　　아므리 鼎鑊에 슬문들 니글 줄이 이시랴

　　【동가#92, 이명한, 개/ 청진#388, 굴평(屈平)/ 고금#27, 정조(貞操)】

㉰ 泰山이 놉다 ᄒ되 하날 아ᄅᆡ 뫼히로다

　　오로고 ᄯᅩ 오로면 못 오를 理 업건마ᄂ

　　사ᄅᆞᆷ이 제 아니 오로고 뫼흘 놉다 ᄒ더라

　　【동가#53, 이이, 개/ 청진#374, 중도이폐(中道而廢)/ 고금#14, 권계(勸戒)】

㉱ 天地ᄂ 萬物之逆旅오 光陰은 百代之過客이라

　　人生을 헤아리니 渺滄海之一粟이로다

　　두어라 浮生이 若夢ᄒ니 아니 놀고 어니리

　　【동가#209, 무명씨, 개/ 고금#160, 연음(讌飮)】

㉠는 광명한 존재를 가리는 구름의 행태를 비난한다는 뜻에서 『청진』은 '옹폐'로, 방자한 구름과 허사를 일삼는 사람들을 풍자하겠다는 판단에서 『고금』은 '우풍'으로 보았다. 그러나 『동가선』의 편찬자는 비난과 풍자의 수준에서 그치지 않고 그 스스로 분개한 듯하다. '개'라는 주제어가 암시하듯 타도의 대상인 구름과 같은 무리들이 여전히 활보하는 불의한 세상이므로 분개한다는 것이다. 이렇듯 『청진』과 『고금』은 작품 해석에 있어서 어느 정도 상관성을 지니지만, 『동가선』은 해석의 층위가 다르다. 풍자하여 비난한다는 뜻과 분개를 느낀다는 것은 엄연히 차원이 다르다.

㉰는 굴원의 정조[36]로 봄직하나, 『동가선』은 '개'로 인식한다. 굴원이라는 인물이 지닌 상징성, 그 자체만으로는 분개할만한 요소는 거의 없다. 오히려 '충'으로 인식하는 것이 훨씬 더 타당해 보인다. 그렇지만 편찬자는 충신 굴원의 죽음을 초래한 불합리한 현실과 무심한 세태로부터 분개한다. 이 때의 분개 대상은 충신의 죽음을 초래한 간신배들과 충신의 지절을 훼손할 우려가 있는 초강의 어부들까지도 포함한다.

㉱는 『청진』의 '중도이페'와 『고금』의 '권계'에 주목할 때, 부단한 학문적 정진을 권계하는 작품으로 보인다. 그런데 『동가선』은 '개'로 인식한 탓인지 권계의 강도가 무척 셀 뿐 아니라, 권계의 목적이 비단 학문 영역에 국한되지 않는다. 편찬자는 산이 높아서 오를 수 없다고 말하는 세상 사람들의 거짓말 때문에 분개하고, 이 같은 거짓을 합리화하려는 세상 사람들을 권계의 대상으로 삼는다.

㉲의 주제에 관한 인식은 매우 이질적이다. 우선 『고금』은 연음이라는 단어가 지시하듯 잔치를 벌여 술 마시고 놀자고 한다. 덧없는 세월 속에서 부평초 같은 삶을 살아가는 사람들의 가장 큰 위안은 연음이라는 것이다. 하지만 『동가선』 편찬자의 관심은 연음이 아니라 덧없는 세월 그 자체에 놓이고, 연음으로 귀중한 시간을 허비하는 사람들로 인해 분개한다.

---

36 정조(情操)는 수절(守節)과 함께 "훼절(毁節)을 용납치 않는다"는 의미로 남성보다 여성에게 적용할 수 있는 단어로 생각된다. 그러나 『사미인곡』에서 볼 수 있는 바와 같이, 남성이 여성으로 가장(假裝)할 수도 있다. 다음 작품은 충(忠)과 정조(貞操)가 성별에 구애받지 않고 자유롭게 넘나들 수 있음을 보여준다. "이 몸이 죽어 죽어 一百番 고쳐 죽어 / 白骨이 塵土되여 넉시라도 잇고 업고 / 님 向흔 一片丹心이야 가싈 줄이 이시랴"(동가#3, 정몽주, 충; 고금#28, 정조) 『청홍』에서도 '徐甄 麗末掌令 守節'이라는 기록이 보인다.

『동가선』의 '개'는 '옹폐', '우풍', '굴평', '정조', '권계', '중도이폐'라는 뜻을 포함하는데, 이와 유사 주제어로써 '탄(嘆)'이 있다. 현대적 시각에서 볼 때, '개'와 '탄'은 명확히 구분되지 않는다. 이 양자를 뭉뚱그려 "~개탄한다"고도 말한다. 하지만 『동가선』에서는 '개'와 '탄'을 구분하려 한 듯 '탄'으로 인식한 작품의 사설에서는 "슬프다", "애간장이 끓는다"라는 직접적인 표현이 보인다.[37] 여러 사람들에게 분개를 촉구할 때는 '개'를, 직접적인 표현을 사용하여 한탄할 때는 '탄'으로 인식한 듯 하다. 이 같은 주제어의 출현 양상으로부터 주제 인식의 적절성 여부에 관한 시비는 발생하지 않지만, 편찬자가 본 분개의 대상은 좀 유별난 데가 있다. 편찬자가 분개의 대상으로 설정한 범위는 매우 넓다. 원인을 제공한 당사자뿐 아니라, 그 주변에서 암묵적으로 동조하거나 방관한 불특정 다수인들도 분개의 대상이 된다. 즉 임금의 은혜를 가리는 구름, 충혼을 훼손하는 어부들, 구차한 변명을 늘어놓거나 놀자고 부추기는 사람들로 인해서 분개한다는 것이다.

『동가선』에서는 편찬자의 자신의 고민이나 갈등이 엿보이는 작품은 보이지 않는다. 아울러 그 자신이 겪었음직한 문제들로 인해 분개했다는 내용의 작품도 없다. 편찬자의 자작 작품 9수(='노' 3수·'의' 2수·'주' 1수·'충' 1수·'효' 2수) 가운데서 '충'과 '효'라는 관념적 주제어들은 찾아지나, '개'나 '탄'과 같은 격앙된 감정은 나타

---

37 "空山이 寂寞ᄒᆞᆫ듸 슬피우ᄂᆞᆫ 져 杜鵑아 / 蜀國興亡이 어제 오날 안이여날 / 至今에 피나게 우러 남의 이를 긋ᄂᆞ니(동가#2, 정충신, 탄; 청진#392, 杜字; 고금#178, 감물); "洛東江上 仙舟泛ᄒᆞ니 吹笛歌聲이 落遠風이라 / 客子 停驂聞不樂은 蒼梧山色이 暮雲中이라 / 어즈버 鼎湖龍飛을 못ᄂᆞ 슬허 ᄒᆞ노라"(동가#194, 무명씨, 탄)

나지 않는다. 편찬자의 냉철한 현실인식이나 적극적인 참여의식을
나타내지 않는다는 점에서 『청진』 소재 여항 육인의 작품들과는
좋은 대조를 이룬다.[38] 그리고 분개를 초래한 근본적 이유에 관한
성찰과 분개를 해소하기 위한 방편은 준비되지 않았다. 이와 관련
하여 『동가선』에서 인생사의 온갖 시름을 술 마시고 노래 부름으
로써 해소한다는, 이른바 유락적(遊樂的) 내용의 작품이 드물게 발
견된다는 사실이 주목된다.

　따라서 『동가선』의 '개'는 '개세'의 차원에서 인식되고, 편찬자는
현실 참여나 비판에는 인색했던 인물로 생각된다. 개세는 흔히 현
실 비판의 기조와 연결되나, 비판의 강도는 현실 참여 혹은 개혁 의
지와는 비교할 바가 못된다. 아마도 가집의 편찬자는 경아전 계층
의 일원으로 중앙 부처에 종사하면서 비교적 평탄한 삶을 살았을
것이고, 그러한 삶 속에서 평소 즐겨 듣던 작품들을 『동가선』이란
가집에 선별적으로 수록하였으며, 그 자신의 작품 해석을 주제어
로서 제시한 것이 아닐까 생각한다.

4. 맺음말

　연창의 대본인 가집으로서 『동가선』은 매우 불완전한 구성과 불
친절한 서술을 보인다. 소략한 음악 이론부와 단출한 악곡명으로

38　김용찬(1996), <'여항육인'의 작품세계와 18세기 초 시조사의 일국면>, 『시조
　　학논총』제12집, 한국시조학회, 89~125쪽 참고.

구성된 가집의 편제는 비교적 단순해 보인다. 사실『동가선』은 어느 가집으로부터 직접적인 영향을 받았고, 무슨 가집의 계보를 잇는다고 섣불리 판단할 수 없는 가집이다. 또한 텍스트로서의 위상과 가치도 그다지 높아 보이지 않는다. 그동안『동가선』에 관한 연구가 부진할 수밖에 없었던 것도 바로 이러한 이유들 때문이었다.

가집의 외형적 규모라 할 수 있는 수록 작품수도 동시기 다른 가집들 ―『병가』1,109수;『청진』580수;『해박』417수;『해주』567수;『동가선』235수 ― 과는 비교할만한 수준에 이르지 못한다. 수록 작품수가 적은 것은 편찬자가 작품을 선별적으로 취택했기 때문이다. 물론 가집이 향유 집단이나 당대의 흐름을 반영하긴 하지만, 가집의 최종 편집권은 편찬자의 몫이다. 작품의 취택과 작품 사설의 기록 그리고 작품의 주제 인식은 편찬자 고유의 권한이다.

그렇지만『동가선』은 18세기 후반의 고시조 향유상의 일단 및 고시조의 주제에 관한 인식과 편찬자의 주제적 관심을 엿볼 수 있는 희귀한 가집이다.『동가선』에서는 고시조의 주제를 주제어로써 집약해 놓았으므로, 이 글에서는 주제어 분포와 공출 작품의 주제 분석을 통해서 가집과 편찬자를 이해하는 데 주력하였다. 주제어는 관념, 심리 상태, 감정을 나타낸 것이 많은데, 이것이 곧『동가선』에서 주제를 분류하는 판단 기준이 된다. 이러한 기준은 주제 인식의 변화에도 직·간접적으로 많은 영향을 주었음이 공출 작품의 분석 과정에서도 입증된다. 그리고 분석 과정에서 원작가의 창작 동인이나 작중 화자의 지향이라는 작품 내적 의미보다는, 원작가의 삶이 기록된 작가력이라는 작품 외적 배경과 편찬자의 자의적 해석이 자주 엿보인다는 사실을 포착할 수 있었다.

　여러 주제어 가운데서도 '충(忠)', '사(思)', '개(慨)'는『동가선』은 물론이거니와 편찬자를 이해하는 데 있어서 유용하다. '충'은 편찬자의 관념적 지향과 음악적 관심을 나타낸다. '충'은『동가선』에서 가장 빈번한 출현을 보이는 주제어로서, 주로 우조에 얹어 부른 작품이 많았다. 그렇지만 '충'으로 보기 곤란한 작품도 간혹 발견된다. '사'는 편찬자의 취향과 작품 취택의 기준을 보여준다. 남녀간의 은근한 연정은 용인했으나 성적인 일탈은 받아들이지 않았고, 김수장 및 '노가재가단'의 작품은 완전히 배제해 놓았다는 사실이 특이해 보인다. '개'로부터는 편찬자의 현실 인식의 일단을 엿볼 수 있다.

　『동가선』은 전문 가객에 의해 편찬된 교습용 대본이 아니라, 평소 취향에 따라 애호하던 일부 작품만을 선별적으로 수록하여 주제를 제시한 가집이다.『동가선』은 고시조의 대량 수집과 정리 혹은 음악적 실험은 유보한 채, 작품의 주제 인식과 주제어 제시에 주안점을 둔 가집으로 파악된다.

찾아보기

부록

18세기 전반 ~ 19세기 전반의 주요 가집과 『병와가곡집』의 비교

병와가곡집		『(진본) 청구영언』		『(주씨본) 해동가요』		『(서울대본) 악부』		『(가람본) 청구영언』		『(김씨본) 시여』	
연번	악곡	연번	악곡	연번	악곡	연번	악곡	연번	악곡	연번	악곡
0001	초중대엽	×	-	×	-	267	이삭대엽	424	이삭대엽	001	초중대엽
0002	초중대엽	416	삼삭대엽	×	-	266	이삭대엽	481	삼삭대엽·낙희병초	×	-
0003	초중대엽	392	이삭대엽	×	-	002	초중대엽	×	×	×	-
0004	초중대엽	159	이삭대엽	160	이삭대엽	001	초중대엽	151	이삭대엽	×	-
0005	초중대엽	×	-	272	이삭대엽	060	이삭대엽	425	이삭대엽	213	이삭대엽
0006	초중대엽	×	-	×	-	268	이삭대엽	504	삼삭대엽·낙희병초	002	초중대엽
0007	초중대엽	299	이삭대엽	×	-	×	-	316	이삭대엽	×	-
0008	이중대엽	×	-	×	-	004	이중대엽	319	이삭대엽	003	이중대엽
0009	이중대엽	002	이중대엽	002	이중대엽	005	이중대엽	002	이중대엽	×	-
0010	이중대엽	001	초중대엽	001	초중대엽	003	초중대엽	001	초중대엽	×	-
0011	이중대엽	×	-	×	-	×	-	×		×	-
0012	이중대엽	×	-	×	-	×	-	×		×	-
0013	삼중대엽	091	이삭대엽	036	이삭대엽	×	-	094	이삭대엽	×	-
0014	삼중대엽	003	삼중대엽	003	삼중대엽	006	삼중대엽	003	삼중대엽	×	-
0015	삼중대엽	×	-	×	-	361	이삭대엽	×		×	-
0016	삼중대엽	312	이삭대엽	×	-	295	이삭대엽	328	이삭대엽	×	-
0017	삼중대엽	×	-	346	이삭대엽	×	-	×		×	-
0018	북전	×	-	004	북전	007	북전	389	이삭대엽	004	북전
0019	북전	004	북전	×	-	×	-	004	북전	×	-
0020	북전	264	이삭대엽	×	-	417	삼삭대엽	×		245	이삭대엽

병와가곡집		『(진본) 청구영언』		『(주씨본) 해동가요』		『(서울대본) 악부』		『(가람본) 청구영언』		『(김씨본) 시여』	
연번	악곡	연번	악곡	연번	악곡	연번	악곡	연번	악곡	연번	악곡
0021	북전	×	-	×	-	365	이삭대엽	446	이삭대엽	382	이삭대엽
0022	이북전	005	이북전	005	이북전	×	-	005	이북전	×	-
0023	초삭대엽	217	이삭대엽	010	이삭대엽	×	-	×		×	-
0024	초삭대엽	287	이삭대엽	133	이삭대엽	010	초삭대엽	293	이삭대엽	×	-
0025	초삭대엽	006	초삭대엽	006	초삭대엽	009	초삭대엽	006	초삭대엽	×	-
0026	초삭대엽	425	삼삭대엽	127	이삭대엽	042	이삭대엽	509	삼삭대엽·낙희병초	×	-
0027	초삭대엽	357	이삭대엽	×	-	262	이삭대엽	376	이삭대엽	×	-
0028	초삭대엽	452	삼삭대엽	×	-	257	이삭대엽	511	삼삭대엽·낙희병초	006	초삭대엽
0029	초삭대엽	×	-	×	-	011	초삭대엽	513	삼삭대엽·낙희병초	×	-
0030	초삭대엽	×	-	×	-	×	-	681	락	008	초삭대엽
0031	초삭대엽	×	-	×	-	339	이삭대엽	×	-	370	이삭대엽
0032	초삭대엽	339	이삭대엽		-	357	이삭대엽	358	이삭대엽	317	이삭대엽
0033	초삭대엽	×	-	×		×	-	512	삼삭대엽·낙희병초	×	-
0034	이삭대엽	184	이삭대엽	232	이삭대엽	114	이삭대엽	169	이삭대엽	×	-
0035	이삭대엽	×	-	009	이삭대엽	014	이삭대엽	×	-	×	-
0036	이삭대엽	×	-	×	-	015	이삭대엽	×	-	×	-
0037	이삭대엽	218	이삭대엽	011	이삭대엽	×	-	×	-	×	-
0038	이삭대엽	219	이삭대엽	013	이삭대엽	×	-	×	-	×	-
0039	이삭대엽	220	이삭대엽	014	이삭대엽	016	이삭대엽	×	-	012	이삭대엽
0040	이삭대엽	×	-	×	-	×	-	×	-	×	-
0041	이삭대엽	447	삼삭대엽	×	-	296	이삭대엽	502	삼삭대엽·낙희병초	×	-
0042	이삭대엽	×	-	×	-	×	-	314	이삭대엽	510	이삭대엽
0043	이삭대엽	377	이삭대엽	×	-	299	이삭대엽	402	이삭대엽	013	이삭대엽
0044	이삭대엽	×	-	×	-	323	이삭대엽	×	-	014	이삭대엽
0045	이삭대엽	403	삼삭대엽	×	-	342	이삭대엽	467	삼삭대엽·낙희병초	×	-
0046	이삭대엽	×	-	×	-	386	이삭대엽	×	-	458	이삭대엽
0047	이삭대엽	×	-	×	-	440	율당대엽	436	이삭대엽	513	이삭대엽
0048	이삭대엽	×	-	×	-	×	-	×	-	×	-
0049	이삭대엽	×	-	×	-	366	이삭대엽	×	-	401	이삭대엽

병와가곡집		『(진본) 청구영언』		『(주씨본) 해동가요』		『(서울대본) 악부』		『(가람본) 청구영언』		『(김씨본) 시여』	
연번	악곡	연번	악곡	연번	악곡	연번	악곡	연번	악곡	연번	악곡
0050	이삭대엽	365	이삭대엽	×	-	356	이삭대엽	384	이삭대엽	×	-
0051	이삭대엽	007	이삭대엽	015	이삭대엽	017	이삭대엽	007	이삭대엽	×	-
0052	이삭대엽	008	이삭대엽	016	이삭대엽	018	이삭대엽	008	이삭대엽	×	-
0053	이삭대엽	348	이삭대엽	×	-	×	-	×	-	015	이삭대엽
0054	이삭대엽	364	이삭대엽	×	-	358	이삭대엽	383	이삭대엽	×	-
0055	이삭대엽	009	이삭대엽	017	이삭대엽	×	-	009	이삭대엽	×	-
0056	이삭대엽	010	이삭대엽	018	이삭대엽	×	-	010	이삭대엽	×	-
0057	이삭대엽	011	이삭대엽	019	이삭대엽	×	-	011	이삭대엽	×	-
0058	이삭대엽	012	이삭대엽	020	이삭대엽	×	-	012	이삭대엽	×	-
0059	이삭대엽	017	이삭대엽	026	이삭대엽	020	이삭대엽	016	이삭대엽	×	-
0060	이삭대엽	×	-	×	-	×	-	×	-	×	-
0061	이삭대엽	×	-	×	-	×	-	×	-	×	-
0062	이삭대엽	015	이삭대엽	023	이삭대엽	×	-	014	이삭대엽	×	-
0063	이삭대엽	016	이삭대엽	024	이삭대엽	×	-	015	이삭대엽	×	-
0064	이삭대엽	295	이삭대엽	025	이삭대엽	×	-	190	이삭대엽	×	-
0065	이삭대엽	402	삼삭대엽	×	-	×	-	454	삼삭대엽·낙희병초	×	-
0066	이삭대엽	×	-	×	-	×	-	×	-	×	-
0067	이삭대엽	444	삼삭대엽	×	-	×	-	475	삼삭대엽·낙희병초	331	이삭대엽
0068	이삭대엽	×	-	×	-	×	-	×	-	501	이삭대엽
0069	이삭대엽	021	이삭대엽	×	-	×	-	024	이삭대엽	×	-
0070	이삭대엽	019	이삭대엽	028	이삭대엽	×	-	022	이삭대엽	×	-
0071	이삭대엽	303	이삭대엽	×	-	×	-	198	이삭대엽	×	-
0072	이삭대엽	323	이삭대엽	×	-	298	이삭대엽	342	이삭대엽	017	이삭대엽
0073	이삭대엽	324	이삭대엽	×	-	300	이삭대엽	343	이삭대엽	×	-
0074	이삭대엽	×	-	×	-	×	-	199	이삭대엽	018	이삭대엽
0075	이삭대엽	020	이삭대엽	029	이삭대엽	×	-	023	이삭대엽	×	-
0076	이삭대엽	022	이삭대엽	031	이삭대엽	×	-	025	이삭대엽	×	-
0077	이삭대엽	×	-	033	이삭대엽	×	-	313	이삭대엽	009	초삭대엽
0078	이삭대엽	×	-	×	-	×	-	×	-	019	이삭대엽
0079	이삭대엽	027	이삭대엽	038	이삭대엽	021	이삭대엽	026	이삭대엽	×	-
0080	이삭대엽	028	이삭대엽	039	이삭대엽	022	이삭대엽	027	이삭대엽	×	-
0081	이삭대엽	030	이삭대엽	041	이삭대엽	024	이삭대엽	029	이삭대엽	×	-

병와가곡집		『(진본)청구영언』		『(주씨본)해동가요』		『(서울대본)악부』		『(가람본)청구영언』		『(김씨본)시여』	
연번	악곡	연번	악곡	연번	악곡	연번	악곡	연번	악곡	연번	악곡
0082	이삭대엽	032	이삭대엽	043	이삭대엽	023	이삭대엽	031	이삭대엽	×	-
0083	이삭대엽	034	이삭대엽	045	이삭대엽	025	이삭대엽	033	이삭대엽	×	-
0084	이삭대엽	037	이삭대엽	048	이삭대엽	026	이삭대엽	036	이삭대엽	×	-
0085	이삭대엽	031	이삭대엽	042	이삭대엽	027	이삭대엽	030	이삭대엽	×	-
0086	이삭대엽	029	이삭대엽	040	이삭대엽	×	-	028	이삭대엽	×	-
0087	이삭대엽	033	이삭대엽	044	이삭대엽	×	-	032	이삭대엽	×	-
0088	이삭대엽	035	이삭대엽	046	이삭대엽	×	-	034	이삭대엽	×	-
0089	이삭대엽	036	이삭대엽	047	이삭대엽	×	-	035	이삭대엽	×	-
0090	이삭대엽	038	이삭대엽	049	이삭대엽	×	-	037	이삭대엽	×	-
0091	이삭대엽	024	이삭대엽	051	이삭대엽	×	-	039	이삭대엽	×	-
0092	이삭대엽	025	이삭대엽	053	이삭대엽	×	-	040	이삭대엽	×	-
0093	이삭대엽	026	이삭대엽	052	이삭대엽	×	-	041	이삭대엽	×	-
0094	이삭대엽	417	삼삭대엽	050	이삭대엽	×	-	487	삼삭대엽·낙희병초	×	-
0095	이삭대엽	×	-	034	이삭대엽	×	-	202	이삭대엽	×	-
0096	이삭대엽	023	이삭대엽	032	이삭대엽	×	-	038	이삭대엽	×	-
0097	이삭대엽	393	이삭대엽	×	-	×	-	422	이삭대엽	×	-
0098	이삭대엽	451	삼삭대엽	338	이삭대엽	318	이삭대엽	510	삼삭대엽·낙희병초	330	이삭대엽
0099	이삭대엽	×	-	×	-	×	-	018	이삭대엽	×	-
0100	이삭대엽	×	-	×	-	×	-	019	이삭대엽	×	-
0101	이삭대엽	×	-	×	-	×	-	020	이삭대엽	×	-
0102	이삭대엽	386	이삭대엽	054	이삭대엽	410	삼삭대엽	413	이삭대엽	×	-
0103	이삭대엽	426	삼삭대엽	×	-	×	-	461	삼삭대엽·낙희병초	×	-
0104	이삭대엽	×	-	×	-	×	-	×	-	×	-
0105	이삭대엽	313	이삭대엽	×	-	249	이삭대엽	330	이삭대엽	×	-
0106	이삭대엽	×	-	×	-	×	-	329	이삭대엽	×	-
0107	이삭대엽	358	이삭대엽	055	이삭대엽	×	-	201	이삭대엽	×	-
0108	이삭대엽	×	-	056	이삭대엽	×	-	095	이삭대엽	×	-
0109	이삭대엽	089	이삭대엽	146	이삭대엽	084	이삭대엽	092	이삭대엽	×	-
0110	이삭대엽	090	이삭대엽	148	이삭대엽	065	이삭대엽	093	이삭대엽	×	-
0111	이삭대엽	×	-	097	이삭대엽	×	-	506	삼삭대엽·낙희병초	×	-
0112	이삭대엽	×	-	078	이삭대엽	×	-	×	-	×	-

병와가곡집		『(진본) 청구영언』		『(주씨본) 해동가요』		『(서울대본) 악부』		『(가람본) 청구영언』		『(김씨본) 시여』	
연번	악곡	연번	악곡	연번	악곡	연번	악곡	연번	악곡	연번	악곡
0113	이삭대엽	×	-	079	이삭대엽	099	이삭대엽	×	-	021	이삭대엽
0114	이삭대엽	×	-	080	이삭대엽	100	이삭대엽	×	-	022	이삭대엽
0115	이삭대엽	×	-	081	이삭대엽	101	이삭대엽	×	-	023	이삭대엽
0116	이삭대엽	×	-	082	이삭대엽	102	이삭대엽	×	-	024	이삭대엽
0117	이삭대엽	×	-	083	이삭대엽	103	이삭대엽	×	-	025	이삭대엽
0118	이삭대엽	×	-	084	이삭대엽	104	이삭대엽	×	-	026	이삭대엽
0119	이삭대엽	×	-	085	이삭대엽	105	이삭대엽	×	-	027	이삭대엽
0120	이삭대엽	×	-	086	이삭대엽	106	이삭대엽	×	-	028	이삭대엽
0121	이삭대엽	×	-	087	이삭대엽	107	이삭대엽	×	-	029	이삭대엽
0122	이삭대엽	039	이삭대엽	×	-	×	-	042	이삭대엽	×	-
0123	이삭대엽	041	이삭대엽	057	이삭대엽	×	-	044	이삭대엽	×	-
0124	이삭대엽	042	이삭대엽	058	이삭대엽	×	-	043	이삭대엽	×	-
0125	이삭대엽	040	이삭대엽	×	-	×	-	057	이삭대엽	×	-
0126	이삭대엽	043	이삭대엽	×	-	×	-	045	이삭대엽	×	-
0127	이삭대엽	045	이삭대엽	059	이삭대엽	×	-	047	이삭대엽	×	-
0128	이삭대엽	044	이삭대엽	×	-	×	-	046	이삭대엽	×	-
0129	이삭대엽	046	이삭대엽	077	이삭대엽	×	-	048	이삭대엽	×	-
0130	이삭대엽	047	이삭대엽	×	-	×	-	049	이삭대엽	×	-
0131	이삭대엽	048	이삭대엽	×	-	×	-	050	이삭대엽	×	-
0132	이삭대엽	397	이삭대엽	×	-	×	-	395	이삭대엽	314	이삭대엽
0133	이삭대엽	×	-	×	-	×	-	×	-	×	-
0134	이삭대엽	051	이삭대엽	×	-	×	-	053	이삭대엽	×	-
0135	이삭대엽	052	이삭대엽	×	-	×	-	054	이삭대엽	×	-
0136	이삭대엽	053	이삭대엽	×	-	×	-	055	이삭대엽	×	-
0137	이삭대엽	054	이삭대엽	×	-	×	-	056	이삭대엽	×	-
0138	이삭대엽	058	이삭대엽	×	-	×	-	161	이삭대엽	×	-
0139	이삭대엽	059	이삭대엽	×	-	×	-	162	이삭대엽	×	-
0140	이삭대엽	060	이삭대엽	×	-	×	-	063	이삭대엽	×	-
0141	이삭대엽	063	이삭대엽	×	-	×	-	066	이삭대엽	×	-
0142	이삭대엽	065	이삭대엽	×	-	×	-	068	이삭대엽	×	-
0143	이삭대엽	066	이삭대엽	×	-	028	이삭대엽	069	이삭대엽	×	-
0144	이삭대엽	067	이삭대엽	060	이삭대엽	×	-	070	이삭대엽	×	-
0145	이삭대엽	068	이삭대엽	061	이삭대엽	×	-	071	이삭대엽	×	-
0146	이삭대엽	069	이삭대엽	×	-	388	이삭대엽	072	이삭대엽	×	-

병와가곡집		『(진본)청구영언』		『(주씨본)해동가요』		『(서울대본)악부』		『(가람본)청구영언』		『(김씨본)시여』	
연번	악곡	연번	악곡	연번	악곡	연번	악곡	연번	악곡	연번	악곡
0147	이삭대엽	070	이삭대엽	062	이삭대엽	×	-	073	이삭대엽	×	-
0148	이삭대엽	072	이삭대엽	063	이삭대엽	×	-	075	이삭대엽	×	-
0149	이삭대엽	073	이삭대엽	×	-	×	-	076	이삭대엽	×	-
0150	이삭대엽	074	이삭대엽	064	이삭대엽	×	-	077	이삭대엽	×	-
0151	이삭대엽	075	이삭대엽	×	-	×	-	078	이삭대엽	×	-
0152	이삭대엽	076	이삭대엽	065	이삭대엽	×	-	079	이삭대엽	×	-
0153	이삭대엽	078	이삭대엽	067	이삭대엽	×	-	081	이삭대엽	×	-
0154	이삭대엽	079	이삭대엽	068	이삭대엽	×	-	082	이삭대엽	×	-
0155	이삭대엽	080	이삭대엽	×	-	×	-	083	이삭대엽	×	-
0156	이삭대엽	081	이삭대엽	069	이삭대엽	×	-	084	이삭대엽	×	-
0157	이삭대엽	082	이삭대엽	070	이삭대엽	029	이삭대엽	085	이삭대엽	×	-
0158	이삭대엽	083	이삭대엽	071	이삭대엽	030	이삭대엽	086	이삭대엽	×	-
0159	이삭대엽	084	이삭대엽	072	이삭대엽	×	-	087	이삭대엽	×	-
0160	이삭대엽	087	이삭대엽	075	이삭대엽	×	-	090	이삭대엽	×	-
0161	이삭대엽	088	이삭대엽	076	이삭대엽	×	-	091	이삭대엽	×	-
0162	이삭대엽	×	-	×	-	×	-	×	-	×	-
0163	이삭대엽	×	-	×	-	×	-	×	-	×	-
0164	이삭대엽	×	-	×	-	×	-	×	-	×	-
0165	이삭대엽	×	-	×	-	×	-	×	-	×	-
0166	이삭대엽	×	-	×	-	×	-	×	-	×	-
0167	이삭대엽	×	-	×	-	×	-	×	-	×	-
0168	이삭대엽	×	-	×	-	×	-	331	이삭대엽	×	-
0169	이삭대엽	×	-	×	-	×	-	×	-	×	-
0170	이삭대엽	×	-	×	-	×	-	×	-	×	-
0171	이삭대엽	×	-	×	-	×	-	×	-	×	-
0172	이삭대엽	×	-	×	-	×	-	×	-	×	-
0173	이삭대엽	×	-	×	-	×	-	×	-	×	-
0174	이삭대엽	×	-	×	-	×	-	×	-	×	-
0175	이삭대엽	×	-	×	-	×	-	×	-	×	-
0176	이삭대엽	×	-	037	이삭대엽	×	-	200	이삭대엽	×	-
0177	이삭대엽	370	이삭대엽	×	-	258	이삭대엽	396	이삭대엽	034	이삭대엽
0178	이삭대엽	401	삼삭대엽	×	-	×	-	455	삼삭대엽·낙희병초	349	이삭대엽
0179	이삭대엽	104	이삭대엽	119	이삭대엽	038	이삭대엽	107	이삭대엽	×	-

병와가곡집		『(진본) 청구영언』		『(주씨본) 해동가요』		『(서울대본) 악부』		『(가람본) 청구영언』		『(김씨본) 시여』	
연번	악곡	연번	악곡	연번	악곡	연번	악곡	연번	악곡	연번	악곡
0180	이삭대엽	×	-	×	-	×	-	×	-	×	-
0181	이삭대엽	×	-	×	-	380	이삭대엽	×	-	447	이삭대엽
0182	이삭대엽	×	-	×	-	×	-	×	-	×	-
0183	이삭대엽	102	이삭대엽	×	-	250	이삭대엽	104	이삭대엽	×	-
0184	이삭대엽	101	이삭대엽	×	-	040	이삭대엽	105	이삭대엽	×	-
0185	이삭대엽	103	이삭대엽	094	이삭대엽	033	이삭대엽	106	이삭대엽	×	-
0186	이삭대엽	×	-	093	이삭대엽	×	-	×	-	031	이삭대엽
0187	이삭대엽	100	이삭대엽	091	이삭대엽	034	이삭대엽	099	이삭대엽	×	-
0188	이삭대엽	379	이삭대엽	×	-	×	-	404	이삭대엽	032	이삭대엽
0189	이삭대엽	×	-	×	-	378	이삭대엽	440	이삭대엽	×	-
0190	이삭대엽	×	-	×	-	379	이삭대엽	390	이삭대엽	321	이삭대엽
0191	이삭대엽	459	낙시조	×	-	×	-	306	이삭대엽	536	낙희사
0192	이삭대엽	094	이삭대엽	089	이삭대엽	032	이삭대엽	097	이삭대엽	×	-
0193	이삭대엽	093	이삭대엽	088	이삭대엽	×	-	096	이삭대엽	×	-
0194	이삭대엽	095	이삭대엽	090	이삭대엽	×	-	098	이삭대엽	×	-
0195	이삭대엽	×	-	×	-	×	-	×	-	×	-
0196	이삭대엽	107	이삭대엽	096	이삭대엽	035	이삭대엽	109	이삭대엽	×	-
0197	이삭대엽	×	-	095	이삭대엽	036	이삭대엽	206	이삭대엽	×	-
0198	이삭대엽	301	이삭대엽	×	-	321	이삭대엽	317	이삭대엽	×	-
0199	이삭대엽	319	이삭대엽	×	-	291	이삭대엽	336	이삭대엽	×	-
0200	이삭대엽	111	이삭대엽	126	이삭대엽	×	-	113	이삭대엽	×	-
0201	이삭대엽	×	-	123	이삭대엽	041	이삭대엽	207	이삭대엽	×	-
0202	이삭대엽	×	-	122	이삭대엽	×	-	195	이삭대엽	×	-
0203	이삭대엽	105	이삭대엽	098	이삭대엽	037	이삭대엽	108	이삭대엽	×	-
0204	이삭대엽	109	이삭대엽	121	이삭대엽	040	이삭대엽	111	이삭대엽	×	-
0205	이삭대엽	108	이삭대엽	120	이삭대엽	×	-	110	이삭대엽	×	-
0206	이삭대엽	×	-	×	-	375	이삭대엽	×	-	481	이삭대엽
0207	이삭대엽	×	-	×	-	×	-	×	-	×	-
0208	이삭대엽	305	이삭대엽	×	-	376	이삭대엽	321	이삭대엽	×	-
0209	이삭대엽	110	이삭대엽	125	이삭대엽	×	-	112	이삭대엽	×	-
0210	이삭대엽	112	이삭대엽	128	이삭대엽	×	-	114	이삭대엽	×	-
0211	이삭대엽	113	이삭대엽	129	이삭대엽	×	-	115	이삭대엽	×	-
0212	이삭대엽	114	이삭대엽	130	이삭대엽	×	-	116	이삭대엽	×	-
0213	이삭대엽	115	이삭대엽	131	이삭대엽	×	-	117	이삭대엽	×	-

병와가곡집		『(진본) 청구영언』		『(주씨본) 해동가요』		『(서울대본) 악부』		『(가람본) 청구영언』		『(김씨본) 시여』	
연번	악곡	연번	악곡	연번	악곡	연번	악곡	연번	악곡	연번	악곡
0214	이삭대엽	166	이삭대엽	219	이삭대엽	094	이삭대엽	158	이삭대엽	×	-
0215	이삭대엽	167	이삭대엽	220	이삭대엽	095	이삭대엽	159	이삭대엽	×	-
0216	이삭대엽	163	이삭대엽	×	-	359	이삭대엽	155	이삭대엽	×	-
0217	이삭대엽	165	이삭대엽	165	이삭대엽	046	이삭대엽	157	이삭대엽	×	-
0218	이삭대엽	×	-	124	이삭대엽	×	-	209	이삭대엽	×	-
0219	이삭대엽	369	이삭대엽	×	-	×	-	388	이삭대엽	391	이삭대엽
0220	이삭대엽	×	-	×	-	×	-	×	-	×	-
0221	이삭대엽	366	이삭대엽	×	-	340	이삭대엽	385	이삭대엽	×	-
0222	이삭대엽	×	-	×	-	377	이삭대엽	444	이삭대엽	×	-
0223	이삭대엽	×	-	×	-	×	-	208	이삭대엽	033	이삭대엽
0224	이삭대엽	116	이삭대엽	099	이삭대엽	×	-	118	이삭대엽	×	-
0225	이삭대엽	117	이삭대엽	100	이삭대엽	×	-	119	이삭대엽	×	-
0226	이삭대엽	118	이삭대엽	×	-	×	-	120	이삭대엽	×	-
0227	이삭대엽	119	이삭대엽	101	이삭대엽	×	-	121	이삭대엽	×	-
0228	이삭대엽	121	이삭대엽	×	-	×	-	123	이삭대엽	×	-
0229	이삭대엽	122	이삭대엽	102	이삭대엽	×	-	124	이삭대엽	×	-
0230	이삭대엽	123	이삭대엽	103	이삭대엽	×	-	125	이삭대엽	×	-
0231	이삭대엽	124	이삭대엽	104	이삭대엽	039	이삭대엽	126	이삭대엽	×	-
0232	이삭대엽	125	이삭대엽	105	이삭대엽	×	-	127	이삭대엽	×	-
0233	이삭대엽	126	이삭대엽	×	-	×	-	×	-	×	-
0234	이삭대엽	127	이삭대엽	106	이삭대엽	×	-	128	이삭대엽	×	-
0235	이삭대엽	129	이삭대엽	113	이삭대엽	×	-	129	이삭대엽	×	-
0236	이삭대엽	130	이삭대엽	112	이삭대엽	×	-	×	-	×	-
0237	이삭대엽	131	이삭대엽	×	-	×	-	130	이삭대엽	×	-
0238	이삭대엽	132	이삭대엽	108	이삭대엽	×	-	131	이삭대엽	×	-
0239	이삭대엽	133	이삭대엽	109	이삭대엽	×	-	132	이삭대엽	×	-
0240	이삭대엽	143	이삭대엽	117	이삭대엽	×	-	139	이삭대엽	×	-
0241	이삭대엽	138	이삭대엽	114	이삭대엽	×	-	135	이삭대엽	×	-
0242	이삭대엽	144	이삭대엽	118	이삭대엽	×	-	140	이삭대엽	×	-
0243	이삭대엽	134	이삭대엽	110	이삭대엽	×	-	133	이삭대엽	×	-
0244	이삭대엽	135	이삭대엽	111	이삭대엽	×	-	×	-	×	-
0245	이삭대엽	139	이삭대엽	115	이삭대엽	×	-	136	이삭대엽	×	-
0246	이삭대엽	136	이삭대엽	×	-	×	-	134	이삭대엽	×	-
0247	이삭대엽	137	이삭대엽	×	-	×	-	×	-	×	-

병와가곡집		『(진본)청구영언』		『(주씨본)해동가요』		『(서울대본)악부』		『(가람본)청구영언』		『(김씨본)시여』	
연번	악곡	연번	악곡	연번	악곡	연번	악곡	연번	악곡	연번	악곡
0248	이삭대엽	141	이삭대엽	×	-	×	-	138	이삭대엽	×	-
0249	이삭대엽	142	이삭대엽	116	이삭대엽	×	-	×	-	390	이삭대엽
0250	이삭대엽	145	이삭대엽	×	-	×	-	×	-	×	-
0251	이삭대엽	304	이삭대엽	×	-	254	이삭대엽	320	이삭대엽	×	-
0252	이삭대엽	160	이삭대엽	161	이삭대엽	044	이삭대엽	152	이삭대엽	×	-
0253	이삭대엽	×	-	150	이삭대엽	086	이삭대엽	142	이삭대엽	×	-
0254	이삭대엽	147	이삭대엽	151	이삭대엽	087	이삭대엽	143	이삭대엽	×	-
0255	이삭대엽	148	이삭대엽	152	이삭대엽	×	-	×	-	221	이삭대엽
0256	이삭대엽	149	이삭대엽	×	-	×	-	144	이삭대엽	×	-
0257	이삭대엽	150	이삭대엽	153	이삭대엽	088	이삭대엽	145	이삭대엽	×	-
0258	이삭대엽	151	이삭대엽	154	이삭대엽	089	이삭대엽	146	이삭대엽	×	-
0259	이삭대엽	152	이삭대엽	155	이삭대엽	×	-	147	이삭대엽	×	-
0260	이삭대엽	153	이삭대엽	×	-	×	-	148	이삭대엽	485	이삭대엽
0261	이삭대엽	155	이삭대엽	157	이삭대엽	×	-	×	-	×	-
0262	이삭대엽	156	이삭대엽	158	이삭대엽	091	이삭대엽	×	-	×	-
0263	이삭대엽	158	이삭대엽	159	이삭대엽	×	-	150	이삭대엽	×	-
0264	이삭대엽	161	이삭대엽	162	이삭대엽	045	이삭대엽	153	이삭대엽	×	-
0265	이삭대엽	×	-	×	-	×	-	414	이삭대엽	×	-
0266	이삭대엽	298	이삭대엽	241	이삭대엽	121	이삭대엽	189	이삭대엽	×	-
0267	이삭대엽	×	-	164	이삭대엽	092	이삭대엽	196	이삭대엽	035	이삭대엽
0268	이삭대엽	169	이삭대엽	225	이삭대엽	374	이삭대엽	161	이삭대엽	×	-
0269	이삭대엽	170	이삭대엽	239	이삭대엽	119	이삭대엽	162	이삭대엽	×	-
0270	이삭대엽	168	이삭대엽	×	-	×	-	160	이삭대엽	×	-
0271	이삭대엽	×	-	×	-	333	이삭대엽	×	-	376	이삭대엽
0272	이삭대엽	×	-	223	이삭대엽	×	-	205	이삭대엽	×	-
0273	이삭대엽	322	이삭대엽	182	이삭대엽	385	이삭대엽	341	이삭대엽	047	이삭대엽
0274	이삭대엽	×	-	169	이삭대엽	×	-	×	-	080	이삭대엽
0275	이삭대엽	×	-	171	이삭대엽	×	-	×	-	097	이삭대엽
0276	이삭대엽	×	-	189	이삭대엽	×	-	×	-	071	이삭대엽
0277	이삭대엽	×	-	×	-	×	-	×	-	093	이삭대엽
0278	이삭대엽	×	-	193	이삭대엽	×	-	×	-	×	-
0279	이삭대엽	×	-	×	-	×	-	×	-	043	이삭대엽
0280	이삭대엽	×	-	×	-	×	-	×	-	044	이삭대엽
0281	이삭대엽	×	-	181	이삭대엽	×	-	×	-	045	이삭대엽

병와가곡집		『(진본) 청구영언』		『(주씨본) 해동가요』		『(서울대본) 악부』		『(가람본) 청구영언』		『(김씨본) 시여』	
연번	악곡	연번	악곡	연번	악곡	연번	악곡	연번	악곡	연번	악곡
0282	이삭대엽	×	-	218	이삭대엽	×	-	×	-	109	이삭대엽
0283	이삭대엽	×	-	×	-	×	-	×	-	046	이삭대엽
0284	이삭대엽	×	-	×	-	×	-	×	-	×	-
0285	이삭대엽	×	-	×	-	×	-	×	-	059	이삭대엽
0286	이삭대엽	×	-	×	-	×	-	×	-	049	이삭대엽
0287	이삭대엽	×	-	×	-	×	-	×	-	050	이삭대엽
0288	이삭대엽	×	-	184	이삭대엽	×	-	×	-	051	이삭대엽
0289	이삭대엽	×	-	×	-	×	-	×	-	052	이삭대엽
0290	이삭대엽	×	-	×	-	×	-	×	-	060	이삭대엽
0291	이삭대엽	×	-	×	-	×	-	×	-	061	이삭대엽
0292	이삭대엽	×	-	×	-	×	-	×	-	065	이삭대엽
0293	이삭대엽	×	-	186	이삭대엽	×	-	×	-	068	이삭대엽
0294	이삭대엽	×	-	188	이삭대엽	×	-	×	-	070	이삭대엽
0295	이삭대엽	×	-	190	이삭대엽	×	-	×	-	072	이삭대엽
0296	이삭대엽	×	-	×	-	×	-	×	-	073	이삭대엽
0297	이삭대엽	×	-	×	-	×	-	×	-	074	이삭대엽
0298	이삭대엽	×	-	×	-	×	-	×	-	×	-
0299	이삭대엽	×	-	168	이삭대엽	×	-	×	-	×	-
0300	이삭대엽	×	-	×	-	×	-	×	-	×	-
0301	이삭대엽	×	-	×	-	×	-	×	-	×	-
0302	이삭대엽	×	-	194	이삭대엽	×	-	×	-	×	-
0303	이삭대엽	×	-	195	이삭대엽	×	-	197	이삭대엽	×	-
0304	이삭대엽	×	-	177	이삭대엽	×	-	×	-	075	이삭대엽
0305	이삭대엽	×	-	173	이삭대엽	×	-	×	-	076	이삭대엽
0306	이삭대엽	×	-	×	-	×	-	×	-	077	이삭대엽
0307	이삭대엽	×	-	196	이삭대엽	×	-	×	-	078	이삭대엽
0308	이삭대엽	×	-	174	이삭대엽	×	-	×	-	079	이삭대엽
0309	이삭대엽	×	-	170	이삭대엽	×	-	×	-	081	이삭대엽
0310	이삭대엽	×	-	197	이삭대엽	×	-	×	-	082	이삭대엽
0311	이삭대엽	×	-	198	이삭대엽	×	-	×	-	083	이삭대엽
0312	이삭대엽	×	-	178	이삭대엽	×	-	×	-	084	이삭대엽
0313	이삭대엽	×	-	199	이삭대엽	×	-	×	-	085	이삭대엽
0314	이삭대엽	×	-	202	이삭대엽	×	-	×	-	088	이삭대엽
0315	이삭대엽	×	-	203	이삭대엽	×	-	×	-	089	이삭대엽

부록 18세기 전반 ~ 19세기 전반의 주요 가집과 『병와가곡집』의 비교

병와가곡집		『(진본) 청구영언』		『(주씨본) 해동가요』		『(서울대본) 악부』		『(가람본) 청구영언』		『(김씨본) 시여』	
연번	악곡	연번	악곡	연번	악곡	연번	악곡	연번	악곡	연번	악곡
0316	이삭대엽	×	-	217	이삭대엽	×	-	×	-	090	이삭대엽
0317	이삭대엽	×	-	204	이삭대엽	×	-	×	-	092	이삭대엽
0318	이삭대엽	×	-	176	이삭대엽	×	-	×	-	095	이삭대엽
0319	이삭대엽	×	-	207	이삭대엽	×	-	×	-	096	이삭대엽
0320	이삭대엽	×	-	192	이삭대엽	×	-	×	-	098	이삭대엽
0321	이삭대엽	×	-	×	-	×	-	214	이삭대엽	344	이삭대엽
0322	이삭대엽	×	-	214	이삭대엽	×	-	×	-	105	이삭대엽
0323	이삭대엽	375	이삭대엽	×	-	×	-	400	이삭대엽	315	이삭대엽
0324	이삭대엽	013	이삭대엽	021	이삭대엽	×	-	013	이삭대엽	×	-
0325	이삭대엽	014	이삭대엽	022	이삭대엽	×	-	×	-	×	-
0326	이삭대엽	×	-	236	이삭대엽	052	이삭대엽	211	이삭대엽	×	-
0327	이삭대엽	×	-	237	이삭대엽	053	이삭대엽	212	이삭대엽	×	-
0328	이삭대엽	×	-	238	이삭대엽	118	이삭대엽	×	-	040	이삭대엽
0329	이삭대엽	203	이삭대엽	243	이삭대엽	050	이삭대엽	175	이삭대엽	×	-
0330	이삭대엽	×	-	×	-	×	-	×	-	050	이삭대엽
0331	이삭대엽	204	이삭대엽	246	이삭대엽	051	이삭대엽	176	이삭대엽	×	-
0332	이삭대엽	205	이삭대엽	247	이삭대엽	054	이삭대엽	177	이삭대엽	×	-
0333	이삭대엽	340	이삭대엽	248	이삭대엽	056	이삭대엽	194	이삭대엽	×	-
0334	이삭대엽	×	-	249	이삭대엽	123	이삭대엽	178	이삭대엽	×	-
0335	이삭대엽	×	-	250	이삭대엽	124	이삭대엽	179	이삭대엽	×	-
0336	이삭대엽	×	-	284	이삭대엽	062	이삭대엽	×	-	×	-
0337	이삭대엽	233	이삭대엽	×	-	×	-	252	이삭대엽	×	-
0338	이삭대엽	232	이삭대엽	282	이삭대엽	143	이삭대엽	251	이삭대엽	509	이삭대엽
0339	이삭대엽	235	이삭대엽	×	-	×	-	254	이삭대엽	×	-
0340	이삭대엽	236	이삭대엽	285	이삭대엽	145	이삭대엽	255	이삭대엽	×	-
0341	이삭대엽	237	이삭대엽	286	이삭대엽	×	-	256	이삭대엽	×	-
0342	이삭대엽	×	-	303	이삭대엽	058	이삭대엽	220	이삭대엽	117	이삭대엽
0343	이삭대엽	×	-	304	이삭대엽	×	-	×	-	118	이삭대엽
0344	이삭대엽	×	-	305	이삭대엽	×	-	×	-	119	이삭대엽
0345	이삭대엽	209	이삭대엽	254	이삭대엽	×	-	181	이삭대엽	×	-
0346	이삭대엽	210	이삭대엽	255	이삭대엽	×	-	182	이삭대엽	×	-
0347	이삭대엽	211	이삭대엽	256	이삭대엽	057	이삭대엽	183	이삭대엽	×	-
0348	이삭대엽	×	-	260	이삭대엽	130	이삭대엽	225	이삭대엽	112	이삭대엽
0349	이삭대엽	×	-	259	이삭대엽	129	이삭대엽	224	이삭대엽	111	이삭대엽

병와가곡집		『(진본) 청구영언』		『(주씨본) 해동가요』		『(서울대본) 악부』		『(가람본) 청구영언』		『(김씨본) 시여』	
연번	악곡	연번	악곡	연번	악곡	연번	악곡	연번	악곡	연번	악곡
0350	이삭대엽	×	-	252	이삭대엽	126	이삭대엽	217	이삭대엽	110	이삭대엽
0351	이삭대엽	212	이삭대엽	251	이삭대엽	125	이삭대엽	184	이삭대엽	×	-
0352	이삭대엽	×	-	253	이삭대엽	127	이삭대엽	185	이삭대엽	×	-
0353	이삭대엽	×	-	261	이삭대엽	131	이삭대엽	×	-	116	이삭대엽
0354	이삭대엽	×	-	262	이삭대엽	132	이삭대엽	×	-	115	이삭대엽
0355	이삭대엽	221	이삭대엽	267	이삭대엽	×	-	238	이삭대엽	×	-
0356	이삭대엽	×	-	×	-	221	이삭대엽	×	-	222	이삭대엽
0357	이삭대엽	×	-	×	-	×	-	288	이삭대엽	223	이삭대엽
0358	이삭대엽	×	-	258	이삭대엽	×	-	218	이삭대엽	×	-
0359	이삭대엽	×	-	035	이삭대엽	×	-	×	-	030	이삭대엽
0360	이삭대엽	245	이삭대엽	300	이삭대엽	156	이삭대엽	262	이삭대엽	×	-
0361	이삭대엽	241	이삭대엽	296	이삭대엽	153	이삭대엽	258	이삭대엽	×	-
0362	이삭대엽	244	이삭대엽	299	이삭대엽	155	이삭대엽	261	이삭대엽	225	이삭대엽
0363	이삭대엽	×	-	298	이삭대엽	×	-	260	이삭대엽	×	-
0364	이삭대엽	×	-	×	-	×	-	×	-	282	이삭대엽
0365	이삭대엽	×	-	×	-	218	이삭대엽	×	-	×	-
0366	이삭대엽	×	-	×	-	×	-	×	-	×	-
0367	이삭대엽	×	-	×	-	219	이삭대엽	×	-	283	이삭대엽
0368	이삭대엽	×	-	×	-	220	이삭대엽	×	-	×	-
0369	이삭대엽	×	-	×	-	×	-	×	-	×	-
0370	이삭대엽	×	-	×	-	×	-	×	-	×	-
0371	이삭대엽	×	-	×	-	×	-	×	-	×	-
0372	이삭대엽	×	-	×	-	214	이삭대엽	×	-	×	-
0373	이삭대엽	096	이삭대엽	263	이삭대엽	×	-	100	이삭대엽	×	-
0374	이삭대엽	097	이삭대엽	264	이삭대엽	059	이삭대엽	101	이삭대엽	×	-
0375	이삭대엽	098	이삭대엽	265	이삭대엽	×	-	102	이삭대엽	×	-
0376	이삭대엽	099	이삭대엽	266	이삭대엽	×	-	103	이삭대엽	×	-
0377	이삭대엽	×	-	×	-	228	이삭대엽	287	이삭대엽	×	-
0378	이삭대엽	×	-	×	-	×	-	×	-	×	-
0379	이삭대엽	×	-	×	-	×	-	×	-	×	-
0380	이삭대엽	×	-	×	-	×	-	×	-	285	이삭대엽
0381	이삭대엽	224	이삭대엽	280	이삭대엽	142	이삭대엽	243	이삭대엽	×	-
0382	이삭대엽	225	이삭대엽	281	이삭대엽	×	-	244	이삭대엽	×	-
0383	이삭대엽	226	이삭대엽	279	이삭대엽	141	이삭대엽	245	이삭대엽	×	-

병와가곡집		『(진본) 청구영언』		『(주씨본) 해동가요』		『(서울대본) 악부』		『(가람본) 청구영언』		『(김씨본) 시여』	
연번	악곡	연번	악곡	연번	악곡	연번	악곡	연번	악곡	연번	악곡
0384	이삭대엽	227	이삭대엽	278	이삭대엽	140	이삭대엽	246	이삭대엽	×	-
0385	이삭대엽	228	이삭대엽	274	이삭대엽	137	이삭대엽	247	이삭대엽	×	-
0386	이삭대엽	230	이삭대엽	273	이삭대엽	061	이삭대엽	249	이삭대엽	×	-
0387	이삭대엽	231	이삭대엽	277	이삭대엽	139	이삭대엽	250	이삭대엽	×	-
0388	이삭대엽	223	이삭대엽	269	이삭대엽	134	이삭대엽	242	이삭대엽	×	-
0389	이삭대엽	222	이삭대엽	268	이삭대엽	133	이삭대엽	241	이삭대엽	×	-
0390	이삭대엽	341	이삭대엽	×	-	364	이삭대엽	360	이삭대엽	×	-
0391	이삭대엽	×	-	×	-	294	이삭대엽	×	-	470	이삭대엽
0392	이삭대엽	×	-	×	-	×	-	×	-	414	이삭대엽
0393	이삭대엽	×	-	×	-	×	-	×	-	347	이삭대엽
0394	이삭대엽	×	-	×	-	158	이삭대엽	×	-	128	이삭대엽
0395	이삭대엽	×	-	301	이삭대엽	157	이삭대엽	×	-	127	이삭대엽
0396	이삭대엽	×	-	×	-	×	-	229	이삭대엽	×	-
0397	이삭대엽	×	-	308	이삭대엽	160	이삭대엽	235	이삭대엽	126	이삭대엽
0398	이삭대엽	×	-	309	이삭대엽	161	이삭대엽	232	이삭대엽	129	이삭대엽
0399	이삭대엽	×	-	312	이삭대엽	164	이삭대엽	×	-	131	이삭대엽
0400	이삭대엽	384	이삭대엽	×	-	391	이삭대엽	409	이삭대엽	310	이삭대엽
0401	이삭대엽	×	-	×	-	280	이삭대엽	392	이삭대엽	×	-
0402	이삭대엽	×	-	310	이삭대엽	162	이삭대엽	×	-	132	이삭대엽
0403	이삭대엽	×	-	311	이삭대엽	163	이삭대엽	×	-	130	이삭대엽
0404	이삭대엽	×	-	306	이삭대엽	159	이삭대엽	222	이삭대엽	124	이삭대엽
0405	이삭대엽	×	-	307	이삭대엽	×	-	223	이삭대엽	125	이삭대엽
0406	이삭대엽	×	-	×	-	×	-	226	이삭대엽	114	이삭대엽
0407	이삭대엽	×	-	329	이삭대엽	×	-	×	-	159	이삭대엽
0408	이삭대엽	×	-	313	이삭대엽	165	이삭대엽	×	-	160	이삭대엽
0409	이삭대엽	×	-	314	이삭대엽	166	이삭대엽	×	-	×	-
0410	이삭대엽	×	-	315	이삭대엽	167	이삭대엽	×	-	×	-
0411	이삭대엽	×	-	×	-	168	이삭대엽	×	-	175	이삭대엽
0412	이삭대엽	×	-	328	이삭대엽	171	이삭대엽	×	-	158	이삭대엽
0413	이삭대엽	×	-	326	이삭대엽	170	이삭대엽	×	-	140	이삭대엽
0414	이삭대엽	×	-	341	이삭대엽	176	이삭대엽	×	-	137	이삭대엽
0415	이삭대엽	×	-	359	이삭대엽	181	이삭대엽	×	-	195	이삭대엽
0416	이삭대엽	×	-	357	이삭대엽	180	이삭대엽	×	-	×	-
0417	이삭대엽	×	-	361	이삭대엽	182	이삭대엽	×	-	194	이삭대엽

병와가곡집		『(진본)청구영언』		『(주씨본)해동가요』		『(서울대본)악부』		『(가람본)청구영언』		『(김씨본)시여』	
연번	악곡	연번	악곡	연번	악곡	연번	악곡	연번	악곡	연번	악곡
0418	이삭대엽	×	-	356	이삭대엽	179	이삭대엽	×	-	185	이삭대엽
0419	이삭대엽	×	-	367	이삭대엽	183	이삭대엽	×	-	191	이삭대엽
0420	이삭대엽	×	-	370	이삭대엽	184	이삭대엽	×	-	139	이삭대엽
0421	이삭대엽	×	-	373	이삭대엽	185	이삭대엽	×	-	181	이삭대엽
0422	이삭대엽	×	-	374	이삭대엽	186	이삭대엽	×	-	178	이삭대엽
0423	이삭대엽	×	-	376	이삭대엽	187	이삭대엽	×	-	177	이삭대엽
0424	이삭대엽	×	-	×	-	×	-	×	-	187	이삭대엽
0425	이삭대엽	×	-	×	-	×	-	×	-	×	-
0426	이삭대엽	×	-	×	-	×	-	×	-	149	이삭대엽
0427	이삭대엽	×	-	375	이삭대엽	×	-	×	-	152	이삭대엽
0428	이삭대엽	×	-	331	이삭대엽	×	-	×	-	156	이삭대엽
0429	이삭대엽	×	-	×	-	×	-	×	-	×	-
0430	이삭대엽	×	-	×	-	235	이삭대엽	×	-	×	-
0431	이삭대엽	×	-	×	-	236	이삭대엽	×	-	×	-
0432	이삭대엽	×	-	457	이삭대엽	×	-	284	이삭대엽	×	-
0433	이삭대엽	×	-	454	이삭대엽	203	이삭대엽	×	-	×	-
0434	이삭대엽	×	-	455	이삭대엽	×	-	×	-	×	-
0435	이삭대엽	×	-	459	이삭대엽	×	-	×	-	×	-
0436	이삭대엽	×	-	460	이삭대엽	206	이삭대엽	×	-	×	-
0437	이삭대엽	×	-	472	이삭대엽	×	-	×	-	×	-
0438	이삭대엽	×	-	475	이삭대엽	212	이삭대엽	×	-	×	-
0439	이삭대엽	×	-	473	이삭대엽	211	이삭대엽	×	-	×	-
0440	이삭대엽	×	-	462	이삭대엽	208	이삭대엽	×	-	×	-
0441	이삭대엽	×	-	477	이삭대엽	×	-	×	-	×	-
0442	이삭대엽	×	-	483	이삭대엽	×	-	×	-	×	-
0443	이삭대엽	×	-	490	이삭대엽	×	-	×	-	×	-
0444	이삭대엽	×	-	495	이삭대엽	×	-	×	-	×	-
0445	이삭대엽	×	-	499	이삭대엽	×	-	×	-	286	이삭대엽
0446	이삭대엽	×	-	515	이삭대엽	×	-	×	-	×	-
0447	이삭대엽	×	-	469	이삭대엽	210	이삭대엽	×	-	×	-
0448	이삭대엽	×	-	476	이삭대엽	×	-	×	-	×	-
0449	이삭대엽	×	-	486	이삭대엽	×	-	×	-	×	-
0450	이삭대엽	×	-	488	이삭대엽	×	-	×	-	×	-
0451	이삭대엽	×	-	489	이삭대엽	×	-	×	-	×	-

병와가곡집		『(진본)청구영언』		『(주씨본)해동가요』		『(서울대본)악부』		『(가람본)청구영언』		『(김씨본)시여』	
연번	악곡	연번	악곡	연번	악곡	연번	악곡	연번	악곡	연번	악곡
0452	이삭대엽	×	-	493	이삭대엽	×	-	×	-	×	-
0453	이삭대엽	×	-	496	이삭대엽	×	-	×	-	×	-
0454	이삭대엽	×	-	508	이삭대엽	×	-	×	-	×	-
0455	이삭대엽	×	-	×	-	232	이삭대엽	×	-	×	-
0456	이삭대엽	×	-	×	-	233	이삭대엽	×	-	×	-
0457	이삭대엽	×	-	×	-	×	-	×	-	×	-
0458	이삭대엽	×	-	×	-	222	이삭대엽	×	-	×	-
0459	이삭대엽	×	-	×	-	224	이삭대엽	×	-	×	-
0460	이삭대엽	×	-	×	-	227	이삭대엽	×	-	×	-
0461	이삭대엽	×	-	×	-	226	이삭대엽	×	-	×	-
0462	이삭대엽	×	-	×	-	×	-	×	-	×	-
0463	이삭대엽	×	-	×	-	225	이삭대엽	×	-	×	-
0464	이삭대엽	×	-	×	-	244	이삭대엽	×	-	×	-
0465	이삭대엽	×	-	×	-	245	이삭대엽	×	-	×	-
0466	이삭대엽	×	-	×	-	246	이삭대엽	×	-	×	-
0467	이삭대엽	×	-	×	-	247	이삭대엽	×	-	×	-
0468	이삭대엽	×	-	×	-	248	이삭대엽	×	-	×	-
0469	이삭대엽	256	이삭대엽	395	이삭대엽	188	이삭대엽	×	-	226	이삭대엽
0470	이삭대엽	×	-	404	이삭대엽	191	이삭대엽	×	-	235	이삭대엽
0471	이삭대엽	×	-	409	이삭대엽	193	이삭대엽	×	-	241	이삭대엽
0472	이삭대엽	×	-	410	이삭대엽	×	-	×	-	242	이삭대엽
0473	이삭대엽	×	-	415	이삭대엽	×	-	×	-	248	이삭대엽
0474	이삭대엽	×	-	417	이삭대엽	×	-	×	-	251	이삭대엽
0475	이삭대엽	×	-	447	이삭대엽	202	이삭대엽	×	-	278	이삭대엽
0476	이삭대엽	×	-	446	이삭대엽	200	이삭대엽	×	-	×	-
0477	이삭대엽	×	-	442	이삭대엽	199	이삭대엽	×	-	273	이삭대엽
0478	이삭대엽	×	-	439	이삭대엽	×	-	×	-	270	이삭대엽
0479	이삭대엽	×	-	431	이삭대엽	198	이삭대엽	×	-	261	이삭대엽
0480	이삭대엽	×	-	425	이삭대엽	197	이삭대엽	×	-	255	이삭대엽
0481	이삭대엽	×	-	418	이삭대엽	196	이삭대엽	×	-	253	이삭대엽
0482	이삭대엽	270	이삭대엽	414	이삭대엽	195	이삭대엽	280	이삭대엽	246	이삭대엽
0483	이삭대엽	×	-	448	이삭대엽	201	이삭대엽	×	-	280	이삭대엽
0484	이삭대엽	×	-	450	이삭대엽	×	-	×	-	281	이삭대엽
0485	이삭대엽	×	-	451	이삭대엽	×	-	×	-	×	-

병와가곡집		『(진본)청구영언』		『(주씨본)해동가요』		『(서울대본)악부』		『(가람본)청구영언』		『(김씨본)시여』	
연번	악곡	연번	악곡	연번	악곡	연번	악곡	연번	악곡	연번	악곡
0486	이삭대엽	×	-	×	-	292	이삭대엽	×	-	×	-
0487	이삭대엽	×	-	400	이삭대엽	190	이삭대엽	×	-	233	이삭대엽
0488	이삭대엽	×	-	408	이삭대엽	192	이삭대엽	×	-	240	이삭대엽
0489	이삭대엽	×	-	411	이삭대엽	194	이삭대엽	×	-	243	이삭대엽
0490	이삭대엽	×	-	398	이삭대엽	×	-	215	이삭대엽	231	이삭대엽
0491	이삭대엽	×	-	405	이삭대엽	×	-	×	-	237	이삭대엽
0492	이삭대엽	×	-	406	이삭대엽	×	-	×	-	238	이삭대엽
0493	이삭대엽	×	-	399	이삭대엽	×	-	×	-	232	이삭대엽
0494	이삭대엽	×	-	×	-	237	이삭대엽	×	-	×	-
0495	이삭대엽	×	-	×	-	238	이삭대엽	×	-	×	-
0496	이삭대엽	×	-	×	-	239	이삭대엽	×	-	×	-
0497	이삭대엽	×	-	×	-	240	이삭대엽	×	-	×	-
0498	이삭대엽	×	-	×	-	241	이삭대엽	×	-	×	-
0499	이삭대엽	×	-	×	-	243	이삭대엽	×	-	×	-
0500	이삭대엽	×	-	×	-	242	이삭대엽	×	-	×	-
0501	이삭대엽	×	-	×	-	223	이삭대엽	×	-	×	-
0502	이삭대엽	255	이삭대엽	295	이삭대엽	152	이삭대엽	270	이삭대엽	×	-
0503	이삭대엽	249	이삭대엽	289	이삭대엽	147	이삭대엽	265	이삭대엽	×	-
0504	이삭대엽	250	이삭대엽	291	이삭대엽	149	이삭대엽	266	이삭대엽	×	-
0505	이삭대엽	251	이삭대엽	292	이삭대엽	150	이삭대엽	267	이삭대엽	×	-
0506	이삭대엽	247	이삭대엽	290	이삭대엽	148	이삭대엽	264	이삭대엽	×	-
0507	이삭대엽	246	이삭대엽	288	이삭대엽	×	-	263	이삭대엽	×	-
0508	이삭대엽	252	이삭대엽	293	이삭대엽	×	-	268	이삭대엽	×	-
0509	이삭대엽	292	이삭대엽	149	이삭대엽	064	이삭대엽	290	이삭대엽	×	-
0510	이삭대엽	×	-	×	-	×	-	240	이삭대엽	212	이삭대엽
0511	이삭대엽	291	이삭대엽	147	이삭대엽	085	이삭대엽	289	이삭대엽	×	-
0512	이삭대엽	×	-	×	-	387	이삭대엽	141	이삭대엽	365	이삭대엽
0513	이삭대엽	×	-	×	-	273	이삭대엽	×	-	471	이삭대엽
0514	이삭대엽	×	-	287	이삭대엽	146	이삭대엽	203	이삭대엽	×	-
0515	이삭대엽	363	이삭대엽	×	-	269	이삭대엽	382	이삭대엽	×	-
0516	이삭대엽	411	삼삭대엽	×	-	343	이삭대엽	377	이삭대엽	220	이삭대엽
0517	이삭대엽	×	-	×	-	×	-	×	-	×	-
0518	이삭대엽	×	-	×	-	×	-	×	-	×	-
0519	이삭대엽	×	-	×	-	×	-	×	-	×	-

병와가곡집		『(진본)청구영언』		『(주씨본)해동가요』		『(서울대본)악부』		『(가람본)청구영언』		『(김씨본)시여』	
연번	악곡	연번	악곡	연번	악곡	연번	악곡	연번	악곡	연번	악곡
0520	이삭대엽	×	-	×	-	×	-	×	-	×	-
0521	이삭대엽	×	-	×	-	×	-	×	-	×	-
0522	이삭대엽	×	-	×	-	230	이삭대엽	×	-	×	-
0523	이삭대엽	×	-	×	-	231	이삭대엽	×	-	×	-
0524	이삭대엽	×	-	×	-	229	이삭대엽	×	-	×	-
0525	이삭대엽	×	-	×	-	×	-	×	-	×	-
0526	이삭대엽	361	이삭대엽	×	-	×	-	380	이삭대엽	311	이삭대엽
0527	이삭대엽	×	-	227	이삭대엽	109	이삭대엽	210	이삭대엽	036	이삭대엽
0528	이삭대엽	317	이삭대엽	226	이삭대엽	108	이삭대엽	191	이삭대엽	037	이삭대엽
0529	이삭대엽	×	-	257	이삭대엽	128	이삭대엽	216	이삭대엽	×	-
0530	이삭대엽	175	이삭대엽	228	이삭대엽	110	이삭대엽	165	이삭대엽	×	-
0531	이삭대엽	177	이삭대엽	229	이삭대엽	111	이삭대엽	166	이삭대엽	×	-
0532	이삭대엽	178	이삭대엽	231	이삭대엽	113	이삭대엽	167	이삭대엽	×	-
0533	이삭대엽	182	이삭대엽	230	이삭대엽	112	이삭대엽	168	이삭대엽	×	-
0534	이삭대엽	188	이삭대엽	×	-	×	-	170	이삭대엽	×	-
0535	이삭대엽	189	이삭대엽	×	-	×	-	171	이삭대엽	×	-
0536	이삭대엽	190	이삭대엽	233	이삭대엽	115	이삭대엽	172	이삭대엽	×	-
0537	이삭대엽	197	이삭대엽	234	이삭대엽	116	이삭대엽	173	이삭대엽	×	-
0538	이삭대엽	198	이삭대엽	235	이삭대엽	117	이삭대엽	174	이삭대엽	×	-
0539	이삭대엽	286	이삭대엽	132	이삭대엽	066	이삭대엽	295	이삭대엽	×	-
0540	이삭대엽	288	이삭대엽	134	이삭대엽	067	이삭대엽	294	이삭대엽	×	-
0541	이삭대엽	×	-	135	이삭대엽	×	-	×	-	287	이삭대엽
0542	이삭대엽	289	이삭대엽	140	이삭대엽	073	이삭대엽	296	이삭대엽	×	-
0543	이삭대엽	290	이삭대엽	144	이삭대엽	077	이삭대엽	297	이삭대엽	×	-
0544	이삭대엽	×	-	136	이삭대엽	069	이삭대엽	301	이삭대엽	292	이삭대엽
0545	이삭대엽	×	-	×	-	×	-	×	-	×	-
0546	이삭대엽	×	-	×	-	×	-	×	-	×	-
0547	이삭대엽	×	-	143	이삭대엽	076	이삭대엽	302	이삭대엽	×	-
0548	이삭대엽	×	-	×	-	081	이삭대엽	×	-	×	-
0549	이삭대엽	×	-	×	-	082	이삭대엽	×	-	×	-
0550	이삭대엽	×	-	×	-	083	이삭대엽	×	-	×	-
0551	이삭대엽	×	-	×	-	079	이삭대엽	×	-	×	-
0552	이삭대엽	×	-	×	-	080	이삭대엽	×	-	×	-
0553	이삭대엽	×	-	141	이삭대엽	074	이삭대엽	×	-	291	이삭대엽

병와가곡집		『(진본)청구영언』		『(주씨본)해동가요』		『(서울대본)악부』		『(가람본)청구영언』		『(김씨본)시여』	
연번	악곡	연번	악곡	연번	악곡	연번	악곡	연번	악곡	연번	악곡
0554	이삭대엽	×	-	142	이삭대엽	075	이삭대엽	×	-	294	이삭대엽
0555	이삭대엽	×	-	145	이삭대엽	078	이삭대엽	×	-	×	-
0556	이삭대엽	367	이삭대엽	×	-	068	이삭대엽	386	이삭대엽	293	이삭대엽
0557	이삭대엽	×	-	139	이삭대엽	072	이삭대엽	299	이삭대엽	290	이삭대엽
0558	이삭대엽	×	-	137	이삭대엽	070	이삭대엽	×	-	288	이삭대엽
0559	이삭대엽	×	-	138	이삭대엽	071	이삭대엽	×	-	289	이삭대엽
0560	이삭대엽	×	-	×	-	×	-	×	-	×	-
0561	이삭대엽	×	-	×	-	×	-	×	-	×	-
0562	이삭대엽	×	-	×	-	×	-	×	-	×	-
0563	이삭대엽	351	이삭대엽	×	-	×	-	370	이삭대엽	×	-
0564	이삭대엽	350	이삭대엽	×	-	290	이삭대엽	369	이삭대엽	×	-
0565	이삭대엽	×	-	×	-	217	이삭대엽	×	-	×	-
0566	이삭대엽	×	-	×	-	216	이삭대엽	×	-	×	-
0567	이삭대엽	×	-	×	-	×	-	×	-	352	이삭대엽
0568	이삭대엽	449	삼삭대엽	×	-	×	-	×	-	353	이삭대엽
0569	이삭대엽	×	-	×	-	×	-	214	이삭대엽	344	이삭대엽
0570	이삭대엽	×	-	×	-	×	-	×	-	339	이삭대엽
0571	이삭대엽	×	-	×	-	335	이삭대엽	×	-	356	이삭대엽
0572	이삭대엽	×	-	×	-	×	-	×	-	362	이삭대엽
0573	이삭대엽	×	-	×	-	×	-	×	-	358	이삭대엽
0574	이삭대엽	×	-	×	-	×	-	×	-	360	이삭대엽
0575	이삭대엽	×	-	×	-	×	-	×	-	338	이삭대엽
0576	이삭대엽	×	-	×	-	×	-	×	-	×	-
0577	이삭대엽	×	-	×	-	272	이삭대엽	×	-	495	이삭대엽
0578	이삭대엽	×	-	×	-	×	-	×	-	363	이삭대엽
0579	이삭대엽	×	-	×	-	×	-	×	-	364	이삭대엽
0580	이삭대엽	×	-	×	-	354	이삭대엽	×	-	×	-
0581	이삭대엽	×	-	×	-	×	-	×	-	×	-
0582	이삭대엽	×	-	×	-	444	율당대엽	433	이삭대엽	325	이삭대엽
0583	이삭대엽	×	-	×	-	×	-	×	-	327	이삭대엽
0584	이삭대엽	×	-	×	-	×	-	×	-	×	-
0585	이삭대엽	×	-	×	-	×	-	678	락	×	-
0586	이삭대엽	×	-	×	-	×	-	×	-	332	이삭대엽
0587	이삭대엽	396	이삭대엽	×	-	×	-	423	이삭대엽	×	-

병와가곡집		『(진본) 청구영언』		『(주씨본) 해동가요』		『(서울대본) 악부』		『(가람본) 청구영언』		『(김씨본) 시여』	
연번	악곡	연번	악곡	연번	악곡	연번	악곡	연번	악곡	연번	악곡
0588	이삭대엽	294	이삭대엽	×	-	×	-	334	이삭대엽	×	-
0589	이삭대엽	296	이삭대엽	×	-	×	-	399	이삭대엽	×	-
0590	이삭대엽	300	이삭대엽	×	-	×	-	359	이삭대엽	×	-
0591	이삭대엽	306	이삭대엽	×	-	301	이삭대엽	322	이삭대엽	×	-
0592	이삭대엽	307	이삭대엽	×	-	×	-	323	이삭대엽	×	-
0593	이삭대엽	308	이삭대엽	×	-	×	-	324	이삭대엽	×	-
0594	이삭대엽	325	이삭대엽	×	-	×	-	344	이삭대엽	×	-
0595	이삭대엽	315	이삭대엽	×	-	263	이삭대엽	332	이삭대엽	×	-
0596	이삭대엽	371	이삭대엽	×	-	289	이삭대엽	397	이삭대엽	488	이삭대엽
0597	이삭대엽	×	-	×	-	×	-	337	이삭대엽	×	-
0598	이삭대엽	×	-	×	-	×	-	338	이삭대엽	×	-
0599	이삭대엽	320	이삭대엽	×	-	×	-	339	이삭대엽	×	-
0600	이삭대엽	327	이삭대엽	×	-	×	-	346	이삭대엽	×	-
0601	이삭대엽	352	이삭대엽	×	-	×	-	371	이삭대엽	×	-
0602	이삭대엽	354	이삭대엽	×	-	328	이삭대엽	373	이삭대엽	×	-
0603	이삭대엽	353	이삭대엽	×	-	×	-	372	이삭대엽	×	-
0604	이삭대엽	394	이삭대엽	×	-	351	이삭대엽	412	이삭대엽	×	-
0605	이삭대엽	335	이삭대엽	×	-	×	-	354	이삭대엽	×	-
0606	이삭대엽	336	이삭대엽	×	-	338	이삭대엽	355	이삭대엽	×	-
0607	이삭대엽	337	이삭대엽	×	-	287	이삭대엽	356	이삭대엽	×	-
0608	이삭대엽	338	이삭대엽	×	-	312	이삭대엽	357	이삭대엽	×	-
0609	이삭대엽	344	이삭대엽	×	-	×	-	363	이삭대엽	313	이삭대엽
0610	이삭대엽	346	이삭대엽	×	-	×	-	365	이삭대엽	309	이삭대엽
0611	이삭대엽	347	이삭대엽	×	-	382	이삭대엽	366	이삭대엽	306	이삭대엽
0612	이삭대엽	349	이삭대엽	×	-	369	이삭대엽	368	이삭대엽	388	이삭대엽
0613	이삭대엽	373	이삭대엽	×	-	×	-	398	이삭대엽	300	이삭대엽
0614	이삭대엽	376	이삭대엽	×	-	×	-	401	이삭대엽	316	이삭대엽
0615	이삭대엽	378	이삭대엽	×	-	×	-	403	이삭대엽	016	이삭대엽
0616	이삭대엽	381	이삭대엽	×	-	×	-	406	이삭대엽	×	-
0617	이삭대엽	383	이삭대엽	×	-	×	-	408	이삭대엽	318	이삭대엽
0618	이삭대엽	385	이삭대엽	×	-	×	-	410	이삭대엽	×	-
0619	이삭대엽	395	이삭대엽	×	-	×	-	411	이삭대엽	×	-
0620	이삭대엽	×	-	×	-	313	이삭대엽	×	-	296	이삭대엽
0621	이삭대엽	368	이삭대엽	×	-	×	-	387	이삭대엽	320	이삭대엽

병와가곡집		『(진본) 청구영언』		『(주씨본) 해동가요』		『(서울대본) 악부』		『(가람본) 청구영언』		『(김씨본) 시여』	
연번	악곡	연번	악곡	연번	악곡	연번	악곡	연번	악곡	연번	악곡
0622	이삭대엽	440	삼삭대엽	×	-	×	-	471	삼삭대엽·낙희병초	377	이삭대엽
0623	이삭대엽	146·387	이삭대엽	×	-	306	이삭대엽	415	이삭대엽	×	-
0624	이삭대엽	389	이삭대엽	×	-	×	-	417	이삭대엽	×	-
0625	이삭대엽	391	이삭대엽	×	-	307	이삭대엽	419	이삭대엽	×	-
0626	이삭대엽	390	이삭대엽	×	-	×	-	420	이삭대엽	×	-
0627	이삭대엽	415	삼삭대엽	×	-	252	이삭대엽	486	삼삭대엽·낙희병초	×	-
0628	이삭대엽	400	삼삭대엽	×	-	×	-	453	삼삭대엽·낙희병초	×	-
0629	이삭대엽	432	삼삭대엽	×	-	×	-	491	삼삭대엽·낙희병초	×	-
0630	이삭대엽	434	삼삭대엽	×	-	×	-	492	삼삭대엽·낙희병초	×	-
0631	이삭대엽	437	삼삭대엽	×	-	274	이삭대엽	497	삼삭대엽·낙희병초	×	-
0632	이삭대엽	423	삼삭대엽	×	-	×	-	500	삼삭대엽·낙희병초	×	-
0633	이삭대엽	424	삼삭대엽	×	-	297	이삭대엽	501	삼삭대엽·낙희병초	×	-
0634	이삭대엽	×	-	×	-	253	이삭대엽	508	삼삭대엽·낙희병초	×	-
0635	이삭대엽	×	-	×	-	×	-	×	-	299	이삭대엽
0636	이삭대엽	×	-	×	-	284	이삭대엽	311	이삭대엽	324	이삭대엽
0637	이삭대엽	×	-	×	-	×	-	×	-	×	-
0638	이삭대엽	×	-	×	-	293	이삭대엽	443	이삭대엽	420	이삭대엽
0639	이삭대엽	374	이삭대엽	×	-	310	이삭대엽	187	이삭대엽	×	-
0640	이삭대엽	×	-	×	-	389	이삭대엽	434	이삭대엽	433	이삭대엽
0641	이삭대엽	×	-	×	-	×	-	×	-	411	이삭대엽
0642	이삭대엽	×	-	×	-	×	-	×	-	372	이삭대엽
0643	이삭대엽	×	-	×	-	×	-	430	이삭대엽	478	이삭대엽
0644	이삭대엽	×	-	×	-	×	-	×	-	×	-
0645	이삭대엽	×	-	×	-	309	이삭대엽	×	-	448	이삭대엽
0646	이삭대엽	×	-	×	-	277	이삭대엽	×	-	343	이삭대엽
0647	이삭대엽	×	-	×	-	×	-	315	이삭대엽	×	-

병와가곡집		『(진본)청구영언』		『(주씨본)해동가요』		『(서울대본)악부』		『(가람본)청구영언』		『(김씨본)시여』	
연번	악곡	연번	악곡	연번	악곡	연번	악곡	연번	악곡	연번	악곡
0648	이삭대엽	×	-	×	-	×	-	×	-	×	-
0649	이삭대엽	×	-	×	-	×	-	×	-	405	이삭대엽
0650	이삭대엽	×	-	×	-	×	-	439	이삭대엽	×	-
0651	이삭대엽	×	-	×	-	×	-	×	-	355	이삭대엽
0652	이삭대엽	×	-	×	-	381	이삭대엽	428	이삭대엽	457	이삭대엽
0653	이삭대엽	×	-	×	-	×	-	×	-	354	이삭대엽
0654	이삭대엽	×	-	×	-	×	-	×	-	×	-
0655	이삭대엽	×	-	×	-	×	-	×	-	×	-
0656	이삭대엽	×	-	×	-	×	-	×	-	×	-
0657	이삭대엽	×	-	×	-	×	-	×	-	346	이삭대엽
0658	이삭대엽	×	-	×	-	260	이삭대엽	427	이삭대엽	×	-
0659	이삭대엽	431	삼삭대엽	×	-	384	이삭대엽	452	삼삭대엽·낙희병초	×	-
0660	이삭대엽	×	-	×	-	×	-	×	-	×	-
0661	이삭대엽	×	-	×	-	×	-	×	-	×	-
0662	이삭대엽	×	-	×	-	278	이삭대엽	685	락	476	이삭대엽
0663	이삭대엽	×	-	×	-	×	-	×	-	×	-
0664	이삭대엽	×		×	-	063	이삭대엽	×	-	466	이삭대엽
0665	이삭대엽	×	-	×	-	×	-	×	-	302	이삭대엽
0666	이삭대엽	×	-	×	-	×	-	×	-	×	-
0667	이삭대엽	×	-	×	-	×	-	×	-	×	-
0668	이삭대엽	×	-	×	-	409	삼삭대엽	672	편락병초	524	삼삭대엽
0669	이삭대엽	×	-	×	-	×	-	×	-	×	-
0670	이삭대엽	×	-	×	-	×	-	×	-	×	-
0671	이삭대엽	×	-	×	-	×	-	×	-	×	-
0672	이삭대엽	×	-	×	-	×	-	×	-	437	이삭대엽
0673	이삭대엽	372	이삭대엽	×	-	×	-	394	이삭대엽	312	이삭대엽
0674	이삭대엽	×	-	×	-	348	이삭대엽	×	-	×	-
0675	이삭대엽	×	-	×	-	×	-	×	-	×	-
0676	이삭대엽	×	-	×	-	×	-	×	-	303	이삭대엽
0677	이삭대엽	388	이삭대엽	×	-	303	이삭대엽	416	이삭대엽	×	-
0678	이삭대엽	×	-	×	-	373	이삭대엽	292	이삭대엽	403	이삭대엽
0679	이삭대엽	×	-	×	-	×	-	667	편락병초	518	삼삭대엽
0680	이삭대엽	×	-	×	-	345	이삭대엽	×	-	373	이삭대엽

병와가곡집		『(진본) 청구영언』		『(주씨본) 해동가요』		『(서울대본) 악부』		『(가람본) 청구영언』		『(김씨본) 시여』	
연번	악곡	연번	악곡	연번	악곡	연번	악곡	연번	악곡	연번	악곡
0681	이삭대엽	×	-	×	-	×	-	×	-	463	이삭대엽
0682	이삭대엽	×	-	×	-	337	이삭대엽	×	-	380	이삭대엽
0683	이삭대엽	×	-	×	-	407	삼삭대엽	×	-	342	이삭대엽
0684	이삭대엽	×	-	×	-	×	-	×	-	419	이삭대엽
0685	이삭대엽	×	-	×	-	×	-	×	-	×	-
0686	이삭대엽	×	-	×	-	×	-	×	-	460	이삭대엽
0687	이삭대엽	×	-	×	-	370	이삭대엽	×	-	×	-
0688	이삭대엽	×	-	×	-	×	-	×	-	333	이삭대엽
0689	이삭대엽	×	-	×	-	292	이삭대엽	×	-	×	-
0690	이삭대엽	×	-	×	-	332	이삭대엽	×	-	×	-
0691	이삭대엽	×	-	×	-	×	-	×	-	427	이삭대엽
0692	이삭대엽	×	-	×	-	×	-	×	-	×	-
0693	이삭대엽	×	-	×	-	308	이삭대엽	307	이삭대엽	455	이삭대엽
0694	이삭대엽	×	-	×	-	285	이삭대엽	310	이삭대엽	421	이삭대엽
0695	이삭대엽	261	이삭대엽	×	-	×	-	192	이삭대엽	503	이삭대엽
0696	이삭대엽	×	-	×	-	283	이삭대엽	×	-	418	이삭대엽
0697	이삭대엽	×	-	×	-	×	-	×	-	×	-
0698	이삭대엽	×	-	×	-	304	이삭대엽	480	삼삭대엽·낙희병초	417	이삭대엽
0699	이삭대엽	×	-	×	-	×	-	×	-	×	-
0700	이삭대엽	×	-	×	-	311	이삭대엽	×	-	484	이삭대엽
0701	이삭대엽	×	-	×	-	×	-	×	-	×	-
0702	이삭대엽	×	-	×	-	×	-	×	-	×	-
0703	이삭대엽	×	-	×	-	×	-	×	-	337	이삭대엽
0704	이삭대엽	×	-	×	-	×	-	×	-	361	이삭대엽
0705	이삭대엽	×	-	×	-	×	-	426	이삭대엽	350	이삭대엽
0706	이삭대엽	443	삼삭대엽	×	-	341	이삭대엽	474	삼삭대엽·낙희병초	×	-
0707	이삭대엽	×	-	×	-	×	-	×	-	×	-
0708	이삭대엽	×	-	×	-	×	-	×	-	×	-
0709	이삭대엽	×	-	×	-	×	-	×	-	387	이삭대엽
0710	이삭대엽	448	삼삭대엽	×	-	288	이삭대엽	464	삼삭대엽·낙희병초	×	-
0711	이삭대엽	×	-	×	-	×	-	×	-	×	-
0712	이삭대엽	×	-	×	-	×	-	×	-	×	-

병와가곡집		『(진본) 청구영언』		『(주씨본) 해동가요』		『(서울대본) 악부』		『(가람본) 청구영언』		『(김씨본) 시여』	
연번	악곡	연번	악곡	연번	악곡	연번	악곡	연번	악곡	연번	악곡
0713	이삭대엽	×	-	×	-	×	-	×	-	×	-
0714	이삭대엽	×	-	×	-	368	이삭대엽	×	-	425	이삭대엽
0715	이삭대엽	×	-	×	-	×	-	661	편락병초	504	이삭대엽
0716	이삭대엽	418	삼삭대엽	×	-	255	이삭대엽	488	삼삭대엽·낙희병초	×	-
0717	이삭대엽	×	-	×	-	×	-	×	-	×	-
0718	이삭대엽	×	-	×	-	×	-	×	-	×	-
0719	이삭대엽	×	-	×	-	×	-	×	-	304	이삭대엽
0720	이삭대엽	×	-	×	-	×	-	×	-	431	이삭대엽
0721	이삭대엽	×	-	×	-	×	-	×	-	×	-
0722	이삭대엽	×	-	×	-	×	-	×	-	445	이삭대엽
0723	이삭대엽	×	-	×	-	×	-	×	-	×	-
0724	이삭대엽	×	-	×	-	×	-	×	-	×	-
0725	이삭대엽	×	-	×	-	×	-	×	-	×	-
0726	이삭대엽	419	삼삭대엽	×	-	×	-	489	삼삭대엽·낙희병초	×	-
0727	이삭대엽	×	-	×	-	×	-	×	-	512	이삭대엽
0728	이삭대엽	×	-	×	-	×	-	×	-	×	-
0729	이삭대엽	092	이삭대엽	×	-	×	-	×	-	×	-
0730	이삭대엽	×	-	×	-	×	-	×	-	440	이삭대엽
0731	이삭대엽	×	-	×	-	×	-	445	이삭대엽	402	이삭대엽
0732	이삭대엽	×	-	×	-	×	-	×	-	×	-
0733	이삭대엽	248	이삭대엽	×	-	×	-	×	-	×	-
0734	이삭대엽	×	-	×	-	317	이삭대엽	×	-	×	-
0735	이삭대엽	×	-	×	-	275	이삭대엽	×	-	514	이삭대엽
0736	이삭대엽	×	-	×	-	×	-	×	-	×	-
0737	이삭대엽	×	-	×	-	×	-	×	-	×	-
0738	이삭대엽	×	-	×	-	×	-	×	-	×	-
0739	이삭대엽	×	-	×	-	326	이삭대엽	×	-	486	이삭대엽
0740	이삭대엽	×	-	×	-	×	-	×	-	×	-
0741	이삭대엽	×	-	×	-	×	-	×	-	×	-
0742	이삭대엽	×	-	×	-	×	-	×	-	432	이삭대엽
0743	이삭대엽	×	-	×	-	442	율당대엽	×	-	×	-
0744	이삭대엽	×	-	×	-	×	-	×	-	×	-

병와가곡집		『(진본)청구영언』		『(주씨본)해동가요』		『(서울대본)악부』		『(가람본)청구영언』		『(김씨본)시여』	
연번	악곡	연번	악곡	연번	악곡	연번	악곡	연번	악곡	연번	악곡
0745	이삭대엽	×	-	×	-	×	-	×	-	477	이삭대엽
0746	이삭대엽	×	-	×	-	×	-	×	-	×	-
0747	이삭대엽	×	-	×	-	×	-	×	-	×	-
0748	이삭대엽	×	-	×	-	×	-	×	-	×	-
0749	이삭대엽	×	-	×	-	×	-	×	-	×	-
0750	이삭대엽	×	-	×	-	×	-	×	-	×	-
0751	이삭대엽	×	-	×	-	×	-	×	-	×	-
0752	이삭대엽	×	-	×	-	×	-	×	-	×	-
0753	이삭대엽	×	-	×	-	×	-	×	-	×	-
0754	이삭대엽	×	-	×	-	×	-	×	-	×	-
0755	이삭대엽	×	-	×	-	×	-	×	-	×	-
0756	이삭대엽	×	-	×	-	×	-	×	-	×	-
0757	이삭대엽	×	-	×	-	×	-	×	-	×	-
0758	이삭대엽	×	-	×	-	×	-	×	-	×	-
0759	이삭대엽	×	-	×	-	×	-	×	-	×	-
0760	이삭대엽	×	-	×	-	×	-	×	-	×	-
0761	이삭대엽	×	-	×	-	×	-	×	-	211	이삭대엽
0762	이삭대엽	×	-	×	-	×	-	×	-	×	-
0763	이삭대엽	×	-	×	-	×	-	×	-	×	-
0764	이삭대엽	×	-	×	-	×	-	×	-	×	-
0765	이삭대엽	×	-	×	-	×	-	×	-	×	-
0766	이삭대엽	×	-	×	-	×	-	×	-	×	-
0767	이삭대엽	×	-	×	-	×	-	×	-	492	이삭대엽
0768	이삭대엽	×	-	×	-	×	-	×	-	×	-
0769	이삭대엽	×	-	×	-	×	-	×	-	×	-
0770	이삭대엽	×	-	×	-	×	-	×	-	×	-
0771	이삭대엽	×	-	×	-	×	-	×	-	×	-
0772	이삭대엽	×	-	×	-	×	-	305	이삭대엽	×	-
0773	이삭대엽	×	-	×	-	×	-	234	이삭대엽	×	-
0774	이삭대엽	×	-	×	-	×	-	×	-	×	-
0775	이삭대엽	×	-	×	-	×	-	×	-	480	이삭대엽
0776	이삭대엽	×	-	×	-	×	-	×	-	×	-
0777	이삭대엽	×	-	×	-	352	이삭대엽	×	-	323	이삭대엽
0778	이삭대엽	×	-	×	-	×	-	×	-	×	-

병와가곡집		『(진본) 청구영언』		『(주씨본) 해동가요』		『(서울대본) 악부』		『(가람본) 청구영언』		『(김씨본) 시여』	
연번	악곡	연번	악곡	연번	악곡	연번	악곡	연번	악곡	연번	악곡
0779	이삭대엽	×	-	348	이삭대엽	×	-	×	-	184	이삭대엽
0780	이삭대엽	×	-	×	-	×	-	×	-	406	이삭대엽
0781	이삭대엽	×	-	×	-	×	-	×	-	367	이삭대엽
0782	이삭대엽	×	-	×	-	×	-	308	이삭대엽	444	이삭대엽
0783	이삭대엽	×	-	×	-	×	-	300	이삭대엽	393	이삭대엽
0784	이삭대엽	×	-	×	-	×	-	304	이삭대엽	×	-
0785	이삭대엽	×	-	×	-	×	-	477	삼삭대엽· 낙희병초	×	-
0786	이삭대엽	×	-	×	-	×	-	×	-	×	-
0787	이삭대엽	×	-	×	-	×	-	×	-	×	-
0788	이삭대엽	×	-	×	-	363	이삭대엽	×	-	450	이삭대엽
0789	이삭대엽	×	-	×	-	×	-	×	-	410	이삭대엽
0790	이삭대엽	×	-	×	-	×	-	×	-	×	-
0791	이삭대엽	343	이삭대엽	×	-	×	-	362	이삭대엽	×	-
0792	이삭대엽	×	-	325	이삭대엽	169	이삭대엽	×	-	145	이삭대엽
0793	이삭대엽	×	-	345	이삭대엽	178	이삭대엽	×	-	×	-
0794	이삭대엽	×	-	336	이삭대엽	177	이삭대엽	×	-	144	이삭대엽
0795	이삭대엽	×	-	337	이삭대엽	174	이삭대엽	×	-	154	이삭대엽
0796	이삭대엽	×	-	332	이삭대엽	172	이삭대엽	×	-	164	이삭대엽
0797	삼삭대엽	216	이삭대엽	007	이삭대엽	012	이삭대엽	×	-	×	-
0798	삼삭대엽	229	이삭대엽	275	이삭대엽	×	-	248	이삭대엽	×	-
0799	삼삭대엽	×	-	×	-	×	-	×	-	×	-
0800	삼삭대엽	×	-	×	-	330	이삭대엽	×	-	×	-
0801	삼삭대엽	×	-	×	-	×	-	×	-	×	-
0802	삼삭대엽	×	-	×	-	×	-	×	-	005	북전
0803	삼삭대엽	×	-	×	-	411	삼삭대엽	655	편락병초	529	삼삭대엽
0804	삼삭대엽	×	-	×	-	×	-	660	편락병초	×	-
0805	삼삭대엽	×	-	×	-	×	-	×	-	×	-
0806	삼삭대엽	422	삼삭대엽	×	-	396	삼삭대엽	459	삼삭대엽· 낙희병초	×	-
0807	삼삭대엽	438	삼삭대엽	×	-	393	삼삭대엽	463	삼삭대엽· 낙희병초	×	-
0808	삼삭대엽	435	삼삭대엽	×	-	404	삼삭대엽	462	삼삭대엽· 낙희병초	×	-

병와가곡집		『(진본)청구영언』		『(주씨본)해동가요』		『(서울대본)악부』		『(가람본)청구영언』		『(김씨본)시여』	
연번	악곡	연번	악곡	연번	악곡	연번	악곡	연번	악곡	연번	악곡
0809	삼삭대엽	421	삼삭대엽	×	-	413	삼삭대엽	458	삼삭대엽·낙희병초	×	-
0810	삼삭대엽	×	-	×	-	×	-	×	-	×	-
0811	삼삭대엽	404	삼삭대엽	×	-	392	삼삭대엽	468	삼삭대엽·낙희병초	×	-
0812	삼삭대엽	436	삼삭대엽	×	-	414	삼삭대엽	496	삼삭대엽·낙희병초	×	-
0813	삼삭대엽	×	-	×	-	395	삼삭대엽	585	만대엽·낙희병초	517	삼삭대엽
0814	삼삭대엽	×	-	×	-	418	삼삭대엽	478	삼삭대엽·낙희병초	×	-
0815	삼삭대엽	×	-	×	-	400	삼삭대엽	498	삼삭대엽·낙희병초	×	-
0816	삼삭대엽	×	-	×	-	402	삼삭대엽	658	편락병초	453	이삭대엽
0817	삼삭대엽	×	-	×	-	×	-	586	만대엽·낙희병초	428	이삭대엽
0818	삼삭대엽	×	-	×	-	398	삼삭대엽	×	-	525	삼삭대엽
0819	삼삭대엽	×	-	×	-	043·394	이삭대엽·삼삭대엽	×	-	×	-
0820	삼삭대엽	×	-	×	-	401	삼삭대엽	659	편락병초	521	삼삭대엽
0821	삼삭대엽	×	-	×	-	419	삼삭대엽	×	-	×	-
0822	삼삭대엽	×	-	×	-	420	삼삭대엽	×	-	×	-
0823	삼삭대엽	×	-	×	-	×	-	×	-	×	-
0824	삼삭대엽	×	-	×	-	×	-	×	-	496	이삭대엽
0825	삼삭대엽	407	삼삭대엽	×	-	399	삼삭대엽	456	삼삭대엽·낙희병초	×	-
0826	삼삭대엽	×	-	×	-	×	-	696	락	562	만횡엽
0827	삼삭대엽	427	삼삭대엽	×	-	397	삼삭대엽	503	삼삭대엽·낙희병초	×	-
0828	삼삭대엽	×	-	×	-	405	삼삭대엽	×	-	×	-
0829	삭대엽	×	-	×	-	433	율당대엽	×	-	×	-
0830	삭대엽	×	-	167	이삭대엽	093	이삭대엽	×	-	091	이삭대엽
0831	삭대엽	329	이삭대엽	×	-	436	율당대엽	348	이삭대엽	×	-
0832	삭대엽	331	이삭대엽	×	-	×	-	349	이삭대엽	×	-
0833	삭대엽	330	이삭대엽	×	-	×	-	350	이삭대엽	×	-

병와가곡집		『(진본) 청구영언』		『(주씨본) 해동가요』		『(서울·대본) 악부』		『(가람본) 청구영언』		『(김씨본) 시여』	
연번	악곡	연번	악곡	연번	악곡	연번	악곡	연번	악곡	연번	악곡
0834	삭대엽	332	이삭대엽	×	-	×	-	351	이삭대엽	×	-
0835	삭대엽	×	-	×	-	432	율당대엽	×	-	359	이삭대엽
0836	삭대엽	×	-	×	-	×	-	×	-	×	-
0837	삭대엽	×	-	×	-	×	-	×	-	×	-
0838	삭대엽	×	-	×	-	435	율당대엽	554	만대엽·낙희병초	×	-
0839	삭대엽	×	-	×	-	×	-	×	-	497	이삭대엽
0840	삭대엽	495	만횡청류	×	-	437	율당대엽	524	만대엽·낙희병초	×	-
0841	삭대엽	×	-	×	-	×	-	677	락	×	-
0842	삭대엽	×	-	×	-	×	-	×	-	×	-
0843	삭대엽	316	이삭대엽	×	-	×	-	333	이삭대엽	×	-
0844	삭대엽	208	이삭대엽	224	이삭대엽	048	이삭대엽	180	이삭대엽	×	-
0845	삭대엽	×	-	×	-	×	-	×	-	430	이삭대엽
0846	삭대엽	×	-	×	-	322	이삭대엽	×	-	×	-
0847	소용	×	-	×	-	423	소용	704	소용	567	만횡엽
0848	소용	×	-	×	-	424	소용	653	편락병초	×	-
0849	소용	×	-	×	-	×	-	×	-	×	-
0850	소용	433	삼삭대엽	×	-	426	소용	495	삼삭대엽·낙희병초	×	-
0851	소용	×	-	×	-	425	소용	×	-	×	-
0852	만횡	×	-	×	-	488	농가	577	만대엽·낙희병초	×	-
0853	만횡	×	-	×	-	×	-	×	-	×	-
0854	만횡	×	-	×	-	×	-	×	-	550	낙희사
0855	만횡	×	-	×	-	443	율당대엽	674	편락병초	515	이삭대엽
0856	만횡	490	만횡청류	×	-	×	-	593	만대엽·낙희병초	×	-
0857	만횡	×	-	×	-	×	-	515	삼삭대엽·낙희병초	494	이삭대엽
0858	만횡	467	만횡청류	×	-	×	-	703	락	×	-
0859	만횡	468	만횡청류	×	-	434	율당대엽	689	락	×	-
0860	만횡	×	-	×	-	×	-	×	-	×	-
0861	만횡	×	-	×	-	493	농가	657	편락병초	×	-
0862	만횡	×	-	×	-	×	-	×	-	×	-

병와가곡집		『(진본) 청구영언』		『(주씨본) 해동가요』		『(서울대본) 악부』		『(가람본) 청구영언』		『(김씨본) 시여』	
연번	악곡	연번	악곡	연번	악곡	연번	악곡	연번	악곡	연번	악곡
0863	만횡	×	-	×	-	×	-	×	-	×	-
0864	만횡	×	-	536	이삭대엽	499	농가	×	-	×	-
0865	만횡	×	-	×	-	×	-	624	편락병초	×	-
0866	만횡	×	-	×	-	×	-	×	-	×	-
0867	만횡	×	-	×	-	×	-	×	-	×	-
0868	만횡	×	-	×	-	×	-	×	-	×	-
0869	만횡	×	-	×	-	×	-	×	-	×	-
0870	만횡	×	-	×	-	469	농가	×	-	205	이삭대엽
0871	만횡	×	-	×	-	×	-	×	-	×	-
0872	만횡	×	-	×	-	×	-	607	편락병초	582	만횡엽
0873	만횡	×	-	×	-	×	-	×	-	×	-
0874	만횡	×	-	×	-	×	-	×	-	×	-
0875	만횡	×	-	×	-	×	-	×	-	×	-
0876	만횡	×	-	×	-	×	-	×	-	×	-
0877	만횡	×	-	×	-	×	-	×	-	×	-
0878	만횡	469	만횡청류	×	-	441	율당대엽	663	편락병초	×	-
0879	만횡	470	만횡청류	×	-	495	농가	522	만대엽· 낙희병초	558	만횡엽
0880	만횡	×	-	388	이삭대엽	473	농가	683	락	×	-
0881	만횡	473	만횡청류	×	-	460	농가	×	-	×	-
0882	만횡	465	만횡청류	×	-	×	-	528	만대엽· 낙희병초	×	-
0883	만횡	466	만횡청류	×	-	×	-	529	만대엽· 낙희병초	×	-
0884	만횡	475	만횡청류	×	-	484	농가	×	-	×	-
0885	만횡	476	만횡청류	×	-	×	-	×	-	×	-
0886	만횡	477	만횡청류	×	-	461	농가	555	만대엽· 낙희병초	×	-
0887	만횡	483	만횡청류	×	-	490	농가	556	만대엽· 낙희병초	×	-
0888	만횡	484	만횡청류	×	-	×	-	×	-	552	낙희사
0889	만횡	487	만횡청류	×	-	470	농가	523	만대엽· 낙희병초	×	-
0890	만횡	491	만횡청류	×	-	×	-	×	-	×	-

병와가곡집		『(진본) 청구영언』		『(주씨본) 해동가요』		『(서울대본) 악부』		『(가람본) 청구영언』		『(김씨본) 시여』	
연번	악곡	연번	악곡	연번	악곡	연번	악곡	연번	악곡	연번	악곡
0891	만횡	492	만횡청류	×	-	×	-	581	만대엽· 낙희병초	×	-
0892	만횡	493	만횡청류	×	-	×	-	×	-	×	-
0893	만횡	×	-	×	-	×	-	608	편락병초	×	-
0894	만횡	496	만횡청류	×	-	×	-	×	-	×	-
0895	만횡	497	만횡청류	×	-	458	농가	565	만대엽· 낙희병초	×	-
0896	만횡	498	만횡청류	×	-	×	-	594	만대엽· 낙희병초	×	-
0897	만횡	500	만횡청류	×	-	464	농가	546	만대엽· 낙희병초	559	만횡엽
0898	만횡	502	만횡청류	×	-	463	농가	583	만대엽· 낙희병초	×	-
0899	만횡	511	만횡청류	×	-	×	-	539	만대엽· 낙희병초	×	-
0900	만횡	513	만횡청류	×	-	×	-	647	편락병초	×	-
0901	만횡	×	-	×	-	×	-	692	락	×	-
0902	만횡	555	만횡청류	×	-	455	농가	587	만대엽· 낙희병초	×	-
0903	만횡	×	-	×	-	×	-	×	-	×	-
0904	만횡	×	-	×	-	355	이삭대엽	×	-	×	-
0905	만횡	×	-	×	-	×	-	×	-	×	-
0906	만횡	×	-	×	-	479	농가	609	편락병초	560	만횡엽
0907	만횡	557	만횡청류	×	-	457	농가	628	편락병초	×	-
0908	만횡	×	-	×	-	465	농가	570	만대엽· 낙희병초	563	만횡엽
0909	만횡	×	-	×	-	487	농가	629	편락병초	×	-
0910	만횡	×	-	×	-	456	농가	622	편락병초	×	-
0911	만횡	×	-	×	-	×	-	568	만대엽· 낙희병초	561	만횡엽
0912	만횡	515	만횡청류	×	-	×	-	×	-	×	-
0913	만횡	512	만횡청류	×	-	×	-	651	편락병초	584	만횡엽
0914	만횡	503	만횡청류	×	-	×	-	573	만대엽· 낙희병초	×	-
0915	만횡	521	만횡청류	×	-	×	-	×	-	×	-

병와가곡집		『(진본) 청구영언』		『(주씨본) 해동가요』		『(서울대본) 악부』		『(가람본) 청구영언』		『(김씨본) 시여』	
연번	악곡	연번	악곡	연번	악곡	연번	악곡	연번	악곡	연번	악곡
0916	만횡	510	만횡청류	×	-	486	농가	589	만대엽· 낙희병초	×	-
0917	만횡	522	만횡청류	×	-	×	-	531	만대엽· 낙희병초	×	-
0918	만횡	536	만횡청류	×	-	×	-	559	만대엽· 낙희병초	×	-
0919	만횡	526	만횡청류	×	-	×	-	538	만대엽· 낙희병초	×	-
0920	만횡	528	만횡청류	×	-	478	농가	×	-	×	-
0921	만횡	529	만횡청류	×	-	×	-	×	-	×	-
0922	만횡	544	만횡청류	×	-	466	농가	619	편락병초	×	-
0923	만횡	546	만횡청류	×	-	×	-	537	만대엽· 낙희병초	×	-
0924	만횡	547	만횡청류	×	-	×	-	×	-	576	만횡엽
0925	만횡	551	만횡청류	×	-	×	-	616	편락병초	×	-
0926	만횡	554	만횡청류	×	-	459	농가	614	편락병초	×	-
0927	만횡	556	만횡청류	×	-	×	-	612	편락병초	×	-
0928	만횡	558	만횡청류	×	-	×	-	540	만대엽· 낙희병초	×	-
0929	만횡	559	만횡청류	×	-	×	-	542	만대엽· 낙희병초	×	-
0930	만횡	561	만횡청류	×	-	492	농가	630	편락병초	×	-
0931	만횡	562	만횡청류	×	-	×	-	569	만대엽· 낙희병초	×	-
0932	만횡	563	만횡청류	×	-	467	농가	626	편락병초	×	-
0933	만횡	565	만횡청류	×	-	497	농가	625	편락병초	×	-
0934	만횡	573	만횡청류	×	-	×	-	644	편락병초	×	-
0935	만횡	576	만횡청류	×	-	498	농가	635	편락병초	×	-
0936	만횡	×	-	×	-	477	농가	×	-	575	만횡엽
0937	만횡	×	-	×	-	×	-	×	-	×	-
0938	만횡	×	-	×	-	×	-	×	-	×	-
0939	만횡	×	-	393	이삭대엽	×	-	684	락	206	이삭대엽
0940	만횡	×	-	×	-	472	농가	603	편락병초	585	만횡엽
0941	만횡	×	-	×	-	×	-	×	-	×	-
0942	만횡	×	-	×	-	×	-	×	-	571	만횡엽

병와가곡집		『(진본)청구영언』		『(주씨본)해동가요』		『(서울대본)악부』		『(가람본)청구영언』		『(김씨본)시여』	
연번	악곡	연번	악곡	연번	악곡	연번	악곡	연번	악곡	연번	악곡
0943	만횡	×	-	383	이삭대엽	×	-	×	-	×	-
0944	만횡	×	-	×	-	×	-	×	-	×	-
0945	만횡	×	-	×	-	×	-	620	편락병초	×	-
0946	만횡	×	-	×	-	481	농가	646	편락병초	583	만횡엽
0947	만횡	×	-	×	-	×	-	×	-	×	-
0948	만횡	×	-	×	-	×	-	×	-	×	-
0949	만횡	×	-	390	이삭대엽	×	-	668	편락병초	×	-
0950	만횡	×	-	×	-	×	-	673	편락병초	×	-
0951	만횡	501	만횡청류	×	-	×	-	×	-	587	만횡엽
0952	만횡	548	만횡청류	×	-	×	-	543	만대엽·낙희병초	579	만횡엽
0953	만횡	523	만횡청류	×	-	471	농가	541	만대엽·낙희병초	×	-
0954	만횡	×	-	×	-	415	삼삭대엽	×	-	528	삼삭대엽
0955	만횡	×	-	×	-	×	-	×	-	569	만횡엽
0956	만횡	×	-	×	-	×	-	694	락	×	-
0957	만횡	×	-	×	-	×	-	×	-	×	-
0958	만횡	×	-	386	이삭대엽	480	농가	669	편락병초	×	-
0959	만횡	×	-	×	-	×	-	×	-	×	-
0960	만횡	×	-	×	-	×	-	×	-	×	-
0961	만횡	×	-	×	-	×	-	×	-	×	-
0962	만횡	×	-	×	-	474	농가	666	편락병초	×	-
0963	만횡	×	-	387	이삭대엽	×	-	×	-	207	이삭대엽
0964	만횡	×	-	×	-	×	-	571	만대엽·낙희병초	×	-
0965	만횡	×	-	×	-	×	-	×	-	×	-
0966	낙희조	453	낙시조	×	-	×	-	×	-	533	낙희사
0967	낙희조	085	이삭대엽	073	이삭대엽	×	-	088	이삭대엽	×	-
0968	낙희조	458	낙시조	×	-	×	-	652	편락병초	534	낙희사
0969	낙희조	530	만횡청류	×	-	×	-	×	-	×	-
0970	낙희조	516	만횡청류	×	-	×	-	552	만대엽·낙희병초	×	-
0971	낙희조	×	-	×	-	×	-	697	락	547	낙희사
0972	낙희조	×	-	×	-	×	-	×	-	×	-
0973	낙희조	517	만횡청류	×	-	×	-	×	-	×	-

병와가곡집		『(진본)청구영언』		『(주씨본)해동가요』		『(서울대본)악부』		『(가람본)청구영언』		『(김씨본)시여』	
연번	악곡	연번	악곡	연번	악곡	연번	악곡	연번	악곡	연번	악곡
0974	낙희조	518	만횡청류	×	-	×	-	×	-	×	-
0975	낙희조	519	만횡청류	×	-	×	-	671	편락병초	×	-
0976	낙희조	540	만횡청류	×	-	×	-	535	만대엽·낙희병초	×	-
0977	낙희조	×	-	×	-	×	-	×	-	×	-
0978	낙희조	532	만횡청류	×	-	×	-	602	만대엽·낙희병초	×	-
0979	낙희조	534	만횡청류	×	-	×	-	615	편락병초	×	-
0980	낙희조	533	만횡청류	×	-	×	-	610	편락병초	×	-
0981	낙희조	537	만횡청류	×	-	×	-	×	-	×	-
0982	낙희조	527	만횡청류	×	-	×	-	551	만대엽·낙희병초	555	만횡엽
0983	낙희조	524	만횡청류	×	-	×	-	533	만대엽·낙희병초	×	-
0984	낙희조	525	만횡청류	×	-	×	-	×	-	×	-
0985	낙희조	541	만횡청류	×	-	×	-	611	편락병초	×	-
0986	낙희조	535	만횡청류	×	-	×	-	599	만대엽·낙희병초	×	-
0987	낙희조	×	-	×	-	×	-	597	만대엽·낙희병초	×	-
0988	낙희조	545	만횡청류	×		×	-	×			
0989	낙희조	450	삼삭대엽	×		×	-	505	삼삭대엽·낙희병초	×	
0990	낙희조	×	-	×	-	×	-	514	삼삭대엽·낙희병초	×	
0991	낙희조	549	만횡청류	×	-	×	-	557	만대엽·낙희병초	×	
0992	낙희조	×	-	×	-	×	-	×	-	×	-
0993	낙희조	×	-	×	-	×	-	687	락	×	-
0994	낙희조	×	-	×	-	×	-	686	락	×	-
0995	낙희조	567	만횡청류	×	-	×	-	×	-	×	-
0996	낙희조	×	-	×	-	×	-	×	-	×	-
0997	낙희조	×	-	×	-	×	-	×	-	519	삼삭대엽
0998	낙희조	×	-	×	-	×	-	×	-	×	-
0999	낙희조	×	-	×	-	×	-	×	-	×	-

병와가곡집		『(진본)청구영언』		『(주씨본)해동가요』		『(서울대본)악부』		『(가람본)청구영언』		『(김씨본)시여』	
연번	악곡	연번	악곡	연번	악곡	연번	악곡	연번	악곡	연번	악곡
1000	낙희조	×	-	×	-	×	-	×	-	×	-
1001	낙희조	455	낙시조	×	-	×	-	482	삼삭대엽·낙희병초	×	-
1002	낙희조	×	-	×	-	×	-	×	-	×	-
1003	낙희조	456	낙시조	×	-	×	-	418	이삭대엽	×	-
1004	낙희조	162	이삭대엽	163	이삭대엽	×	-	154	이삭대엽	×	-
1005	낙희조	314	이삭대엽	×	-	×	-	331	이삭대엽	×	-
1006	낙희조	318	이삭대엽	×	-	×	-	335	이삭대엽	×	-
1007	낙희조	334	이삭대엽	×	-	×	-	353	이삭대엽	×	-
1008	낙희조	×	-	×	-	×	-	595	만대엽·낙희병초	549	낙희사
1009	낙희조	×	-	×	-	×	-	527	만대엽·낙희병초	542	낙희사
1010	낙희조	×	-	×	-	×	-	×	-	×	-
1011	낙희조	×	-	×	-	×	-	574	만대엽·낙희병초	×	-
1012	낙희조	×	-	392	이삭대엽	×	-	×	-	×	-
1013	낙희조	462	낙시조	242	이삭대엽	122	이삭대엽	690	락	039	이삭대엽
1014	낙희조	×	-	×	-	×	-	×	-	×	-
1015	낙희조	×	-	×	-	×	-	×	-	×	-
1016	낙희조	457	낙시조	×	-	×	-	517·675	삼삭대엽·낙희병초·락	537	낙희사
1017	낙희조	×	-	×	-	×	-	700	락	540	낙희사
1018	낙희조	×	-	353	이삭대엽	×	-	×	-	301	이삭대엽
1019	낙희조	454	낙시조	×	-	×	-	679	락	538	낙희사
1020	낙희조	×	-	×	-	×	-	309	이삭대엽	511	이삭대엽
1021	낙희조	×	-	×	-	×	-	×	-	546	낙희사
1022	낙희조	×	-	×	-	×	-	680	락	×	-
1023	낙희조	×	-	×	-	×	-	×	-	×	-
1024	낙희조	×	-	×	-	×	-	×	-	×	-
1025	낙희조	164	이삭대엽	166	이삭대엽	047	이삭대엽	156·654	이삭대엽·편락병초	×	-

병와가곡집		『(진본)청구영언』		『(주씨본)해동가요』		『(서울대본)악부』		『(가람본)청구영언』		『(김씨본)시여』	
연번	악곡	연번	악곡	연번	악곡	연번	악곡	연번	악곡	연번	악곡
1026	낙희조	461	낙시조	×	-	×	-	507	삼삭대엽·낙희병초	×	-
1027	낙희조	253	이삭대엽	294	이삭대엽	151	이삭대엽	269	이삭대엽	×	-
1028	낙희조	×	-	×	-	408	삼삭대엽	×	-	×	-
1029	낙희조	×	-	×	-	×	-	×	-	×	-
1030	낙희조	574	만횡청류	×	-	×	-	645	편락병초	×	-
1031	낙희조	×	-	×	-	×	-	×	-	×	-
1032	낙희조	×	-	×	-	475	농가	676	락	×	-
1033	낙희조	×	-	550	이삭대엽	×	-	×	-	×	-
1034	낙희조	×	-	×	-	×	-	682	락	×	-
1035	낙희조	×	-	×	-	×	-	×	-	×	-
1036	낙희조	×	-	×	-	×	-	558	만대엽·낙희병초	×	-
1037	낙희조	471	만횡청류	×	-	×	-	547	만대엽·낙희병초	×	-
1038	낙희조	474	만횡청류	×	-	×	-	648	편락병초	×	-
1039	낙희조	478	만횡청류	×	-	×	-	×	-	×	-
1040	낙희조	479	만횡청류	×	-	×	-	×	-	×	-
1041	낙희조	480	만횡청류	×	-	×	-	530	만대엽·낙희병초	541	낙희사
1042	낙희조	485	만횡청류	×	-	×	-	562	만대엽·낙희병초	543	낙희사
1043	낙희조	488	만횡청류	×	-	447	율당대엽	525	만대엽·낙희병초	×	-
1044	낙희조	489	만횡청류	×	-	×	-	548	만대엽·낙희병초	×	-
1045	낙희조	×	-	×	-	×	-	×	-	×	-
1046	낙희조	×	-	×	-	×	-	600	만대엽·낙희병초	×	-
1047	낙희조	×	-	×	-	×	-	618	편락병초	×	-
1048	낙희조	×	-	×	-	×	-	561	만대엽·낙희병초	×	-
1049	낙희조	494	만횡청류	×	-	×	-	578	만대엽·낙희병초	×	-

병와가곡집		『(진본) 청구영언』		『(주씨본) 해동가요』		『(서울대본) 악부』		『(가람본) 청구영언』		『(김씨본) 시여』	
연번	악곡	연번	악곡	연번	악곡	연번	악곡	연번	악곡	연번	악곡
1050	낙희조	499	만횡청류	×	-	×	-	575	만대엽·낙희병초	×	-
1051	낙희조	504	만횡청류	×	-	×	-	699	락	×	-
1052	낙희조	505	만횡청류	×	-	×	-	550	만대엽·낙희병초	×	-
1053	낙희조	514	만횡청류	×	-	×	-	560	만대엽·낙희병초	×	
1054	낙희조	×	-	479	이삭대엽	×	-	×	-	×	-
1055	낙희조	×	-	×	-	×	-	×	-	×	-
1056	낙희조	×	-	×	-	×	-	693	락	×	-
1057	낙희조	×	-	×	-	×	-	656	편락병초	548	낙희사
1058	낙희조	×	-	×	-	×	-	664	편락병초	×	-
1059	낙희조	×	-	557	이삭대엽	×	-	×	-	×	-
1060	낙희조	×	-	×	-	×	-	×	-	×	-
1061	낙희조	×	-	×	-	×	-	×	-	×	-
1062	낙희조	×	-	×	-	×	-	×	-	×	-
1063	낙희조	×	-	335	이삭대엽	173	이삭대엽	×	-	180	이삭대엽
1064	낙희조	×	-	×	-	×	-	×	-	×	-
1065	낙희조	481	만횡청류	×	-	×	-	579	만대엽·낙희병초	×	-
1066	낙희조	553	만횡청류	×	-	×	-	605	편락병초	586	만횡엽
1067	낙희조	572	만횡청류	×	-	×	-	564	만대엽·낙희병초	564	만횡엽
1068	낙희조	577	만횡청류	×	-	×		631	편락병초	×	-
1069	낙희조	×	-	×	-	×	-	×	-	×	-
1070	편삭대엽	506	만횡청류	×	-	×	-	567	만대엽·낙희병초	×	-
1071	편삭대엽	543	만횡청류	×	-	×	-	621	편락병초	×	-
1072	편삭대엽	570	만횡청류	×	-	×	-	639	편락병초	×	-
1073	편삭대엽	560	만횡청류	×	-	×	-	637	편락병초	×	-
1074	편삭대엽	578	만횡청류	×	-	×	-	633	편락병초	×	-
1075	편삭대엽	542	만횡청류	×	-	×	-	×		×	-
1076	편삭대엽	507	만횡청류	×	-	×	-	532	만대엽·낙희병초	×	-
1077	편삭대엽	571	만횡청류	×	-	×	-	638	편락병초	×	-

병와가곡집		『(진본) 청구영언』		『(주씨본) 해동가요』		『(서울대본) 악부』		『(가람본) 청구영언』		『(김씨본) 시여』	
연번	악곡	연번	악곡	연번	악곡	연번	악곡	연번	악곡	연번	악곡
1078	편삭대엽	486	만횡청류	×	-	×	-	549	만대엽·낙희병초	×	-
1079	편삭대엽	482	만횡청류	×	-	×	-	576	만대엽·낙희병초	×	-
1080	편삭대엽	508	만횡청류	×	-	×	-	590	만대엽·낙희병초	×	-
1081	편삭대엽	509	만횡청류	×	-	×	-	623	편락병초	×	-
1082	편삭대엽	539	만횡청류	×	-	496	농가	582	만대엽·낙희병초	×	-
1083	편삭대엽	538	만횡청류	×	-	×	-	650	편락병초	×	-
1084	편삭대엽	552	만횡청류	×	-	×	-	591	만대엽·낙희병초	×	-
1085	편삭대엽	550	만횡청류	×	-	483	농가	545	만대엽·낙희병초	×	-
1086	편삭대엽	×	-	×	-	×	-	×	-	007	초삭대엽
1087	편삭대엽	564	만횡청류	×	-	482	농가	544	만대엽·낙희병초	×	-
1088	편삭대엽	566	만횡청류	×	-	×	-	636	편락병초	×	-
1089	편삭대엽	×	-	×	-	489	농가	×	-	×	-
1090	편삭대엽	×	-	×	-	×	-	×	-	551	낙희사
1091	편삭대엽	579	만횡청류	×	-	×	-	643	편락병초	×	-
1092	편삭대엽	×	-	548	이삭대엽	×	-	×	-	×	-
1093	편삭대엽	×	-	528	이삭대엽	×	-	×	-	×	-
1094	편삭대엽	×	-	547	이삭대엽	×	-	701	락	×	-
1095	편삭대엽	×	-	340	이삭대엽	175	이삭대엽	×	-	192	이삭대엽
1096	편삭대엽	580	만횡청류	×	-	×	-	642	편락병초	×	-
1097	편삭대엽	×	-	×	-	×	-	641	편락병초	×	-
1098	편삭대엽	×	-	×	-	×	-	695	락	×	-
1099	편삭대엽	×	-	×	-	×	-	×	-	×	-
1100	편삭대엽	×	-	×	-	×	-	×	-	×	-
1101	편삭대엽	569	만횡청류	×	-	×	-	×	-	×	-
1102	편삭대엽	×	-	×	-	×	-	×	-	×	-
1103	편삭대엽	568	만횡청류	×	-	×	-	634	편락병초	×	-
1104	편삭대엽	×	-	×	-	×	-	×	-	×	-
1105	편삭대엽	×	-	×	-	438	율당대엽	×	-	557	만횡엽

부록 18세기 전반 ~ 19세기 전반의 주요 가집과 『병와가곡집』의 비교

병와가곡집		『(진본) 청구영언』		『(주씨본) 해동가요』		『(서울대본) 악부』		『(가람본) 청구영언』		『(김씨본) 시여』	
연번	악곡	연번	악곡	연번	악곡	연번	악곡	연번	악곡	연번	악곡
1106	편삭대엽	×	-	394	이삭대엽	×	-	×	-	×	-
1107	편삭대엽	531	만횡청류	×	-	×	-	×	-	×	-
1108	편삭대엽	×	-	×	-	×	-	×	-	454	이삭대엽
1109	편삭대엽	×	-	×	-	×	-	698	락	×	-